PATRIOTEN

DIE AUTORIN

Eva Rossmann, 1962 geboren, lebt im Weinviertel/Österreich. Verfassungsjuristin, politische Journalistin, ORF-Pressestunde, Ressortleiterin für Innen- und Europa-Politik, seit 1994 freie Autorin und Publizistin.

Sachbücher, Kriminalromane zu aktuellen gesellschaftspolitischen Themen, Köchin, Drehbuchautorin, TV- und Radio-Moderatorin des ORF.

Bei Folio die preisgekrönten Mira-Valensky-Krimis, zuletzt: *Gut, aber tot* (2016).

www.evarossmann.at

EVA ROSSMANN
PATRIOTEN

ROMAN

Unkorrigiertes Leseexemplar

Erstverkaufstag 15. August 2017

Gebunden
ca. 360 Seiten, 13,5 × 21 cm
ca. € [D/A/I] 22,–
ISBN 978-3-85256-725-9

E-Book
€ 16,99
ISBN 978-3-99037-070-4

Folio Verlag
Wien • Bozen

Lektorat: Joe Rabl

Grafische Gestaltung: Dall'O & Freunde
Druckvorbereitung: Typoplus, Frangart
Printed in Europe

ISBN 978-3-85256-725-9

www.folioverlag.com

E-Book ISBN 978-3-99037-070-4

O Freunde, nicht diese Töne!
Sondern lasst uns angenehmere
anstimmen und freudenvollere.

Freude! Freude!

Freude, schöner Götterfunken,
Tochter aus Elysium,
Wir betreten feuertrunken,
Himmlische, dein Heiligtum.
Deine Zauber binden wieder,
Was die Mode streng geteilt;
Alle Menschen werden Brüder,
Wo dein sanfter Flügel weilt.

Beethoven, 9. Symphonie, 4. Satz, *Ode an die Freude*

[1.]

Sie haben ihn ans Kreuz geschlagen. Die Gäste sind schon gegangen, als Frau Klein es hört. Seit ihr Mann tot ist, dreht sie das Radio auf, wenn sie allein ist. Nicht, dass Jakob viel gesprochen hätte. Im Gegenteil. In den letzten Jahren war er zunehmend verstummt. So, als ob ein Teil von ihm bereits weggegangen wäre. Frau Klein sieht auf die Teller neben dem Geschirrspüler. Kuchenreste. Ulrike isst nie auf. Weingläser. Eines davon ist halb voll. Frau Klein weiß nicht, wer es stehen lassen hat. Sie trinkt es aus. Man lässt nichts übrig. Damit ist sie aufgewachsen. Damals hat es auch weniger gegeben, was man übriglassen hätte können. Sie geht ins Wohnzimmer und schaltet den Fernseher ein.

Will ich wissen, wie es aussieht, wenn einer ans Kreuz geschlagen worden ist? Sie zögert, bevor sie auf Zwei drückt. Sie werden es nicht zeigen. Sie sollte das Geschirr in den Geschirrspüler geben und sich dann eine Tasse Tee machen. Julius Sessler interessiert sie nicht weiter. Auch wenn sie erst gestern über ihn geredet haben. In der Geist-Gottes-Pfarre. Es war mehr als ein Gespräch, eine Diskussion, eigentlich schon ein Streit. Sie hat zugehört, weil so etwas selten ist bei den Damen vom Sozialkreis. Julius Sessler sei ein wahrer Christ, hat Frau Ziegler gesagt. Julius Sessler sei ein Hetzer, hat Frau Weinwurm geantwortet. Jetzt *war* er ein Hetzer. Oder ein wahrer Christ. Wie Jesus ans Kreuz geschlagen. Bringt ihn das Gott näher?

Frau Klein konzentriert sich. Sie hat nicht wahrgenommen, worüber in den Fernsehnachrichten gesprochen wurde. An ihrem dreiundachtzigsten Geburtstag.

Mein dreiundachtzigster Geburtstag, denkt sie.

Sie wundert sich, dass ihr nicht mehr dazu einfällt. Dass es keine Emotionen auslöst. Kein Bedauern, kein Staunen. Keinen Triumph. Man könnte schließlich triumphieren, wenn man so viele überlebt hat. Jetzt auch Julius Sessler. Und den eigenen Mann. Nein, bei ihm sicher kein Triumph. Niemals. Eher ein Gefühl, als ob sie etwas verlegt hätte, das darauf wartet, wiedergefunden zu werden. Sie muss nur ordentlich suchen. Es ist nicht verloren. Er ist nicht verloren. Auch wenn sie seine Sachen vor Monaten zur Caritas gebracht hat. Auch wenn sie natürlich weiß, dass er einen Schlaganfall gehabt hat, nur einen.

Mitten aus dem Leben gerissen, hat der Fernsehdirektor am Grab gesagt.

Jakob war dreiundachtzig. Wie sie. Was weiß der Fernsehdirektor schon davon, wie ihr Mann in den letzten Jahren immer seltener das Haus verlassen hat, wie seine Schritte klein und zögerlich geworden sind, wie er sich immer schwerer entscheiden konnte. Cordsamthose oder Anzughose. Weil Jogginghose für ihn nie in Frage kam, auch nicht daheim. Das ist eine Frage der Haltung, hat er gesagt.

– … Haltung bewahrt, sagt jemand im Fernsehen.

Frau Klein sieht eine schlanke Frau mit blonden Haaren, die von zwei großen Männern in dunklen Anzügen flankiert wird. Sie kennt die Frau nicht. Sie tut ihr leid. Den beiden neben ihr kann man nicht entkommen. Frau Klein seufzt und schüttelt den Kopf. Wenn sie schon fernsieht, dann sollte sie sich konzentrieren. Das ist wohl die Witwe von Julius Sessler und die beiden stützen sie. Für Kinder sind sie zu groß. Zu alt, korrigiert sich Frau Klein. Wahrscheinlich Parteifreunde. Jetzt ist ein Hügel im Bild, der Frau Klein bekannt vorkommt. In dieser Gegend ist sie aufgewachsen. Hügel in der Nähe von Wien.

– … wo Unfassbares geschehen ist, hört sie.

Offenbar auf dem Hügel. Golgatha zwischen Rebzeilen und Sonnenblumenfeldern. Schwenk auf ein Wegkreuz, ein kleines, mit einer verwitterten Christusfigur. Seit ihre Augen gelasert worden sind, sieht sie wieder annähernd scharf. Zwei Finger fehlen dem Jesus. Bleich schaut er ins Land. Stellvertretend jetzt auch für Julius Sessler, den guten Christen oder Hetzer.

– … zurück ins Studio.

Dort wird diskutiert. Eine Frau und fünf Männer.

Frau Klein geht zurück in die Küche.

– Jetzt kann ich endlich glauben, dass euer Christus gestorben ist. Es war im Fernsehen.

– Du kannst nie ernst sein.

– Es gibt doch keinen schöneren Tod für ihn, oder? Weißt du nicht, wie sie ihn genannt haben? Jesus zwei. Cem lacht.

David sieht ihn an und schüttelt den Kopf. – Kannst du dir vorstellen, wen sie verdächtigen?

– Die ganze lange Liste. Islamisten zuerst. Und dann die Linken. Alle Ausländer. Angefangen bei den Flüchtlingen. Mit den Israelis sind die Rechten jetzt ja recht gut. Zumindest mit den orthodoxen Juden, die gegen die Moslems kämpfen. Natürlich auch uns Serben. Die Türken sowieso.

– Sei vorsichtig. Ein Serbe mit türkischem Vornamen ist doppelt verdächtig.

– Was kann ich für meinen Namen? Der beste Freund meines Vaters heißt Cem. In Österreich heißt ja auch nicht jeder Franz oder Karl oder Josef. Was ist mit Kevin und Leonardo, oder Angelique? Ich kenne eine Celine Schulz.

– Opfer. Sie spielen das seit Monaten. Alle sind gegen sie, aber nur sie sind für das Volk.

Cem nickt. – Dann ist doch logisch, dass er freiwillig am Kreuz gestorben ist, oder? Um das christliche Abendland zu retten.

– Sag das lieber nicht laut. Nicht alle werden das witzig finden.

David nimmt eine Flasche Wein aus dem Kühlschrank und setzt sich zu Cem an den Küchentisch. – Du auch?

– Bier.

– Kein guter Muslim.

– Tarnung, mein Freund. Ich trinke, um das christliche Abendland in Sicherheit zu wiegen.

– Du bist Musiker, die haben Narrenfreiheit.

– Du versuchst, bei der Lügenpresse zu landen. Da hört sich die Freiheit auf. Wie war es bei deiner Großmutter?

– Nett. Familie eben.

– Minus deine Mutter.

– Immer minus meine Mutter. Oma ist dreiundachtzig und hat einen Verehrer. Das muss man sich vorstellen. Er ist zweiundneunzig und sieht sie verliebt an. Übrigens ein interessanter Typ. Ehemaliger Rechtsanwalt, wenn auch nur mit einer Mini-Kanzlei. Noch früher war er Deserteur. Hat im Zweiten Weltkrieg nicht bis zum Ende mitspielen wollen. Soll Sabotageakte gegen die Deutschen gemacht haben. Und Kommunist gewesen sein.

– Ich dachte, deine Oma ist so katholisch.

– Wo die Liebe hinfällt. Ich werde ihn interviewen.

– Schon vergessen, du schreibst Online-Nachrichten zusammen.

– Und? Ich kann auch was anderes.

– Wärst du ein richtiger Journalist, dann wärst du jetzt hinter dem Mörder von Salzer her.

– Sessler.

– Politik interessiert mich nicht.

– Typisch Serbe. Und Mörder ist unlogisch. Einer allein kann einen nicht ans Kreuz nageln.

– Ich bin Österreicher, mindestens wie du. Du bist Halbitaliener.

– Wer weiß. Mam hat mir schon an der Wiege gesungen, dass sie keine Ahnung hat, wer mein Vater ist.

– Sie war mit dem Giuliani verheiratet.

– Was ja bekanntlich viel sagt. Er hat sich scheiden lassen, weil sie gesagt hat, das Kind ist nicht von ihm.

– Du siehst aus wie ein Italiener. Würdest du dich nur ein Ding mehr drum kümmern, du könntest sogar gut aussehen.

– Sie kann etwas mit einem anderen Italiener gehabt haben.

– Sag ich doch, Halbitaliener. Du könntest dir einen Bart wachsen lassen. Die Mädels stehen auf so was.

– Damit ich aussehe wie ein Taliban? Kann schon sein, dass eure Mädels auf so was stehen, Bruder.

– Hipster. Darauf stehen sie. Unsere. Du hast keine Ahnung.

– Sie stehen auf vegetarische Musiker. Gib es zu, du bist nur Vegetarier, weil Musiker allein nicht reicht.

– Sonst sagst du, ich bin Vegetarier, weil ich nicht zugeben möchte, dass ich kein Schweinefleisch essen will. – Die haben ihn echt ans Kreuz geschlagen?

– Also doch. Du glaubst auch, es waren mehrere.

– Ja, Mann! Motherfucking österreichische Journalist: Esse kein Schweinefleisch, muss Jesus zwei an Kreuz nageln, gemeinsam mit serbische und türkische und alle andere Brüder in Moslem-Glauben. Weltherrschaft für Islam, du verstehen?

David nimmt einen Schluck Weißwein. – Wir sollten uns nicht darüber lustig machen.

Cem sieht ihn an, klopft ihm auf die Schulter. – Bleibt uns was anderes übrig? Ich kann einen Song schreiben. Über Völkerverständigung. Wird sicher peinlich. Ist der Wein gut?

– Ich hab noch nie schlechten getrunken.

Cem lächelt. Wenn er so lächelt, haben seine braunen Augen grüne Sprengsel und David fühlt, wie es wäre, sich in ihn zu verlieben. Wenn er eine Frau wäre. Sonst läuft da nichts, obwohl nicht alle glauben wollen, dass es eine funktionierende Wohngemeinschaft zweier junger Hetero-Männer geben kann.

– Du bist schon unglaublich. Trinkst nur guten Wein, kennst den Unterschied zwischen Mozzarella und diesem anderen weichen weißen Zeugs, aber hast bloß drei Jeans, und alle sind gleich.

– Burrata. Ich kann nur eine auf einmal anhaben. Wozu also der Stress mit dem Einkaufen? Es sind gute Jeans. Und ich fühle mich wohl in ihnen.

– Wenn du nach Brüssel gehst, wirst du einen Anzug brauchen.

– Du redest wie Oma. Sie will mit mir einkaufen gehen.

– Was sagt Großmutter zum Mord am Ersatz-Jesus?

– Hat noch niemand gewusst, als wir bei ihr waren. Keine Ahnung. Ich glaube nicht, dass sie die Patriotisch Sozialen mag. Ist was für Hardcore-Christen und andere Fans des Abendlandes.

– Sie ist doch dauernd in dieser Pfarre.

– Die sind nicht alle so. Außerdem, die Patrioten sind ultra.

– Die PSP hat über dreißig Prozent der Stimmen gehabt, also ein Drittel ultrarechts in deinem Österreich?

– Dachte, du bist mehr Österreicher als ich? Sie ist nur so viel in der Pfarre wegen Opa. Sie ist ihm dort näher. Er hat sich um die finanziellen Angelegenheiten gekümmert. Er war der katholischere. Die haben dort Flüchtlinge. Eine hat Oma zur Geburtstagsfeier eingeladen. Sina.

– Ist sie attraktiv?

– Kannst du auch mal an etwas anderes denken?

– Also ja. Wie alt?

– Mitte zwanzig, denke ich. Syrien. Damaskus, um genau zu sein.

– Keine Landpomeranze, gut so. Mit Kopftuch?

– Ohne.

– Ich kenn einen Ägypter, der hat sich eine geflohene Frau gekauft. So eine mit Kopftuch, weil er glaubt, die sind unterwürfiger. Ihre Familie hat sie ihm gegeben, es war schon Verlobung. So kriegt sie die Staatsbürgerschaft und die Familie etwas Geld.

– Die ägyptische Staatsbürgerschaft?

– Idiot. Die österreichische. Seine Familie ist schon lange da. Üblicherweise schicken sie die Söhne zurück, damit die Familie ihnen daheim eine passende Frau aussucht. Geld haben sie genug. Import, Export. Die Syrerinnen gelten als besonders schön.

– Sina ist verheiratet. Ihr Mann hat auf den Sohn aufgepasst. Er heißt Zini. Eigentlich Zinédine, wie der Fußballer. Kannst du dich erinnern, wie er einen mit dem Kopf gerammt hat? Wie ein Ziegenbock.

– Böser Rassist. Das war ein Weltfußballer, und der andere hat ihn geärgert. Zinédine Zidane ist jetzt Trainer bei Real Madrid. Das alles hat dir diese Sina gleich erzählt? In welcher Sprache?

– Mischung aus Englisch und Deutsch. Sie hat in Damaskus am Goethe-Institut einen Deutschkurs gemacht.

– Das gibt's dort? Die Deutschen bringen denen Deutsch bei, bevor sie zu ihnen flüchten? Das ist effizient.

– Vor ein paar Jahren, vor dem Krieg.

– Der Ersatz-Jesus wollte die Grenzen dichtmachen und Leute wie deine Sina zurückschicken, von wegen christliches Abendland. Ich muss jetzt los. Kommst du nach?

David schüttelt den Kopf.

– Du solltest dir die Haare wachsen lassen, sagt Cem. – Gefällt Sina sicher.

– Hau ab.

– Wir spielen bis elf. Danach sind diese Elektro-Roma dran. Nicht einmal schlecht. Macht eben jeder Geld mit seiner Ethno-Scheiße.

– Ihr spielt keine Ethno-Scheiße, sondern Balkan-Jazz-Rock. Beim Essen würde man es Fusion nennen.

– Du immer mit deinem Essen. Nennen wir es halt gequirlte Ethno-Scheiße. Du solltest sie sehen, die Frauen, wie sie sich gut vorkommen, weil sie uns gut finden. Die Grünen und die Multi-Kulti-Typen, null Ahnung von Musik, aber sie wissen, was angesagt ist in ihren Kreisen. Die Fünfzigjährigen, in ihren Öko-Bio-Superfair-Klamotten, zu eng anliegendes buntes Baumwollzeugs, mit Pech auch noch mit lustigen Sprüchen auf dem Busen. *Göttin* steht da, oder *Mir geht's gut*, oder so was. Die würden mich in aller Barmherzigkeit abschleppen.

– Hast noch nie was anbrennen lassen.

– Aber so weit ist es mit mir noch nicht gekommen.

David steht vor dem Spiegel im Badezimmer. Am Rand sind blinde Flecken. Er muss in die Knie gehen, um seine Stirn zu sehen. Früher waren die Leute kleiner. Der Spiegel und der Rest der Wohnungseinrichtung sind von viel früher. Billig, Wohnblock gerade noch innerhalb des Gürtels. Gebaut unmittelbar nach dem Krieg. Seither ist alles gleich geblieben. Nur dass die damals junge Frau jetzt alt ist und ins Heim musste. Sie zahlen die Miete an ihre Tochter. Vierhundert Euro pro Person, für ein kleines Zimmer und eine gemeinsame Küche. Klo am Gang. Die Geflüchteten treiben die Mietpreise in die Höhe. Oder sind es doch die vielen deutschen Studenten? Längere Haare und einen Bart. David sieht sich an. Fände Sina das attraktiv? Unsinn. Er würde aussehen wie aus einem schlechten Jesus-Film. Noch einmal Jesus. Was es wohl für sie bedeutet, dass man den Sessler ans Kreuz geschlagen hat? Sina kümmert mich nicht. Sehr gerade ist sie gesessen, wie eine Prinzessin im Exil. Vielleicht haben sie ihr gesagt, dass sich das bei uns so gehört. Und wie sitzen sie bei ihr daheim? Vorgebeugt über einer Schüssel Couscous im Zelt? Sie ist aus einer Hauptstadt. Damaskus. Soll sehr schön sein. Sehr schön gewesen sein. Ich könnte für Sina kochen. Ausnahmsweise österreichische Küche. Kein Schweinsschnitzel, natürlich kein Schwein. Aber Tafelspitz mit Schnittlauchsauce. Danach Dukatenbuchteln. Oder doch italienisch? Vielleicht käme italienisch besser. Pasta fresca coll' due tipi di pomodori e peperoncino … sardisch. Mam ist in Sardinien. Angeblich. Familie. Sina hat Familie. Ich kann auch für die Familie kochen. Was ihr Mann für ein Typ ist?

Die Patrioten werden die Islamisten verantwortlich machen. Jeder, der aus Syrien kommt, kann ein getarnter Islamist sein. Egal, auch wenn sie vor den Islamisten davonrennen zu uns. Eine besonders geschickte Tarnung. Selbstmordattentäterinnen. Sina mit Sprengstoffgürtel. Wer hat den Typ ans Kreuz genagelt?

22:12
ES

Wir trauern um Julius Sessler, der sein Leben in den Dienst unseres Landes gestellt hat. Einen, dem es nicht um Profit im Schatten der internationalen Großkonzerne ging, einen, der sich mutig gegen die Mächtigen auf die Seite des Volkes stellte. Der für unsere Kultur eingetreten ist. Sie haben ihn verhöhnt. Aber er hat gesiegt. Die einfachen Menschen erkennen, wer für sie ist. Er wurde zum Führer einer internationalen Bewegung, der Angelpunkt einer Sehnsucht nach Heimat, nach der Bewahrung des Eigenen. Jetzt haben sie den Patrioten ans Kreuz geschlagen. So weit kann Hass und Spaltung gehen.
Hat er sterben müssen, damit wir leben können?

22:14
Doktor H.

Unsere Frauen sind auf der Straße nicht mehr sicher.
Wir werden aufpassen müssen, dass die Lügenpresse nicht weiter ihr abgekartetes Spiel spielt, uns heuchlerisch vortäuscht, dass die Gefahr von Menschen wie Julius Sessler und den Patrioten droht. Die anderen sind es, die hassen, die töten. Uns und unsere Vorfahren und was ihnen heilig war.

22:15
Tamara Selig

Vielleicht waren es die eigenen Patrioten, weil damit wird er jetzt auch noch Märtyrrer.

22:16
Doktor H.

Genau wie ES schreibt. Man wird verhöhnt, wenn man das Gute will, es heißt übrigens Märtyrer. Besser, Sie hätten in Deutsch aufgepasst.

22:16
G-Freund
Die Schlampe is net aus Österreich. Oder die Araber haben ihr das Hirn rausgevögelt.

22:17
Comandante
Sessler hat sich zu Jesus zwei stilisiert. Der Retter der Armen und Ohnmächtigen, der Messias der Geknechteten. Eigentlich konsequent, dass er am Kreuz gestorben ist. Hätt ich einem Patrioten gar nicht zugetraut.

22:18
Siegfried
Hau ab, Kommunist, dreckiger! Glaubst du, wir wissen nicht, wer du bist? Wahrscheinlich hast du ihn am Gewissen!
Du willst sie alle reinholen und uns ausrotten!

22:19
Comandante
Wir kämpfen für das Menschenrecht auf Asyl, gegen nationalistischen Hass. Und unser Kampf geht weiter. Ich kann nicht sagen, dass ich um Sessler trauere. Er hat die Verhetzung angeführt! Nicht Menschen, die zu uns geflohen sind, sind das Problem. Sondern Politiker wie er. Und Medien, die dieser Rattenfängerei folgen. Beschimpfungen und Drohungen halten uns nicht auf.

22:19
Friedrich Fasthuber
Meine Familie hat Österreich nach dem Krieg mit aufgebaut. Wir waren immer stolz auf unser Land. Wir wollen nicht, dass es die radikalen Islamisten kriegen. Wir müssen uns wehren, wenn es noch geht. Die Mörder müssen gefunden werden! Und eingesperrt! ODER NOCH MEHR! KEINE GNADE!
DIE HABEN AUCH KEINE!

22:19
Tamara Selig
Was bei euch sozial sein soll, dass muss mir erst einmal einer erklären. Wenn man nicht eurer Meinung ist, dann ist man eine Schlampe. Kann mir irgendjemand sagen, was euch von den islamischen Extremisten unterscheidet? Ich bin gegen jede Form des Extremismus!!!

22:19
Freedom Fighter
Wer ist ES??? Du versteckst dich auf Facebook!! Ich fordere Facebook auf, diesen frauenfeindlichen und rassistischen Eintrag zu löschen!

22:19
Gerolf
Keiner darf mehr seine Meinung sagen jeder darf unsere Frauen angehen antatschen und schänden. Wir brauchen eine patriotische Armee bevor es zu spät is!!!

22:20
Tamara Selig
Von was laberst du da? Ich brauch keinen, der mich beschützt. Und wenn, VOR euch!

22:21
Doktor H.
Wovon. Es heißt wovon. Gehen Sie heim zu den Ihren.

22:21
ES
Ich fordere die Behörden auf, die dringenden Verdachtsmomente gegen den sogenannten Comandante (sein wirklicher Name ist mir bekannt) zu überprüfen. Er feiert den Mord an Julius Sessler. Er hat oft genug bewiesen, dass er alle hasst, die für ein befreites Österreich sind.

Wir müssen uns wehren. Für unsere Kinder und Enkelkinder, unsere Familien, sie werden es sonst schwer haben in der Zukunft. Täglich passieren schreckliche Dinge bei uns. Julius Sessler ist Opfer einer Verschwörung gegen das christliche Abendland. Wir alle sind Opfer dieser Verschwörung. Alle, die schon immer in diesem Land gelebt haben. Die es nach dem Krieg aufgebaut haben. Die Trümmerfrauen, mit ihrer eigenen Hände Kraft. Männer, die ausgehungert zurückgekommen sind aus der Gefangenschaft. Und die trotzdem Mut gehabt haben. Damals haben Politiker noch ein Ziel gehabt, und das war nicht, sich selbst zu bereichern und der EU in den Hintern zu kriechen: Unser Österreich wiederauferstehen zu lassen aus Krieg und Schutt.

22:22
Tamara Selig
WOHIN soll ich gehen????

22:22
Gerolf
Wir checken, was ein jüdischer Name ist. Hau dich nach Israel, aber wahrscheinlich treibst du es mit den Feinden? Dann sollen dich die Taliban ficken. Dann siehst du, was du hast.

22:23
Doktor H.
Ich wehre mich gegen die Verunglimpfung des israelischen Volkes, es kämpft wie viele von uns gegen schlechte Einflüsse von außen, Unterwanderung, Umvolkung, gegen jene radikalen Glaubenskrieger, die alles töten, was ihren Führern nicht passt.

22:24
Freedom Fighter
Bist du ES, Doktor???

22:24
Fanmeile
Hat er sterben müssen, damit wir leben können? – Das ist doch von Falco. Muss ich denn sterben, um zu leben.

22:25
Doktor H.
Nein, aber ich schätze klare Meinungen.

22:25
Spaßvogel
Nagelt ES ans Kreuz!!!

Wech lächelt sein Handy an. Das Hintergrundbild. Seine Tochter. Sie lehnt neben ihrem Pferd und lächelt zurück. Es ist schon wieder drei Wochen her, dass sie gemeinsam unterwegs gewesen sind. Reiten in Tschechien. Sie hat es sich gewünscht. Blonde lange Haare und blaue Augen. Wech sucht Ähnlichkeiten mit sich selbst. Er findet wenige. Vielleicht das Kinn. Und die Ohren. Er ist dunkel und gedrungen, sie schmal und hell. Er findet aber auch gar keine Ähnlichkeiten zwischen ihr und seiner Exfrau. Das freut ihn.

Es ist alles ruhig. Sie haben ihre Arbeit wie geplant erledigt. Man bereitet vor, man teilt ein, man wickelt ab. Man muss wissen, wem man trauen kann. Und wen man fest im Griff hat. Wech hat es gelernt auf den Baustellen in Dubai, im Libanon und in Syrien.

Die Araber sind ein stolzes Volk, er hat es seinen Leuten immer wieder erklärt. Wenn du ihnen nicht den Herrn zeigst, dann tanzen sie dir auf der Nase herum. Sie halten sich für etwas Besseres. Er hat gut gearbeitet. Er war Polier und Baustellenleiter. Er hat viel Geld verdient für seine Firma und er hat ihr geholfen, noch mehr zu sparen. Weil er immer ein Gefühl dafür gehabt hat, wie man die dort anpacken muss. Trotzdem haben sie ihm dann gekündigt. Auftragsmangel, hat es geheißen. Aber er weiß es besser. Er ist angeeckt bei den österreichischen und deutschen Kollegen, die keine Disziplin gehabt haben. Man trinkt keinen Alkohol in diesen Ländern. Aber nicht die Säufer hat die Firma hinausgeworfen, sondern ihn. Er war der Spaßverderber. So hat man es ihm gedankt. Jennifer. Seine Tochter. Sein jetziger Job. Mehr als ein Job. Er hat es für sie getan. Und weil er seine neue Aufgabe mag. Da kann er dahinterstehen. Er ist jetzt Offizier. Die beiden Araber waren gerne mit dabei. Er hat es gesehen. Auch wenn man ihnen nie trauen darf. Er weiß zu viel über sie, tickende Zeitbomben, aber gut unter Verschluss. Und er ist es, der am Zünder sitzt.

Jennifer wollte in diese seltsame Schule gehen und Pferdewirtin werden. Was das für ein Begriff ist, bewirtet sie Pferde? Aber wahrscheinlich ist Bäuerin zu wenig schick, um die Schule zu bewerben. Die ganze Schule war schick und voller pferdeverrückter Mädchen. Die Schule lässt es sich zahlen, dass die Mädels glücklich sind. Jennifer war dann trotzdem nicht glücklich dort. Also ist sie zurück an ein normales Gymnasium gewechselt und ihr Pferd bei einem Bauern eingestellt. Er will Jennifer glücklich machen. Und er wird es schaffen.

Wo, verdammt, hat er seine Zigaretten hingelegt? Er will nachdenken und eine rauchen. Er kann die Zigaretten nicht bei Lotte vergessen haben, natürlich hat er bei Lotte nicht geraucht. Niemand raucht mehr, heutzutage. Es hätte ihr nicht gefallen. Auch nicht auf dem Balkon. Obwohl: Er hätte hinausgehen können und eine rauchen und vielleicht wäre sie dann nachgekommen und sie hätte ihn angesehen, während Rauchkringel in die Luft … Jemand hat ihm einmal gesagt, er habe ein interessantes Gesicht. Ein bisschen wie Humphrey Bogart. Wann war das? Er kann sich nicht mehr erinnern. Eine Frau. Warum kann er sich auch an sie nicht mehr erinnern, nur an das, was sie gesagt hat? Es muss jedenfalls nach den großen Filmen gewesen sein, *Casablanca* und so. *Casablanca* ist 1942 rausgekommen. So etwas merkt er sich. Aber in Österreich ist der Film erst ein paar Jahre nach dem Krieg populär geworden. 1942 war er siebzehn. Da hat ihm keine so etwas gesagt. Da hätten sie ihn beinahe gekriegt. Aber er war schneller. Ihm kommt vor, das ist auch aus einem Film. Er mit Humphrey-Bogart-Gesicht, ein ganz junger Humphrey Bogart allerdings, und zwei Kopf größer. Bogart war ja so klein, dass sie ihn auf ein Podest gestellt haben, wenn er im Film jemand küssen sollte. Er ist eingerückt, um sie zu täuschen. Aber bald war er sich nicht mehr sicher, wer da wen getäuscht hat. Niedergebrannte Dörfer, er sieht sie in Schwarzweiß, eine eingestürzte Scheune, davor ein Fahrrad, dem der Lenker fehlt. Richard Pribil holt tief Luft. Er war kein Held. Er hat nichts getan, als sie die Dorfbewohner zusammengetrieben haben. Was hätte er tun können? Sie haben einander nicht angesehen. Da war weniger Schuld- als Schamgefühl. Menschen sollten Menschen so etwas nicht antun. Wie kindisch, seine Sabotageversuche davor. Was für ein Theater, das Flugzettelverteilen, geheim und verboten, Gleichgesinnte an Gleichgesinnte, natürlich konnte man dafür sterben, aber er ist lieber eingerückt. Bevor sie ihn geholt hätten, so oder so. Und das im Dorf konnte er nicht verhindern. Lotte war ein Kind zu dieser Zeit. Hätte er sie früher kennengelernt ... Was wäre dann gewesen, Alter? Bleib realistisch. Du konntest nie gut mit Frauen. Du konntest zu gut mit Frauen. – Bin ich jetzt weiser? Vielleicht ist Lotte gerade im richtigen Augenblick gekommen. Sie wirkt nicht, als ob sie Hilfe bräuchte. Sie lebt ihr eigenes Leben. – Hanna habe ich nicht helfen können, nicht auf Dauer. Und Fini lebt jetzt in Thailand. Sie hat es sich verbessert mit ihrem zweiten Mann. Keine Anwaltskanzlei mit Fällen, die nicht viel eingebracht haben. Von der Gerechtigkeit kann man nicht abbeißen, hat sie gesagt. Und was soll das schon sein, Gerechtigkeit? Das, was du dafür hältst? Dann hat sie diesen Bauunternehmer kennengelernt, fünfzig Lastwagen, und was sonst noch alles. Hat sie die Scheidung gewollt? War er es?

Richard Pribil sieht durch das hohe Altbaufenster hinunter auf den Park. Es war schon damals nicht besonders dramatisch, heute ist es Vergangenheit. Nicht mehr wichtig. Wichtig ist, es besser zu machen. – Alter, du bist zweiundneunzig. Na und? Warum nicht jetzt damit anfangen, sonst ist es womöglich wirklich einmal zu spät. Seine Zigaretten. Er sollte eine rauchen, das hilft auch gegen die Arthrose in den Knien. Sein Arzt bestreitet das, aber was weiß der schon.

Frau Klein ist auf der Terrasse und stellt sich auf die Zehenspitzen. Sie mag Wien bei Nacht. Auf Zehenspitzen kann sie hinter dem Lichtermeer eine Ecke des Stephansdoms sehen. Vorausgesetzt, man weiß, wo man suchen muss. Der Blickkontakt zum Dom. Deswegen hat er diese Wohnung genommen. Zumindest hat sie das immer vermutet. Jakob hat gemeint, eine Verbindung zur „Bodenstation" Gottes könne nicht schaden, aber es sei in erster Linie eine vernünftige Investition. Das Geld werde ohnehin immer weniger wert. Das war, als er pensioniert wurde. Frau Klein rechnet nach. Sie war nie so gut im Rechnen wie ihr Mann. Vor achtzehn Jahren. Es kommt ihr vor, als wäre es viel länger her. Wer hat bloß den Unsinn aufgebracht, dass mit dem Älterwerden die Zeit schneller vergeht? Manchmal schleppt sie sich dahin wie endlos. Der Tag, an dem sie Jakob im Abiturientenkurs gesehen hat, der ist nah. Ein schlanker, großgewachsener junger Mann mit ernstem Gesicht, der sich freiwillig in die erste Reihe gesetzt hat. Sie hätte sich nie getraut, sich neben ihn zu setzen. Sie saß mit Betty in der dritten Reihe, gleich beim Fenster. Es ging auf eine schmale staubige Gasse hinaus. Und auf dem Fensterbrett saß eine Amsel. Oder war es eine Taube? Frau Klein weiß, dass die Zeit die Erinnerung verändert. Vielleicht war alles ganz anders. Aber sie sieht es so vor sich. Jakob saß neben einem kleinen Dicken, er kann auch nicht viel älter als neunzehn gewesen sein, aber er hatte schon schütteres Haar am Hinterkopf. Betty hat ihn Mops genannt und gekichert, sie waren alle nervös am ersten Tag. Es hat zwei Wochen gedauert, bis sie zum ersten Mal mit Jakob allein gesprochen hat. Sie sind einander in der Eingangstür begegnet. Sie haben einander angesehen.

Das Telefon läutet. Frau Klein sieht sich irritiert um. Früher hatte ein Telefon einen festen Platz. Jetzt muss man dem Läuten nachgehen. Wohnzimmer. Halbdunkel. Das Display leuchtet auf dem Couchtisch.

– Rami weg.

– Sina? Bist du es?

– Ja. Naturlich. Rami weg. Panik in der Stimme.

– Haben sie ihn abgeholt? Das dürfen sie nicht. Sie haben gesagt, dass das nicht passiert. Ihr habt eine hohe Bleibewahrscheinlichkeit, so heißt das. Es dauert, aber ihr werdet Asyl bekommen. Das sagen sie auch in der Pfarre.

– Nur weg. Niemand weiß.

– Vielleicht ist er etwas trinken gegangen.

– Rami? Und hat Zinédine gelassen bei Oma?

– Welche Oma?

– Alte Frau, Nachbarn, Mukhtar, aus Irak. Nicht wichtig! Wichtig: Rami weg!

– Hat er irgendetwas gesagt?

– Nein. Auch kein Blatt. Kein Schrift. Ich weiß nicht.

– Beruhige dich.

– Kann nicht ruhig!

– Du musst morgen zur Polizei.

– Polizei? Hat nichts getan, Rami! Gut Mann!

Frau Klein seufzt. Sie fühlt ihr Herz schlagen. Hat sie ihr Blutdruckmittel genommen? Das Haus, in dem Sina lebt, ist drei Straßenbahnstationen entfernt. So spät am Abend fährt die Straßenbahn nur mehr selten. Und was sollte sie helfen können? – Zini, was sagt er?

– Zini sagt, Papa hat ihn zu Oma gebracht, Papa sagt, muss weg.

– Wie lange?

– Wann? Am Abend.

– Nein, wie lange wollte er wegbleiben?

– Zini weiß nicht.

– War Rami nervös? Hatte er Angst?

– Zini sagt, war wie immer. Aber Zini hat Fußball schauen. Da er merkt nicht viel. Was soll ich tun?

– Versuch zu schlafen. Wir können nichts tun vor morgen.

– Entschuldigung. Ist spät.

– Nein, es ist gut, dass du angerufen hast. Ich komme morgen Vormittag.

– Wann?

– Nicht zu früh. So um elf. Wenn er früher kommt, ruf mich an.

– Ja. Danke. Gut Nacht. Entschuldigung.

– Gute Nacht.

Sina steht zwischen den Mülltonnen und der Hollywoodschaukel. Sie ist nach unten gegangen, um zu telefonieren. Sie wollte nicht, dass Zini mithört. Sie ist sich nie sicher, wie viel er auf Deutsch versteht. Die Lehrerin lobt ihn, auch wenn er in Englisch besser ist. Er hat schon im Kindergarten Englisch gehabt, darauf haben sie Wert gelegt. Damals. Dort. Elitekindergarten. Ihr Vater war sehr stolz auf seinen Enkel. Nur das Beste sollte er bekommen. Jetzt hilft es. Sie hätte mehr als diesen einen Deutschkurs am Goethe-Institut besuchen sollen. Aber da hat ihr Vater gefunden, dass einer reicht. Schließlich sollte sie ja bloß ein bisschen mit seinen Geschäftsfreunden sprechen können. Die Deutschen haben viel gebaut in Syrien, Straßen, Häuser. – Vater. Sie hat schon eine Woche keine Verbindung zu ihm. Er wollte nicht weg, er hat gesagt, er sei zu alt dazu, und Mama auch. Er hat gesagt, er hat überall Freunde. Man muss sich arrangieren. Arrangieren mit Heckenschützen? Mit verrückten Mördern? Als sie auf die Schule von Zini geschossen haben, sind sie fort. Wo ist Rami? Er hat geschworen, sie nie im Stich zu lassen. Damals vor der Hochzeit. Als sie im Büro ihres Vaters gearbeitet hat und er seinen Job in Beirut aufgegeben hat, um bei ihr zu sein. Ein anderes Leben. Sina sieht, wie eine Ratte hinter der Mülltonne hervorkommt. Sie ist graubraun und hat einen endlos langen glatten dunklen Schwanz. Sie hebt die Schnauze. Wittert. Sina steht stocksteif. Seit sie auf der Flucht waren, hat sie Angst vor Ratten. Die Ratte macht einige schnelle Schritte. Apfelschale. Sie setzt sich und frisst. Man könnte sie jetzt erschlagen. Aber Sina hat noch nie ein Tier erschlagen. Wo ist Rami? Er geht nicht weg, ohne ihr etwas zu sagen. Es gibt Männer, die tun das. Sie glauben, ihnen fällt die Decke auf den Kopf. Sie können nicht daheim sitzen und warten. Oder Deutsch lernen und warten. Oder auf dem Sozialamt anstehen und warten. Immer warten. Es gibt ein kleines Kaffeehaus. Da treffen sich die Männer. Sina schaut nach oben. Zum Fenster im ersten Stock. Kann sie Zini alleinlassen? Er ist schon acht. Unmöglich. Zuerst Rami und dann sie. Rami hat gesagt, dass er vielleicht schon bald wieder einen Job haben wird. Als Koch, hat er gesagt. Rami hat Rechtswissenschaften studiert, in Damaskus und in Beirut. Aber dort hat er dann die Chance bekommen, das zu tun, was er wirklich liebt. Fotografieren. Er hat Kurse gemacht und für internationale Presseagenturen gearbeitet. In der Küche hat er bloß während des Studiums gejobbt, zum Geldverdienen. Trotzdem hat er in seinem Lebenslauf angegeben, dass er Fotograf und Koch ist. Koch geht immer, hat er gelacht.

– Du darfst nicht arbeiten, bis wir den Bescheid haben, hat Sina gesagt. – Es ist zu gefährlich, schwarz zu arbeiten. Sie kontrollieren alles. Wer weiß, was sie mit uns machen, wenn du gegen die Regeln verstößt. Und außerdem: Willst du danach Schnitzel backen?

– Sie lieben exotische Küche, hat er geantwortet. – Wer weiß, wann ich die Chance kriege, wieder zu fotografieren. Aber was das Kochen angeht, so habe ich meine Verbindungen.

Man soll ihm seine Träume lassen. Sie hat ihn von Anfang an geliebt für seine Träume. Dafür, dass er nicht den starken Mann gespielt hat, der immer weiß, wo es langgeht. Ihrer Mutter hat er gleich gefallen. Vater hatte Bedenken. Kein Vermögen, die Familie Bauern und Arbeiter. Rami wollte Anwalt werden. Am Abend hat er in Restaurants gejobbt, tagsüber hat er studiert. In Beirut ist ihm weniger das Geld als die Motivation ausgegangen.

Die libanesischen Studenten glauben, sie sind etwas Besseres, hat er ihr erzählt. Die glauben, dass alle Syrer dumme Bauern sind. Er hat aushilfsweise bei Reuters als Fotograf gearbeitet. Hat einen Fuß in die Tür gekriegt. Und ist dann trotzdem zurück. Wegen ihr. Sie haben davon geträumt, zu reisen. Dass er als Fotograf von anderen Ländern, anderen Menschen erzählen kann. Sie wollte schreiben. Sie hat sich immer schon Geschichten ausgedacht. Sie ist gefährlich fantasiebegabt, hat ihr Vater gesagt. Damals war sie vierzehn, fünfzehn. Tante Doora hat ihn spöttisch angesehen: Was für dich schon gefährlich ist, du Tölpel. Auch damals war nicht alles gut. Man musste sich ruhig verhalten und anpassen. Aber Rami waren seine Träume ohnehin wichtiger als Politik. Ihr Vater hat mit den Assads und den Regierungsleuten gute Geschäfte gemacht. Gebaut wird immer. Sogar jetzt. Da fallen Bomben und dort versuchen sie wiederaufzubauen. Rami hat die Aufstände und dann den Krieg fotografiert. Wieder für Reuters. Und für andere Agenturen. Sie hat Todesängste ausgestanden, wenn er unterwegs war. Ihr Bruder war von Anfang an bei den Aufständischen. Hat sich im Fernsehen und am Computer alles über die Freiheitsbewegungen reingezogen, kurz wurde er richtig gläubig, dann hat er von der aufgeklärten Revolution der Bürger geredet. Freie Menschen in einem freien Land, dafür wollte er kämpfen. Niemand konnte Omar hindern. Er war bei allen Demonstrationen. Sina lächelt. Für sie war er eine Art von Held, sie hätte sich so etwas nicht getraut. Sie war jung verheiratet. Rami hat ihren Bruder sehr gemocht. Auch wenn sie sehr unterschiedlich waren. Omars Tod hat Mutter das Herz gebrochen. Sie sagt, dass sie nur dort bleiben kann, wo sie als Familie gelebt haben. Wo ist Rami?

Sina schaut hinauf zum erleuchteten Fenster, dann zu Boden. Die Ratte ist weg. Sie nimmt den weiteren Weg rund um die Hollywoodschaukel. Sie will sich nicht an den Mülltonnen vorbeidrücken, irgendwo ist sie noch, die Ratte. Und da sind auch andere Ratten. Hollywoodschaukel. Eine Spende. Damit sie im Hof schaukeln können und ein bisschen Freude haben. Sina muss lächeln. Ihre Tante hatte eine Hollywoodschaukel. Sie hat alte amerikanische Filme geliebt. Der Nachbar hat das dekadent gefunden. Tante Doora hat ihn nur von oben herab angesehen und gesagt, lieber dekadent als dumm. Damals ging das noch. Tante Doora ist jetzt in Berlin. Monatelang war sie in einem Quartier mit Hunderten von Geflüchteten. Man muss dankbar sein. Wo wären sie ohne die Deutschen, ohne die Österreicher gelandet? Aber sie tun so, als ob alle gleich wären. Syrer, Iraker, Afghanen. Als ob selbst alle Syrer gleich wären. Als ob alle geflohenen Syrerinnen gleich wären. Tante Doora war immer etwas Besonderes. Sie hat ihre Hollywoodschaukel über die italienische Botschaft bekommen. Sie war mit der Frau des Botschafters befreundet. Sie war findig. Und gut vernetzt. Sina geht die schmale Treppe nach oben. Es riecht nach billigem Reinigungsmittel. Scharf und mit künstlichem Zitronenaroma. Die Nachbarin putzt beinahe ununterbrochen. Sie sagt, sie will den Österreichern zeigen, dass bei ihnen immer alles ganz sauber ist. Sie sagt, sie hat gehört, dass die Leute glauben, alle Araber sind schmutzig und kennen sich mit der Hygiene nicht aus. Sina atmet durch den Mund und öffnet leise die Tür. Sie muss wirklich dankbar sein, sie haben es gut. Sie haben Zimmer und Küche und sogar eine Dusche nur für sich allein. Wenn auch noch immer keinen Asylbescheid. Seit eineinhalb Jahren warten sie jetzt. Wo ist Rami?

Ihr Sohn Zinédine sieht sie mit großen Augen an. Er sitzt am Küchentisch.

– Ich kann nicht schlafen.

– Alles ist gut, sagt Sina. – Papa kommt gleich.

[2.]

Frau Klein wacht mit trockenem Mund auf. Draußen ist es hell. Der Segen des Schlafmittels. Es ist nur ein leichtes, hat der Arzt gesagt. Als Jakob begonnen hat, sich in der Nacht herumzuwerfen, hat sie begonnen, Schlafmittel zu nehmen. Er wollte keines. Sie wollte schlafen. Aber keine getrennten Schlafzimmer. Dafür war es zu spät. Zwei Mal ist Jakob aus dem Bett gefallen. Einmal hat sie es gleich gemerkt, einmal deutlich später. Auf dem Beipackzettel steht, das Schlafmittel macht abhängig. Es gehört zum Unangenehmen am Älterwerden, dass die anderen denken, es sei ohnehin schon egal. Abhängig von einem Schlafmittel? Liebe Frau Klein, Sie sind dreiundachtzig! Frau Klein dreht sich langsam auf den Rücken. Was auch unangenehm ist: Man steht so schwer auf. Früher ist Frau Klein aus dem Bett gesprungen. Sie war wach und mitten im Tag. Jetzt dauert es, bis sie ihre Arme und Beine gestreckt hat, bis sie fühlt, dass ihr Rücken halbwegs entspannt ist. Es dauert, sich aufzusetzen und die Beine auf den Boden zu stellen. Sie muss fühlen, dass sie nicht schwindlig ist. Dass sie auch heute noch funktioniert. Sie tappt auf die Toilette. – Nicht gleich in der Früh mit dem Unerfreulichen beginnen. Es ist positiv, dass sie nicht inkontinent ist. Offenbar hilft das Turnen. Oder sie hat Glück. Betty trägt eine Windel, sie weiß es von Frau Silbermeier. Natürlich würde Betty es nie zugeben. Sie ist keine Greisin, sie sind gleich alt. Aber zumindest in der Nacht braucht sie eine Windel. Sie bestellt sie im

Versandhandel. Sie hat nicht daran gedacht, dass sich auf der Post vieles herumspricht.

Gymnastik. Alt werden verlangt Disziplin. Die großartige Erika Pluhar hat es einmal gesagt. Die hat allerdings leicht reden, ist fünf Jahre jünger als sie. Frau Klein putzt ihre Zähne, sie hat sich rechtzeitig für Implantate entschieden, auch wenn sie teuer waren. Jakob hat gut verdient und eine schöne Pension gehabt. Kein Leben in Luxus, aber eines in Wohlstand. Manche glauben, der Fernsehsender habe ihm Millionen gezahlt. Nur weil ihn alle kennen. Zumindest die Leute, die schon länger leben. Sie möchte nicht zahnlos im Krankenhaus liegen. So wie es bei Jakob war. In seinen letzten fünf Tagen, aber zu diesem Zeitpunkt war er ohnehin schon mehr dort als da. Er hat niemanden mehr erkannt. Auch sie nicht. Es ist Juni und es ist ein warmer Tag. Gymnastik auf der Terrasse. Von ihr aus sieht man nicht nur auf den Stephansdom, zumindest wenn man weiß, wo er ist und wenn man sich auf die Zehenspitzen stellt, es gibt auch kein direktes Gegenüber. Niemand kann ohne Verrenkungen beobachten, dass Frau Klein turnt. Sie tut es in einem langen T-Shirt, das ihr David geschenkt hat. *Champion* steht drauf.

Sina. Jetzt erst fällt es ihr wieder ein. Rami. Ihr Mann. Ist er zurückgekommen? Sie wollte in die Pfarre, aber erst am Nachmittag. Sie wollte zum Friedhof, der ist ganz in der Nähe. Die Pfarre betreut Flüchtlinge. Sie hilft bloß ein wenig mit. Sina war ihr gleich sympathisch. Sie könnte auch eine Italienerin sein, so wie sie aussieht. Schade, dass sich ihre Tochter von diesem Italiener getrennt hat. Oder hat er sich von ihr getrennt? Mary hat nie eine dauerhafte Beziehung geschafft. – Das ist euer Vorbild, hat sie gesagt. So was schreckt ab. Ein Leben lang gemeinsam. Jakob und sie waren seit dem Abiturientenkurs zusammen. Leicht war es nicht immer, aber man hat eben gekämpft. Nicht einfach alles hingeschmissen. Carlo Giuliani war ein toller Mann, warum hat ihre Tochter den nicht festgehalten? Frau Klein glaubt immer noch, dass David sein Sohn ist. Dass ihre Tochter ihrem Mann nur eins auswischen wollte, als sie behauptet hat, der Sohn sei nicht von ihm. Sie ist so. Leider. Wer Schuld daran hat? Immer wieder hat sie mit Jakob darüber gesprochen. Maria Theresia hätte eine Mutter gebraucht, die nicht ihren wilden Jugendjahren nachtrauert, hat er gesagt. Im Scherz. Aber doch nicht ganz. Wilde Jugendjahre. Bloß, weil Jakob ernst war und sie gern gelacht und geflirtet hat. Sie sind, statt in die Schule zu gehen, auf einen Ball nach Wien gefahren. Ihre Mutter hat die Entschuldigungen geschrieben. Ihre Mutter hat junge Leute geliebt. Und ihre Freunde haben ihre Mutter geliebt. Es war nicht viel Geld da, aber alle sind sie auf der Bettbank gegessen und haben Schlagermusik gehört und immer gab es etwas zu essen und zu trinken. Es waren die Fünfzigerjahre, man wollte endlich Spaß haben. Was ist daran verwerflich? Ist es verwerflich, davon zu erzählen? Maria Theresia. Er hat sich mit dem Namen durchgesetzt, aber es hat nichts genützt. Alle nennen sie Mary.

Wie Sina wohl zu Hause gelebt hat? Bevor der Krieg begann? Wahrscheinlich ist das anders in Syrien. Im Islam haben die Frauen nicht so viele Möglichkeiten, heißt es. Aber auch Sina lacht gern. Obwohl sie es schwer hat. Natürlich muss man helfen. Trotzdem. Sina hätte auch jemand anderen anrufen können. Sie ist dreiundachtzig. Frau Klein schaut unschlüssig auf ihr Smartphone. – Sina vertraut dir. Sina braucht dich. Sei froh, dass du gebraucht wirst. Sie wählt Sinas Nummer. Sie geht nicht dran. Frau Klein versucht es wieder. Der Teilnehmer ist im Moment nicht erreichbar.

Sie braucht Kaffee, bevor sie weggehen kann. Ihr Blutdruck ist zu hoch, aber in der Früh zu niedrig. Sie ist jetzt beunruhigt, sie drückt die falsche Taste am Kaffeeautomaten, den sie von ihrem Sohn zu Weihnachten bekommen hat. Aurel. Der war immer brav, obwohl sie auch ihm die Geschichten aus ihrer Jugend erzählt hat. Mittelschulprofessor ist er geworden. Jakob wollte Geschichte studieren, sein Sohn hat es getan. Nur dass Ulrike nie aufessen kann. Und überhaupt, sie hat diesen unzufriedenen Ausdruck um den Mund. Genuss ist ein Fremdwort für sie. Der Kaffee läuft über die Tasse. Frau Klein zieht sie weg, sie verbrennt sich die Finger am heißen Kaffee. Das kann jedem passieren, der im Stress ist. – Ich bin im Stress, sagt sie halblaut. David wollte ihr eine Katze schenken, damit sie Gesellschaft hat und jemand, mit dem sie reden kann. Warum sollte sie mit einer Katze reden, aber nicht mit sich selbst? Außerdem will sie keine Verantwortung für ein Tier übernehmen. David. Das ist es. Sie ruft ihn an und er geht nach dem zweiten Läuten dran.

– Sinas Mann ist verschwunden.

– Guten Morgen, Oma.

– Oh. Entschuldigung, guten Morgen, lieber David. Ich hoffe, ich hab dich nicht geweckt.

– Es ist halb zehn. Ich bin kein Student mehr.

– Du hast … du kannst dir deine Zeit einteilen, meine ich.

– Du meinst, ich habe keinen richtigen Job.

– Nein, das natürlich nicht. Ich weiß, dass du hart arbeitest. Ich wünschte nur, ich dürfte dir helfen.

– Ich will nicht zum Fernsehen, nur weil Opa dort war.

– Ich verstehe das schon. Sicher. Und jetzt gehst du ohnehin nach Brüssel. Du hast immer schon sehr gut reden können. Aber ich weiß nicht, ob ich es gut finden soll, wenn du Politiker wirst.

– Ich bin dort als Praktikant. Bei einem Parlamentarier. Ich werde nicht Politiker, das kann ich dir versprechen. Ich will Journalist sein, nur eben nicht so wie Opa. Brüssel ist gut, um Kontakte zu knüpfen.

Frau Klein kichert. – Lobbyist in eigener Sache?

– Sozusagen. Man sollte Oma nie unterschätzen, denkt er. Sie weiß viel mehr, als es den Anschein hat. Eine kleine, zarte, alte Frau. Aber mit einem wachen Verstand. Nur manchmal irritierend ausufernd. – Sina. Du hast etwas von Sina gesagt.

– Du bist doch noch nicht ganz wach, oder?

David streckt sich und sieht auf das Glas mit Chiliflocken. Cem hat vor ihm gefrühstückt. Dass es Menschen gibt, die schon zum Frühstück Chili brauchen. Er braucht bloß Kaffee. Gute Croissants wären fein. Aber die, die man üblicherweise in Österreich bekommt, sind scheußlich. – Was ist mit Sina?

– Ihr Mann ist weg.

David spürt, wie er munter wird. – Er hat sie verlassen?

– Nein, er ist verschwunden. Sie hat mich in der Nacht angerufen. Sie ist ganz verzweifelt, sie sagt, so etwas macht er nicht.

– Habt ihr bei der Fremdenpolizei angerufen? Die schieben Leute ab, auch wenn sie schon ewig bei uns sind. Aber dann hätten sie wohl auch Sina und ihren Sohn abgeschoben. Ich kenne wen, der kennt sich da aus. Ich frage ihn. David spürt, wie er wieder müde wird. Die gestrige Nacht war lang. Er hat den Großteil davon am Laptop verbracht. – Weißt du, dass sie den Sessler ans Kreuz geschlagen haben? Den Obermacher der Patrioten. Sie haben das wirklich getan, ihn ans Kreuz genagelt.

– Da war keine Polizei. Rami hat den Sohn zur Nachbarin gebracht und gesagt, dass er fortmuss. Ich habe es in den Nachrichten gehört. Im Fernsehen haben sie es nicht gezeigt, das heißt, sie haben nur den Hügel gezeigt, auf dem es offenbar passiert ist. Bei mir in der Gegend. Ich meine, dort, wo meine Großeltern her sind. Weinviertel. Du kannst dich an deine Uroma nicht mehr erinnern … Eine komische Sache.

– Komisch?

– Eigenartig, wollte ich sagen, wer tut so etwas? Auch wenn mir dieser Sessler nie sympathisch war. Er war so ein Tausendprozentiger, wenn du verstehst, was ich meine. Anderswo hätte er eine Sekte gegründet.

– Das hat was. Eine Partei zu gründen bringt mehr.

– Und was tun seine Anhänger? Die glauben, dass er sie rettet. Da ist mir der Herrgott schon lieber. Ich mag diese Patrioten nicht. Die lügen, wenn sie sich sozial nennen. Richard sagt, die stiften überall Unfrieden und sie wollen die europäische Idee zerstören.

– Dein Richard ist Kommunist.

– Er ist nicht „mein“ Richard. David kann nicht sehen, dass sie dabei lächelt und denkt: Es gibt sie, die guten Seiten meines Lebens. – Und er ist nicht mehr dabei, seit die Russen den Prager Frühling niedergeschlagen haben. Das war lang, bevor du geboren wurdest. Er ist schon länger kein Kommunist mehr, als du lebst.

– Ich habe nichts dagegen.

– Wer, meinst du, hat ihn ans Kreuz geschlagen?

– Im Netz ist wieder einmal von Islamisten die Rede.

– Kein Wunder bei den Anschlägen.

– Oma, heute nennen sie jeden Durchgeknallten einen Islamisten. Der letzte Attentäter war ein Verehrer des Ku-Klux-Klans und hatte Hitlerbilder in der Wohnung.

– Jedenfalls war Sessler sehr anti.

– Anti?

– Anti-Islam. Kannst du nachsehen, was mit Rami los ist?

– Rami?

– Sinas Mann.

– War er radikal? Nicht anti, sondern pro? Islam?

– Quatsch, David, nimm mich nicht auf den Arm. Der ist sicher kein Radikaler.

– Ich hole dich ab, okay? Wir fahren zu Sina. Ich muss erst später in die Redaktion.

– Die können dir überhaupt keine Vorschriften machen, du bist bei denen nicht angestellt.

David seufzt. – Wenn ich einen fixen Job will, dann können sie alles Mögliche verlangen, auch wenn sie es nicht zahlen.

– Du solltest dir doch von mir helfen lassen.

– Oma!

– In Ordnung. Ich brauche noch ein bisschen, aber in einer halben Stunde kannst du mich abholen.

Sina sucht nach Nachrichten. Das Smartphone ist zu klein dafür. Ramis Laptop und Ramis Fotoapparat waren die ersten Dinge, die auf der Flucht verloren gingen. Verloren. Die Türken haben sie einfach genommen. Ohne Erklärung. Rami sieht nicht aus wie einer, der kräftige Männer niederschlägt.

Sie kann zu schlecht Deutsch. Die Augen tränen. Die Schrift ist so klein. Und die Bilder sind es auch. Aber wenn Rami irgendetwas zugestoßen ist, dann steht das vielleicht im Internet. *„Flüchtling erschlagen in Wien aufgefunden." „Araber bewusstlos im Straßengraben. Wer ist dieser Mann?"* Warum sollte ihn jemand angreifen? Er hat keinem etwas getan. Er sei leider kein Macher, hat Vater gesagt. Sie hat er für ihren starken Willen kritisiert. Sie war eine, die nie stillsitzen konnte. Wie sie gelaufen ist, einfach so, wenn alles aus ihr rausmusste. So lange, bis sie keinen Atem mehr hatte, bis mit der Luft auch die Wut weg war. In den Hügeln rund um das Haus ihrer Großeltern. Ein Mädchen macht das nicht, hat es geheißen, und sie hat sie wieder gehört, die Geschichte von Zenobia, der Königin von Palmyra. Sina kommt von Zenobia, dieser sagenhaften Königin, die sie schon als Kind nicht ausstehen konnte. Weil eine mit so einem Namen natürlich nicht wütend sein darf. Sie darf auch nicht zu laut lachen und schon gar nicht darf sie mit dem Sohn vom Mechaniker heimliche Blicke tauschen. Zenobia hätte auch nie in der Nacht ferngesehen. Was soll das für eine Königin sein, wenn sie nichts macht und nichts darf? Sina wartet, während die nächste Seite lädt. Sie haben ihnen Internet-Verbindungen geschenkt. Das war sehr nett. Man kann sich nicht beschweren, dass sie nicht besonders schnell sind. Das sagenhafte Palmyra. Als die Daesh Palmyra überfallen haben, waren sie gerade auf der Flucht. Man hat Gerüchte gehört. Man hat die Nachrichten in den europäischen Medien herumgereicht und weitererzählt. Es schien, als wäre Europa viel mehr über die Zerstörungen in Palmyra entsetzt als über die Zustände in Homs. In Homs wurde ihr Bruder getötet. Nicht von den Daesh, die sie hier IS nennen, „Islamischer Staat" – als ob diese Mörderbande für den Islam stünde –, sondern von Regierungstruppen. In Homs hatte der Protest gegen Assad begonnen. Omar hat gesagt, der wird aufgeben, der hat in London studiert.

Sina starrt auf ihr Telefon. Ob sie Frau Klein anrufen soll? Sie will die alte Dame nicht gegen sich aufbringen. Sie ist nett, sie hat sie zu ihrer Geburtstagsparty eingeladen. Dass man in diesem Alter noch feiert. Wäre sie nicht hingegangen, Rami wäre nicht verschwunden. Oder sie hätte zumindest gewusst, wohin er gegangen ist. Rami hat keine Geheimnisse vor ihr. Sie hat auch keine vor ihm. Auf der Flucht lässt sich nicht viel geheim halten. Du klebst aufeinander. Entweder es hält, oder es bricht. In der Pizzeria, in der er aushilft, war er auch nicht. Wenn sie schlafen, geht Rami an drei Tagen dorthin und wäscht ab. Schwarz. Sie hat dem Mann klarzumachen versucht, dass er nicht unzuverlässig ist, sondern verschwunden. Ist es an ihren fehlenden Worten gelegen, dass sie den Eindruck hatte, er macht da keinen Unterschied? Rami darf nicht arbeiten. Sie sind dankbar, dass der Mann, dessen Namen sie sich nie merkt, ihn trotzdem lässt. Und ihm auch etwas gibt für seine Arbeit. Wenn jemand von der Behörde kommt, muss er durch die Hintertür verschwinden. Sie haben das geübt. Bisher ist niemand gekommen. In der Nacht tut sich das keiner an. Oder lügt der Mann aus der Pizzeria und Rami war doch dort und sie haben ihn geholt? Weil er nicht arbeiten hätte dürfen? Rami hätte auf Zini aufpassen sollen. Er hat ihn Oma Mukhtar gebracht. Er hat Oma Mukhtar nichts gesagt, nur dass er bald zurückkäme. Oder Oma Mukhtar hat nichts mitbekommen. Sie sitzt die meiste Zeit herum und sieht belämmert drein. Sie sollte nicht auf Kinder aufpassen. Sie sagen, sie hat Schlimmes miterlebt. Sina hat den Verdacht, die war immer schon so. Der Krieg und die Flucht. Als Ausrede für alles. Sina legt das Mobiltelefon weg. Man muss etwas tun.

Die Männer üben Krieg. Wech lehnt sich belustigt zurück. Welchen Krieg? Das ist letztlich egal. Krieg ist Krieg. Es gibt genug, das bekämpft werden muss. Er hat einen Auftrag. Auch wenn er ein friedlicher Mensch ist. Er will nichts lieber als in Frieden und Sicherheit leben. Genug Geld haben, damit Jennifer glücklich ist. Einem so schönen Wesen steht Glück zu. Er war nie schön. Ihre Mutter hat er einst für schön gehalten. Er war ein Narr. Ihr Gesicht ist aufgedunsen. Aperol Sprizz am Vormittag, Gin Tonic am Nachmittag, Bier, Wein, alles, was da ist, am Abend.

Der eine kocht Mittagessen, ganz passabel. Er taugt mehr zu so etwas als zum Kriegerischen. Wech hat keine Ahnung, warum ihn der Kommandant einberufen hat. Man kann ihn nicht fragen. Er weiß nicht, wer der Kommandant ist. Die Befehle erteilt der Vizekommandant. Befehle. Er meldet dem Kommandanten. Faschierte Laibchen hat er immer schon gerne gegessen. Er hat ihm zu erklären versucht, wie ein guter Kartoffelsalat geht. Seine Mutter hat den besten Kartoffelsalat der Welt gemacht. Er hat ihr dabei geholfen. Du musst viel Öl nehmen und wenig Essig, dafür viel Salz und Zucker und Senf. Du tust warme Suppe dazu oder von mir aus auch Wasser. Wech hat auf die Zutaten gedeutet. Was Senf auf Arabisch heißt, weiß er nicht. Sein Gegenüber hat genickt und gelächelt, als wäre er in einem Kochkurs.

– Verstanden?, hat Wech gebrüllt, damit keine falsche Kameradschaft aufkommt. Man muss ihnen zeigen, wer das Sagen hat. Sonst gibt es ein Problem. Er kennt das noch von den Baustellen. – Zwiebel ganz fein, hat er gebrüllt. – Kartoffeln heiß schälen und spaltln. Was heißt spaltln auf Arabisch?

– Ich verstehe nicht, hat der auf Arabisch geantwortet.

Der will ihn zum Narren halten. Aber Wech will lieber guten Kartoffelsalat als ein Exempel statuieren.

– Im Internet ist eine Figur aufgetaucht, die nennt sich ES, erzählt David. Seine Oma sitzt neben ihm. David hätte sich den Mercedes nie leisten können, er kann sich nicht einmal die Betriebskosten leisten. Ihm wäre ein Kleinwagen lieber. Aber die Großeltern haben ihm den Wagen geschenkt, als Opa es nicht mehr geschafft hat, ihn ohne Schrammen in die Tiefgarage zu fahren.

– Was meinst du mit Figur?, fragt Frau Klein. Manchmal kann sie David nicht folgen. Sie fahren zu Sina. Er könnte sie öfter fahren, hat er gesagt, immerhin sei das Auto von Opa.

– Du weißt nicht, wer oder was dahintersteckt im Internet. Du gibst dir ein Profil und postest.

– Aber „es“ ist selten, es wird ein „er“ oder eine „sie“ sein.

– Oder eben „ES“. Ich glaube, das hat jemand von den Patriotisch Sozialen eingerichtet. Es klingt so.

– Wie klingen die?

– Wütend. Auf alles, was anders ist. Du weißt schon. Auf die Ausländer, auf die EU, auf die, die anderer Meinung sind.

– Ja. Aber keiner hat einen Grund, auf Sina wütend zu sein.

– Die sind es einfach. ES hat gepostet, vielleicht musste Sessler sterben, damit wir leben können.

Frau Klein schüttelt den Kopf. – Das klingt nach deutschen Heldensagen. Ich habe sie nie gemocht. Wir haben sie in der Schule lernen müssen.

David wirft seiner Großmutter einen raschen Blick zu. – Dass du in die Schule gegangen bist, als der Zweite Weltkrieg war. Ich habe davon im Geschichtsunterricht gelernt, aber du hast es erlebt.

– Ich war ein Kind damals. Aber ich weiß, wie wir in die Luftschutzkeller sind. Und dass wir trotzdem lernen mussten. Wenn Fliegeralarm war, mussten wir runter in den Keller. Dort hat es dann so eine Suppe gegeben. Sie hätte dir nicht geschmeckt.

– Was war da drin?

– Keine Ahnung. Die Reste. Von allem. Aber sie war warm. Meine Mutter war gut im Organisieren, wir hatten immer was. Bei allen war das nicht so. Ich kann mich erinnern. Auch wie wir auf den Hügel gerannt sind, bergauf, und uns niedergeworfen haben, als die Flieger kamen. Tiefflieger.

– Habt ihr euch gefürchtet?

– Sicher. Aber vor allem sind wir gerannt. Eigenartig, denkt Frau Klein. Ich kann mich ans Rennen erinnern, aber nicht mehr an die Angst.

– Hat es noch Juden gegeben?

– Nein. Damals nicht mehr.

– Habt ihr euch nie gefragt, wo sie hin sind?

– Es gab bei uns sowieso nicht viele. Ich weiß noch, dass meine Eltern ihre Ahnenpässe hatten. Und dass sie sehr erleichtert waren, dass bei uns nichts Jüdisches dabei war. Ruth ist mit ihren Eltern nach Belgien gegangen, daran kann ich mich erinnern.

– Hast du später von ihr gehört?

– Sie war keine besonders enge Freundin. Die Familie Deutsch, die ist auch fort. Nachdem sie sie abgeholt haben. Ich hab das falsch verstanden, ich habe gedacht, die hat jemand abgeholt, um eine Reise zu machen. Ich war damals fünf. Ich hab Mutter angebettelt und gemeint, sie soll was tun, dass sie uns auch abholen. Deine Urgroßoma hat nie mit mir geschrien, aber da hat sie geschrien. Sie hat gebrüllt, ich soll nie mehr so einen Unsinn sagen, ich sei dumm und soll den Mund halten. Ich hab geweint. Ich hab natürlich nichts verstanden.

– Hat dir Sina etwas von ihrer Flucht erzählt?

– Nur das, was du bei der Geburtstagsfeier selbst gehört hast. Dass sie über die Türkei gekommen sind und dann weiter sind über Griechenland. Dass sie sehr viel gegangen sind. Dass es zu wenig Wasser und zu viel Schmutz gegeben hat. Sie wird mehr erzählen, wenn sie besser Deutsch kann.

– Meinst du? Sie kann recht gut Englisch, glaube ich.

– Dann kannst du ja mit ihr sprechen. Mein Englisch ist eingerostet.

– Im Netz schreiben sie, dass sich der IS zum Mord an Sessler bekannt hat.

– Tun die das nicht immer?

– Was glaubst du?

– Ich habe keine Ahnung. Denen traue ich alles zu. Die schlagen Journalisten den Kopf ab und filmen das. Immerhin ist auch Jesus Christus am Kreuz gestorben. Damals hat Israel übrigens zur syrischen Provinz im Römischen Reich gehört. Jesus war sozusagen Syrer. Das haben sie im Radio gesagt.

– Sie tun so, als hätten die Islamisten schon Jesus ans Kreuz geschlagen.

Frau Klein sieht ihren Enkel verwirrt an. – Das waren die Juden. Oder die Römer. Seltsam, man hat wirklich den Eindruck, dass alles, was dort passiert, mit den radikalen Moslems zu tun hat. Sagt ES das auch?

– Was?

– Na der im Internet. Von dem du erzählt hast. Wo ist das? Auf Facebook?

– Ja.

– Jeder kann das mitlesen?

– ES will, dass seine Meinung öffentlich ist. Er hat Tausende Likes bekommen und über fünfhundert gepostete Beiträge.

– Niemand kann nachsehen, wer ES ist?

– So einfach ist das nicht. Die löschen sein Profil nur, wenn es gegen die Gesetze verstößt. Zum Beispiel Nacktfotos. Da sind sie scharf drauf, die Amerikaner. Bei Gewalt und Verhetzung sind sie nicht so kritisch. ES macht es noch dazu höflich, sozusagen zivilisiert. Das ist seine Masche. Man wird wohl noch eine Meinung haben dürfen, sagen sie. Er darf Sessler verehren und die Flüchtlinge hassen.

– Kommt posten eigentlich von Post?

David hält an der Kreuzung und seufzt. – Keine Ahnung. Ich werde es recherchieren.

– Du solltest über all das schreiben, wenn du Journalist sein willst.

– Das möchte ich gerne. Wenn ich Zeit habe. Und jemand, der es druckt. Jetzt bin ich bei dieser Online-Zeitung und kürze Meldungen zusammen.

[3.]

Zinédine. Große braune Augen, die David konzentriert beobachten. Nein, leider. Fußball, das Match sei so spannend gewesen, dass er nicht achtgegeben habe. Er sei nur glücklich gewesen, dass er bei Oma Mukhtar weiterschauen habe dürfen. Sein Vater habe nicht anders als sonst gewirkt. Nein, kein Wort darüber, wo er hingehe. Er habe ihn aber auch nicht gefragt, sondern nur, ob er weiter fernsehen dürfe. Das sei auch zum Deutschlernen gut, habe seine Lehrerin gesagt. Deutsche Bundesliga. Eine der besten der Welt, vielleicht nach Spanien. Was denn sein Vater vorher getan habe? Etwa auch ferngesehen? Natürlich. Sie schauen immer gemeinsam Fußball. Sein Vater sei ein guter Fußballer gewesen. Früher. Ob jemand angerufen habe? Niemand.

Sina seufzt. Genau so, wie sie es ihnen gesagt hat. Sie hat ihn auch schon gefragt. Bei Fußball klinken sich die beiden vom Rest der Welt aus.

Frau Klein nickt. – Mein Mann war ein großer Sportler.

– Soll heißen, Opa hat sehr gerne Sportsendungen gesehen, erklärt David.

Sina lächelt. – Meiner auch. Fußball ist in Syrien sehr beliebt. Ihr seid im Skifahren sehr gut, das weiß ich von Großvater. Wir haben Schnee in den Bergen, aber er geht gleich wieder weg.

Die beiden reden Englisch. Frau Klein fühlt sich ausgeschlossen. Sie versteht nur die Hälfte. Maximal. Und denkt dann, dass es Sina wohl ähnlich geht. Mit Deutsch. Sportsendungen hat Jakob bis zum Schluss am liebsten gehabt. Es war besser, ihn nur anzureden, wenn Pause war und zwischendurch Werbung oder Nachrichten liefen. Dabei war er doch einer der Ersten, die im österreichischen Fernsehen die Nachrichten präsentiert haben. Feierlich, wie das damals so üblich war. Und ein wenig steif. Aber wenn Nachrichten gebracht wurden, konnte sie ihn immer anreden.

– Lief die ganze Zeit über Fußball?, fragt sie auf Deutsch.

Zini sieht sie an. Hat er sie nicht verstanden? Sie wiederholt die Frage langsam.

– Verstehe, sagt er. – Denke nach. Nein. In der Pause Politik, News.

– Hast du verstanden, worum es ging?

– Nein. Im Kopf Fußball. Habe Kombination gezeichnet. Training. Spielen.

– Ihr spielt nach, was die Bayern in der Bundesliga machen?, fragt David.

– Einzeln Spielzug. Ich werde Profi. Das kommt bestimmt und laut. Und fast ohne Akzent.

Rascher Wortwechsel auf Arabisch. Frau Klein und ihr Enkel sehen einander an. Zini schüttelt den Kopf. Man begreift es auch so, er hat nicht mehr Informationen für seine Mutter, auch wenn er gerne helfen würde. Er ist beunruhigt. Er will wissen, wo sein Vater ist. Aber er kann nichts beitragen. Er hat nicht gemerkt, ob sein Vater nach den Nachrichten anders war als vor den Nachrichten. Er weiß nur, dass sein Vater auf die österreichischen Nachrichten umgeschaltet hat, weil wir jetzt ja in Österreich leben. Er war besorgt, ob sein Vater rechtzeitig wieder zurück zum deutschen Fernsehen schalten wird. Aber dann hat ihn Vater noch in der Pause zu den Nachbarn gebracht. Obwohl er gesagt hat, er sei alt genug, um allein zu bleiben.

– Darf Rami Wien verlassen? David fragt es seine Großmutter. Frau Klein hebt die Schultern und sieht Sina an. Sina hat verstanden und wiegt den Kopf.

Zini nickt. – Er hat weiße Karte, warten auf Bescheid. Man muss sagen, wenn weggeht. Er darf nicht in ander Land. Illegal.

Ist es gut, wenn Achtjährige das wissen? Aber er hat wohl noch mehr gesehen, als er weiß, denkt Frau Klein. Ist das gut?

14:31
ES

Wie lange schweigt der Innenminister noch zu diesem verabscheuungswürdigen Verbrechen? Was will er vertuschen? Man erinnert sich an die Verbrecherhorden zu Silvester. Auch da hat die Polizei versucht, brutale Vergewaltigungen von deutschen Frauen durch Asylanten zu vertuschen. Erst die alarmierte Öffentlichkeit hat sie gezwungen, zu handeln. Einmal mehr fragt man sich: Haben wir noch das Sagen in unserem eigenen Land? Wie sehr spielen Innenministerium und die Medien längst das Spiel ausländischer Mächte? Es soll geheime Treffen zwischen der EU und den Regierungen geben, in denen man beschließt, was veröffentlicht wird. Freut man sich in Brüssel womöglich darüber, wenn ein Patriot ans Kreuz geschlagen wird? Weitere Möglichkeiten sollen hier nicht in Betracht gezogen werden, niemandem ist mit einer Eskalation der Lage gedient.

14:32
Vroni

Wir müssens Maul halten! Wer die Wahrheit sagt, komt dran! Es ist der Islamische Staat! Der ist überall, die lügen, die Medien und die Politiker! Die Türkei ist ein Zentrum und Merkel und alle um sie seit Jahren ihre Marrionette – sagt das genug? In Brüssel auch nur Marrionetten. SOFORTIGER AUSTRITT! So wie es Julius Sessler gefordert hat. Die haben ihn umgebracht!

14:34
Gerolf

Macht IS kaputt, bevor IS euch kaputt macht!

14:34
Kleinschmid junior
Um 17 Uhr treffen sich alle, die Julius Sessler gedenken wollen, dort, wo er für uns gestorben ist.

14:35
Ode Zufall
Es ist zum Kotzen.

14:35
ES
So hätte ich es nicht ausgedrückt, aber es ist wahr.
Wir müssen seiner Gedenken und als Auftrag nehmen, was er wollte. Jetzt umso mehr.

14:36
Ode Zufall
Es ist zum Kotzen, was da steht. Weltverschwörer! Lächerlich! Ihr wollt nur spalten und hetzen, damit ihr die Wahlen gewinnt. Das ist nicht die Meinung der Mehrheit.

14:37
ES
Weit ist es gekommen, Österreicher richten sich gegen Österreicher, statt gemeinsam die zu bekämpfen, die unser Land zerstören wollen. Wir können es nicht weiter dulden, dass Fremde, von denen wir nicht wissen, wer sie sind und was sie wollen, zu Hunderttausenden in unserem Land leben. Wir sehen, wohin das führt. Und wenn es eine Bewegung gibt, die dem entgegenwirkt, dann bleibt nichts übrig, als ihr zuzustimmen.

14:38
Ode Zufall
ES. Ich habe keine Ahnung, was du willst und wer du bist.
Und ich will deinen Blödsinn nicht länger dulden. Geh zurück in die Bites!

14:39
Kenobi
Gedenken gehört da klein geschrieben. Und ich dachte schon, ES ist mein Deutschlehrer. Hätt gut gepasst.

14:40
Susi Sonnenstrahl
Du auch? Deutschlehrer raus! Und Nazis sowieso! Macht kaputt, was euch kaputt macht! Alter linker Spruch … den lassen wir uns von den braunen Säcken nicht wegnehmen.

14:41
Heynrich
Rinks und Lechts, wie leicht kann man das verwechseln.

14:42
ES
Wenn schon Ernst Jandl, dann richtig:
Manche meinen / lechts und rinks / kann man nicht velwechsern / werch ein illtum.

14:43
Gerolf
Was ist das für Blödsinn? Wer ist Jandl? Ist das ein Code? Oder hat er einen Vogel? Nicht quatschen handeln!!!

14:44
Ode Zufall
Ein Cyber-Nazi wie ES hat kein Recht, Jandl zu zitieren.
Er war ein glühender Europäer. „alle argumente gegen einen beitritt sind scheinargumente, mehr oder minder geschickt getarnte lügen, vorgetragen mit geheucheltem verantwortungssinn, hinter dem sich eine teuflische fratze verbirgt. der teufel besitzt keine erkenntnis, keine inspiration …“ Das hat er über die Beitrittsgegner gesagt.

14:44
Comandante
Putin und Trump und Erdogan und Orban und Le Pen und Wilders und Sessler und, und … alles dasselbe Pack. NATIONALISTEN. Sie spielen mit dem Wort sozial! Sie pervertieren es.

14:47
ES
Die EU hat Asylanten nach Brüssel eingeladen. Julius Sessler haben sie das Gespräch verweigert. So viel zum großen Horizont.

14:50
Spaßvogel
Jandl wäre als Flüchtling gekommen, sicher nicht als Patriot.

14:50
Volker Visowsky
Die holen Leute nach Brüssel, die unsere Kultur zerstören wollen. Der Trump macht es richtig, wenn ein Land überleben will, dann dürfen Moslems nicht rein. Wann kapieren das diese korrupten Schweine? Gekauft mit Öl von den Saudis? Und einem Patrioten, der Anhänger in ganz Europa hat, verweigern sie den Handschlag. Überall in Europa entstehen patriotische Bewegungen!!!

14:51
Ode Zufall
Nicht alles, was nicht reimen kann, ist schon ein Dichter.

Sie sitzen vor dem Fernseher. Der Älteste ist zweiundneunzig. Der Jüngste acht. Oberflächlich betrachtet könnten sie eine Familie sein, wer genau hinsieht, braucht dafür Fantasie. Der Jüngste hat dunkle Haare, braune Augen, hellbraune Haut. Natürlich kann man Kinder adoptieren. Kann man auch Enkelkinder oder Großenkelkinder adoptieren? Frau Klein überlegt. Warum sollte so etwas nicht möglich sein? Man übernimmt Verantwortung füreinander, das muss doch erlaubt sein. Von ihrer Tochter hat sie mindestens seit zwei Monaten nichts gehört. Angeblich betreut sie deutsche Urlauber in sardischen Feriendörfern.

– Jetzt, sagt David. – Pass auf, Oma!

Er hat die Nachrichtensendung gefunden, die Rami gesehen hat, bevor er verschwunden ist. Heute sind die Fernseher mit dem Internet verbunden und aus dem Internet kann man sich holen, was schon gesendet worden ist. Damals, als Jakob beim Fernsehen begonnen hat, gab es nur ein Programm. Und wenn man nicht zugesehen hat, dann hatte man es versäumt. Es gab Sendeschluss. Mit wehender rot-weiß-roter Fahne.

– Diese Demo, die sie da zeigen, sagt David zu Zini. – Kann es sein, dass dein Papa dazu etwas gesagt hat?

Zini schüttelt den Kopf. Er sieht angespannt auf den Bildschirm. So wie alle anderen in diesem Zimmer mit den dunklen Lederfauteuils und der Bücherwand aus Eichenholz. Menschen ziehen durch die Straßen. Sie halten Transparente hoch. Die Stimme eines Reporters erzählt von der Kundgebung für ein freies Europa der Vaterländer. In mehreren Ländern gleichzeitig fänden heute solche Demonstrationen statt. Gegen die Zentralmacht der Europäischen Union. Für die Wiedererringung der Souveränität der Nationalstaaten. Herr Pribil knurrt. Er sitzt auf einem Stuhl, den sie aus dem Esszimmer geholt haben. Zu wenige Sitzgelegenheiten mit Fernsehblick. Außerdem sitzt er lieber aufrecht, da kann er leichter aufstehen. Er hat Frau Klein den Fauteuil überlassen. Sie sitzt neben ihm, tiefer, und wirkt zierlich. Sein Zeigefinger ist knöchrig und hat zu viel Haut. Er sticht Richtung Bildschirm, etwas unstet, aber bestimmt.

– Sie marschieren wieder. Und dieser Dummkopf erzählt es. Einfach so. Als ob es in Ordnung wäre, das mit der angeblichen Rückgewinnung der Souveränität. Nationalisten sind das. Nazis. Das muss er sagen. Damit sie es kapieren, diese Idioten!

Frau Klein greift ihm beruhigend auf den Unterarm. – Nicht alle denken so.

– Das haben sie damals auch nicht.

– Richard, die Zeiten haben sich geändert.

– Haben sie? Auch wenn es die an den Schulen nicht hören wollen, ich sage es trotzdem: Nicht nur niemals vergessen, sondern auch niemals verzeihen! Das ist nicht zu verzeihen! Man sieht ja, in welche Richtung es schon wieder geht. Nationalistische paramilitärische Gruppen in Polen und Ungarn, Rechtsextreme in den Regierungen, in Amerika niemand, der Trump stoppt!

Frau Klein sieht zu ihrem Enkel. David grinst ihr verstohlen zu. Feuer hat er, der Alte. Oder ist er schon ein wenig senil?

Großaufnahme. Auf der Bühne, flankiert von muskulösen Männern in schwarzen Anzügen, die wie Uniformen wirken, steht Julius Sessler.

– Meine Freunde, Freunde und Kameraden, sagt er und hebt die Hände.

Er liebt ihr Klatschen, ihre Rufe, den frenetischen Beifall allein für die Tatsache, dass er da ist und sie alle da sind und sie gemeinsam für ihre Sache, und dann noch das Fernsehen und die Reporter, also quasi die Welt. Er hebt die Hände noch höher. Jetzt will er ihre Begeisterung stummschalten. Damit sie mit offenen Ohren und Mündern dem lauschen, was er zu sagen hat.

– Freunde und Kameraden! In allen Ländern, die ihr Recht zurückfordern! Die ihr Land zurückfordern! Die fordern, dass unsere Frauen, unsere Kinder …

– Der ist tot, sagt Frau Klein.

David verdreht die Augen. – Das ist ja nicht live. Das ist sein letzter Auftritt, bevor sie ihn ans Kreuz geschlagen haben.

– Er sieht krank aus, sagt Frau Klein.

– Der ist krank, sagt Herr Pribil. – Krank im Kopf.

Sina schaut, ohne etwas zu sagen. Ihr Ausdruck lässt sich schwer deuten. Vorurteilsfreie Spannung. Oder ist es der Versuch zu verstehen?

– Den kenne ich, ruft Zini und läuft zum Fernseher, zeigt auf einen, der in der ersten Reihe steht.

Sina streckt den Kopf nach vorn.

– Wen kennst du?, fragt David.

Das Bild wechselt. Jubelnde Menschenmasse. David stoppt die Wiedergabe, steigt eine Minute früher wieder ein.

– Freunde und Kameraden! In allen Ländern, die ihr Recht …

– Da ist er!

David drückt die Pausentaste. Zwei Männer und eine Frau, den Blick nach oben gerichtet, die Hände auf Brusthöhe. Um zu klatschen. Sie könnten sie auch zum Beten gehoben haben. Jedenfalls hat das Standbild beinahe etwas Religiöses. Parareligiös, denkt David und will versuchen, sich dieses Wort zu merken. Es passt zu den Reportagen, die er eigentlich schreiben möchte. Dann redet Zini mit seiner Mutter arabisch. Sie starrt auf den Bildschirm, sagt etwas zu ihrem Sohn. Der scheint zu widersprechen. Sina dreht sich zu David.

– Ich kenne ihn auch, sagt sie auf Deutsch.

– Die sind von den Patrioten. Ihr kennt den Mann neben Fuhrmann?

– Ich verstehe nicht.

David geht zum Bildschirm und deutet auf einen schlanken Mann mit kurzgeschnittenen grauen Haaren. – Das ist Fuhrmann, sagt er langsam. Er war Krisenreporter. Jetzt ist er für die Medienarbeit der Patrioten zuständig.

– Ich kenne, sagt Sina.

– Karl Fuhrmann?

Zini nickt. – Lager in Griechenland.

– Er hat Interviews gemacht mit euch?

Zini schüttelt ungeduldig den Kopf.

David sieht Sina an. Sie wirkt verwirrt. Dann reden die beiden auf Englisch weiter.

– Er hat uns besucht im Lager. Er hat uns geraten, dass wir nach Österreich gehen.

– Fuhrmann? Er war bis vor kurzem Reporter. Er hat aus dem Nahen Osten berichtet. Er wollte euch helfen?

– Ja. Schon. Ich weiß nicht. Er hat keine Kamera gehabt. Er hat uns nicht für das Fernsehen interviewt. Ich habe geglaubt, er hat mit der Flucht zu tun. Er hat gesagt, er kann uns in Österreich gut unterbringen.

– Er hat viele Kontakte. Aber es wundert mich. Er war schon immer im Umfeld der Rechten unterwegs.

– Rami hat ihn ein zweites Mal gesehen.

– Was?

– Rami hilft. Er darf nicht. Ich weiß, aber er hilft in einer Pizzeria. Buona Pizza e più. So heißt sie. Gute Pizza und mehr. Nur in der Nacht. Abwaschen, Dinge herrichten. Fuhrmann war da. Er hat mit ihm gesprochen.

– Wann?

– Letzte Woche. Ich hätte ihm besser zuhören sollen. Rami hat gesagt, dass er gute Kontakte hat, ich habe das für einen seiner Träume gehalten. Er hat viele Träume. Aber ich weiß, dass er erzählt hat, der Mann, den wir in Griechenland getroffen haben, der war in der Pizzeria und hat gefragt, wie es ihm geht.

– Buona Pizza e più ist eine sehr gute Pizzeria. Vielleicht war Fuhrmann essen. Vielleicht war es ein Zufall.

– Das kann sein. Aber eigentlich war Rami immer in der Küche versteckt.

– Das kann nicht sein, mischt sich Richard Pribil ein.

Die beiden sehen ihn an. – Natürlich kann ich Englisch. Ich bin desertiert und zu den Engländern. Ich wollte mit ihnen gegen die Nazis kämpfen. Aber da war dann der Krieg schon aus. Das war kein Zufall. Dass der Fuhrmann einem Flüchtling was Gutes will, das glaube ich nicht.

– Aber so war es, sagt Sina. – Er hat gesagt, wir sollen nach Österreich und er kann uns in einer Pfarre unterbringen. Und genau so ist es gekommen.

– Wie? Was hat er getan? Herr Pribil hat hellblaue Augen, niemand kann so durchdringend schauen wie jemand mit hellblauen Augen.

– Ich weiß nicht. Es ist einfach passiert. Wir sind in ein Lager in Österreich und nach dem Antrag sind wir weitergeschickt worden. Hierher.

– Ihr habt Fuhrmann noch einmal gesehen?

– Nein, nie mehr. Zumindest ich nicht. Ich habe ihn nur in Griechenland gesehen.

– War es ein ausführliches Gespräch? Eine kurze Begegnung?

– Ich weiß nicht. Er hat mit Rami geredet, aber nicht mehr, als ich dir schon erzählt habe. Ich bin damals dazugekommen, ich habe wohl etwas geholt. Man musste sich anstellen. Dauernd. Für irgendetwas. Aber sonst wäre auch Chaos gewesen.

– Hat er gewirkt wie ein Freund?

Sina schweigt und überlegt. – Ich kann es nicht sagen. Auf der Flucht täuscht man sich oft. Glaubst du, Rami hat ihn im Fernsehen gesehen und ist zu ihm? Er hat gesagt, der Mann will ihm helfen. Er will ihm Arbeit verschaffen. Er hat davon fantasiert, dass er als Koch arbeitet. Zum Geldverdienen. Damit er wieder anfangen kann, sich Ausrüstung zu kaufen. Zum Fotografieren. Aber dafür brauchen wir zuerst den Bescheid. Das weiß ich.

David nickt. – So könnte es gewesen sein. Rami sieht ihn im Fernsehen, er will dir beweisen, dass er etwas weiterbringt. Er weiß, wo die Demonstration ist, und fährt hin.

– Und kommt nicht mehr zurück.

– Die erschlagen Flüchtlinge, sagt Herr Pribil auf Deutsch. – Glaubt ihr, dass die besser sind als die Islamisten?

Frau Klein starrt ihn an. – Die haben ihn erschlagen? Er kennt Fuhrmann? Den Reporter?

– Nein, Oma. So sind sie auch wieder nicht.

– Genau so sind sie, widerspricht Herr Pribil.

David seufzt. – Man hätte es gehört, wenn etwas passiert wäre.

– Mann war in Griechenland. Freund von Freund von Großvater. Zini deutet noch immer auf den eingefrorenen Fuhrmann. Graue kurzgeschnittene Haare, ein energisches Kinn, aber etwas zu schwammige Backen, die Hände auf Brusthöhe.

– Was heißt Freund von Freund von Großvater? David fragt es Sina.

– Zu schwer Deutsch. Ich weiß nicht.

– Dann reden wir Englisch.

– Ich weiß nicht, kommt es auf Englisch. – Es ist uns vorgekommen, der Mann kennt sich aus, er steht in Verbindung mit denen, die unsere Flucht organisiert haben. Aber ich weiß es nicht. Und Rami hat es auch nicht gewusst.

– Er hat gesagt, er ist Freund!, ruft Zini dazwischen.

– Ja. Aber Freund von wem? Sina versucht ein Lächeln und streicht ihrem Sohn ganz leicht über den Kopf. Er schüttelt sie ab.

– Den muss finden! Dann wir finden Vater! Ich sage! Schütze Mutter! Bin Mann in Haus!

– Krieg dich ein, antwortet David.

– Sie reden eben so. Rami hat gesagt, er muss auf mich aufpassen. Er hat es gut gemeint. Auf der Flucht. Es war wichtig, dass er nie zu weit weg ist. Es gibt genug Kinder, die verloren gegangen sind.

– Ich bin kein kleines Kind!

– Natürlich nicht, Zini.

– Ich heiße Zinédine.

– Und du wirst Fußballprofi, ergänzt David.

Sina hat versucht, sich an alle Details zu erinnern. Sie sitzt mit David in der Pizzeria. Sie haben in der Wohnung von Frau Klein weiterdiskutiert. Der alte Mann hätte am liebsten Bomben auf alle seine Feinde geworfen. Zu Davids Großmutter aber war er galant, nahezu zärtlich, einer, der Kostbares gefunden hat und es nicht mehr verlieren will. Mit über neunzig. David hat sie angelächelt, als sie darüber geredet haben. Er findet es nett, dass seine Großmutter einen Verehrer hat. Er ist nett. Er kann viel besser Englisch als sie, leider. Eigentlich kann sie gar nichts besonders gut. Sie ist nicht einmal eine besonders gute Mutter, sonst hätte sie Zini nicht schon wieder zu Oma Mukhtar gebracht. Aber das ist keine Verabredung, es ist eine Besprechung. Man muss überlegen. David kann ihr helfen, auch wenn er noch so jung ist. Vier Jahre jünger als sie. Dafür ein Stück größer als Rami. Darauf kommt es nicht an, Sina. Der Mann, der mit uns in Griechenland geredet hat, ist bei den Patrioten. Die wollen keine Flüchtlinge im Land. Österreich den Österreichern. Deutschland den Deutschen. Polen den Polen. Kann Fuhrmann wirklich mit ihrer Flucht zu tun haben? Wie war ihr Gefühl damals? Sina versucht sich zurückzuversetzen. Sie kommt zur Baracke. Vor der Baracke steht Rami mit einem grauhaarigen Mann. Sie hat geglaubt, er ist von der Lagerleitung. Der Mann hat eine olivgrüne Jacke angehabt. Die Nächte waren kühl, es war Morgen. Wie viel Uhr? Früh war es. Wahrscheinlich hat sie Wasser geholt. Ewig lang waren sie in dem Lager in Griechenland. Neben Rami steht Zini. Der Grauhaarige und Rami reden englisch miteinander. Was hat der Mann gesagt? Rami hat erzählt, wie das Leben hier läuft und dass sie endlich weitermöchten. Das ist in Planung, hat der Grauhaarige geantwortet. Sie ist sich sicher. Aber was bedeutet es schon? In fremden Sprachen ist noch mehr missverständlich als in der eigenen. Sie hatte den Eindruck, der Mann weiß Bescheid. Leute, die tatsächlich Bescheid wissen und kein Geld dafür wollen, waren auf der Flucht selten. Immer wieder welche, die geholfen haben. Das schon. Aber niemand hat gewusst, wie es weitergeht. Der hat den Eindruck erweckt, als wüsste er es.

Sina nimmt einen Schluck Wein. Sie kann nicht sagen, dass ihr Wein schmeckt, aber immerhin hat sie sich inzwischen an den säuerlichen und leicht bitteren Geschmack gewöhnt. Ihre Nachbarin im Kurs. Die Österreicher glauben, wir sind alle fundamentalistische Muslime, hat sie gesagt. Wir müssen Kopftuch tragen, wir lassen uns unterdrücken, wir essen kein Schweinefleisch und trinken keinen Alkohol, weil es Allah verboten hat. Wenn du ihnen zeigen willst, dass du dich anpasst, dann trink Wein, iss Schwein und setz auf keinen Fall ein Kopftuch auf. Elenya hat in Aleppo in einem Supermarkt gearbeitet. Aber sie hat ihren Beruf gehasst. Sie hat im Kurs erzählt, sie sei Friseurin. Ich habe immer schon allen die Haare gemacht, hat sie gesagt und gelacht. Elenya geht gerne aus, sie hat allerdings keine Kinder.

Schweinefleisch hat Sina nur einmal gegessen, auf ihrer Hochzeitsreise. Sie waren in Brüssel, eigentlich wollte sie nach Paris, aber Vater hat gezahlt und hat gemeint, Brüssel sei günstiger und Europa sei Europa. Ganz abgesehen davon, dass Brüssel die Hauptstadt Europas sei, ob sie das nicht wisse? Neun Jahre ist das jetzt her.

David ist gegangen, um zu telefonieren. Oder nennt man das hier so, wenn man auf die Toilette muss? Viele Monate sind sie jetzt schon hier und so wenig wissen sie. Nur dass die Bürokratie unendlich ist, wie überall auf der Welt. Mit dem Unterschied, dass man hier die Beamten nicht bestechen kann. Sie sind ernst, zurückhaltend und korrekt. Zumindest wirken sie so. Während die freiwilligen Helfer lächeln. Helferin, heißt es. Weibliche Form. Fast alle sind Frauen. Und sie mögen die weibliche Form. Oft lächeln sie, wenn es gar nichts zu lächeln gibt, oder sie versteht sie eben noch immer zu schlecht. Die Flucht. Der Freund ihres Vaters. Geschäftsfreund. Ihm gehört eine richtig große Baufirma, eine internationale. Meist waren nur seine Ingenieure da. Aber er hat sich auch persönlich mit Vater getroffen. Er war einer von denen, weswegen sie den Deutschkurs machen durfte. Damit die sehen, wir schätzen sie, hat ihr Vater erklärt. Sie wollte weiterlernen. Sprachen studieren. Aber eine höhere Schule und ein Deutschkurs, das sei nun wirklich mehr als genug, hat ihr Vater gesagt. Er brauche sie in der Firma. Auch wenn es damals ausgemacht war, dass Omar Jalla übernimmt. Jalla heißt schnell. Alle sollten merken, dass das eine zuverlässige Baufirma ist, eine, mit der Europäer gut zusammenarbeiten können.

Paul Wolnar heißt Vaters Geschäftsfreund. W-Tech. Das ist sein Unternehmen. Er hat mit Vater Geschäfte gemacht, weil der gute Beziehungen zu den syrischen Behörden gehabt hat. Und zu denen, die in den Provinzen das Sagen hatten. Vaters Firma war nicht so groß, aber damit etwas weitergeht, mussten die Europäer, die bei uns gebaut haben, die Heimischen einbeziehen. Sie haben eine Straße gebaut. Und ein Einkaufscenter. Ich darf seinen Namen nicht erwähnen, hat Vater gesagt. Er hilft uns, aber er kommt in große Schwierigkeiten, wenn das öffentlich wird. Wir wollten weg. Nachdem sie die Schule von Zini getroffen haben. Ich wollte schon weg, seitdem Omar gestorben ist. Und Rami begonnen hat, den Krieg zu fotografieren. Außerdem hätten sie Rami jederzeit einziehen können zur syrischen Armee. Da hätte er dann Leute umgebracht wie meinen Bruder.

David kommt zurück, lächelt und setzt sich. Sie wirkt viel jünger als einunddreißig, denkt er. Sie hat braune Augen mit grünen Lichtern, fast wie Cem. Er blinzelt und sieht rasch weg.

– Fuhrmann kommt ab und zu hierher. Um zu essen. Sieht nicht so aus, als hätte er mehr mit dem Laden zu tun.

– Paul Wolnar, sagt Sina. – So hat der Geschäftsfreund meines Vaters geheißen, der die Flucht eingefädelt hat. Ich habe meinem Vater versprochen, es niemandem zu erzählen.

– Wolnar? Ein Österreicher?

– Ein Deutscher, glaube ich.

– Ein Schlepper?

– Nein, natürlich nicht. W-Tech, ein internationales Bauunternehmen. Mein Vater hat für ihn gebaut.

– W-Tech. Kenne ich, die sind richtig groß.

– Er wollte meinem Vater einen Gefallen tun.

– Er hätte für euch bürgen und euch ausfliegen lassen können.

– Ich glaube nicht, dass das so einfach geht. Ohne Visum, ohne alles.

– Was hat er getan?

– Kontakte. Mehr weiß ich nicht. Vater hat mit ihm geredet, Wolnar hatte fast immer einen Dolmetscher mit. Ich wollte dabei sein, aber Vater hat gesagt, das ist ein Gespräch unter Männern. Ich war wütend, das weiß ich noch. Immerhin war es unsere Flucht. Danach ist ein Syrer gekommen, der hat uns alles Praktische erklärt. Und auch, wie viel Geld wir brauchen, und dass wir schon im Vorhinein zahlen sollen, damit wir in der Türkei ein Quartier bekommen und die uns dort die Überfahrt planen. Vater hat sehr viel gezahlt. Es ist ja immer schwieriger geworden.

– Er hat an Wolnar gezahlt?

– Nein. Es war ein Konto in der Türkei. Der Name aber war syrisch.

– Kannst du dir vorstellen, dass dieser Wolnar Kontakt zu Fuhrmann hat?

– Ich weiß nicht. In Griechenland hatte ich den Eindruck. Aber ich kann mich täuschen.

– Wir sollten mit Wolnar reden.

– Ich habe Vater mein Wort gegeben.

– Frag deinen Vater, wie er auf Wolnar gekommen ist und was Wolnar genau zu ihm gesagt hat.

– Ich habe ihn schon seit mehr als zwei Wochen nicht erreicht.

– Ihr telefoniert?

– Manchmal über WhatsApp. Meistens reden wir über Skype. Aber ich habe gar keine Verbindung. Ich mache mir Sorgen.

David sieht Sina an, er legt seine Hand auf ihre und zieht sie dann ganz rasch wieder weg, als ob er sich verbrannt hätte. Sina lacht. David runzelt die Stirn. Irgendetwas hat er falsch gemacht. Warum lacht sie? Sie lacht über ihn. Sina hält sich ein Taschentuch vor den Mund.

– Entschuldige, sagt sie, schnappt nach Luft. – Ihr seid anders mit den Händen.

– Ich weiß, deswegen ... ich weiß, man darf eine Frau nicht einfach berühren, ohne dass es etwas bedeutet. Bei euch. Ich hatte es kurz vergessen. Entschuldigung, ich wollte dich nicht ...

– Es bedeutet dir nichts? Jetzt funkeln Sinas Augen spöttisch. – Jetzt sind wir hier.

– Schon. Natürlich. Es ... aber nicht so ...

– Ich lache dich nicht aus, es ist nur lustig. Weil sie sagen, dass unsere Männer Frauen nicht die Hand geben, weil sie unrein sind. Vielleicht ist das bei irgendwelchen Radikalen so. Bei uns ist es einfach nicht üblich. Rami hat fast der Schlag getroffen, als ihm die erste Frau hier die Hand hingestreckt hat. Bei uns heißt das, die will was von dir. Sie wollte ihn nur freundlich grüßen, wie man das hier eben tut. Wir haben gelernt. Rami ist kein Frauenverächter. Und ich bin keine, die man nicht berühren darf. Natürlich nur so. Zum Gruß. Sina sieht an ihm vorbei und zum Fenster hinaus. Er muss sich täuschen, er hat den Eindruck, sie ist rot geworden.

David räuspert sich. – Ich könnte versuchen, mit diesem Wolnar zu reden.

– Nein! Ich muss erst Vater erreichen, er hat mein Wort.

[4.]

Lotte. Sie steht vor dem Spiegel und versucht zu sehen, wie die grüne Hose am Popo sitzt. Wenn man älter wird, büßt die Wirbelsäule an Beweglichkeit ein. Man kann den Kopf nicht mehr so weit drehen. Eine grüne Leinenhose. Ein optimistisches Kleidungsstück. Sie hat Kleidungsstücke schon immer mit Stimmungen in Verbindung gebracht. So lange hat sie keiner mehr Lotte genannt. Jakob hat meine Liebe gesagt, oder meine Gattin, wenn er mit anderen geredet hat, oder Mutti, seit die Kinder da waren und auch, als sie nicht mehr da waren. Lotte. Richard hat sie gefragt, ob er sie lieber Lotte oder Lieselotte nennen soll. Er hat ihr weiße Rosen mitgebracht. Die Hose sitzt tadellos. Natürlich ist der Popo mit dreiundachtzig nicht mehr straff, aber er ist auch nicht riesig und er hängt nicht runter wie ein halbleerer Wäschesack wie bei Betty. Sie kann mit sich ganz zufrieden sein.

Die lila Tunika ist verheißungsvoll, und trotzdem einen Hauch zurückhaltend. Schwarz wäre zu ernst gewesen, außerdem steht ihr Schwarz nicht. Man sieht bleich aus. Und alt. Es ist ein warmer Junitag und sie werden im Freien Kaffee trinken. Richard mag frische Luft. Er geht jeden Tag spazieren, egal, wie das Wetter ist. Egal, ob ihm seine Knie wehtun. Sie wollen beratschlagen. Es ist natürlich kein romantisches Rendezvous, das wäre ja auch … Was wäre es? Warum lächerlich? Ihr ist nach Romantik. Die schönen weißen Rosen, die er ihr zum Geburtstag geschenkt hat. Er hat Feuer, das hat man auch bei der Sache mit Sina und ihrem verschwundenen Mann gesehen. Sie werden überlegen, was man tun kann. Dieser Fuhrmann und sein Parteichef, den sie ans Kreuz geschlagen haben, und Rami, der Fuhrmann gekannt hat. Richard versteht viel von Politik. Jakob hätte seine Ansichten nicht geteilt. Jakob war ein Menschenfreund, ganz sicher. Er war sehr gläubig. Er war sozial. Er hat daran geglaubt, dass man den Armen helfen muss. Er hat weniger daran geglaubt, dass man die Armen aus ihrer Armut befreien kann. Er hat viel für die Pfarre getan. Jetzt hat er ein sehr schönes Grab auf dem Friedhof nahe bei der Kirche. Sie sollte ihn besuchen gehen. Und ihm Blumen bringen. Vielleicht einen Topf mit Margeriten. Topfpflanzen sind praktischer als Schnittblumen, die welken so schnell am Grab. Heute Nachmittag. Ja. Wahrscheinlich. Wenn man ehrlich ist, dann muss man sagen, Jakob hat jetzt Zeit. Es macht nicht so viel, wenn er ein bisschen wartet. Was ist die Ewigkeit gegen ein Rendezvous, heute um drei?

Jetzt erst fällt ihr auf, dass das Radio nicht läuft. Sie hat vergessen, es einzuschalten. Ihre Gedanken waren ihr genug. Sie hat viele davon, momentan. Und so unterschiedliche. Frau Klein lächelt. Lotte.

Sie schaltet das Radio trotzdem ein. Beschwingte Musik. Man könnte vielleicht einmal tanzen gehen. Sie will nicht nachrechnen, wie lange sie schon nicht getanzt hat. Jakob hat es pflichtschuldig getan, dann, wenn ein Kind Maturaball hatte. Wenn im Hotel bei einem ihrer Sommerurlaube getanzt wurde. Auch ganz am Anfang, als er sie ausgeführt hat, um ihr zu gefallen. Er hat es für sie und die Welt rundum getan, nie für sich. Jakob tut ihr leid. Nicht der Jakob jetzt, der Zeit hat. Sondern der Jakob früher. Er hat überhaupt nicht viel für sich selbst getan.

Walzerklänge. Dann ein Gong. Die volle Stunde. Eine mehr. Jetzt kommen die Nachrichten. Frau Klein will schon einen anderen Sender wählen, aber sie lässt es dann doch bleiben. Sie sollte zuhören. Es könnte Neues geben über Sessler. Sie hofft, dass es nichts Neues über Rami gibt. Wenn er es ins Radio schafft, dann sicher nicht mit einer guten Nachricht. Sie hört von einem Wirtschaftsgipfel, von einem Selbstmordanschlag im Jemen, von einem Iraker, der in einem österreichischen Badesee ertrunken ist, und davon, dass man mit Hochdruck „im Zusammenhang mit dem fürchterlichen Mord an dem Vorsitzenden der Patrioten, Julius Sessler“ ermittle. Als ob es keine Patrioten außerhalb dieser Partei geben würde. Die haben den Patriotismus gestohlen. Das wird sie Richard sagen. Das könnte ihm gefallen. Dann Fußball und Tennis und das Wetter, es soll warm bleiben.

11:03
ES

Warum berichten die Medien nicht über die Kreuzigungen von Christen durch radikale Dschihadisten?
Leider ist der Kreuzestod von Julius Sessler kein Einzelfall, auch wenn uns das die gleichgeschaltete Presse einredet. Aber wenn Mitglieder einer geschützten Klasse (Muslime) das Mitgliedern einer politisch weniger begünstigten Klasse (Christen) antun, besitzt dies offenbar keinen Nachrichtenwert. Man stelle sich vor, es wäre umgekehrt! Was für ein Skandal! Christen kreuzigen Moslems! Das wäre der Ausbruch des Dritten Weltkriegs.
Dabei ist es umgekehrt. Gleich an vier Stellen ist im Koran von Kreuzigung als Strafe die Rede, sie wird nach wie vor in Ländern wie Saudi-Arabien und dem Jemen praktiziert und Dschihadisten wenden diese grausamste aller Tötungsarten sogar bei Kindern an.
Wie krank und pervers muss man denn sein, um ein kleines Kind zu kreuzigen, weil es ein Christ ist? Bei uns wird das totgeschwiegen, aber genau das ist erst vor kurzem in Syrien geschehen. Jeder, der im Internet recherchiert, kann es nachlesen.
Die frühere Leiterin einer christlichen Schule in Damaskus schilderte das schreckliche Ereignis: Islam oder Tod war die Wahl, vor die viele Christen in Syrien gestellt wurden. Wie die geistliche Schwester berichtete, traten die Muslime zu zwei Jugendlichen und sagten: Ihr wollt also wie euer Lehrer

sterben, auf den ihr vertraut? Ihr müsst euch entscheiden: Entweder widerruft ihr euren Glauben oder ihr werdet gekreuzigt! Die Jungen weigerten sich beide, ihren christlichen Glauben zu widerrufen, und starben als Märtyrer. Einer von ihnen wurde vor den Augen seines Vaters gekreuzigt, der dann ebenfalls getötet wurde.

11:10
Granny Smith
In Saudi-Arabien werden die Leute zuerst geköpft und dann ans Kreuz genagelt. Die USA unterstützen Saudi-Arabien. Und die anderen dekadenten westlichen Staaten auch. Und Saudi-Arabien sitzt im UN-Menschenrechtsrat. Sagt doch alles, oder?

11:13
ES
Es gilt, Verbündete zu finden und unser Land zu verteidigen.

11:15
Harald Koron
Meinst du, es ist besser oder schlechter, jemanden zuerst zu köpfen und dann ans Kreuz zu nageln?

11:16
Margit Gruber
Hört auf mit dieser widerlichen Hetze und den falschen Informationen, das hilft dem Frieden am besten!

11:17
Siegfried
Es gibt ein Video. Da siehst du einen vom IS ans Kreuz gebunden. Die Leute stehen herum und sind richtig begeistert. Ist Tatsache, das die das tun. Die tun das bei uns auch, wir müssen DRINGEND was unternehmen!!!!

11:19
Margit Gruber
Und was bitte? Gegen Flüchtlinge hetzen? Die sind ja selbst vor den Radikalen geflohen!

11:20
Granny Smith
Wir haben keine Ahnung, was das für Leute sind, die unter uns leben.

11:21
Karl der Kleine
Und du bist sicher Oma Schmied!

11:21
Volker Visowsky
Drei Punkte:
1.) Grenzen dicht.
2.) Raus aus der EU.
3.) Ein neues Europa der christlichen Vaterländer!

11:24
Margit Gruber
Zahlen dich die Patrioten? Alle sollen wissen, dass es im Netz inzwischen bezahlte Poster gibt. Lasst euch diesen Unsinn nicht einreden. Auch nicht die Sache mit den gekreuzigten Kindern. FAKE NEWS. Hat sich ja hoffentlich herumgesprochen! Sie werden den finden, der Sessler ermordet hat. Und dann wird man wissen, dass es ganz anders war. Die wollen nur hetzen und spalten und Angst machen.

11:25
Granny Smith
Und wer zahlt dich?

Golgatha hat anders ausgesehen. Das war ein kahler Hügel, vielleicht mit ein paar niedrigen Büschen. Hier ist es üppig grün. Sanfte Hänge, Rebzeilen.

– Dort sind Olivenbäume gewachsen, sagt Richard.

– Du meinst den Ölberg, von dem aus ist Jesus in den Himmel aufgefahren, sagt Lotte.

– Er ist am Kreuz gehangen und dann ist er aufgefahren. Zumindest erzählen sie das so. Passt doch.

– Dazwischen war etwas. Sie haben ihn abgenommen und in eine Höhle gebracht, und als sie dann nachgesehen haben, war er weg. Aufgefahren.

– Oder die Löwen haben ihn gefressen.

– In Jerusalem gab es keine Löwen.

– Du bist dir sicher? So sicher, wie Jesus aufgefahren ist? Weißt du, dass Assad Löwe heißt? Syrien ist gleich neben Israel, es kann dort schon Löwen gegeben haben.

– Ich war in Jerusalem.

– Auf Golgatha?

– Das hat man nie identifiziert.

– Warum wohl?

– Vielleicht, weil sie damals noch nichts von DNA wussten.

– Aber ich glaube, du hast recht. So wie das hier hat sich keiner Golgatha vorgestellt.

Sie gehen weiter, sie brauchen die Luft, um zu atmen. Frau Klein und Herr Pribil haben sich und einander zu beweisen, dass sie noch gut zu Fuß sind. Für Jüngere ist es einfacher. Sie fahren mit dem Auto und stellen den Wagen am improvisierten Parkplatz ab. Mitten in den Weinhügeln nördlich von Wien, auf einem Feld, betreut von zwei Ordnungskräften in Jeans und schwarzen Lederjacken.

Die beiden müssen von der Bushaltestelle herwandern. Weil sie zu alt zum Autofahren, aber nicht zum Zufußgehen sind. Herr Pribil hat dazu einige bissige Bemerkungen gemacht, er hat es noch nicht verkraftet, dass sie seinen Führerschein nicht verlängert haben. Frau Klein hatte ohnehin nie einen. Jakob ist gefahren, wenngleich sie ihm in den letzten Jahren den einen oder anderen Hinweis geben musste. Einschlagen, da ist eine Mauer. Du musst mehr nach links lenken. Achtung, da kommt einer. Sie war jahrzehntelang Beifahrerin, sie kannte sich aus. Jakob hat es mit Fassung getragen. Jetzt hat er auch das hinter sich.

Dort, wo Julius Sessler ans Kreuz geschlagen wurde, ist jetzt eine Art Pilgerstätte. Auf die Hügelkuppe darf man nicht, daran hindern einen die polizeilichen Absperrungen. Aber die Behörden haben denen, die aus welchen Motiven auch immer am Unglücksort sein wollen, Zugeständnisse gemacht. Drei Kamerateams sind da, an die hundert Autos, etwa doppelt so viele Menschen. Zwei Polizeibeamte in Uniform hinter der Absperrung. Wie eine Ehrenwache. Das Gesicht zur Menschenmasse. Etwas seitlich, vor der Absperrung, ein Kreuz. Es ist zu klein, um jemand darauf zu hängen. Ein Symbol, drum herum Blumen und Bilder und Kerzen. Eine Frau in Schwarz schluchzt.

– Maria Magdalena, knurrt Richard.

– Was weißt du von Maria Magdalena, gibt Lotte zurück, aber sie tut es mit einem Lächeln.

Wer hinter die Absperrung, die Rebzeilen entlang, den Hügel hinaufblickt, sieht einige Leitungsmasten. Kein Kreuz. Sie haben Sessler auf einen Querbalken genagelt und den dann an einen Leitungsmast. Weil die schon dagestanden sind. Im Internet sind Fotos aufgetaucht, verschwommen und von weitem aufgenommen, aber erkennbar. Weder Frau Klein noch Herr Pribil haben sie gesehen. Man weiß es, weil die anderen es wissen. Es wird zur Hügelkuppe gedeutet, einer sagt, da ist er gehangen, ein anderer, ich glaube, es war der Mast daneben.

– Was machen wir hier?, fragt Lotte leise.

– Zuhören. Herumstehen und warten. Die nehmen uns gar nicht wahr. Zwei alte Nazis mehr.

– Sag so etwas nicht.

– Was glaubst du, wie viele von denen Nazis sind? Die Hälfte sicher.

– Die sind zu jung dazu.

– Dann halt Patriotisch Soziale. Glaubst du, die haben den Namen zufällig gewählt? Nationalsozialisten. Patriotisch Soziale.

– Ich kann mir nicht vorstellen, dass die Kreuzigung mit Ramis Verschwinden zu tun hat.

– Es war am selben Abend, zuerst war die Kundgebung, dann ist Rami verschwunden, dann wurde Sessler ans Kreuz genagelt. Oder eben an den Leitungsmast.

– Das klingt, als würdest du glauben, Rami hat damit zu tun.

– Wir dürfen nichts ausschließen.

– Rami ist kein Verbrecher.

Richard lächelt und berührt sanft ihren Arm. – Du hast ein gutes Herz.

– Ich nehme ein Medikament, damit es passt. Lotte zwinkert ihm zu.

– Wir müssen weiter nach vorne und zuhören.

– Schlimm ist das, endlich ein Österreicher, auf den man wieder gehört hat in Europa. Wahrscheinlich haben ihn die politischen Gegner ermordet. Oder die von der EU. Die sollen jetzt einen Geheimdienst haben. Die Frau um die fünfzig hat zu blond gefärbte Haare.

– Hätten sie das nur mit Hitler auch rechtzeitig gemacht, flüstert Richard Lotte ins Ohr. Es kitzelt angenehm.

– Die Linken, die wollen, dass die Kirchen abgeschafft werden. Jeder Sandler soll vom Staat Geld bekommen, das ganze arbeitsscheue Gesindel. Wir schuften und die verprassen unser Geld. Ihre Freundin sieht abgezehrt aus, so, als ob der Abschaum ihr bereits das meiste weggegessen hätte.

– Die Israelis. Das ist doch klar. Entführt und ermordet, wahrscheinlich der Likud, stellt ein dicklicher kleiner Mann fest.

– Likud? Du meinst wohl den Mossad, kontert ein Zweiter, der aussieht, als wäre er sein Zwillingsbruder. – Likud ist eine Partei. Mit einem ordentlichen Programm gegen die Islamisten. Jedenfalls ist der Sessler in Israel gewesen, um israelische Spitzenpolitiker zu treffen. Die Juden sollen wissen, dass sie bei uns Unterstützung haben, wenn sie gegen die Islamisten kämpfen. Der Sessler hat Gräben zuschütten wollen. Die anderen sind es, die hetzen.

– Von weit weg braucht da keiner mehr kommen, sagt ein Rotgesichtiger. Er wirkt, als wäre er nicht nur von der Busstation, sondern direkt aus Wien zu Fuß nach Neu-Golgatha gelaufen. – Es ist logisch. Die Moslems haben jahrhundertelange Übung im Kreuzigen. Und Sessler hat ihnen nichts durchgehen lassen. Er war gegen dieses ganze Gutmenschengeschwafel. Die wollen uns übernehmen. Die dritte Türkenbelagerung, nur viel raffinierter. Die sind nämlich schon da. Und dann verbinden sie sich. Im Internet gibt es Landkarten, da hat der IS eingezeichnet, wie weit ihr Staat zweitausendzwanzig reichen soll. Der ganze Osten Europas ist mit dabei. Österreich auch.

Frau Klein sieht zwei Männer in Uniform und eine Frau in Zivil den Hügel herunterkommen. Sie will nicht länger zuhören, sie deutet Richard zu bleiben, er blickt sie irritiert an, hellblaue Augen, er nickt. Frau Klein tut, als könne sie von weiter links besser auf den Hügel sehen. Die drei schlüpfen neben ihr durch die Absperrung. Die beiden Wachen grüßen lässig, schauen dabei weiter auf die Menschen vor ihnen.

– So eine Tragödie, sagt Frau Klein.

Die Frau in Zivil wirkt freundlich. Sie ist jünger als ihre Tochter, aber älter als David. – Sie haben ihn gekannt?

– Wer nicht, ich meine: Ich habe ihn aus dem Fernsehen gekannt. Haben Sie schon Spuren gefunden?

– Ich bin von einer anderen Abteilung. Spuren gibt es immer, aber das dauert mit der Auswertung. Es läuft anders als das, was Sie in den Fernsehkrimis sehen.

– Das ist sicher schwierig, das kann ich mir vorstellen. Noch dazu in diesem Fall, wo ihn die einen verehren und die anderen nicht ausstehen können.

– Tja, er hat polarisiert.

– Sie haben ihn Jesus zwei genannt, natürlich solche, die ihn nicht mögen. Wobei Flüchtlinge ihn sicher nie so genannt hätten. Das machen eher Leute von hier.

– Wollen Sie mir etwas Bestimmtes sagen?

– O nein, Entschuldigung. Ich mache mir nur so meine Gedanken.

– Ich muss weiter, meine Kollegen warten.

– Nur eines noch: Einer allein kann das nicht getan haben, oder?

Die Beamtin lacht. – Sie können kombinieren. Nein, das geht sich nicht aus. Man braucht wohl einige Leute, um ihn an den Mast zu nageln.

– Haben Sie etwas von verschwundenen Flüchtlingen gehört?

– Man sollte niemanden vorverurteilen, Sie haben es selbst gesagt, es hat genug gegeben, die ihn nicht besonders gemocht haben.

– Aber das ist schon etwas anderes, als jemanden ans Kreuz zu nageln.

– Kann man wohl sagen.

– Er ist eigentlich überraschend schnell gestorben.

Der Blick wechselt von bemüht freundlich zu wachsam. – Wie meinen Sie das?

– Gekreuzigte leben bis zu drei Tage, habe ich gelesen. Er war am Nachmittag noch bei einer Kundgebung und am späteren Abend war es schon im Radio. Dass er am Kreuz gestorben ist.

– Wenn man auch sonst nicht gut beisammen ist …

– Sie meinen, er war krank?

– Das habe ich nicht gesagt.

– Jemand hat gesagt, sie haben ihm zuerst den Kopf abgeschlagen.

– Sie sollten sich mit so etwas nicht beschäftigen. Aber ich kann Sie beruhigen, sie haben ihm nicht den Kopf abgeschlagen. Es wird eine Menge Unsinn erzählt, Sie dürfen nicht alles glauben. Es ist besser, Sie fahren heim.

Frau Klein sieht der Beamtin nach. Sie geht mit elastischen Schritten auf ihre Kollegen zu, hebt die Schultern, deutet zu ihr zurück, lacht. Frau Klein nickt. Sie kann sich vorstellen, was die freundliche Polizistin gesagt hat: Sie hat mich aufgehalten, die alte Frau dort. Ganz schön neugierig. Hat sicher sonst nichts zu tun. Ja. Ich bin neugierig, denkt Frau Klein, und immerhin weiß ich jetzt ein bisschen mehr. Sie geht zurück zu Richard. Der steht noch immer vor dem symbolischen Kreuz. Wüsste sie es nicht besser, sie würde annehmen, er trauert.

– Wollen Sie auch ein Kreuz? Zum Andenken? Ein schmaler junger Mann hält ihr eine Box entgegen. Kleine schwarze Kreuze, auf denen die Buchstaben PS kleben. – Man kann sie anstecken, sagt der Schmale. – Der Reinerlös kommt Julius Sesslers Projekt für herrenlose Hunde und Katzen zugute.

David hat Sina seinen alten Laptop geschenkt. Er hat zu Weihnachten von Oma einen neuen bekommen. Ultraschnell und ultraschlank. Vor allem Zini war begeistert. Die deutsche Bundesliga auf YouTube. Aber ihre Internetverbindung bleibt zu langsam. Sina gelingt es nicht, ihren Vater zu erreichen. Sie hat schon versucht zu telefonieren, sie hat Nachrichten geschickt, über alle möglichen Dienste. Es gab keine Antwort. Sie weiß, zu welchen Stunden es in Damaskus Strom gibt. Zumindest meistens. Auf Damaskus fallen keine Bomben. Auch wenn rundum gekämpft wird. Da sitzt Assad mit seinen Verbündeten. Und die internationalen Diplomaten. Neue Friedensgespräche soll es geben. Aber wer macht da Frieden mit wem? Was ist Frieden? Früher hätte sie gesagt, Frieden ist, wenn die Familie zusammensitzt und gemeinsam Zitronenhuhn isst und niemand streitet. Wenn Tante Doora Vater nicht dadurch provoziert, dass sie raucht. Wenn Omar nicht über Politik reden will. Wenn der Nachbar nicht kommt und sich beschwert, dass ihr Wagen vor seinem Schuppen geparkt ist. Wenn ihr Großonkel was vom heimlich gekelterten Wein mitbringt und Mutter ihr nicht verbietet, einen Schluck zu kosten. Weil Frauen so etwas nicht tun. Jetzt hat Frieden eine ganz andere Bedeutung. Größer. Unerreichbarer. Auch wenn nicht immer und überall gekämpft wird. Weil dann wären die Reporter irgendwann einmal weg. Bis auf wenige, denen aber nicht zu trauen ist. Die ihre eigene Wahrheit verbreiten wollen. Aus Idealismus oder weil der, der ihnen am meisten zahlt, ihre Wahrheit vorgibt.

Jetzt ist Sina in Davids Zimmer und er sitzt mit Cem in der Küche. Als sie die Wohnung gemietet haben, hat Cem auf einer ultraschnellen Internetverbindung bestanden, um Musikdaten übertragen zu können. Vielleicht kann sie helfen, damit Sina Kontakt zu ihrem Vater bekommt. Vielleicht liegt es ja doch an der Verbindung hier und nicht an der Verbindung dort.

– Unwahrscheinlich, hat Cem gesagt. – Du bist in sie verliebt.

– Ich helfe ihr, weil sie Hilfe braucht. Okay?

Cem hat gelacht. – Sie ist hübsch.

Es ist der vierzehnte Versuch. Sina hat es mit sich selbst vereinbart. Fünfzehn Versuche, nicht mehr. Es hat keinen Sinn, sich verrückt zu machen. Sie hat ihrem Vater wieder eine Nachricht über WhatsApp geschickt. Zwei Häkchen. Sie hat sie geschickt und er hat sie gesehen. Oder hat sie sonst jemand gelesen? Er meldet sich nicht. Sie hat ihn darum gebeten. Er soll wissen, dass sie versucht, mit ihm zu skypen. Das geht am besten, wenn er im Büro ist. Zumindest war es früher so. Seine Firma gibt es immer noch, nicht, dass er viel tun könnte, aber es gibt sie. Gebaut wird immer. Oder es gab sie. Was ist passiert? Das zweite Häkchen, es ist ihre Hoffnung. Es kann ja sein, dass er die Nachricht gelesen hat und dann ist das Netz zusammengebrochen. Oder die Stromversorgung. Oder beides. Vor einiger Zeit gab es tagelang kein Wasser. Assad hat gesagt, die Rebellen hätten gedroht, das Trinkwasser der Hauptstadt zu vergiften. Das war eine Lüge. Sagen Politiker im Exil. Fake News, nicht nur in Amerika. Gibt es keinen Strom? Was ist mit ihren Eltern passiert? Sind sie verhaftet worden? Weil ihr Sohn ein Rebell war und ihre Tochter geflohen ist? Weil sich jemand, der Assad viel näher steht, die Firma unter den Nagel reißen will? Oder hat sich eine der Mörderbanden gerächt, weil ihr Vater Geschäfte mit der Regierung macht? Strom. Ohne den ist es wie im Mittelalter. In den Kampfgebieten gibt es gar keinen Strom. Rami hat im Norden fotografiert. Die Leute von der Agentur waren begeistert, was er unter diesen Umständen schafft, hat Rami erzählt. Er sei in das Quartier gekommen und habe gesagt, dass er Strom brauche, ob sie nicht irgendwo ein Aggregat hätten. Die hätten nur gelacht. Er solle einmal nach oben sehen. Da fliegen die Maschinen der Amerikaner und der Saudis und der Iraker und wahrscheinlich auch die der Türken, der Russen, die von Assad. Ein Lichtschimmer im Finstern – was werden die tun? Bomben. Und rundum gibt es Heckenschützen. Denen ist sowieso fad. Was werden die tun, wenn plötzlich wo Licht ist? Also. Sina kann sich erinnern, wie ihr ganz kalt geworden ist. Rami war stolz auf seine Fotos mit Kerzenbeleuchtung. Aber seit diesem Fotoauftrag hat er im Traum geschrien. Er hat nicht gesagt, was passiert ist. Er hat abgestritten, dass er Albträume hat. Weg, hat sie gedacht, wenn wir uns retten wollen, müssen wir weg. Wo sind ihre Eltern? Was ist passiert? Sind sie auch auf der Flucht? Warum meldet sich Vater nicht?

Wenn die von Daesh oder andere mächtige Radikalengruppen in der Nähe sind, dann ist die Internetverbindung besser, heißt es. Die kommunizieren übers Netz. Trotzdem kein wirklich gutes Zeichen. Angeblich werden sie ja zurückgedrängt. Es gibt auch welche, die waren sozusagen demokratische Rebellen, so wie ihr Bruder. Jetzt machen viele von ihnen gemeinsame Sache mit den Radikalen, weil sie glauben, nur so könne man Assad besiegen. Ihr Vater. Er hat sich immer arrangiert. Seit dem Tod von Omar hasst Mutter Assad und seine Partei. Und Vater hat sie immer wieder angesehen, als würde sie auch ihn hassen. Dann, wenn sie sich unbeobachtet glaubte. Hoffentlich ist Hass ein zu starkes Wort.

Es läutet. Und läutet. Der Ton beim Aufbau einer Skype-Verbindung verfolgt Sina schon bis in den Schlaf. Das Bild ihres Vaters erscheint so übergangslos, dass sie es für eine Sinnestäuschung hält. Für einen Fehler im System. Nervensystem oder Computersystem. Sie hängen eng zusammen.

– Vater.

– Sina, wie geht es dir?

– Ist alles in Ordnung?

– Ja. Ich sehe dich nur verschwommen, die Verbindung ist schlecht, du solltest woanders hingehen.

– Deine Verbindung ist schlecht. Instabil. Ich habe dich seit Wochen nicht erreicht.

– Ich habe dir geschrieben, aber es ist nichts angekommen, was weiß ich, was das wieder ist.

– Warum bist du nie ans Telefon gegangen?

– Was ist das, ein Verhör? Geht es dir gut?

– Ja. Uns geht es gut. Da ist doch etwas passiert, oder?

– Du siehst mich, es ist alles in Ordnung.

– Wie geht es Mutter?

– Ihr geht es gut.

– Kann ich sie sehen?

– Sie ist bei Freunden.

– Sie ist doch immer zu Hause.

– Unsinn.

– Verschweigst du mir was?

– Rede nicht so. Du klingst schon wie eine hysterische Europäerin.

– Ich hab mir Sorgen gemacht.

– Kein Grund. Wir waren nur bei den Großeltern. Dort gibt es keine Verbindung.

– Sicher alles in Ordnung? Ihr solltet weggehen.

– Sie will nicht. Wohin sollen wir?

Der Bildschirm wird schwarz. Sina schaltet die Kamera weg. Sie wollte ihren Vater sehen. Er sieht aus wie immer. Zumindest so, wie sie ihn in Erinnerung hat. Früher war er schlanker, voller Tatkraft. Jetzt, wo nicht mehr so viel zu tun ist, hat er zugelegt. Besser, sie lässt das keinen wissen hier, die glauben sonst, es gehe ihnen prächtig in Damaskus, man könne sogar zunehmen dort, so viel gäbe es zu essen.

– Vater?

– Ich sehe dich nicht mehr.

– Ich habe die Kamera weggeschaltet. Auf dem Skype-Foto steht ihr Vater vor dem Eingang seiner Firma. Hinter ihm die acht engsten Mitarbeiter. Sie lächeln. Der große Baum auf der linken Seite ist längst weg. Irgendjemand hat ihn gefällt, wahrscheinlich hat er ihn verheizt. – Vater, ich muss etwas wissen. Paul Wolnar, dein Geschäftsfreund von W-Tech, er hat den Kontakt für unsere … Reise hergestellt. Hat er etwas von einem Karl Fuhrmann erzählt? Sollte uns der weiterhelfen?

– Was ist mit ihm? Fuhrmann? Nie gehört. Auch ein deutscher Name, nicht wahr? Wolnar hat mir einen Gefallen getan, er hat gute Verbindungen. Mehr weiß ich nicht. Und du darfst nie sagen, dass er mit der Reise zu tun hatte. Sonst bin ich seine Aufträge los.

– Die gibt es doch ohnehin nicht mehr.

– Es wird sie geben. Jetzt ist Flaute, aber …

– Vater! Es ist Krieg!

– Wie du es nennst, ändert nichts.

– Rami ist verschwunden.

– Wie bitte? Er hat dich verlassen?

– Nein. Er ist verschwunden, er hätte mich nie verlassen. Er hatte Kontakt zu diesem Fuhrmann und dann ist er weg. Sie haben den Chef der Patrioten ans Kreuz genagelt, die Patrioten sind eine nationalistische Partei. Am gleichen Tag ist Rami weg.

– Rami hat zu wenig Mumm für so etwas.

– Ich glaube doch nicht, dass er ihn ermordet hat, ich glaube, dass es da irgendeine andere Verbindung gibt. Ich will mit Herrn Wolnar reden. Sina möchte, dass ihre Stimme fest klingt. Aber sie bricht beinahe. Sie ist jetzt froh, dass es keine Videoverbindung gibt. Vater soll ihre Tränen nicht sehen.

– Hallo? Ich kann dich so schlecht verstehen. Es gibt Aussetzer!

– Vater! Ich verstehe dich ganz normal!

– Hallo?

– Es ist wichtig, Wolnar ist der einzige Anknüpfungspunkt.

– Rede doch mit diesem anderen, ich kann mir solche Namen nicht merken.

– Der wird mit mir nicht reden, wenn ich nichts in der Hand habe. Wie hat Wolnar unsere … wie hat er es organisiert?

– Das weiß ich nicht, Kind. Glaube mir. Er hat etwas von guten Verbindungen gesagt und dass sich zwei Männer bei uns melden werden. Das haben sie dann auch getan.

– Sie waren Syrer.

– Ja. Aber er hat sie geschickt, oder er kennt jemand, der sie geschickt hat. Bist du dir sicher, dass Rami nicht einfach so weg ist?

– Ganz sicher.

– Du armes Mädchen. Gibt es jemand, der dir hilft?

– Die Leute da sind sehr nett. Sina kann sich nicht erklären, warum sie sich in diesem Moment trotzdem so allein fühlt wie noch nie. Noch nie.

– Ich kann dir leider kein Geld schicken.

– Vater, ich brauche kein Geld, ich brauche Rami. Und ich will wissen, was da läuft. – Vater? – Bitte, Vater!

– Ich weiß es nicht, Kind. Es kommt langsam, gebrochen. Es muss an der Verbindung liegen.

– Ich werde versuchen, mit Wolnar zu reden.

– Versuch es. Es ist wohl ohnehin schon egal.

– Vater. Kann er dir etwas antun?

Lachen. Es klingt nicht fröhlich. – Das ist eine Frage, die nicht mehr zählt. Alle können einem etwas antun, mein Kind. Es ist egal. Er ist ein Geschäftspartner, einer von vielen. Er ist in Deutschland, oder in Österreich. Das ist nicht gefährlich.

– Seine Leute. Sie könnten in Syrien sein.

– Wo lebst du? Momentan kannst du nicht bauen wie früher. Die westlichen Unternehmer, die da sind, das sind Glücksritter. Reporter gibt es, scharenweise. Und ab und zu politische Delegationen, dann sperren sie alle Straßen.

– Es waren Syrer, die uns geholfen haben.

– Ja. Hat Rami Freunde dort, wo ihr jetzt seid?

– Nein. Ich weiß nicht. Er hat in einer Pizzeria ausgeholfen. Heimlich. Weil er nicht arbeiten darf. Aber Freunde … Die

Nachbarn sind Iraker. Die wissen auch nichts. Sie sind etwas seltsam. Er war Automechaniker, sagt er zumindest.

– Iraker eben. Du bist doch bei ihm. Du musst wissen, ob er Freunde hat.

– Ich bin viel unterwegs. Ich mache einen Kurs. Deutsch. Und österreichische Werte. Und Einstufung, was ich kann. Ich habe gesagt, ich bin leitende Büroangestellte und Dolmetscherin. Ich habe etwas übertrieben, ich weiß.

– Juniorchefin. Du hättest sagen sollen, dass du eine renommierte Baufirma übernimmst.

– Vater, das war einmal.

– Vielleicht. Ich bin alt.

– Du bist nicht alt. Hier kenne ich eine Frau, die ist dreiundachtzig. Und sie hat einen zweiundneunzigjährigen Verehrer.

– Die machen aber nicht … du weißt, was ich meine … oder sind die dort so?

– Nein, sicher nicht. Sie haben sich gern. Sina rinnen die Tränen über die Wangen. Sie holt Luft. Vater soll es nicht merken. David. Er ist in der Küche mit seinem lustigen Musiker-Freund. Der soll es noch weniger merken. – Alles wird gut, Vater. Ich werde zurückkommen. Die Firma wird weitergehen. Rami wird kommen.

– Was ist mit Zini?

– Der wird Fußballprofi, sagt er. Er trainiert mit der Schulmannschaft. Er ist gut.

– Gib acht auf ihn. Und auf dich.

– Lass Mutter schön grüßen, sage ihr, ich denke jeden Tag an euch, ich würde alles für euch tun, damit ihr in Sicherheit seid … Sina bricht ab und lauscht. Da ist nichts. Kein Signal mehr. Keine Verbindung. Gespräch beendet. Telefonhörer aufgelegt. Als ob es noch Telefonhörer gäbe. Und eine Familie, die sich einmal in der Woche mit ihren weiteren Verwandten trifft. Und Zitronenhuhn. Und sie und Rami und Zini voller Pläne. Und Sicherheit. Oder zumindest so etwas Ähnliches.

[5.]

Wech schwitzt.

Er fährt Boot mit Jennifer. Sie sitzt auf der schmalen Holzbank und sieht ins Wasser. Er rudert, was das Zeug hält. Er will nicht, dass sie ihn keuchen hört. Er will, dass sie glaubt, ihr Vater sei stark. Und sportlich. Am Ufer kleine Häuser mit Stegen ins Wasser, überhängende Zweige, Baumgruppen. Schilf und eine Entenfamilie. Wech lächelt.

– Ich muss dir was sagen, beginnt seine Tochter.

– Ja?

Blauer Himmel mit einigen weißen Wolken. Ein Flugzeug. Wohin es wohl fliegt? Wech tropft Schweiß in die Augen, er senkt den Kopf und sieht seine Tochter an. Sie hat die langen Haare im Nacken zusammengebunden. Kein Make-up. Sie braucht keines.

– Ich glaube, ich bin schwanger.

Die Botschaft erreicht Wech erst nach drei Ruderschlägen. Dann lässt er die Arme hängen, die Ruder noch immer in der Hand.

– Was heißt, du glaubst?

– Ich bin mir sicher. Ich habe einen Test gemacht. Und ich war bei der Frauenärztin.

– Du bist achtzehn.

– Ich wollte das nicht.

– Man hat dich … dir Gewalt …

Blut pocht in den Schläfen, Schweiß rinnt über die Stirn, die Augen, die Mundwinkel entlang.

– Nein, aber ich wollte nicht schwanger werden. Es ist passiert. Ich …

– Du hast einen Freund? Warum habe ich nichts davon gewusst? Seine Stimme ist am Kippen. Was wiegt schwerer? Dass sein Mädchen schwanger ist oder dass sie ihm nie von ihrem Freund erzählt hat?

– Mama hat gesagt, du würdest ihn nicht mögen.

– Mama weiß davon?

– Daddy, ich lebe bei ihr.

Daddy. Wie er das hasst. Als ob er ein amerikanischer Fernsehserienvater wäre. – Ihr könntet beide nicht leben, wenn ich euch nicht finanziere! Er bereut es, sobald es draußen ist, und mehr noch bereut er den Ton. Jennifer beginnt zu weinen. Programmgemäß, denkt er bitter. Ich bin der Idiot für alle. – Und deine Pläne? Das Pferd? Was hat sich das … der …. Sag nicht Schwein, ermahnt er sich, sag nichts Böses. Sie ist schwanger. Sie schmeißt alles hin. Ihr Leben. Seine Pläne. Sie hat ihm nie erzählt, dass sie einen Freund hat. Oder hat sie gar keinen? Vögelt sie einfach durch die Gegend? Wie ihre Mutter? Damals, als er im Ausland geschuftet hat?

– Ich …

– Du willst das Kind nicht, ist es das? Es gibt Möglichkeiten … du weißt es. Ich bin nicht dafür, aber unter den gegebenen Umständen … Jennifer … kann es sein, dass du gar keinen Freund hast, keinen fixen, meine ich?

– Was glaubst du von mir? Sie blitzt ihn an. – Ich habe einen Freund. Ich gehe mit ihm seit einem halben Jahr, und wir werden das Kind bekommen, ganz sicher. Es ist für ihn ausgeschlossen, es umzubringen.

– Er ist Abtreibungsgegner. Wech überlegt. Er hat seine Tochter einige Male zu Veranstaltungen mitgenommen, nicht häufig, sie interessiert sich nicht für Politik und er tut es eigentlich auch nur mäßig, selbst wenn er sollte. Er wollte sie für sich an diesen seltenen gemeinsamen Wochenenden. An denen sie ihm nie erzählt hat, dass sie einen Freund hat. Dass sie mit ihm schläft. Er will es sich gar nicht vorstellen.

– Er ist Türke.

– Was?

– Mama hat gleich gesagt, dass du dagegen bist. Er hat einen österreichischen Pass. Er ist hier aufgewachsen. Aber seine Eltern sind aus der Türkei.

– Du wirst ihn nicht wiedersehen.

– Du hast mir nichts zu sagen.

Sie sitzen in diesem Boot, mitten im See. Das Wasser ist ruhig. Es ist absurd, denkt er. Er packt die Ruder fest, rudert los. Heftig. Die Schlagadern pochen, gleich sprengen sie den Hals. Er rudert, und weit entfernt seine Tochter, er rudert von ihr weg, blondes Mädchen im Weichzeichner. Das Boot schlingert, so schnell rudert er.

– Glaubst du, dass es das bringt?, sagt sie. – Ich kann schwimmen, du kannst mich und mein Kind nicht ersäufen.

Wech rudert weiter. Im Takt, den sein Herzschlag vorgibt. Alles, was er tut, alles, was er getan hat. Immer für sie, seine Jennifer. Und sie vögelt einen Türken. Und macht gemeinsame Sache mit ihrer Mutter. Sie hätte nie bei ihr wohnen dürfen. Er hat es gewusst. Es ist der schlechte Einfluss dieser Schlampe. Wahrscheinlich hat sie der ahnungslosen Jennifer den Türken zugetrieben, nur damit sie ihm endlich den Todesstoß versetzen kann. Seine Tochter mit Kopftuch und langem Mantel. Umgeben von kleinen Türkenkindern und einem fetten alten Türken, der sie herumkommandiert und schlägt. Sie hat es nicht besser verdient. Aber er hat sich etwas Besseres verdient.

– Vater, Daddy, sag was.

Er rudert. Sieht sie zu Allah beten und sieht, wie sich der fette Türke einen Sprengstoffgürtel umschnallt, wie er in den Krieg zieht und sie, ganz in Schwarz, bei ihren Kindern kauert, immer mehr werden es.

– Daddy, er ist dreiundzwanzig und studiert Medizin.

– Er hat dich vergewaltigt.

– Er ist ziemlich schüchtern. Und schrecklich seriös. Und ich will ihn heiraten.

Der ganze Kopf ein pochender Ballon, kurz vor dem Platzen. – Du bist ein Kind. Glaubst du, er kann ein Pferd erhalten? Glaubst du, dass er dich auf Händen trägt? Der wird dich bei seinem Familienclan abliefern und über dich lachen.

– Ich bin achtzehn. Sein Vater ist Bauarbeiter, so wie du.

– Ich bin nicht Bauarbeiter! Ich war Polier! Baustellenleiter! Solche faulen Türken wie ihn hab ich in der Pfeife geraucht!

– Du bist arbeitslos.

Die Bombe. Wummern. Im Kopf. Alles Rot, es pocht und tobt. – Ich bin nicht arbeitslos, ich bin …

Jennifer lacht höhnisch. Es knallt in seinem Schädel, er sieht ins Gesicht seiner Frau, wie sie gelacht hat, als er heimgekommen ist, überraschend, mit Blumen und Sekt, wie sie mit diesem alten Sack in der Wohnung war. Willi hat wenigstens Zeit für mich, hat sie gesagt. Willi hört mir zu und erklärt mir nicht ununterbrochen, wie toll er ist. Wech lässt die Ruder aus und hechtet nach vorn. Aufgerissene blaue Augen. Geöffneter rosa Mund, der Kopf geht nach hinten, kein Schrei, nur ein dumpfes Tock, ein Körper wie ein Sack, der über die Bootswand rutscht, ins Wasser platscht.

David weiß nicht, wer es zuerst veröffentlicht hat. Es passiert offenbar gleichzeitig. Man schreibt, postet, berichtet in Radio und Fernsehen darüber. Das Innenministerium und die offiziellen Polizeistellen geben weiter keine Auskunft, aber *„wohlinformierte Kreise“* deuten an, *„dass Asylanten mit der Kreuzigung des Obmanns der Patriotisch Sozialen Partei in Verbindung stehen könnten. Die Ermittlungen konzentrieren sich auf einige Flüchtlinge, die in letzter Zeit untergetaucht sind. Sie stehen im Verdacht, in ihren Herkunftsländern Kontakt zu islamistischen Organisationen gehabt zu haben.“* David liest es im Gratisblatt in der U-Bahn, so wie zehntausend andere auch. *„Islamistisches Netzwerk der*

Kreuziger". Schlagzeile, nicht einmal mit Fragezeichen. Die Meldungen der Tageszeitungen, die man kaufen muss, sind ähnlich. Hie und da fügt ein Kommentator an, dass es nicht um Verallgemeinerungen gehe. Das Wort „Asylant" wird je nach Medium durch „Menschen aus Kriegsgebieten", „Flüchtlinge", „Geflüchtete", „mutmaßliche Syrer oder Iraker" ersetzt.

Im Fernsehen ein Interview mit dem Innenminister.

„Selbstverständlich wird vorurteilsfrei in alle Richtungen bewahrheitet, wenn es so ist, wie es ist, dass Asylanten mit dem zu tun haben, verspreche ich allen Bürgern die volle Härte unserer Gesetze. Wer von unserem Tisch isst, soll sich die Hände waschen." Der Innenminister hat das Kinn vorgereckt, die Hände vor der Brust verschränkt. Er steht in seinem Arbeitszimmer, als müsse er Schreibtisch, Fahne, Grünpflanze verteidigen.

Im Radio wird berichtet, dass immer wieder Flüchtlinge verschwinden. Manche seien zurück nach Hause unterwegs, weil sie sich das Leben hier in Europa schöner vorgestellt hätten, andere tauchten unter, um in Deutschland, Schweden, Frankreich nach Verwandten zu suchen, wieder andere könnten Gefährder sein, Spitzel oder Aktivisten radikalislamischer Gruppierungen.

Sina schwört, dass Rami nicht freiwillig verschwunden ist. Kann sie sich da wirklich sicher sein? David weiß es nicht. Hat sich nicht immer wieder herausgestellt, dass man die besten Freunde, die Freundin, Eltern und Kinder nicht wirklich oder nur zum Teil kennt? Liebe macht blind, heißt es. Mehr noch das, was für Liebe gehalten wird. Eitelkeit, Streben nach Sicherheit, Sehnsucht nach Gemeinsamkeit, Notwendigkeiten und Zwänge kaschiert mit Gefühl. David macht sich Notizen. Er will in großen Zusammenhängen berichten, davon träumt er. So wie es seine Vorbilder getan haben. Egon Erwin Kisch, Upton Sinclair, Franz Kafka. Warum sollte er sich nicht an den Besten orientieren? David ist stolz darauf, alles von ihnen zu kennen, auch die Erzählungen von Kafka, von denen sich viele wie Reportagen lesen. Von den Flugversuchen in Brescia. Die Geschichte von dem Heizer. Kafka ist jetzt wieder in Mode, in unübersichtlichen

Zeiten wie diesen. *Der Prozess, Das Schloss, Der Verschollene. Die Verwandlung.* Kleinbürgertum, Mystery und Bürokratie. Stattdessen kürzt David Meldungen für die Online-Ausgabe des *Magazin*. Bald schon ist er in Brüssel, zwar bloß als Praktikant, aber man wird sehen, vielleicht ist es ein Sprungbrett. Er will nicht werden wie Jakob Klein, der legendäre Nachrichtensprecher. Hat Opa jemals etwas selbst recherchiert? War es ihm wichtig? Das haben andere gemacht, er hat es ihm erzählt. Damals sei es nicht so hysterisch gewesen und man habe noch warten können. Warten, ob sich ein Gerücht bestätigt? Oder darauf, was die offiziellen Stellen absegnen? Natürlich hat David um seinen Großvater getrauert, aber näher ist ihm Oma. Das war immer schon so. Die kichern kann wie ein Mädchen. Die von Großvater definitiv unterdrückt wurde. Sie haben die gleiche Ausbildung gemacht, und was war dann? Er ging zu einem Steuerberater und wurde fürs Fernsehen entdeckt. Eine legendäre Geschichte. Sie war Chefsekretärin, bekam Kinder und blieb daheim. Ganz normal in den Sechzigerjahren. Das macht es um nichts besser.

Oma wird mit Paul Wolnar sprechen. Sina kennt den Geschäftsfreund ihres Vaters, aber wer weiß, wie weit die Geschäftsfreundschaft mit Sinas Vater reicht. Ob er daran erinnert werden möchte, dass er bei der Flucht geholfen hat. W-Tech-Tycoon, Kulturliebhaber, Sportsponsor, wichtiger Freund wichtiger Menschen. David hätte gerne mit ihm geredet, aber sowohl Cem als auch Sina haben gemeint, so einer wie Wolnar, der würde ihn nicht ernst nehmen. Er sei zu jung. Sina hat Cem dabei unterstützt. Dann schicken wir doch gleich Oma zu ihm, die ist wenigstens nicht zu jung, hat er gekränkt gesagt. Eine gute Idee, war die Antwort. Inzwischen glaubt er es selbst. Sie hat herausgefunden, dass es beim Mord an Sessler mehrere Täter gibt und dass Sessler in schlechtem gesundheitlichen Zustand war, als er gekreuzigt wurde. Und er wurde nicht geköpft, hat seine Oma hinzugefügt. Als ob es um die Analyse von Strickmustern ginge. Allerdings muss man sagen, dass Oma nie gestrickt hat. Sie war überhaupt nur eine mittelmäßige Hausfrau, was seine Mutter nicht dazu bewogen hat, anders und damit besser zu werden. Ganz im Gegenteil. Er ist der Erste, der gerne kocht, wäscht und sogar staubsaugt. Was Cem dazu gebracht hat, ihn Freunden vorzustellen mit: Er ist die Frau im Haus. Es hat zu Missverständnissen geführt, die sein Mitbewohner lustig gefunden hat. Spießerausscheidung nennt er solche Manöver.

21:33
ES
Vor der Kreuzigung des Führers der Patrioten sind mehrere Asylanten untergetaucht. Ein Zufall? Nein, ein lange geplanter Anschlag gegen den, der sich geweigert hat, unser Land ausländischen Mächten, islamischen Fundamentalisten und dubiosen Netzwerken zu überlassen. Jetzt müssen die offiziellen Stellen zugeben, was vielen nicht in ihr naives Weltbild passt. Oder geht es längst nicht mehr um Naivität, sondern um bewusste Verschleierung von Tatsachen, die einem europäischen Netzwerk in die Hände spielt? Man hat verabsäumt, Phantombilder zu veröffentlichen. Unter dem Vorwand, man möchte eine Hetze auf unschuldige Flüchtlinge verhindern. Unschuldig? Sie haben unsere Einreisegesetze ignoriert, sie scheren sich nicht um unsere Rechtsordnung. Endlich hat es auch einer der Landeshauptleute zugegeben: Sie haben den Krieg über unsere Grenze gebracht! Unsere Antwort kann nur sein: Erklären wir den feigen Mördern den Krieg!

21:34
Carina Kehr
Ich fordere die Verantwortlichen von Facebook auf, dieses hetzerische Posting sofort zu entfernen und den Account von ES zu sperren. Wir können nicht noch mehr Hetze und Spaltungsversuche ertragen! Es geht um die Demokratie.

21:35
Gerolf
Du begeilst dich daran woran begeilst du dich sonst noch?

21:36
Eveline Svoboda

Mit sind gestern 2 Arrabisch aussehende Männer aufgefallen. Sie waren an der Ecke Simmeringer Hauptstraße und Enkplatz. Verdächtig!!!! Die wollten nicht, das wer sie sieht. Ich habe die Polizei angerufen, aber die haben mich ausgelacht. Die zahle ich mit meinem Steuergeld! Die haben am Revier einen Ausländer als Polizist. Ist er für unsere Werte? Was weiss mann?

21:37
Volker Visowsky

Die Patrioten werden auch unter neuer Führung die Wahlen gewinnen. Dann wird eine andere Unterstützung von Recht und Ordnung einkehren! Bei verdächtigen Polizeibeamten: Nach der Dienstnummer fragen und Beschwerde einlegen. Sonst macht man sich mit schuld an dem, was passiert. So war es auch, als dieser Neger eine Unschuldige mit einer Eisenstange ermordet hat. Alle wollten von nichts wissen, nur weil er Ausländer ist und die sakrosankt sind.

21:39
Carina Kehr

Er war psychisch krank. Es hat nicht damit zu tun, welche Hautfarbe er hat oder woher er stammt. Das mit der Dienstnummer haben früher die Linken bei den Demos gemacht. Sehr witzig!

21:41
Volker Visowsky

Es geht nicht um links oder rechts, es geht um unser Land. Er war Afrikaner und wurde nie abgeschoben, obwohl er illegal im Land war. Noch mehr Fragen? Wer ist schuld, wenn dann etwas passiert? Alle, die so etwas dulden.

21:42
Bürgerbüro der Patrioten – Regierungsrücktritt sofort!

Wer kein Vertrauen in die örtliche Polizei hat, kann zweckdienliche Hinweise auch direkt an unser Bürgerbüro schicken. Wir achten darauf, dass ihnen nachgegangen wird! Wir nehmen die Zukunft Österreichs in die Hand! Es ist fünf vor zwölf!

21:45
Oskar Braun

Gratuliere, Ösis! Ihr macht vor, wie es geht. Wenn sich Deutschland nicht rechtzeitig besinnt, sind wir nicht mehr zu retten. Islamistenmutti Merkel hat uns in den Abgrund gesteuert.

21:46
Spaßvogel

Passt auf mit dem, was aus Österreich kommt. Lernt Geschichte. ☺

21:47
Heynrich

Es war nicht immer das Schlechteste, was aus Österreich gekommen ist!

21:48
Carina Kehr

Das ist nationalsozialistische Wiederbetätigung!

21:49
Heynrich

Ach ja, woran denken SIE denn? Dann sollten sie IHREN Kopf einmal überprüfen und IHRE Gedanken einsperren lassen! Offenbar sind SIE der wahre Nazi. Bei uns zieht die Nazikeule nicht. Ich habe an Mannerschnitten gedacht.

21:50
Volker Visowsky
Red Bull!

21:50
Kenobi
Ihr meints das Gesöff mit dem angeschütteten Typen als Werbeträger, der von zu hoch zu schnell runtergesprungen ist? Der ist ein frauenfeindlicher Rassist, aber vielleicht ist sein Hirn ja durcheinandergekommen. Na Mahlzeit, wenn das auch Deutschland Flügel verleiht!

Frau Klein steht vor dem Palais an der Wiener Ringstraße. Auf dem Gehsteig schieben sich zwei Touristengruppen aneinander vorbei. Eine Asiatin hält einen rosa Schirm in die Höhe. Ein hochaufgeschossener junger Mann trägt ein Schild mit der Aufschrift *Visual Trading*. Frau Klein versteht nicht, was das heißen soll. Handel. Visueller Handel. Eine Firma? Womit handelt die? Vielleicht heißt das Reisebüro so. Es handelt quasi mit Wiener Ansichten. Oder mit Meinungen? Nein, mit dem, was man sieht. Deutsch ist eine komplizierte Sprache, auch Ansicht kann mehrerlei bedeuten. Ansichtskarten. Ansichtssache.

Das Palais ist frisch renoviert, strahlt ersessene Hochnäsigkeit aus. Nicht jeder passt in meine Hallen. Den Sitz eines internationalen Bauunternehmens hätte sich Frau Klein anders vorgestellt. Ein neues hohes Gebäude aus Stahl und Glas. Vielleicht ist W-Tech doch nicht so groß. Das Eingangstor ist aus dunklem Holz, bestens gepflegt. In das hohe Tor ist eine kleinere Tür eingelassen. Für Normalsterbliche. Ob sie für Paul Wolnar das große Tor öffnen? Frau Klein drückt die goldfarbene Klinke. Die Tür ist verschlossen. Ein Messingschild mit *W-Tech* neben zwei weiteren, nicht ganz so großen Schildern. *Immo-Tech* und *Foundation for Freedom*. Herr Pribil ist in einem Café in der Nähe. Sie wollte nicht, dass er am Gehsteig herumsteht und wartet. Frau Klein drückt den Klingelknopf. Wenn David gut recherchiert hat, ist Paul Wolnar heute hier. Sie hat sich zurechtgelegt, was sie sagen wird. Sie hofft, dass sie es nicht vergisst, wenn die Stimme am anderen Ende … Sie wollte den Text aufschreiben. Aber was, wenn sie eine Überwachungskamera haben, hat David gefragt. Sieht eigenartig aus, wenn sie vor der Tür steht und einen Text abliest. Frau Klein blickt nach oben, lässt den Blick das Tor entlang und dann über die ockergelbe Fassade schweifen. Sie sieht keine Kamera. Aber die können wahrscheinlich sehr klein sein. Oder sie schicken überhaupt eine Drohne, um nachzusehen. Ein Summen. Beinahe hätte sie es überhört. Keine Drohne, sondern der Türöffner. Niemand hat sie etwas gefragt, die Tür in der Tür geht auf.

Marmorfoyer. Auch wenn die Firma vielleicht nicht ganz so groß ist, wie David meint, sie hat Geld. Soll sie die Treppe nehmen und nachsehen, wo dieser Herr Wolnar sitzt? Von der linken Seite der Halle geht eine Tür ab. Sie ist verspiegelt. Keine Aufschrift. An der rechten Seite der Eingangshalle ist ein Schalter aus Glas. Fast wie in einer Bank. Zumindest wie in einer früheren Bank. Jetzt bekommt man das Geld von einem Automaten. Und muss sich darüber ärgern, wenn sich Jüngere wundern, dass sie das ganz ohne Hilfe schafft. Die schaffen es nicht mehr ohne Internet, so schaut es aus. Sie hat als Chefsekretärin ganz andere Herausforderungen bewältigt. Hinter dem Glas eine Frau, die sie beobachtet. Neutraler Blick. Frau Klein geht auf sie zu. Omalächeln. Lieb, unschuldig, ein wenig hilflos. Frau Klein hat es sich beigebracht. Es wirkt. Nachdem man etwas Bösartiges gesagt hat. Falls man den anderen den letzten Punschkrapfen wegessen will. Wenn man möchte, dass man, obwohl niemand Zeit hat, zum Bauernmarkt gefahren wird.

– Ich möchte zu Paul Wolnar.

– Haben Sie einen Termin?

– Nein. Omalächeln. – Er ist doch da?

– Sie brauchen einen Termin. Herr Wolnar ist beschäftigt.

– Ich bin seine Tante. Überdosis Omalächeln. – Ich will ihn überraschen. Bitte.

– Na, wie ein Terrorist sehen Sie nicht gerade aus. Kommen Sie mit.

Frau Klein geht neben der Empfangsdame her. Sie ist beinahe zwei Kopf größer als sie. Und das, obwohl die Frau flache Schuhe trägt. Wie alt sie sein mag? Frau Klein stellt in letzter Zeit fest, dass es ihr unmöglich wird, das Alter von Menschen zu schätzen. Sie sind jünger. Fast immer. Bis auf Richard. Die hier ist im Alter ihrer Tochter. Nein, ihre Tochter ist inzwischen siebenundfünfzig. Die ist vierzig oder so. Und kräftig. Wirkt, als hätte sie früher Leichtathletik trainiert. Speerwurf.

Im dritten Stock öffnet die Empfangsdame eine reich verzierte Tür aus mittelbraunem Holz. Wie in einem Schloss. Dahinter ein großer Raum mit hohen Fenstern und Stuckdecke. Selbst der riesige Schreibtisch wirkt hier klein. Auf dem Teppich, Frau Klein ist sich sicher, dass das ein seltener Orientteppich ist, fein gewebt, fast seidig, könnte man davonfliegen.

– Frau Klein ist seine Tante, sagt die Empfangsdame mit einem Lächeln.

Frau Klein hätte die Frau in der gediegenen Raumlandschaft beinahe übersehen. – Ich möchte ihn überraschen.

Die Frau im grauen Kostüm steht auf, klopft an eine noch größere, aber weniger verzierte Tür aus sehr dunklem Holz. Öffnet sie, ohne auf Antwort zu warten. – Ihre Tante!

Frau Klein steht in einem Raum so groß wie eine Aula. Die Ledergarnitur wäre für die meisten Hotelfoyers zu mächtig. Ausladende Fauteuils, eine Bank, auf der eine ganze Schulklasse Platz finden würde. Zu siebt sind sie einmal auf dem Sofa in der Wohnung ihrer Eltern gesessen, sie haben gelacht und Himbeersaft mit einem Schuss Brandy getrunken und dann ist die Bank zusammengebrochen. Sie sollte sich konzentrieren. Der Mann hinter dem Bollwerk an Schreibtisch hat sich erhoben. David hat ihr ein Foto gezeigt. Er ist es. Paul Wolnar.

– Eine Tante, die ich nicht kenne, sagt er ohne Überraschung in der Stimme.

– Ich soll Sie von Mosab Ayan grüßen.

– Von wem? Herr Wolnar sieht Frau Klein an, als hätte sie nicht alle Tassen im Schrank.

– Mosab Ayan, vom Bauunternehmen Jalla.

Er lächelt gütig. – Es tut mir leid, meine Liebe. Sie müssen sich täuschen, zu wem wollten Sie denn?

Mosab Ayan. Jalla. Sie ist sich sicher, sie haben es geübt. Jalla heißt vorwärts, auf, schnell. Ihr Vater habe es in allen möglichen Sprachen angeschrieben, damit seine Geschäftspartner aus Europa gleich sehen, dass da nicht levantinisches Trödeln angesagt ist, sondern europäische Effizienz, hat Sina erzählt.

– Mosab Ayan hat seine Firma Jalla genannt, damit man merkt, sie arbeitet gut. Sie haben seiner Tochter bei ihrer Flucht geholfen, davon weiß sonst niemand. Die Familie möchte sich dafür sehr herzlich bedanken.

– Gern geschehen.

Weiß er nicht, wovon sie spricht? – Es wäre wichtig zu erfahren, wie die Flucht organisiert wurde. Es hat ein Problem gegeben. Herr Ayan möchte auf keinen Fall, dass etwas öffentlich wird.

Sein Blick ist jetzt wachsam. Schüttere, aber gut frisierte braungraue Haare. Ein etwas zu gebräuntes Gesicht. Geht wohl ins Solarium. Nein. So einer hat das Solarium daheim.

– Was für ein Problem? Und wer sind Sie? Meine Tante sind Sie definitiv nicht.

– Eine Freundin der Familie. Frau Klein jubelt innerlich über diesen Satz. Er klingt elegant, wie aus einem Spionagethriller.

– Ayan ist in Damaskus.

– Er hat Freunde hier. Ich heiße Lieselotte Klein. Man kann nachsehen, wer ich bin.

Jetzt lächelt er. Er nimmt sie nicht wirklich ernst.

Gut so, denkt Frau Klein. Sie muss konzentriert bleiben. – Hatte die Flucht seiner Tochter mit Karl Fuhrmann zu tun?

– Mit wem?

– Karl Fuhrmann. Sie kennen ihn sicher, er war Kriegsreporter und jetzt ist er bei den Patrioten.

Paul Wolnar seufzt. – Natürlich kenne ich ihn. So wie viele andere auch. Aus dem Fernsehen.

– Und sonst? Privat?

– Ich habe nichts mit ihm zu tun.

– Sinas Familie hat ihn auf der Flucht getroffen, in Griechenland. Er hat sie beraten, sozusagen.

– Er war Reporter. Sie werden ihn nicht richtig verstanden haben. Er wird berichtet haben.

– Da war keine Kamera. Er hatte nichts mit der Flucht zu tun?

– Liebe Frau Klein. Ich bin Unternehmer und kein Schlepper. Ich habe meinem Geschäftsfreund einen Gefallen getan. Wer in Ländern wie Syrien arbeitet, der muss gute Kontakte haben. Ich habe meine Kontakte genutzt. Es ging über Mittelsmänner. Mosab Ayan hat mir gedankt, er hat gesagt, dass alles geklappt hat.

– Sie kennen ihn also.

– Sie werden verstehen, dass man in Zeiten wie diesen vorsichtig ist.

– Sie sind noch immer in Syrien aktiv?

– Momentan ist das schwer möglich.

– Wissen Sie, warum Karl Fuhrmann mit der Tochter Ihres Geschäftsfreundes Kontakt aufgenommen hat?

– Ich habe wirklich keine Ahnung, ich kenne ihn nicht. Es wird um eine Reportage gegangen sein. Es gibt ja auch Gespräche, die man bloß als Hintergrund verwendet, wenn Sie verstehen.

– Es hat gewirkt, als hätten Sie ihn geschickt.

– Waren Sie dabei?

– Natürlich nicht. Haben Sie mit den Patrioten zu tun?

– Noch einmal: Ich bin Geschäftsmann. Ich habe funktionierende Verbindungen zu allen Parteien. Selbst zu den Grünen. Es gibt Zukunftsprojekte, da kann man auch mit ihnen gut zusammenarbeiten. Was Ihren Herrn Fuhrmann angeht: Wie Sie selbst gesagt haben, ist der nun bei den Patrioten. Schon allein das macht es unwahrscheinlich, dass er ihnen bei der Flucht geholfen hat, oder?

– Sie meinen, weil die gegen Flüchtlinge sind.

– Exakt. Warum sollte Fuhrmann bei seiner offensichtlichen Einstellung einer syrischen Familie helfen?

– Weil Sie es wollten. Das wäre doch eine Möglichkeit, oder?

– Sie überschätzen mich und meine Möglichkeiten.

– Sinas Mann ist verschwunden.

– Es gibt verschiedene Gründe, warum Asylwerber untertauchen. Oder haben sie schon Asyl?

– Sie sagt, er würde nie freiwillig fortgehen.

Wolnar lächelt. Er wirkt müde. – Manche Beziehungen sind nicht, wie sie scheinen.

– Das ist mir nicht neu.

– Er kann eine Freundin haben. Er kann zurückgegangen sein, weil er es hier ohne Arbeit nicht aushält. Er kann sich radikalisiert haben. Er kann ein Schläfer gewesen sein. Sie wissen, was Schläfer sind?

– Menschen, die so tun, als wären sie ganz normal. Und dann schlagen sie zu.

– Eben. Sie wirken ganz normal. Ich finde es sehr nett, dass Sie der Familie helfen wollen, aber leider kann ich nichts für Sie tun. Lassen Sie meinen alten Geschäftsfreund schön grüßen. Ich hoffe, es geht ihm gut. Den Umständen entsprechend eben.

– Ich wollte lieber mit Ihnen reden, als zur Polizei zu gehen und ihr die Sache mit der Flucht und Fuhrmann zu erzählen. Frau Klein improvisiert. Das war nicht ausgemacht, aber sie will auch nicht ohne Ergebnis kommen. Herr Pribil soll sehen, dass sie Mumm hat. Und Köpfchen.

– Ich würde nicht zur Polizei gehen, im Interesse der Familie. Vielleicht ist er ja wirklich untergetaucht, weil er … falsche Freunde hat. Vielleicht besinnt er sich rechtzeitig und kommt zurück. Und wenn nicht: Sie wissen, dass der Vorsitzende der Patriotisch Sozialen ermordet wurde? Sie wissen, dass es so aussieht, als würden Islamisten hinter der Tat stehen? Allein der Umstand, dass Sie einen jungen Mann aus Syrien als verschwunden melden, führt dazu, dass die Behörden sich für seine Frau und den Sohn interessieren. Das ist für ein Asylverfahren sicher nicht gut. Womöglich kommen sogar Sie in Verdacht. Die vielen Anschläge – die Behörden dürfen nichts übersehen.

Frau Klein reißt die Augen auf. Erschrockener Großmutterblick. – Sie meinen wirklich?

Er nickt ernst. – Ich bin mir sogar ganz sicher. Leider, die Welt ist so.

– Ihre Kontakte … Können Sie herausfinden, wo er steckt?

– Solche Kontakte habe ich nicht. Aber, weil ich Ihnen wirklich gerne helfen möchte: Halten Sie mich auf dem Laufenden. Wenn ich etwas tun kann, dann gerne. Inzwischen ist mein Rat, abzuwarten. Möglichst still verhalten. Und vergessen Sie die Sache mit Fuhrmann. Das passt nicht.

Sie hören gemeinsam die Aufnahme ab. Kopf an Kopf. Sie wirken wie verliebte Teenager, die, das Handy zwischen sich, ihren Lieblingssong hören. Tatsächlich hat der Ober ein beinahe verklärtes Lächeln, als er die beiden Alten in der Ecke des Schanigartens sieht. Eine kleine Dame mit sorgfältig frisierten braunroten Haaren, in einem hellen Hosenanzug, und ein hagerer großgewachsener Herr, schlohweiß, in Sneakers und rotem Poloshirt, ganz eng beieinander, jeder mit einem Ohrstöpsel. Es gibt noch Hoffnung.

– Ich bin mir sicher, er weiß mehr, sagt Lotte.

– Leute wie er leben davon, dass sie so tun, als wüssten sie mehr.

– Lieber Richard, da geht es nicht um deine Abneigung gegenüber Unternehmern.

– Ich habe gehört, dass er die Patrioten finanziert.

– Na, dann weiß er wohl doch mehr.

– Sicher. Aber in dieser Sache?

– Er wollte auf keinen Fall, dass ich zur Polizei gehe. Er sagt, er kann nichts tun, aber er will, dass ich ihn auf dem Laufenden halte, also?

– Er will wissen, was wir planen. Und er will keine Polizei.

– Eben.

– Wir müssen herausfinden, ob er Fuhrmann nicht doch kennt. Er hat zu dir gesagt, dass er nichts mit ihm zu tun hat. Wenn das nicht stimmt, dann wird auch der Rest nicht stimmen.

– David kann es googeln.

– Googeln kann ich selber.

– Ich auch. Aber er ist geschickter.

– Ich lade dich ein zu mir, und dann googeln wir.

Lotte sieht Richard kokett an. – So nennt man das jetzt.

[6.]

Als ob sie nicht schwimmen könnte. Wenn er sich wirklich für sie interessieren würde, dann hätte er sich daran erinnert, dass sie die Schulmeisterschaften gewonnen hat. Sie hatte einfach genug von ihm. Von seiner Wehleidigkeit, von seiner Selbstüberschätzung. Von seiner Unfähigkeit, ihr zu helfen, wenn sie ihn wirklich braucht. Wovon würdet ihr denn leben, ohne mein Geld? Als ob sie in einem Schloss aufgewachsen wäre. Sie hat sich fallen lassen und ist ins Wasser, bevor er sie womöglich noch geschlagen hätte. Bloß weil ihm ein Türke als Schwiegersohn nicht ins Konzept passt. Der studiert, um etwas zu erreichen. Seine ganze Familie arbeitet. Ohne wie er zu klagen, dass alle anderen bevorzugt würden, dass man selbst immer der Betrogene sei. Wie konnte sie wissen, dass er nachspringt, um sie zu retten? Sie ist nicht daran schuld, dass er einen Herzanfall bekommen hat. Das Wasser war noch kalt, er war erhitzt, hat sich aufgeregt. Warum hat er sich auch derart aufgeregt?

Sie hat gemerkt, dass er untergeht. Sie hat ihn gepackt, es war viel schwieriger als im Rettungsschwimmerkurs, wo der zu Rettende doch immer ein wenig mithilft. Sie hat ihn ins Schilf geschleppt, gekeucht hat er immer wieder, und Wasser geschluckt, kein Atemstillstand, das nicht. Zum Glück hatte sie das wasserdichte Handy. Immerhin eine gute Idee, dass er ihr das geschenkt hat. Auch wenn er gejammert hat, wie teuer so etwas ist. Er kauft sich frei, hat Mama gesagt. Soll er.

Jetzt liegt er in einem Zweibettzimmer, keine Notwendigkeit, ihn auf die Intensiv zu bringen, hat der Arzt gesagt. Hakan war da und hat ihr frische Kleider gebracht. Er hat gesagt, dass ihrem Vater kaum was passiert sei, ein kleiner Herzanfall, das sei eigentlich nichts, wenn man dabei nicht gerade im Wasser sei. Sie habe ihm das Leben gerettet. Er kennt sich mit so etwas aus. Immerhin studiert er Medizin. Deswegen musste er auch wieder weg, weil er ein Praktikum macht. Und weil es ohnehin nicht gut wäre, Vater aufzuregen.

Das war gestern. Sie ist heute wiedergekommen, obwohl er sie gar nicht gut behandelt. Aber bisher hat er nur geschlafen. Sie haben ihn unter Medikamente gesetzt. Jennifer geht vom Fenster zu seinem Bett, ignoriert den anderen, einen Dicken mit rotgefleckter Stirn, sie will gar nicht wissen, was er hat. Hoffentlich ist es nicht ansteckend. Sie beugt sich über ihren Vater. Sie wird jetzt gehen.

Wech sieht das Gesicht seiner Tochter. Sie ist im Himmel und er bei ihr. Er hat nie an den Himmel geglaubt, eher schon an die Hölle. Er hat Teile davon gesehen. Ein Engel über ihm, der ihr bloß gleicht? Oder doch die Hölle? Er hat sie umgebracht und danach wäre er fast ertrunken. Aber leider nur fast. Sein Körper hat sich zusammengekrampft, als müsse er in sich selbst verschwinden. Was eine gute Idee gewesen wäre. Aber wieder einmal ist es nicht gekommen, wie es sein sollte. Wieder einmal Pech. Ein Engel, der ihr gleicht. Er hat was gesagt.

– Vater? Daddy?

Er fährt auf, ein Riss in seiner Hand, ein Hammer auf seine Brust. Er sinkt zurück.

– Reg dich nicht auf, ich geh dann jetzt.

– Jennifer?

– Es wird schon.

– Bist du gesund?

– Ja. Natürlich. Du hast einen kleinen Herzanfall gehabt, kannst du dich nicht erinnern? Sie haben es dir gesagt, das war gestern. Nichts Bleibendes. Dann hast du ein Medikament bekommen.

– Du bist schwanger.

– Ja.

– Du warst im Wasser.

– Alles in Ordnung.

Nichts ist in Ordnung, denkt Wech. Wie soll er dem Vizekommandanten sagen, warum er nicht kommt und wo er ist? Sie haben strikte Befehle. Sonst kann alles den Bach runtergehen. Sie dürfen ihn nicht rauswerfen. Sonst hat er nichts mehr. Kein Geld, um Jennifer … – Ich war im Wasser.

– Ich hab dich rausgezogen, Daddy.

Das auch noch. Er kramt in seinen Erinnerungen. Festplatte nass geworden. Da ist nichts, das Sinn ergibt. Der Kommandant. Er darf nicht versagen. – Du rufst eine Nummer an und sagst, wo ich bin, in Ordnung?

– Welche Nummer?

– Das ist egal. Sag nur, wo ich bin. Damit sie sich keine Sorgen machen.

– Bist du in etwas verstrickt, Daddy?

– Hör auf mit diesem „Daddy". Was soll das heißen? Das ganze Zimmer dreht sich, sein Engel dreht sich. Verstrickt, verheddert, verfangen, alles auf Schiene, für sie und ihre Zukunft, die sie jetzt wegwirft, aber wen hat er sonst?

– Vater. Wo steht die Nummer?

– Nirgends. Ich weiß sie.

– Was sind das für Leute, die ich anrufen soll?

– Das kann ich dir jetzt nicht sagen.

– Mama meint, du bist in etwas verstrickt, weil wo hast du sonst das Geld hergehabt für Rosanna.

– Lass mich in Ruhe mit ihr, die will mir eins auswischen.

– Sie macht sich Sorgen.

Wech lacht. Es klingt wie Husten. – Die? Um mich? Ich war auf Montage, und ich kann dir sagen, Dubai ist nicht ungefährlich, ein falsches Wort und sie haben dich, die Islamisten oder die Arbeiter oder beide zusammen, ich habe geschwitzt und durchgehalten und dann …

– Bitte. Nicht schon wieder.

– Die Nummer. Schreib mit. Nur anrufen, sagen, dass ich da bin. Und Ende.

– Okay, Daddy, sagt Jennifer, als sie das Zimmer verlässt. Heute trägt sie die Haare offen.

– Badeunfall?

Wech zuckt zusammen. Eine Männerstimme. Sind sie schon da?

– Momentan ist es gefährlich am Wasser.

Wech dreht den Kopf. Alles dreht sich mit ihm, in schnellen Kreisen, der Nachttisch, das Fenster, der Galgen über dem Bett. Der Galgen. Das Kreuz. Das Kreuz. Das Nachbarbett, ein rotfleckiges Gesicht. Da ist noch einer. Er hat ihn bisher nicht wahrgenommen. Da ist einer, der hat alles gehört. Oder doch nicht? Was hat er gesagt? Nichts eigentlich. Die Nummer. Er wird sie sich nicht gemerkt haben. Wech fokussiert das Fenster, versucht seinen Blick am Kran dahinter festzukrallen, damit sich nicht alles weiterdreht. Er war schwindelfrei. Immer. Harmlos. Weiterreden.

– Es war Pech, ich hatte einen Herzanfall beim Rudern.

– Ein Flüchtling ist in einem Badesee ertrunken. Ich weiß ja nicht, wie du das siehst, ich darf doch du sagen, wir sind ja sozusagen im selben Boot, oder?

– Ja, keucht Wech.

– Nicht falsch verstehen, aber es ist schon lustig, irgendwie. Da kommen die übers Wasser. Da sauft einer nicht im Meer ab, dann kommt er zu uns, glaubt, er kann schwimmen und geht unter. Ich meine: ein Witz, oder? Es soll schon der dritte sein, der bei uns ersoffen ist. Weil sie alle nicht schwimmen können.

– Das nennt man Pech.

– Ich habe gehört, seine Leiche wird heimgeflogen, weißt du, was das kostet?

– Der wollte doch weg von daheim.

– So ist es. Also können sie ihn auch gleich da eingraben. Hat er doch, was er wollte, endgültiges Asyl.

– Ja.

– Während sich unsere Mädchen nicht mehr ins Freibad trauen, weil da die jungen Asylanten sind. Pervers, wo die gar nicht schwimmen können. Die wollen was anderes. Du warst mit deiner Tochter an einem See?

– Ja.

– Gut, dass du auf sie aufpasst. Ein hübsches Mädchen. Du hast sicher gelesen, dass eine Dreizehnjährige in einem Freibad vergewaltigt worden ist. In der Umkleidekabine. Von einem Asylanten. Leider hat sie ihn nicht genau gesehen, aber sie haben ein Phantombild gemacht … Du hast das gar nicht mitbekommen? Na gut, du hast die ganze Zeit geschlafen, ich möchte nicht wissen, was die dir gegeben haben. Man muss aufpassen, was die einem geben. Ich lese es dir vor. – Bist du noch wach?

– Ja.

– Oder bist du einer von den Gutmenschen?

– Nein.

– Habe ich mir gedacht. Die liegen in der ersten Klasse, was? Also:

13-Jährige missbraucht. Polizei jagt gefährlichen Vergewaltiger. Der Sex-Täter vom Freibad in Mistelbach könnte ein junger Flüchtling sein. Ein junger Ausländer soll in einer Umkleidekabine des Weinlandbades in Mistelbach ein Mädchen (13) missbraucht haben – Ö! berichtete. Jetzt setzt die Polizei auf ein Phantombild. Der Flüchtige ist etwa 18–30 Jahre alt, schlank und ca. 180 cm groß. Oralsex – das ist die Überschrift dazwischen. – *Die Schülerin war gegen 18 Uhr in die Umkleidekabine gegangen. Der südländisch aussehende Sex-Täter drang ein, soll sein Opfer zum Oralsex gezwungen haben. Als die 13-Jährige sich losreißen konnte und aus Leibeskräften nach Hilfe schrie, flüchtete der Unbekannte zu Fuß. Flüchtling* – das ist wieder eine Überschrift. – *Mistelbachs Bürgermeister, der nicht ausschließen wollte, dass es sich bei dem Gesuchten um einen Flüchtling handelt, erließ ein temporäres Lokalverbot für Asylwerber im Weinlandbad. Außerdem heuerte er für die Zukunft eine eigene Security an. Die Polizei klappert unterdessen alle*

Asylunterkünfte in der Umgebung ab. Eine davon liegt nur 50 Meter vom Bad entfernt. Der Vergewaltiger konnte bisher noch nicht ausgeforscht werden. Ist das ein Wahnsinn? Die kommen her und vergewaltigen unsere Töchter. Aber es wird noch besser. Die Caritas und ihre Gutmenschen regen sich jetzt über das Badeverbot für Asylanten auf. Was wollen sie? Ist eh zum Schutz ihrer lieben Flüchtlinge. Damit nicht noch mehr absaufen. Was aber natürlich auch eine Möglichkeit wäre.

– Das Problem muss man anders angehen, sagt Wech. Er ist sehr müde.

– Die sollen sich die Neunte in den Hintern schieben, sagt Cem.

David steht in der Küche und rührt konzentriert. Wenn er auf einmal zu viel heiße Suppe zu den Fregole gibt, werden die Teigkügelchen pappig. Worüber man alles streiten kann. Jetzt bekriegen sich Patrioten und EU wegen ihrer Hymne.

– Die Trottel wollen die *Ode an die Freude* zurück, weil Beethoven die Neunte in Wien geschrieben hat. Und weil die EU kein Recht auf diese Hymne hat. Die drohen sogar mit Klage. Sie wollen sich die Ode selbst unter den Nagel reißen. Dabei ist das sowieso pathetischer Mist, wenn du mich fragst.

– Dann passt es ja zu den Patrioten, murmelt David. Ob er noch einen Schluck Pinot Grigio dazugeben soll?

– Kannst du aufhören, in dieser Pampe zu rühren, und mir einmal zuhören?

– Du wirst die Pampe lieben. Fregola, fatto come un risotto.

– Wie du den Italiener raushängen lässt.

– Das ist sardisch. Außerdem kann es nicht schaden, andere Sprachen zu können. Bei uns kriegst du gar nicht mit, was anderswo in Europa abgeht. Neapel. Ich hab es auf RAI gesehen. Die haben eine große Demo gegen die Rechten gemacht. Irgendwelche Idioten haben Steine geworfen. Die Polizei hat mit Tränengas reagiert. Danach war diese Diskussion im Fernsehen und einer der nationalistischen Obermacher hat alle Demonstranten Zecken genannt, Gesindel, das nicht arbeiten will. Der Moderator hat ihn zurechtgewiesen. War ziemlich gut. Aber weißt du, was der darauf gesagt hat? *Die* sind es, die *uns* als Faschisten und Nazis beschimpfen, und wir sollen uns alles gefallen lassen.

– Die drehen immer alles um. Sie sind die Opfer, kapiert?

– Ja. Nicht nur bei uns. Der Wilders sagt, er hat auch bloß verloren, weil alle gegen ihn waren. Aber in Italien … Wenigstens ist ihre Küche gut. Und die sardische ganz besonders.

– Psychologisch interessant. Deine Mutter lebt momentan in Sardinien und schon hast du ein Faible für die Küche von dort.

– Meine Mutter lebt nirgendwo fix.

– Na, wahrscheinlich deswegen. So willst du sie fixieren.

– Spinn weiter. Was ist mit der Hymne?

– Die Union hat eine Instrumentalfassung, weil der Text ja in irgendeiner Sprache gesungen werden müsste und das schon wieder welche benachteiligt. Der Karajan hat ihnen die Fassung geschrieben. Einer der größten Geschäftemacher aller Zeiten im Musikbusiness. Weißt du, dass der die Rechte an der EU-Version hat? Und jetzt eben seine Nachkommen. Der Beethoven tät sich wundern.

– Seid umschlungen, Millionen, kommt ja auch im Text vor, oder?

– Gibt welche, die finden, es sollte *seid verschlungen, Millionen* heißen, wenn es um die EU geht. Jedenfalls haben die Patrioten den Teil der Neunten jetzt samt Text zu ihrer Hymne erhoben. Die EU protestiert. Klar ist das eine Provokation. Und das Witzigste: Der Hitler hat die Ode auch ziemlich gemocht.

– Was aber offenbar keinen in der EU gestört hat.

– Ich hab schon überlegt, ob wir eine ethno-verjazzte Version ins Programm nehmen. Irgendeine Verarschung aller Seiten. Götterfunken. Die krachen so richtig aufeinander. Die Religionen, aber vor allem die Typen, die sie benutzen. Jeder hält sich für überlegen. Mega-Egos. Keine Rede von „Alle Menschen werden Brüder, Wo dein sanfter Flügel weilt“. Da schon eher „Laufet, Brüder, eure Bahn, Freudig, wie ein Held zum Siegen“. Schiller hat eben für alle was im Programm. Und Beethoven das bombastische Drumherum.

Die Fernsehanstalt feiert einen runden Geburtstag und Frau Klein ist eingeladen. Sie ist gerührt. Sie hat gedacht, wenn Jakob nicht mehr ist, dann denkt keiner mehr an sie. Aber sie haben die Frau der Fernsehlegende nicht vergessen. Frau Klein hat überlegt, Richard mitzunehmen. Aber es würde vielleicht eigenartig wirken, wenn sie zu einem Fest, bei dem es am Rande auch um ihren verstorbenen Mann geht, ihren Freund mitbrächte. Meinen Freund, denkt sie. Ja, ich nenne ihn so. Natürlich wird Jakob immer wichtig sein. Wobei es ihr in den letzten Tagen vorgekommen ist, als habe sie ihn nicht bloß verlegt, sondern auch die Lust verloren, nach ihm zu suchen. Er ist wohl endgültig weg und die Margeriten hat sie schon auf sein Grab gestellt. Carpe diem, hätte er gesagt. Er hat Latein geliebt, im Gegensatz zu ihr. Und griechische und römische Geschichte und die der Habsburger. Auch wenn die Mittel nicht da waren, um zu studieren. Deswegen heißen die Kinder Maria Theresia und Aurel. Ihr fällt ein, dass sich Aurel seit ihrem Geburtstag nicht mehr gemeldet hat. Dabei lebt er in der Stadt. Andererseits. Er ist ohnehin zu besorgt und dann erzählt er von seinen Wehwehchen. Als ob sie weniger würden, wenn man nur oft genug darüber spricht. Frau Klein ist genervt, wenn Menschen über ihre Krankheiten reden. Richard tut das nicht, auch wenn seine Knie kaputt sind. Er hat sie geküsst, zuerst auf die Wange. Und später, nach einem gehauchten, aber wirklich bloß gehauchten *Darf ich?* auf den Mund. Nicht wild, bloß ganz zärtlich Mund an Mund. Seine Lippen waren etwas trocken, aber warm. Dass sie noch einmal jemand küsst. Jakob und sie hatten das Küssen schon lange aufgegeben, aber das ist nun einmal so, wenn man mehr als fünfzig Jahre verheiratet ist.

Kurz hat sie sich gefürchtet. Was, wenn Richard mehr von ihr will? Aber mehr wollte er nicht. Er will bei ihr sein und mit ihr reden, ihre Hand halten, ihr Blumen bringen und sie küssen. Wenn er darf. Kann es schöner sein? Das mit der körperlichen

Liebe ist vorbei, eingeschlafen, entschlafen. Sie weint dem keine Träne nach. Viel Krampf und Aufregung und Peinlichkeit und dann Routine und Höflichkeit und Konvention und dann irgendwann Abwarten und dann nichts mehr. Mir geht es gut, denkt Frau Klein und lächelt. Und dann erinnert sie sich an Rami, der immer noch verschwunden ist. An den gekreuzigten Sessler. An den Bauunternehmer, der von nichts wissen will und doch Sinas Flucht eingefädelt hat.

Sie stellt sich vor den Spiegel. Sie hat sich für eine dunkelblaue Hose entschieden, ein gleichfarbiges Shirt und eine hellgrüne Jacke. Richard hat gesagt, sie sei ein Hosentyp. Sie hat immer geglaubt, sie sei zu klein dafür. Sie reicht ihm nur bis zur Schulter. Es ist schön, neben ihm zu gehen.

Als sie aus dem Taxi steigt, ist sie kurz irritiert. So viele Menschen vor dem Eingang zum Fernsehzentrum. Sie weiß nicht mehr genau, wohin sie muss. Die meisten sind festlich gekleidet, also wollen sie wohl auch zum Jubiläum. Es hat geheißen, dass sie beim Empfang abgeholt wird, aber von wem?

– Frau Klein?

Ein Kind steht vor ihr.

– Ich darf Sie begleiten.

Vielleicht ist das Kind doch schon siebzehn oder achtzehn. Die sehen heute alle so jung aus. Blond und blauäugig. Wie ein Engel. Das Kind sagt nichts. Es ist wohl schüchtern. – Du … Sie arbeiten hier?

– Sie können gern Du sagen. Es ist mein erster Job nach der Matura. Nur befristet auf drei Monate. Ich sollte etwas dazuverdienen. Ich habe ein Pferd, das kostet. Ich will es nicht verlieren.

– Ein Pferd. Von dieser Arbeit hast du dir ein Pferd gekauft?

– Nein, mein Vater hat es mir geschenkt. Aber alles kann er auch nicht zahlen.

– Und was machst du hier?

– Ich betreue Gäste, hole sie ab, bringe sie wohin, trage Unterlagen herum. Ich hoffe, dass ich hier später einmal richtig arbeiten kann. Als Redakteurin. Oder Moderatorin. Ihr Mann war berühmt, nicht wahr?

– Das war lange, bevor du geboren wurdest.

– Er war sehr elegant, ich habe Fotos gesehen.

– Ja, das war er. Möchtest du auch Nachrichten sprechen?

– Moderieren, das ist jetzt anders.

– Du hast recht. Es ist viel lebendiger. Aber auch unübersichtlicher. Zumindest für mich.

– Ich würde gerne moderieren, aber ich würde auch gerne Reportagen machen.

– So wie mein Enkel David. Allerdings will der nicht zum Fernsehen, er will schreiben. Ist das nicht ein wenig veraltet?

Jennifer lächelt und streicht sich die Haare zurück. – Glaube ich nicht. Aber ich mag Fernsehen lieber. Nur ist es sehr, sehr schwer, reinzukommen.

– Vielleicht kann ich etwas für dich tun. Wenn David schon nicht will, warum sollte sie dann nicht diesem netten blonden Mädchen helfen, denkt Frau Klein.

– Das wäre großartig. Ich habe überlegt, Journalismus zu studieren, oder sonst etwas. Aber eigentlich möchte ich es lieber gleich in der Praxis lernen. So wie ein Lehrling, wenn Sie verstehen.

Frau Klein ist gerührt von ihrem Enthusiasmus. – Und Ferien?

– Ich habe zwei Tage nach der Matura begonnen. Es war der einzige freie Termin. Da muss man Ja sagen, oder?

Frau Klein hat einen schönen Platz. Sie hängt ihre Jacke über die Stuhllehne, fädelt sich wieder aus der Sitzreihe. Noch stehen alle herum. So viele Menschen, dass sie gar keinen erkennt. Den Wald vor lauter Bäumen nicht sehen. Das ist so ähnlich, wenn auch ein bisschen andersherum. Zu vieles, was einem den Blick auf das Spezielle oder auch auf das Gesamte verstellt.

– Liebe Frau Klein, wie schön, dass Sie Zeit gefunden haben.

Sie kennt auch diesen Mann mit den eigenartig dunklen Haaren und den Tränensäcken nicht. Oder besser, sie erkennt ihn nicht. Sie weiß, irgendwo hat sie ihn schon gesehen. Sie lächelt unverbindlich.

– Es sind wenige übrig geblieben aus unserer Zeit, fährt er fort.

Sie nickt.

Er stockt. – Wenngleich mir doch noch ein paar Jährchen mehr geblieben sein dürften, ein, zwei Jahrzehnte machen einen Unterschied.

Frau Klein sieht den Mann aufmerksam an. Er wirkt eigentlich nicht viel jünger als achtzig, da können die gefärbten Haare nicht darüber hinwegtäuschen. – Natürlich, sagt sie trotzdem.

Händeküssen und Küsschen auf die Wangen und dann Menschen, die sie doch erkennt. Eine ehemalige Kollegin von Jakob, auch schon lange in Pension. Sie ist in die Politik gegangen. Jakob hat gemeint, es gäbe Kollegen, die könnten ohne Öffentlichkeit nicht leben. Sie war bei den Konservativen und als die sie fallen lassen haben, ist sie zu den Patrioten gewechselt. Es hat einen ziemlichen Aufruhr gegeben. Frau Klein lächelt Jakobs ehemalige Kollegin an. – Sie sehen blendend aus.

Ältere Menschen, so vermuten erstaunlich viele, lügen nicht. Ähnlich wie Kinder. So ein Unsinn. Frau Klein findet das bisweilen ganz praktisch. In Wirklichkeit hat ihr Gegenüber ein feistes, zu stark geschminktes Gesicht, viel zu roten Lippenstift. Bevor Frau Patriotin weiterziehen kann, zupft Frau Klein sie vertraulich am pinken Ärmel.

– Ist das nicht furchtbar, was mit Sessler geschehen ist? Ich habe gehört, er sei noch dazu gar nicht gesund gewesen. Oder man hat ihm etwas angetan, bevor man ihn ans Kreuz …

– Er war die Gesundheit in Person. Ein passionierter Bergsteiger, mit dem hat keiner mithalten können.

– Du liebe Güte, dann haben sie ihn quasi doppelt ermordet.

– Wie meinen Sie das?

– Na, ein gesunder Mensch stirbt nicht so schnell am Kreuz.

– Woher haben Sie das denn?

Frau Klein beugt sich vor. – Aus dem Netz. Internet. Da steht alles.

– Sie sollten sich nicht mit so fürchterlichen Sachen beschäftigen.

– Mich interessiert, was mit den Patrioten zusammenhängt.

– Ja. Eine Bewegung, die endlich schaut, dass wieder alles ins Lot kommt.

– Und wer wird sein Nachfolger? Sie sind ja im allerengsten Kreis, habe ich gehört.

Frau Klein notiert im Geiste: zuerst faustdicke Lüge, dann Ausflüchte, jetzt Schmeichelei. Sie war schon lange nicht mehr beichten, jetzt könnte sie einiges zur Sprache bringen.

– Kann man so sagen. Wir beschäftigen uns intensiv mit dieser Frage. Es ist sogar möglich …

– Sagen Sie nicht, dass Sie … Ich kann ein Geheimnis bewahren … das wäre natürlich … das würde mich sehr freuen!

Wieder: glatte Lüge, man fragt sich, wer die alte Schachtel wählen soll. So seltsam können nicht einmal die Patrioten sein. Besonders klug war seine Kollegin auch nie, hat Jakob gemeint. Nun gut. Sie war eine Konkurrentin. Eigentlich will Frau Klein weg von hier. Das da ist ihr zu viel Schlangengrube und jetzt macht das Lügen auch keinen Spaß mehr.

– Ganz unter uns: Ich hatte in der letzten Zeit einige Male den Auftrag, Sessler zu vertreten. Er hat sich nicht wohlgefühlt, also habe ich einige Sitzungen und Termine …

– Also doch nicht ganz gesund? Der Arme!

– Jetzt, wo wir darüber reden … aber es war nur in der allerletzten Zeit, so, als hätte er vielleicht schon vorausgeahnt, was die ihm antun werden.

Todesahnungen, die krank machen. Na ja, denkt Frau Klein. Dann eine Durchsage. Alle auf ihre Plätze. Die Show beginnt. Ein bekannter Kabarettist führt durch den Abend. Was sonst? So gut wie jede Gala wird von einem Kabarettisten moderiert. Man hofft, dass sie dadurch lustiger wird. Frau Klein findet einen Teil der Pointen eher bemüht. Das Publikum wird durch Lachen aus der Konserve unterstützt. Damit man weiß, wann Fröhlichkeit angesagt ist.

Während der Rede des Fernsehdirektors, er könnte zumindest ihr Sohn sein, sieht sich Frau Klein um. Wie heißt das, wenn einer bedeutungsschwangeres Zeug von sich gibt, ohne einen Satz formulieren zu können? Labern. Oder gehört das inzwischen zu den ausgestorbenen Wörtern? Wie Lavoir, Bassena, Schnackerlstoßen und geile Torten? Jetzt sind ganz andere Dinge geil. Der Außenminister. Er schüttelt Hände, als gälte es einen Weltrekord zu brechen. Er könnte ihr Enkel sein. Vor ein paar Jahren hat er in einem Geilomobil Wahlkampf gemacht. Schwarz soll geil machen. Verloren hat er damals trotzdem. Jetzt hat er es geschafft. Warum? Ist er klüger geworden? Oder gibt es andere, die daran Interesse haben, dass er vorne steht? Wer hilft ihm? Da drüben sitzt Karl Fuhrmann. War immerhin viele Jahre der bekannteste Krisenreporter des Senders. Noch einer, der vom Fernsehen zu den Patrioten gegangen ist. Und das ohne Umwege wie Jakobs ehemalige Kollegin. Wütende Reaktionen hat es auch in diesem Fall gegeben. Aber zur Jubiläumsgala hat man ihn doch eingeladen. Man will es sich nicht verscherzen mit denen, die so großen Zulauf haben. In die erste Reihe neben den Außenminister, die Parteispitzen der Koalition, den Erzbischof und andere Prominente hat er es freilich nicht geschafft. Rechter Randplatz in der zweiten Reihe. Frau Klein schmunzelt in sich hinein. Richard würde dazu etwas Entsprechendes einfallen.

21:02
ES

Ein dreizehnjähriges Mädchen wurde in einem Freibad sexuell missbraucht! Die Schülerin befand sich in einer der Umkleidekabinen, als der ihr unbekannte Mann plötzlich den nur für Frauen bestimmten Bereich betrat. Er packte das Mädchen und zwang sie zum Oralsex.
Inzwischen sind Phantombilder des Täters im Umlauf, es handelt sich demnach um einen Flüchtling aus der Gemeinde. Wir müssen der laschen Polizei Beine machen. Der Bezirkspolizeikommandant findet es wichtiger, vor einem Generalverdacht zu warnen als den Täter zu finden.

Motto: Wenn in Mistelbach ein Mord passiert, dann hält man auch nicht alle Mistelbacher für Mörder. Nein! Sicher nicht! Weil die Wahrscheinlichkeit hoch ist, dass auch dieser Kriminelle zugezogen und vom Bezirkspolizeikommandanten und anderen willkommen geheißen worden ist! Was ist das für ein Bezirkspolizeikommandant, der lieber Flüchtlinge als Österreicher schützt? Amtsmissbrauch steht zur Debatte.

21:10
Gunther Kraus
Sofort Durchsuchung aller Flüchtlingsquartiere! Der Häuser wo sie Flüchtlinge aufgenommen haben! Die ganzen Misch-WGs wo sie es treiben! Dann haben wir den Täter!

21:24
Bernd Breitschopf
Ich habe mehrere Jahre in Nahost gelebt. Es ist eine andere Kultur, ja, das stimmt. Aber die Männer gehen sehr wertschätzend mit den Frauen um. Anders als viele Österreicher. Nur, darüber wird nicht berichtet. Die Schweinheiligen sollten sich selbst bei der Nase nehmen.

21:25
Tamara Selig
Schweinheilige! Sehr nett!!! ☺☺☺ So ist es! Ich mag kein Schwein!

21:28
Spaßvogel
Wie die Nase eines Mannes, so sein Johannes.

21:29
Gunther Kraus
Schmeißt die Spaßvögel raus! Die Selig ist schon Moslem.

21:30
Tamara Selig
Die Selig ist nicht einmal jüdisch, wenn das wer meint. Die Selig ist Vegetarierin. Und gegen Schweinheilige!!!

21:30
Volker Visowsky
Ihr lacht über ein Mädchen, das vernichtet ist??? So seid ihr!!!! Die Sache mit dem sexuellen Missbrauch hatte ein Vorspiel. Schon vor einem Monat hat ein Mistelbacher vor Übergriffen im Freibad gewarnt. Nichts ist geschehen.
Der Beweis. Aus einem Artikel der Niederösterreichischen Nachrichten:
Ein Mistelbacher sorgt sich um die Sicherheit seiner Tochter, wenn Flüchtlinge das Weinlandbad besuchen. Die Gemeinde kennt die Bedenken, mehr Personal oder Security wird es aber nicht geben. „Als Vater einer 13-jährigen Tochter bin ich in größter Sorge und Alarmbereitschaft. Ich erwarte mir als Bürger von Mistelbach, dass die Verantwortlichen der Stadt die Besucherinnen des Bades, unsere Frauen, Mädchen und Kinder, gegen diese enorme Bedrohung schützen!“ Immerhin würden, wie er gehört habe, Asylwerber und Flüchtlinge im Sommer die Möglichkeit bekommen, eventuell sogar kostenlos das Weinlandbad zu besuchen. Und viele von ihnen seien junge Männer.
Ein Mistelbacher Familienvater wandte sich sorgenvoll an die NÖN und an die Gemeinde: Was die Gemeinde denn zum Schutz der Mädchen und Frauen tun wolle, wollte er wissen. Und er machte auch gleich Vorschläge: Aufstockung des Weinlandbad-Teams, ein eigenes Security-Personal und ein striktes Betretungsverbot des Bades für „Angehörige diverser frauenfeindlicher Kulturen“.
So läuft das! Die Behörden schützen Verbrecher, nicht unsere Frauen und Mädchen!

21:32
Spaßvogel
Seltsames Vorspiel …
Und seltsam auch, dass es in beiden Fällen um eine Dreizehnjährige geht. Eine Prophezeiung erfüllt sich … oder hat da wer nachgeholfen?

21:33
Volker Visowsky
Man sollte Sie mit perversen Flüchtlingen in eine Umkleidekabine sperren, damit Ihnen der dumme Humor vergeht. Was wollen Sie damit sagen? Dass der Vater seine Tochter selbst dem Flüchtling ausgeliefert hat? Es gibt Strafbestimmungen wegen übler Nachrede! Die können vergewaltigen und kreuzigen und ihr LACHT!

21:35
Spaßvogel
Mir ist schon ganz übel, Schweinheilige.

Frau Klein kann Buffets nicht leiden. Warum soll man sich für lauwarme Schnitzel mit aufgeweichter Panier anstellen? Sie steht etwas abseits und hat Karl Fuhrmann fest im Visier. Im Geiste dankt sie ihrem Jakob. Danke, dass du zum Fernsehen gegangen bist. Danke, dass du, weil du einer der Ersten warst, noch immer bekannt bist. Danke für vieles, lieber Jakob. Sie sieht nicht ihn, sie sieht einen Grabhügel mit Margeriten.

Allzu viele Leute wollen nicht mit Fuhrmann reden. Im Gegenteil. Er hat sich diesem Moderator zugewendet und der hat einen Haken geschlagen, um ihm zu entkommen. Bei der Frau im roten Kleid ist es ihm ähnlich ergangen. Er streckt ihr die Hand hin, sie tut, als hätte sie es nicht gesehen, und winkt an ihm vorbei, jemandem, der vielleicht gar nicht existiert. Hier sind die Patrioten nicht salonfähig. Zumindest noch nicht. Andere Blase. So nennt man das jetzt. Blasenschwäche. Das ist es, was ihre Freundin Betty hat, aber sie gibt es nicht zu. Fuhrmann wird sich freuen, wenn sie mit ihm spricht. Er steht allein bei einer der unvermeidlichen Grünpflanzen. Er ordnet die Speisen auf seinem Teller. Garnele, Bratkartoffel, Hühnerflügel, gebackenes Etwas. Ein exaktes Viereck. Sie nimmt ein Glas Sekt vom Tablett. Ein kräftiger Schluck. Prickeln am Gaumen, entlang der Speiseröhre. Warmes Gefühl im Magen. So muss es sein.

– Mein Mann hat Ihre Reportagen sehr geschätzt. Die wievielte Lüge ist das heute? Sie kann sich nicht erinnern, mit Jakob jemals über Fuhrmann geredet zu haben. Vielleicht steckt Lügen an. Die Patrioten beklagen sich doch dauernd über die Lügenpresse. Frau Klein unterdrückt ein Kichern. Sie sollte keinen Alkohol auf leeren Magen trinken.

– Das freut mich.

Er hat keine Ahnung, wer ich bin, denkt Frau Klein. Aus irgendeinem Grund ist sie erleichtert.

– Jakob Klein. Nachrichtensprecher.

– Nein, so etwas. Ich bin ein großer Verehrer Ihres Mannes. Damals hatte das Fernsehen noch Würde!

– Sind Sie deswegen weggegangen?

– Da gab es eine Reihe von Gründen. Ja, auch deswegen. Und weil der Einfluss gewisser Parteien ständig wächst. Ich war immer einer, der unabhängig berichten wollte. Von Parteien und vom sogenannten Zeitgeist. So wie Ihr Mann damals.

– Lieb von Ihnen. Sie haben spannende Reportagen gemacht. Aus den Krisengebieten.

– Sie sehen sich so etwas an?

– Natürlich. Es hat doch auch mit uns zu tun.

– Das kann man wohl sagen, wir sind dabei, viele dieser Probleme zu importieren.

– Sie haben von Flüchtlingslagern berichtet.

– Man kann nicht umhin. Nicht, dass Sie mich falsch verstehen. Ich habe nichts gegen Flüchtlinge, wenn es wirklich welche sind. Aber ich habe gesehen, wie viele Glücksritter sich anschließen. Es sind nicht die Besten, die weggehen. Viele bleiben in den Nachbarländern und hoffen, dass sie bald heimkönnen, um ihr eigenes Land wiederaufzubauen. Die muss man unterstützen. Was wäre gewesen, wenn bei uns im Zweiten Weltkrieg alle davongerannt wären?

– Eine Flüchtlingsfamilie hat mir erzählt, dass Sie sich sehr nett um sie gekümmert haben.

Ein wachsamer Blick. Frau Klein kontert mit Omalächeln. – Mein Mann war in unserer Pfarre sehr engagiert. Seit seinem Tod versuche ich, das aufrechtzuerhalten. Man kommt mit allen möglichen Menschen ins Gespräch.

Fuhrmann gruppiert die Speisen auf seinem Teller um. Garnele, Bratkartoffel, Hühnerflügel, gebackenes Etwas. Jetzt alle in einer Reihe. Nahrung, zum Appell angetreten. – Wahrscheinlich haben sie mir leidgetan. Wissen Sie noch ihren Namen? Gut, ich werden ihn ohnehin vergessen haben. Ich bin auf meinen Reisen so vielen begegnet.

– Sie haben ihnen geraten, es in Österreich zu versuchen.

– Das kann ich mir nicht vorstellen. Da müssen sie etwas falsch verstanden haben. Bei allem Mitleid, ich habe nie zu den Durchwinkern gehört.

– Na eben. Durchwinken hätte ja bedeutet, dass sie nach Deutschland weiter wären. Wie die meisten. Sie sind geblieben. Angeblich auch, weil Sie ihnen den Tipp gegeben haben.

Fuhrmann schüttelt den Kopf und sieht sich nach jemandem um, der ihn aus diesem Gespräch befreien könnte. Aber da ist keiner. Er schiebt die Bratkartoffel an den einen, den Hühnerflügel an den anderen Tellerrand.

– Ich will Sie nicht vom Essen abhalten.

Fuhrmann sieht irritiert auf seinen Teller. – Danke, das kann warten. Ich habe es nur nicht gerne, wenn sich eins mit dem anderen vermischt.

– Die Flüchtlinge haben mir erzählt, Sie hätten gewirkt, als wüssten Sie Bescheid.

– Ich weiß Bescheid. Wenn auch nicht über diese Familie. Missverständnis. Die mangelnden Sprachkenntnisse sind überhaupt eines der größten Probleme.

– Sicher. Ich habe mir das auch gedacht, wo Sie jetzt bei den Patrioten sind. Die sind doch eher anti. Anti-Zuwanderung, wollte ich sagen.

– Weil man der Realität ins Auge schauen muss. Oder wollen Sie, dass in der Nacht der Muezzin ruft und Frauen aufpassen müssen, wenn sie unbehelligt in die Kirche möchten?

– Kann ich mir nicht vorstellen.

– Eben. Jedem vernünftigen Menschen muss klar sein, dass Österreich nicht alle Flüchtlinge aufnehmen kann und dass sich die EU-Ausländer nicht auf Kosten der Arbeitslosen bei uns sanieren können.

– EU-Ausländer? Sie meinen die außerhalb der EU?

– Ich meine die im Osten. Die auch in der EU sind.

– Müsste das nicht EU-Inländer heißen?

– Inländer sind wir. Ich habe nichts gegen die. Und gegen Flüchtlinge, wenn sie wirklich welche sind. Aber Sie sind Katholikin und Ihr Mann war auch Katholik. Man muss die Wurzeln unserer christlichen Tradition bewahren. Richten Sie Ihrer Flüchtlingsfamilie schöne Grüße aus, sie scheinen es ja zu uns geschafft zu haben. Wie war noch einmal deren Name?

– Lieber Gott, den habe ich jetzt vergessen, wissen Sie, das Alter … Manchmal überlege ich, ob ich nicht Alzheimer habe. Die Krankheit, an die man sich nie erinnern kann. Frau Klein zwinkert Herrn Fuhrmann zu. – Man hat ja gehört, dass es Flüchtlinge gewesen sind, die Ihren Parteichef ans Kreuz geschlagen haben … ganz fürchterlich!

– Wahr ist, dass einige Asylanten knapp vor der Kreuzigung untergetaucht sind. Da fragt man sich doch. Besser als hier geht es ihnen nirgendwo. Ist auch jemand aus dieser Pfarre verschwunden? Niemand darf Terrorzellen decken.

– Das kann ich mir nun wirklich nicht vorstellen.

– Sollten Sie so etwas erfahren, müssen Sie es melden, sonst machen Sie sich mitschuldig. Wenngleich …

– Wenngleich?

– Wenngleich Ihre Schützlinge dann Probleme bekommen. Wenn Sie sich an ihren Namen erinnern, sagen Sie es mir doch. Vielleicht kann ich was tun.

– Wirklich lieb, danke. Ich meine, den Patrioten wird da alles Mögliche unterstellt.

– Ich bin ein Menschenfreund. So wie Sessler einer war. Wir stehen ein für unsere Überzeugungen, im Interesse Österreichs und des christlichen Abendlandes.

Es klingt wie auswendig gelernt.

[7.]

Es ist acht Uhr früh, als es an der Tür von David und Cem läutet. Cem träumt gerade von einer Sängerin mit endlos langen Beinen, oder sind das ihre Stimmbänder? Das Wesen scheint sich ununterbrochen zu verwandeln, während er dahockt und seine Gitarre hält. Sie hat keine Saiten. Cem weiß nicht, ob er sich freuen oder ärgern soll, dass er aus diesem Traum gerissen wird. David steht unter der Dusche. Cem hört das Wasser rauschen, als er in Shorts und zerknittertem Shirt zur Tür schlürft. *Ich dich auch* steht auf dem T-Shirt, Geschenk irgendeiner witzigen Exfreundin.

Cem öffnet. Zwei Männer in Zivil und eine Polizistin in Uniform.

– David Giuliani?

– Nein.

– Er ist hier gemeldet.

– Er ist nicht da.

– Wir haben einen Durchsuchungsbefehl.

Cems Herz macht einen Sprung. Zwei Oktaven nach unten. Der nächste blöde Traum. Da ist ihm der mit der Sängerin, die sich dauernd verwandelt, noch lieber. – Kann ich ihn sehen? Cem hat einen Cousin, der sich regelrecht brüstet, mit so etwas Erfahrung zu haben. Immer fragen, ob es einen Durchsuchungsbefehl gibt. Fragen, welche Straftat einem vorgeworfen wird. Nur herausgeben, was sie fordern. Straftat? Was sollte David angestellt haben?

Der eine Beamte hält ihm ein Blatt Papier hin. Stempel, Datum, sieht alles echt aus.

– Und wenn er nicht da ist?

– Dann sehen wir trotzdem nach.

– Was wirft man ihm vor?

– Indirekte Beteiligung an einem Mordkomplott, organisierte Kriminalität, Beteiligung an einer terroristischen Vereinigung. Sie können es alles lesen. Der Beamte sieht richtig froh aus, als er den Schrott erzählt.

– Sie suchen einen anderen David Giuliani. Das ist es, denkt Cem. Die Lösung. Es gibt zwei David Giuliani und sie haben sie verwechselt.

– Lassen Sie uns rein. Der Durchsuchungsbefehl erstreckt sich ohnehin nur auf internetfähige Geräte von Herrn Giuliani, sagt der größere der beiden Beamten.

– Vorerst, fügt der erste scharf hinzu.

Die Polizistin in Uniform schweigt. Cem sieht, dass sie eine Pistole trägt. Er mag keine Waffen, daher mag er auch keine Polizisten, sogar Polizistinnen mag er nicht.

– Was ist?, sagt David und kommt in ein Handtuch gewickelt ins Vorzimmer.

– David Giuliani?

– Ja. Und?

Er will wissen, was sie auf seinem Laptop suchen. Sie sagen es nicht. Sie fragen ihn nach Verschlüsselungen. Das Passwort haben sie schon. Keine Verschlüsselungen, es gibt keine. Der Lange sitzt an Davids Schreibtisch und klickt sich durch die Seiten. David überlegt, ob er irgendwas gespeichert hat, das sie nicht sehen sollen. Ob er auf irgendwelchen Seiten war, die verdächtig sein könnten. Ihm fällt nichts ein. Er hat Meldungen zusammengekürzt. Da war nichts dabei, was die Polizei interessiert. – Wer weiß, was die interessiert? Die Grünen fordern den Rücktritt des Innenministers. Aber das tun sie andauernd. Darf man das nicht mehr schreiben? Er kann keinen klaren Gedanken fassen. Wie sind sie auf die Idee gekommen, dass er mit organisierter Kriminalität zu tun hätte? Wie darauf, dass er indirekt an einem Mord beteiligt sein könnte? Terror? Cem sitzt neben ihm und starrt die Polizeibeamten feindselig an. Das macht es auch nicht gerade besser.

– Komm einmal her, sagt der Lange zum Scharfen. Gemeinsam schauen sie auf Davids Laptop. – Na also, sagt der andere. – Da haben wir es ja.

– Und was?, fragt David.

Der Scharfe dreht den Kopf in seine Richtung. – Sie hatten Kontakte nach Syrien, nicht wahr?

– Das ist nicht strafbar.

– Sie stehen in Kontakt zu einem engen Verwanden eines Syrers, der wegen Beteiligung an einem Mord, an organisierter Kriminalität, einem terroristischen Netzwerk international gesucht wird.

– Ich weiß nicht, wovon Sie sprechen.

– Ach? Sagt Ihnen der Name Rami Ahmadi etwas?

– Nein.

– Das bringt doch nichts. Wir haben den Beweis. Das kommt vom zweiten Beamten.

David überlegt. Sina heißt Ayan, Rami und sein Sohn heißen im Nachnamen Fadel. Gemeinsamen Familiennamen gibt es nicht in Syrien. Die Kinder bekommen den Familiennamen des Mannes. Typisch, hat David gesagt, als Sina ihm das erklärt hat. Sie hat ihn lächelnd angesehen. In Österreich, hat sie gefragt, da nehmen die Frauen den Namen des Mannes an, wenn sie heiraten, oder? Er sollte sich konzentrieren. Was ist mit Rami Ahmadi? Wenn er etwas erzählt, bekommt Sina Schwierigkeiten, aber ihm kann nichts passieren. Kann ihm tatsächlich nichts passieren? Sein Praktikum im EU-Parlament. Wenn Vorerhebungen gegen ihn laufen, was wird dann daraus? Wird so etwas gemeldet?

– Seine sogenannte Frau ist Sina Ayan, sagt der Lange.

– Ja. Sie heißt wie ihr Vater. Weil die Frauen nicht den Namen des Mannes annehmen in Syrien. Es gibt keinen gemeinsamen Familiennamen.

– Sein Pass ist gefälscht. Sein richtiger Name ist Ahmadi. Nicht Fadel. Sie geben zu, mit Sina Ayans Vater über Skype Kontakt aufgenommen zu haben? Der Scharfe hat die Arme über der Brust verschränkt.

– Sie hat meinen alten Laptop. Mit dem hier haben wir es nur ein paarmal probiert. Sie hat ihn dann erreicht, aber mit dem alten Laptop. Das ist doch wohl ganz normal, dass sie wissen will, wie es ihrem Vater geht. Er ist in Damaskus. David überlegt. Warum hat ihr Mann einen gefälschten Pass, sie aber nicht? Dafür gibt es eine Erklärung. Sicher. Dumme Bürokratie. Kafkaesk, das Ganze. Vielleicht wird eine Geschichte draus.

Der Lange zieht seinen Stuhl näher zu David und deutet ihm, sich zu setzen. David lässt sich in den Schaukelstuhl fallen.

– Es ist aber nicht normal, dass ihr Mann abgetaucht ist. Und dass kurz danach jemand ans Kreuz geschlagen wurde. Vielleicht haben die beiden Sie drangekriegt. Es ist besser, Sie erzählen uns alles ganz genau. In Ihrem Interesse.

– Da gibt es nichts zu erzählen. Ich habe Sina bei mir skypen lassen, weil ich eine viel bessere Verbindung habe. Sie wird von der Geist-Gottes-Pfarre betreut. Sie ist eine anständige junge Frau, die versucht, Deutsch zu lernen und sich zu integrieren. Sie haben leider nach mehr als einem Jahr noch immer keinen Asylbescheid.

Hat er wirklich „anständig" gesagt? Warum betont er das? Er hat den Eindruck, er geht den Polizeibeamten auf den Leim.

– Du musst nichts sagen, rät ihm Cem.

Sehr hilfreich. – Meine Großmutter kennt Sina über die Geist-Gottes-Pfarre. Sie ist dreiundachtzig. Sie kümmert sich um Flüchtlinge. Es ist absurd zu glauben, dass es in der Pfarre Islamisten gibt.

– Wir haben nicht von Islamisten gesprochen. Interessant, dass Sie davon anfangen, sagt der Scharfe.

– Das Netz ist doch voll von Gerüchten, dass dieser Sessler von Islamisten ans Kreuz geschlagen worden ist.

– Wie standen Sie zu Julius Sessler?

– Ich habe ihn nicht gekannt.
– Politisch.
– Das brauche ich nicht zu beantworten.
– Sie werden es sonst später beantworten müssen.

Cem funkelt die beiden an. – Mich wundert nur, dass Sie nicht gleich mit Sondereinsatzkommando und Scharfschützen unsere Wohnung gestürmt haben.

Die Polizistin greift erschrocken an ihren Gürtel. Eine Handbreit darunter ist ihre Waffe. David ärgert sich. Ist Cem nicht klar, dass er alles nur schlimmer macht? Aber der ist nicht mehr zu stoppen.

– Ja, ich gebe es zu: Meine Vorfahren sind Moslems. Vielleicht bin ich weitschichtig sogar mit dem Attentäter von Sarajevo verwandt, wer weiß? Ich bin Österreicher. Und sonst gar nichts. Kein Moslem und kein Christ. Weil ich Religionen nicht mag. Genauso wenig wie Waffen und falsche Anschuldigungen. Und Arschlöcher, die immer Flüchtlinge verdächtigen!

Der Scharfe fährt auf. – Das ist …

Der Lange legt ihm die Hand auf die Schulter. – Seien Sie vorsichtig. Es gibt so etwas wie Beamtenbeleidigung.

– Wie kommen Sie darauf, dass ich Sie gemeint habe? Sehr interessant! Ich hab die von den Patrioten gemeint. Natürlich. Oder ist es inzwischen schon strafbar, sie zu kritisieren? Noch haben sie die Wahlen nicht gewonnen.

David seufzt. – Was passiert jetzt weiter?

Zum ersten Mal mischt sich die Polizistin ein. – Wir nehmen die Beweismittel mit und Sie hören von uns.

– Glauben Sie mir. Da sind völlig falsche Zusammenhänge hergestellt worden. Ich lege die Hand ins Feuer für Sina. Sie ist in der Pfarrgemeinde gut integriert. Das sind keine Radikalen.

– Das ändert nichts daran, dass ihr Mann und ihr Sohn gefälschte Pässe haben.

– Es muss einen Grund dafür geben. Einen harmlosen. Es ist Krieg. Vielleicht ist er bedroht worden.

– Sie wissen mehr?

– Ich weiß es nicht. Sinas Vater ist Bauunternehmer in Damaskus, seine Firma heißt Jalla – so wie los, auf, schnell. Es lässt sich vielleicht klären, wenn wir eine Verbindung kriegen.

– Das ist schon geklärt. Die beiden waren vor einigen Jahren auf Hochzeitsreise. In Brüssel. Unter ihrem richtigen Namen. Vielleicht haben sie damals schon etwas ausgekundschaftet.

David sieht von einem zum andern. Die stellen ihm eine Falle, eine, die er nicht durchblickt.

– Er hat es wirklich nicht gewusst, die hat ihn nur benutzt, sagt der Lange.

– Oder er stellt sich dumm, sagt der Scharfe.

– Du liebe Scheiße, sagt Cem.

Sina weint. Sie sitzt in der Küche, die gleichzeitig Wohnraum ist, ihre Tränen tropfen auf das gelbe Plastiktischtuch. David würde sie gerne trösten, aber so einfach ist das nicht. Die ihre Flucht organisiert hätten, die hätten Rami zu einem falschen Pass geraten, sie hätten es ihnen mehr oder weniger befohlen, hat Sina erzählt. Weil er ja für westliche Agenturen fotografiert hat. Und weil er zum Militär eingezogen werden kann. Und weil es besser ist, wenn verschleiert wird, dass sie mit ihm zu tun hat. Was weiß man, wie viel die Radikalen oder die Leute von Assad erfahren? Ihr Bruder war bei den Rebellen für ein unabhängiges Syrien. Was weiß man, was sie ihren Eltern antun, wenn sie mitbekommen, dass sie geflohen sind? Aber es sind doch so viele geflohen, hat David erwidert. Und? Weißt du, was ihren Familien passiert ist? Nein. Ich auch nicht. Ich weiß auch nicht, warum sich Vater so lange nicht gemeldet hat. Es gibt Strom in Damaskus, immer wieder. Niemand weiß wirklich etwas heute. Wir wollten vorsichtig sein. Wir haben getan, was sie gesagt haben.

Sina hat Kaffee gekocht und ihre Hände haben gezittert. Sie ist von der Kriminalpolizei verhört worden, nicht zu Hause, sondern in der Polizeidirektion. Sie hat Angst gehabt. Sie hat keine Ahnung. Sie ist sich sicher, dass Rami nichts mit dem Tod dieses

Politikers zu tun hat. Sie hat gehört, dass der gekreuzigte Politiker gegen Flüchtlinge war. Sie haben es in der Pfarre erzählt, auch dass er gerne aufgetreten ist wie Jesus persönlich. Mehr weiß sie nicht. Rami hat sich nie für Politik interessiert, immer nur fürs Fotografieren. Und für Fußball. Und früher für internationales Recht. Für Recht?, hat er sie gefragt. – Rami hat Rechtswissenschaften studiert, aber seine Familie hat wenig Geld, er hat nebenbei gekocht, um zu verdienen. Vor dem Krieg sind in Damaskus viele Lokale entstanden. Und Kaffeehäuser, fast wie in Wien. Aber als er die Chance hatte, zu fotografieren, war er glücklich.

Zini ist im Schwimmkurs. Die Pfarre will dafür sorgen, dass alle Flüchtlinge schwimmen lernen. Sina kann schwimmen. Das hilft ihr jetzt nicht.

– Warum hast du mir nicht die Wahrheit gesagt?, fragt David.

– Weil ich gar nicht mehr an die falschen Pässe gedacht habe.

– Das glaubt dir keiner.

– Ich war in Sorge um Rami.

– Wir haben versucht, dir zu helfen. Meine Oma war bei Wolnar, sie hat mit Fuhrmann geredet. Und du hast uns nicht die Wahrheit gesagt. Wie soll ich wissen, ob der Rest stimmt? Ob eure Flucht nicht ein ganz anderes Geheimnis hat?

– Du kannst mir nur glauben.

David sieht Sina an. – Ich würde dir gerne glauben. Aber ich mag mich nicht reinlegen lassen. Kann es sein, dass du deinen Mann deckst? Erzähl es mir, ich werde nichts verraten.

– Er ist nicht freiwillig verschwunden. Ich hätte doch deine Oma nicht angerufen, wenn das anders wäre. Ich habe mir Sorgen gemacht, ich habe es nicht mehr ausgehalten. Man ist so allein.

– Liebe kann blind machen.

– Ich kenne Rami, seit er siebzehn war. Ich weiß alles über ihn.

– Und wenn es nicht so ist?

Sie funkelt David an. Grüne Blitze. – Es ist so!

13:17
Pro Schwein Österreich
Schweinefleisch ist gesund! Diese Facebook-Seite informiert Sie über alles Wissenswerte zum Thema Schwein. In unserer Kampagne wollen wir auch neue Mitbürger einladen, Geschmack, Nährwert und unschlagbares Preis-Leistungs-Verhältnis dieses traditionellen Naturprodukts schätzen zu lernen.

13:38
Ekmet Özkan
Ich esse immer schon Schwein! Schmeckt echt gut!

14:19
Pro Schwein Österreich
Danke, lieber Ekmet! Erzähl es weiter! Wir wissen, dass viele unserer türkischen Mitbürger nicht engstirnig sind. Und: Auch viele Österreicher halten die Fastenzeiten für veraltet. Niemand sollte sich den Genuss von Schweinefleisch verbieten lassen! Ein Tipp: Natürlich ist der Verzehr von Schweinefleisch ein Hinweis auf eine gelungene Integration in unserem Land, wo Schweinsbraten und Schweinsschnitzel quasi Nationalgerichte sind.

14:28
Alexandra
Widerliche Verführer! Die Zukunft liegt in einer Ernährung ohne Tierleid! Wer vegan lebt, muss auch keine Religion verraten!

14:32
Pro Schwein Österreich
Wir verwahren uns gegen die Behauptung, dass unser Qualitäts-Schweinefleisch aus österreichischer Herkunft etwas mit Tierleid zu tun hat!

14:44
Harry Gold
Was, müssen die jetzt nicht mehr sterben dafür? Wie lange dauert es und die Zuwanderer werden gezwungen, Schwein zu essen?

14:48
ES
Es ist höchste Zeit, der Unterwanderung unseres Landes durch den Islam und seine Vorschriften zu begegnen. Sowohl die dort verordnete Stellung der Frau als auch die Ernährungsgewohnheiten haben NICHTS mit unseren Werten zu tun! Es darf nicht mehr länger so sein, dass Kinder von Asylanten den Speiseplan von österreichischen Kindergärten und Schulen bestimmen. Wo kommen wir hin, wenn Schweinefleisch vom Menüplan verschwindet, nur weil es radikalislamische Geistliche fordern?

15:05
Gottwald
Schächten! Kümmert euch darum Tierschützer! Die schlitzen sie auf und schauen bis sie krepieren! Was sagt das? NICHTS Gutes! Die üben nur! Trottel-Veganer und Freunde. Die sind für Terroristen und Kreuziger und nicht für Schweine!

15:17
Pro Schwein Österreich
Wir verstehen uns als eine überparteiliche Einrichtung, die sich für den Genuss unseres einheimischen Schweinefleisches einsetzt. Deswegen unterstützen wir auch alle Initiativen, die für Menüpläne sind, auf denen Schweinefleisch ein fixer Bestandteil ist. Menüpläne ohne Schweinefleisch entsprechen nicht nur nicht unserer Tradition, sie können auch zu Mangelernährung führen, sie vernichten einheimische Arbeitsplätze und zerstören die Existenz von Landwirten.

15:19
Zorro
Wie wäre es mit dem Slogan: SCHWEIN GEHABT – IHR SEID IN ÖSTERREICH! ??? ☺

15:24
Pro Schwein Österreich
Herzlichen Dank für den Vorschlag! Wir werden ihn in der nächsten Sitzung unserer Arbeitsgemeinschaft besprechen!

15:25
Zorro
Das war ein Scherz.

15:52
Gottwald
Kein Scherz: Wenn mehr von denen da sind und die vermeeren sich wie die Karnickel, gehen die Schweinebauern vor die Hunde.

15:54
Spaßvogel
Karnickel, Schweine und Hunde und Patrioten.
Echt TIERISCH!!!!

[8.]

Kann es ein Zufall sein, dass ich mit Wolnar geredet habe, dass ich mit Fuhrmann geredet habe, und kurz danach kommt die Polizei zu David? Frau Klein ist auf der Terrasse, steht auf Zehenspitzen und schaut zum Stephansdom. Nicht, dass sie glaubt, die Bodenstation Gottes würde ihre Frage weiterleiten. Sie findet, mit etwas Fixem und Beständigem im Visier kann man besser denken. Sich besser konzentrieren. Beide haben nach dem Namen der Flüchtlingsfamilie gefragt. Sie spinnt sich da etwas zusammen. Wolnar hat ein paar Verbindungen spielen lassen. Um seinem Geschäftsfreund zu helfen. Die haben kein Interesse an Sina und Rami. Fuhrmann ist ein Wichtigtuer. Sie hat keine Namen genannt. Und trotzdem kam die Polizei. Es hat nichts mit ihr zu tun. Die haben das mit den Pässen herausgefunden. Das mit den Pässen. Warum hat Sina ihr nicht vertraut? Warum hat sie nicht alles erzählt? Heißt das, auch sie kann Sina nicht vertrauen? Was, wenn es wirklich anders ist und Rami sich radikalisiert hat? Hört man doch immer wieder.

Richard vertritt die These, dass Wolnar seinem syrischen Geschäftsfreund helfen wollte, um ihn danach für seine Zwecke einzuspannen. Bessere Aufträge, bessere Kontakte. Wann immer der Krieg wirklich vorbei sein wird, wer auch immer ihn gewinnt: Wer schnell ist, bekommt die besten Aufträge. Wiederaufbau ist ein Geschäft. Aber natürlich will Wolnar nicht, dass seine Aktion bekannt wird. Es ist nicht populär, Menschen bei der Flucht zu helfen.

Frau Klein senkt die Füße, jetzt versperrt ihr ein Wohnhaus den Blick auf die Kirche. Sie spürt ein Ziehen in der linken Wade. Solange es nichts Schlimmeres ist. Aurel hat ihr erzählt, dass er Krämpfe in den Beinen hat. Der Arzt schließe nicht aus, dass das stressbedingt sei. Weil es immer schwieriger werde mit den Jugendlichen in der Schule. Er tut ihr leid. Er hat ihr schon leidgetan, als Jakob auf dem Namen Aurel bestanden hat. Vielleicht tut es einem Kind nicht gut, wenn es einem leidtut. Jetzt ist er leidend, ihr Sohn. An allem Möglichen und am Leben. Seine Frau hat Anteil daran. So viel ist sicher für Frau Klein. Ulrike ist nie zufrieden mit ihm. Was ist sie? Sprechstundenhilfe. Wirft ihm vor, dass er noch immer nicht Schuldirektor ist. Schwärmt ihm vor von „ihrem" Primar. Soll sie doch ihn heiraten. Aber der hat eine Jüngere und viel Schönere. Dass Ulrike schön ist, kann man wirklich nicht behaupten. Sie hat immer schon wie ein Pferd ausgesehen. Seit einiger Zeit sieht sie aus wie ein verfettetes Pferd. Kurz vor der Karriere als Leberkäse. Sie hat ihre Backen geplustert und gesagt, dass die Patrioten schon mit dem einen oder anderen recht hätten, die EU koste uns Geld und bringe viel zu viel Gesindel ins Land. Aurel hat nichts gesagt. Es war ein kurzes Treffen. Wenigstens in der kleinen Innenstadt-Bar, die sie so mag. Fünfzigerjahre-Flair. Man kann sich zurückversetzen. Mit Richard sollte sie dorthin gehen. Sie trinken Cocktails und fühlen sich jung.

Die Patrioten. David meint, Wolnar sei dicht dran an den Patrioten, auch wenn er sich offiziell bedeckt halte. Es gibt Fotos, die ihn gemeinsam mit Sessler zeigen. David hat auch welche gefunden, auf denen Wolnar mit Fuhrmann zu sehen ist. Zu ihr hat Wolnar gesagt, er kenne Fuhrmann nur aus dem Fernsehen. Er hat gelogen. Wo hat er sonst noch gelogen? Aber vielleicht will er bloß nicht zu den Patrioten gerechnet werden. Ganz gesellschaftsfähig sind sie noch nicht. Zumindest solange sie noch nicht an der Regierung sind. Das war bei Trump auch so. Aber offenbar gewöhnt man sich an alles.

Die Gerüchte, dass untergetauchte Flüchtlinge mit dem Tod von Sessler zu tun haben, gibt es schon seit Tagen. Vom *„Terror-*

netzwerk der Kreuziger" ist in Ö! zu lesen. Diese Zeitung zählen die Patrioten nicht zur Lügenpresse, obwohl sie am meisten lügt. Die Polizei hat ermittelt … aber woher wussten sie, dass Rami verschwunden ist? Sina hat es nicht herumerzählt. Wer wusste davon? Sie, David, Richard, Sinas Nachbarn. Vielleicht jemand von der Pfarre. Sie muss Sina danach fragen. Sina. Wie viel kann man ihr glauben? Sie hat ihnen nicht gesagt, dass Rami und ihr Sohn mit falschen Pässen ins Land gekommen sind. Spätestens als Rami verschwunden ist, hätte sie das tun sollen. Weiß sie, was Sina denkt? Was sie vorhat? Kennt sie ihre wirkliche Geschichte? Frau Klein fröstelt. Sie geht ins Wohnzimmer und schließt die Terrassentür.

Du bist eine alte Frau mit viel Zeit und Sinn für Romantik, sagt sie zu sich selbst. Sie glaubt sich nicht. Es gibt ältere. Sinn für Romantik ist nichts Schlechtes. Er verstellt nicht automatisch den Blick auf die Realität. Das sieht man an Richard. Er ist in sie verliebt. Und gleichzeitig ist er scharfzüngig und alles andere als gütig, wenn es um „den Zustand unserer Gesellschaft" geht, wie er das nennt. Sie wird ihrem Gefühl vertrauen und sie wird ihren Verstand einsetzen. Erst vor kurzem hat sie einen Spruch gelesen: *Alte Menschen sind gefährlich. Sie haben keine Angst vor der Zukunft.* Sie hat sich zuerst darüber geärgert. Auch weil es genug alte Leute gibt, die sich vor allem Möglichen fürchten. Dann hat sie überlegt, es könnte doch ein gutes Motto sein. Wozu fürchten? Wir haben schon vieles überlebt.

Wenn ihre Gedanken nur nicht ständig abschweifen würden. Da war etwas, das hätte sie weiterverfolgen sollen. Ein halber Gedanke quasi. Irgendetwas mit Sina und wer von Ramis Verschwinden gewusst haben könnte. Noch einen gibt es. Sinas Vater. Was, wenn er mit Wolnar geredet hat? Aber warum? Offenbar funktionieren die Verbindungen momentan sehr schlecht. Außerdem. Sie selbst hat Wolnar davon erzählt, dass Rami verschwunden ist. Sie hat seinen Namen nicht genannt, aber den kennt er. Er hat die Flucht organisiert. Oder organisieren lassen. Fuhrmann hat sie nichts von Rami gesagt, obwohl er sie danach gefragt hat. Er hat gefragt, ob auch in ihrer Pfarre ein Flüchtling untergetaucht sei. Warum hat er sie das gefragt? Sie hat gedacht: Achtung! Daran kann sie sich noch genau erinnern. So schlecht ist ihr Gedächtnis gar nicht. Aber das hat sie nicht gemeint mit dem halben Gedanken. Frau Klein seufzt. Richard ist für zwei Tage bei seiner Tochter. Die ist rührend um ihn besorgt. Als ob er ein Baby wäre, am liebsten würde sie ihn ganz zu sich nehmen. Alle finden das offenbar großartig. Nur Richard nicht. Was würde er im Waldviertel machen? In einem Dorf nahe der tschechischen Grenze? Wenn es wenigstens das Weinviertel wäre, näher zu Wien und mit Wein rundherum. Muss ja nicht Golgatha sein, wo sie Sessler an einen Leitungsmast genagelt haben. Richard fehlt ihr schon jetzt. Sie haben darüber geredet, wie es wäre, gemeinsam in ein Seniorenheim zu ziehen, natürlich jeder in eine eigene kleine Wohnung, aber nebeneinander. Sie haben die Entscheidung aufgeschoben. Man kann später darüber nachdenken. Es ist gut, so wie es ist. Man müsste auch erst ein passendes Wohnheim finden. Frau Klein weiß nicht, ob Richard die Heime der Caritas mögen würde. Er hat etwas gegen Religion. Andererseits hat er viel übrig für Soziales. Die Caritas. Die Pfarre. Das war es. Wie sind Sina, Rami und Zini zur Wohnung der Pfarre gekommen? Hat Fuhrmann nicht in Griechenland irgendwas von einer Pfarre gesagt? Oder war das Wolnar in Damaskus? Sie wird Sina fragen. Niemand kann sich alles merken.

Der Kommandant war ungehalten. Sehr ungehalten. Alles nur wegen dieses Scheißtürken, der seine Tochter geschwängert hat. Wech hat dem Vizekommandanten natürlich nichts davon erzählt, es würde kein gutes Licht auf ihn werfen, dass er seine Tochter nicht im Griff hat. Beinahe hätten sie ihn trotzdem rausgeschmissen. Er war nicht da zur rechten Zeit. Er war im Krankenhaus. Das ist keine Entschuldigung. Zum Glück hat er einen Trumpf. Er kann Arabisch. Zwar nicht perfekt, doch gut genug, um sich zu verständigen. Er bekommt mit, worüber die reden. Er muss nicht zugeben, dass es nicht immer der Fall ist.

Er würde gerne mehr verstehen. Dann könnte er dem Vizekommandanten auch mehr erzählen. Der spricht von klarer Hierarchie und der Notwendigkeit, dass ein Rädchen ins andere greife.

– IP-Adresse, sagt Cem. – Wie sie dich gefunden haben, ist ganz einfach. Du hast Sina deinen alten Laptop gegeben. Also können sie nachsehen, wo noch dieselbe IP-Adresse herumgeistert. Nämlich bei dir.

– Die dürfen das?

– Keine Ahnung. Die machen das. Terror, islamistische Netzwerke, Gefährder und so. Das haut rein. Da sagt keiner, dass das Schwachsinn ist. Dass man die so nie findet, nur andere, die ihnen nicht in den Kram passen.

– Die kommen her und beschuldigen mich, bei so etwas dabei zu sein.

– Sie müssen dich beschuldigen, sonst wären sie nicht an deinen Laptop gekommen. Hatte Sinas Mann Zugang zu einem deiner Geräte?

– Ich kenne ihn nicht. Ich habe Sina zum ersten Mal gesehen, als sie auf der Geburtstagsfeier von Oma war.

– Und du hast dich gleich verliebt.

– Hör endlich auf mit dem Blödsinn. Ich bin nicht verliebt. Jetzt schon gar nicht mehr.

– Und ob. Sonst hättest du auch nicht so wütend darauf reagiert, dass sie dir das mit dem falschen Pass verschwiegen hat. Hast du dir schon überlegt, was ist, wenn ihr Rami nicht zurückkommt? Pass bloß auf, sonst hast du schneller, als du denken kannst, eine Frau samt Kind und vielleicht noch einen Terror-Prozess am Hals.

– Gerade hast du gesagt, die glauben ohnehin nicht, dass ich etwas damit zu tun habe, die wollten nur den Laptop.

– Wenn sie mit drinhängt, bist du mitgefangen. Ich sehe schon die Schlagzeile: Liebhaber der Islamisten-Braut: War er wirklich so blauäugig? Oder: Islamistin verführte naiven EU-Beamten!

– Ich bin weder naiv noch EU-Beamter.

– Die nehmen das nicht so genau. Immerhin sollst du demnächst nach Brüssel. Hast du dir schon überlegt, ob du deinem Abgeordneten von der Sache erzählst?

– Ich warte ab.

– Das ist dein Spezialgebiet.

– Sehr witzig. Oma will klären, wie Sina in die Pfarre gekommen ist. Laut Sina hat Fuhrmann in Griechenland gesagt, sie sollen nach Österreich. Dort kann er sie in einer Pfarre unterbringen. Ein Zufall?

– Viele Flüchtlingsquartiere haben etwas mit der Kirche zu tun. Aber deine Oma ist ein Knaller, das ist wahr.

– Sie liebt dich auch.

– Ich werde sie diesem alten Knacker ausspannen.

– Großvater hat sich um die Finanzen der Pfarre gekümmert. Ehrenamtlich. Er hat das gelernt. Er war in einer Steuerberatungskanzlei, bevor er fürs Fernsehen entdeckt wurde.

– Er hat sich casten lassen?

– Das hat es noch nicht gegeben. Glaub ich zumindest. Seine Kanzlei hat den Fernsehsender betreut. Das Fernsehen war damals erst am Anfang, da gab es noch keine Riesen-Verwaltungsabteilungen. Sie haben nach einem neuen Sprecher für die Nachrichten gesucht und waren unglücklich mit den Männern, die sich beworben haben. Mein Großvater ist mit irgendwelchen Finanzunterlagen vorbeigegangen, als sie sich darüber unterhalten haben. So einen wie den bräuchten wir, hat der Fernsehchef gesagt, jung, aber mit ernstem Blick. Dann fragen wir ihn doch, hat der Informationschef geantwortet. Der Rest ist Fernsehgeschichte.

– Dein Großvater hat sofort zugesagt?

– Er hat es sich reiflich überlegt. Er hat Fernsehen nicht seriös gefunden.

– Ein Mann mit Weitblick. Dabei war das vor dem Dschungelcamp und den Tanzpeinlichkeiten.

– Sie haben ihm ein doppelt so hohes Gehalt geboten, als er in der Steuerberatungskanzlei hatte. Außerdem habe ich den

Verdacht, dass ihm meine Großmutter zugeredet hat. Jetzt sieht sie sich die Finanzen der Pfarre an. Großvater hat von allem Duplikate aufgehoben. Aus Sicherheitsgründen, weil er immer alles unter Kontrolle haben wollte.

– Sie kapiert das?

– Sie hat dieselbe Ausbildung wie er. Und sie hat ihm wohl hin und wieder geholfen, nehme ich an.

Pfarrer Malkovic steht in der Unterkirche. Hier ist es auch im Sommer schön kühl. Frau Klein ist ihm etwas zu energisch. Er mag es, wenn die Dinge in der Schwebe sind. Wir sind noch nicht angekommen. Es ist auf dem Weg. Wir sind auf der Reise. Solche Sätze sagt er gerne. Jetzt macht er sich Sorgen. Seit Herr Klein seine irdische Reise abgeschlossen hat, kümmert sich ein pensionierter Landesbeamter um die Buchhaltung. Pfarrer Malkovic weiß, dass alles in Ordnung ist mit den Finanzen. Man ist selbstverständlich ehrlich. Gegen anonyme Spenden ist nichts zu sagen, schließlich dienen sie einem guten Zweck. Der Erhaltung der Kirche und ihrer Nebengebäude, mildtätigen Aktionen, der Flüchtlingsarbeit. Um die geht es jetzt. Herr Klein hat ihn auf dem Laufenden gehalten. Seit dem vorletzten Jahr hat es größere anonyme Spenden gegeben, die ausdrücklich für die Flüchtlingsarbeit verwendet werden sollten. Pfarrer Malkovic hat das berücksichtigt. Es war ohnehin viel zu finanzieren: der Umbau des Hotels und des ehemaligen Pfarrhofs. Die Organisation von Kursen und die Ausgaben für das irakische Mädchen, das nur ein Bein hat. Er musste Frau Klein eingestehen, dass er die Details nicht kennt. Er sei so etwas wie ein Liftwart zum Seelenheil, ein kleiner Diener in Gottes unendlich großem Haus, er dürfe sich nicht verzetteln. Deswegen ist im Pfarrgemeinderat Ingenieur Schmidhammer für die Flüchtlingsangelegenheiten zuständig. Ein ehemaliger Berufsschullehrer und begeisterter Lektor. Auch wenn er lispelt. Seit er „Saulus, Saulus, warum verfolgst du mich“ gelesen hat, versucht Pfarrer Malkovic ihn für andere Aufgaben zu begeistern.

Bemerkenswert, dass genau diese Stelle der Apostelgeschichte mit Damaskus zu tun hat, denkt der Pfarrer. Das Damaskuserlebnis des heiligen Paulus. Jeder kann ein besserer Mensch werden. Er hat erst vor kurzem versucht, das den Kindern im Religionsunterricht näherzubringen. Sie glauben heute an so viel Unsinn, an das Internet und virtuelle Phänomene, an Pokemons, die sogar im Pfarrgarten sein sollen, sie sehen Fantasy-Filme, aber an die Botschaft Gottes wollen sie nicht glauben. Er geht in die Sakristei und blättert im Evangelium. Dabei tut es gut, wenn man sich an etwas halten kann in dieser unsicheren Welt. Laut Apostelgeschichte war Saulus bei der Steinigung des ersten christlichen Märtyrers Stephanus anwesend und hatte „Wohlgefallen" daran. Nun, die Zeiten waren anders, die Welt und auch das Christentum haben sich entwickelt. Außerdem war Saulus da noch nicht geläutert. Nach der Steinigung soll er die Gemeinde verwüstet haben, „indem er in die Häuser eindrang, Männer und Frauen verschleppte und für ihre Verhaftung sorgte". Frühe Christen hatten viel auszuhalten. Verfolgung, Verschleppung. Alles nach Gottes Plan? Saulus erhielt vom Jerusalemer Hohepriester den Auftrag, weiter nach Anhängern Jesu zu fahnden. Auf dem Weg nach Damaskus soll ihm dann Jesus selbst begegnet sein. Dieser habe ihn mit seinem hebräischen Namen angerufen: Saulus, Saulus, warum verfolgst du mich? Er habe zurückgefragt: Wer bist du, Herr? Darauf habe die Stimme geantwortet: Ich bin Jesus, den du verfolgst!

Bei Damaskus, denkt Pfarrer Malkovic und starrt auf die Bibel. Dort, wo Sina und ihre Familie herstammen. Andere mögen so etwas für Zufall halten, ihm ist das zu billig. Wenngleich sein Damaskuserlebnis eine andere Art von Erkenntnis gebracht hat: Rami heißt nicht Fadel, sondern Ahmadi, er ist untergetaucht und wird verdächtigt, dem Islamistennetzwerk anzugehören, das den Patrioten gekreuzigt hat. Töten ist eine Todsünde. Jemanden so zu töten zusätzlich Blasphemie. Sina hat weder ihm noch Ingenieur Schmidhammer erzählt, dass Rami verschwunden ist.

Sie hat es Frau Klein erzählt. Ingenieur Schmidhammer vermutet, dass Sina kein Geld verlieren wollte. Wer sich während des Asylverfahrens ohne triftigen Grund wegbegibt, verliert den Anspruch auf die Grundversorgung. Nicht, dass das im Interesse der Pfarre wäre, denn gibt es kein Geld vom Staat, muss wieder einmal die Kirche einspringen.

Pfarrer Malkovic geht Richtung Altar. Hilf mir, Jesus, betet er, was soll ich tun, wenn Sinas Mann tatsächlich ein Islamist und Mörder ist?

– Das kann ich nicht glauben, eine so liebe junge Frau, lispelt Ingenieur Schmidhammer.

– Sie hat nichts damit zu tun, antwortet Frau Klein etwas ungeduldig. – Was ich gerne wissen würde, ist: Wer spendet diese größeren Beträge für die Flüchtlingsbetreuung?

– Sie sind anonym.

– Sie wurden bar übergeben, es kann kein Geist gewesen sein, nicht einmal der Heilige.

Ingenieur Schmidhammer sieht sie entsetzt an. Gleich wird er sich bekreuzigen, denkt Frau Klein. Sie hat ihn immer für etwas einfältig gehalten. In der Berufsschule haben sie ihn krankheitshalber in Pension geschickt. Der hat sich im Klassenzimmer sicher keine zehn Minuten durchsetzen können. Männliche Betschwester. Kann sein, dass ihr der Umgang mit Richard den Blick für seltsame Christen schärft. Da sind ihr die Frauen, die Kleider sammeln, Flüchtlinge zu Behörden begleiten, auf Demonstrationen gehen und sich um die praktischen Dinge des Lebens kümmern, deutlich sympathischer. Egal, ob sie katholisch sind oder nicht. Und dann noch sein Lispeln. Natürlich kann er nichts für sein Gebrechen, aber es nervt. Er spuckt dabei. Vor allem, wenn er aufgeregt ist.

– Bar ja, aber nicht direkt, sozusagen.

Sozusagen, ein besonders gefährliches Wort für einen wie ihn. Er scheint sie geradezu anzuziehen, Wörter wie dieses.

– Wem dann? Dem Pfarrer?

– Indirekt. Ein Kuvert mit dem Geld und der Bitte, es der Flüchtlingsarbeit zu widmen.

– Man hat nie versucht herauszufinden, von wem dieses Geld stammt?

– Nein, auch Ihr Gatte hat gemeint, das sei letztlich nicht so wichtig. Von einem guten Menschen, so viel ist sicher.

– Und der gute Mensch wollte nichts dafür?

– Was hätte er wollen sollen?

Frau Klein legt den Kopf in den Nacken und sieht den ehemaligen Berufsschullehrer streng an. – Sie wissen mehr. Lügen ist eine Sünde. Und in diesem Fall zu lügen kann sogar strafbar sein. Immerhin steht das Geld möglicherweise in Zusammenhang mit Terrorismus. Sie wollen doch sicher nicht ein islamistisches Netzwerk unterstützen?

– Um Gottes willen! Ich kann mir nicht vorstellen, dass es etwas damit zu tun hat, es wäre fürchterlich, uns so zu missbrauchen. Wo wir schon genug an Kritik einstecken müssen für unsere Arbeit mit den Flüchtlingen. Aber sie sind die Ärmsten der Armen und Jesus …

– Was hat damit nichts zu tun?

– Es kann nicht so sein.

– Was war die Gegenleistung?

– Keine Gegenleistung, wirklich nicht. Etwas, was wir sowieso getan haben. Hin und wieder bekam ich in einem Kuvert die Namen von Flüchtlingen, ich sollte Sorge dafür tragen, dass sie bei uns unterkommen. Wir haben ja nicht bloß den alten Pfarrhof, in dem die Familie von Sina und die Iraker sind, wir haben auch dieses ehemalige Hotel umgebaut, für unsere Flüchtlinge. Wohnungen werden immer teurer, jedes Zimmer kostet schon drei-, vierhundert Euro. Sie können sich das nicht leisten.

– Für Sina und ihre Familie gab es so ein Kuvert?

– Ja. Ich nehme an, dem Gönner sind die Flüchtlinge bei irgendeinem Anlass aufgefallen, als besonders schützenswert oder besonders sympathisch. Es waren auch immer Familien, auf die sich dieser Wunsch bezog. Ich weiß noch, dass ich mir einmal gedacht habe, der Gönner zieht Familien den vielen männlichen Flüchtlingen vor, die allein kommen.

– Können Sie mir die Namen der anderen geben?

– Ich sollte das nicht tun.

– Dann muss ich doch der Polizei davon erzählen.

– Um Gottes willen, denken Sie an den Ruf unserer Pfarre. Ihr Gatte hätte das nie gewollt! Was, wenn wir auch nur gerüchteweise in den Verdacht kommen, Islamisten beherbergt zu haben!

– Wenn Sie mir die Namen geben, dann kläre ich das.

– Bitte, liebe Frau Klein, Sie sind, wenn ich mir die Bemerkung erlauben darf, nicht mehr die Jüngste, sie sollten sich so etwas nicht aufbürden.

– Die Jüngste bin ich vielleicht nicht mehr, aber ich bin auch noch nicht senil. Das „so wie Sie" verschluckt Frau Klein gerade noch.

– Es sind nur mehr zwei weitere Familien bei uns untergebracht, die auf dem Wunschzettel standen.

– Wie geht das eigentlich? Kann sich die Pfarre die Flüchtlinge aussuchen?

– Asylwerber werden zugewiesen, aber man kann sich das mit den Koordinatoren ausmachen, man redet sich zusammen, so ist es am besten für alle. Und tatsächlich haben die Familien, deren Namen auf dem Zettel gestanden sind, gerade immer eine Unterkunft gebraucht. Mit den anerkannten Flüchtlingen machen wir dann einen Vertrag.

Der Bundeskanzler blickt ernst in die Kamera. – *Mitglieder eines Vereins zum Volksschutz haben zwei Asylwerber aus Afghanistan gewaltsam zum Polizeikommissariat gebracht. Niemand kann etwas gegen die Wachsamkeit der Bevölkerung haben, aber ich rufe dazu auf, mit strafrechtlich relevanten Vorwürfen nicht leichtfertig umzugehen. Österreich ist ein Land, in dem die Menschenrechte gelten.* Er macht eine kurze Pause. – *Auch wenn niemand das Gastrecht missbrauchen darf. Jedenfalls sind Phantombilder, die irgendwo im*

Internet auftauchen und auf so gut wie alle Araber und Afghanen passen, nicht zielführend. Die Polizei ermittelt in alle Richtungen. Man soll sie ihre Arbeit machen lassen, statt sie durch falsche Verdächtigungen zu behindern. Natürlich ist es im Interesse von uns allen, herauszufinden, wer Julius Sessler ermordet hat.

Die Journalisten nicken und eine Journalistin fragt: *Sollte man dann nicht jedem Verdacht nachgehen?*

Der Kanzler sieht sie an. – *Die Frage ist, was ist ein begründeter Verdacht? Die beiden Afghanen waren nie untergetaucht.*

– Das können sie dann ja beweisen.

Unruhe, die Köpfe drehen sich in eine andere Richtung. Kameras, Mikrofone, Journalistenkörper folgen, setzen sich in Bewegung. Die Medien, ein Pulk. In der Tür lehnt der Innenminister. Für einen Moment sieht der Kanzler aus, als wäre er einsam. Dann strafft er seine schmalen Schultern, der modische Anzug sitzt perfekt. Er verzieht ein wenig den Mund. Spöttisch. Vielleicht sogar selbstironisch. Der Innenminister redet laut genug, dass er mithören kann.

– Ich danke der Bevölkerung für ihre Mitarbeit beim Auffinden der Untertauchten vom Terrornetzwerk der Kreuziger. Nur wenn wir gemeinsam suchen, werden wir finden und das christliche Abendland schützen. Denn darum geht es, allen Worten zum Trotz. Niemand weiß, wer unseren Mitbewerber auf dem Gewissen hat, aber die Schlinge zieht sich durch Polizeiarbeit in alle Richtungen zu.

11:42
ES

Der Kanzler will verhindern, dass der feige Mord am Führer der Patrioten aufgeklärt wird. Er will unterbinden, dass wachsame Bürger der Polizei Hinweise geben, die mit verdächtigen Asylanten in Zusammenhang stehen. Man fragt sich: Wer steckt da mit wem unter einer Decke? Er muss zurücktreten! Neuwahlen sofort!

11:48
Friedrich Fasthuber
Nur, dass die Patrioten durch den Anschlag führerlos sind. ES, wer sind Sie? Geben Sie sich zu erkennen! Sie haben viele Anhänger. Sie sagen, was Sache ist. Sie sind ein Mann der klaren Worte. Sie könnten unser neuer Führer sein!

11:52
Carina Kehr
Am besten, alle Patrioten verziehen sich zu ES ins Netz. Am besten in ihr eigenes. Die wollen nur spalten und hetzen. Und überhaupt: Wer sagt, dass ES ein Mann ist???

11:54
Trude Herzog
Es wird die Zeit kommen, wo man uns nicht mehr verhöhnen kann!

11:54
Zorro
Wär dir lieber, ES ist eine Frau??? Mir wär lieber, ES ist weder männlich noch weiblich, sondern NICHTS. Vielleicht ist das das Geheimnis. ES ist NICHTS. ☺

11:56
Kenobi
Diskriminierung von Transgenderpersonen!!!

11:56
ES
Wir brauchen eine neue Union der christlichen Vaterländer. Mit den Willigen in Deutschland und mit anderen Ländern. Merkel soll nach Syrien gehen, wenn sie die Syrer so mag. Oder zu ihrem Freund Erdogan, von dem könnte sie vielleicht noch etwas lernen. Siehe Todesstrafe.
Der Greis Hermann Nitsch plant eine neue Ausstellung, in der er einmal mehr das Kreuz, unseren Glauben und unsere Traditionen besudeln wird. Kann es ein Zufall sein, dass er

ausgerechnet wieder seine perversen Kreuzigungsfantasien zeigen möchte? Will er vom Kreuzestod des Patrioten profitieren? Man hat gehört, auf seinem Spukschloss gibt es schwarzarbeitende Flüchtlinge. Aber wahrscheinlich wird unser Kanzler verbieten, dort nachzusehen. Immerhin hat man dem kranken Sudler, der mit seinen Lammzerreißungen und Blutorgien nicht nur Kulturmenschen, sondern auch Tierschützer auf den Plan ruft, den Großen Österreichischen Staatspreis für bildende Kunst verliehen. Er ist allerdings auch Ehrenbürger der Stadt Pogradec in Albanien. Dorthin passt er. Und er sollte seine Anhänger gleich mitnehmen. Nackte Frauen, die sich an Kreuze fesseln lassen und Blut trinken, als ob der Kreuzestod ein Spiel wäre.

12:04
Zorro

Geh selbst nach Albanien. Nein. Arme Albaner. Verlier dich im Netz. So wie Carina sagt. Miefiger alter Trottel. Du bist SICHER eine Art von Mann.

12:06
Bürgerbüro der Patrioten – Regierungsrücktritt sofort!

Wir fordern die Initiative gegen Hass im Internet auf, sofort etwas gegen diesen verbalen Gewalttäter zu unternehmen. Verlier dich im Netz ist als Aufforderung zum Selbstmord zu sehen – oder geeignet, dass Leute das als Aufforderung sehen, dafür zu sorgen.

12:17
Zorro

Wie war das? Schweinheilige!! Trump, Trumper, Trumpioten. Überall auf der Welt.

12:18
Bürgerbüro der Patrioten – Regierungsrücktritt sofort!

Beschimpfung des amerikanischen Präsidenten. Das wird Österreich viel kosten, wenn da nicht etwas unternommen wird. Niemand darf sich im Netz verstecken, der hetzt!

12:19
Zorro

Ich hab euch gemeint, ihr Trumper. Oder Trumpioten. ☺

12:21
Gunther Beranek

Die Ausstellung von Nietsch ist die Feier einer terroristischen Straftat! Man hat Sessler gekreuzigt und er feiert das mit seinen perversen Anhängern! Wo ist die Kirche? Will sie das Christentum kampflos aufgeben? In Zeiten wie diesen müssen wir zusammenstehen. Sie versuchen uns und unsere Symbole zu verhöhnen. Burka statt Kreuz.

12:25
Katholische Klarheit

Wir stellen uns gegen die Herabwürdigung des Kreuzestodes unseres Herrn. Wir stellen uns auf die Seite aller, die gegen den Ausverkauf unserer Werte auftreten.

12:28
Karl Hauser

Das sind Katholen-Nazis! Die sind nah am Ku-Klux-Klan. Man kann sagen, was man will. Die Kirche war in der Flüchtlingssache okay. Zumindest ein Teil davon. Wenn sie alle ihre Gebäude aufmachen würden, dann könnten sie viel mehr unterbringen.

12:29
Katholische Klarheit

Ketzer haben keinen Platz bei uns.

12:31
Zorro
Wenn ihr so angerührt seid, dass jemand das Kreuz verwendet, warum regt ihr euch dann nicht darüber auf, dass an jeder Straßenecke Kreuze stehen? Über Esstischen Kreuze hängen? Dass es sogar Plastikkreuze in Baumärkten zu kaufen gibt? Habt ihr euch schon einmal überlegt, wie pervers es ist, vor diesem irren Hinrichtungswerkzeug seit Jahrhunderten zu beten?

12:34
Katholische Klarheit
Wir beten für Dich! Kehre um!

Die Hunde. Sie sind nicht weit entfernt. Man kann sie vom Berg aus sehen. Große schwarzbraune Hunde mit rundem Gesicht. Der Offizier hat sie ihm gezeigt, gleich nachdem er angekommen ist. Ihm ist der Schweiß ausgebrochen. Hunde sind gefährlich. Hunde streifen durch die Straßen, wenn es Nacht wird. Hunde sind in Rudeln unterwegs, unberechenbar, sie holen, was sie für Beute halten. Sie treiben sich in den verlassenen Häusern herum. Überall, wo es nach Blut riecht, da sind auch Hunde. Ein Maul voller spitzer Zähne. Sie lassen nicht locker, sie spüren deine Angst.

Das war auch früher so. In der Nacht musst du wachsam sein. Hirten halten Hunde, Männer, die fast so wild sind wie ihre Tiere. Wortkarg und seltsam. Sie können nicht schreiben und lesen, sie leben allein, in Gegenden, die man besser nicht aufsucht. Hunde. Seit dem Krieg werden es immer mehr.

Es war noch nicht einmal Nacht. Er musste zurück in das Haus, in dem sein Bruder gelebt hatte. Er hatte versprochen, nach Dokumenten zu suchen, nach wichtigen Teilen ihres Lebens, die nicht verloren gehen sollten. So viel Schutt auf der Straße. Alles sicher jetzt, hatten sie gesagt. Er war noch nie ein Held. Staub und Dreck und das ausgebrannte Auto, es war ein alter Toyota, wahrscheinlich einmal blau. Er ist durch die Tür und dann ist er nach links gegangen, dort war das Zimmer, in dem sie so oft gegessen sind. Er hat sie nicht gehört und nicht gerochen. Sie haben ihn gehört, sie haben ihn gerochen. Die Stille war auf einmal anders. Die Augen haben ihm gebrannt und er hat sich verboten, an früher zu denken. An gemeinsame Kibbeh und Falafel und gemeinsamen Tee. Jetzt. Ist. Das. Anders. Sein Bruder hat überlebt, alle haben überlebt. Er kann ihnen helfen, indem er sucht. In den Schuttbergen. Keiner wird zurückkommen, nicht sein Bruder und dessen Familie, nicht die, die alles in Schutt gelegt haben. Sie ziehen weiter. Und er wird auch gleich wieder weg sein. Er wird versuchen zu vergessen, dass auf dem Tisch aus Kupfer rotbraune Spuren sind. Blut. Eingetrocknet und mit Staub vermischt. Wessen Blut?

Das Knurren. Ein Ton wie berstende Steine. Es hat gedauert, bis er verstanden hat. Sie sind da. Hinter dem Essraum war die Küche, dahinter der Raum, in dem Vorräte gelagert wurden. Er blieb stehen. Hörte seinen Atem. Hörte weiter dieses Knurren. Er schob sich nach hinten. Er wusste, dass er nicht wegrennen durfte. Dann jagen sie ihn. Es waren viele, auch wenn bloß einer zu sehen war. Grau war er, ganz langsam, den Kopf hoch aufgerichtet, mit gespitzten Ohren und gefletschten Zähnen, kam er aus einem Loch in der Wand. Grau von Schutt und Staub. Er machte wieder einen Schritt zurück. Er erinnerte sich, wie sie als Halbwüchsige geprahlt hatten, dass man Hunden nur lange genug in die Augen sehen müsse, dass man dabei Steine aufheben müsse und sie werfen. Er konnte sich nicht bücken. Er konnte nur versuchen, sich zentimeterweise nach hinten zu bewegen und dabei nicht zu stürzen. Er spürte, wie ihm der Schweiß das Rückgrat hinunterrann. Trotzdem war ihm eiskalt. Der Mund war so trocken, dass er sich nicht zu schlucken traute. Wenn er husten muss, ist es vorbei.

Noch ein Schritt nach hinten, er taumelte, sein Fuß war an einen Gegenstand gestoßen, Ziegel, Stuhlbein, Kinderspielzeug, er fiel und schrie im Fallen. Der Hund öffnete sein Maul weiter, er hörte bloß seinen eigenen Schrei, sah die sprungbereiten Beine. Der Hund drehte sich blitzschnell um und verschwand im

Loch. Und er rappelte sich auf und lief gegen alle Vernunft davon, die Straße entlang, über Schutt und Geröll, vorbei am Baum, mehr grau als grün, in die nächste Gasse, immer in der Gewissheit, dass sie gleich da sein würden, ihn packen würden.

Hunde sind keine Freunde. Sie sind gefährlich, er weiß, wie gefährlich Hunde sind, nichts ändert sich daran, nur weil es Menschen gibt, die sie als Haustier halten und im Bett schlafen lassen. Wie pervers kann man sein? Wie dumm und instinktlos kann man sein?

Die Hunde mit dem runden Kopf meinen es gut mit allen, sagt der Offizier. Hunde seien der beste Freund des Menschen, das sei immer schon so gewesen. Welcher Menschen, fragt er sich. Die Hunde sollen sie beschützen. Aber ihm ist klar, dass die Hunde nicht möchten, dass er jetzt einfach von der Wiese aufsteht und verschwindet. Die Hunde sorgen dafür, dass sie hierbleiben, sie haben einen Auftrag. Wir haben einen Auftrag.

[9.]

Was in der letzten Zeit alles geschehen ist, überlegt Frau Klein. Dabei ist es noch gar nicht lange her, dass sie Richard begegnet ist. Herrn Pribil, der sich ihr faktisch vor die Füße geworfen hat. Sie war auf dem Weg von ihrem Sohn nach Hause, wollte die Straßenbahn kriegen. Sie ist schnell über die Straße und hat nicht aufgepasst. Klingeln, Bremsenquietschen und schon ist er dagelegen. Herr Pribil neben seinem Rad. Ihr war das peinlich, immerhin war klar, dass der Mann nicht mehr der Jüngste ist, wenngleich offenbar noch imstande, Rad zu fahren. Ein schlanker großer Mann mit dichtem weißen Haar und hellblauen Augen. Sie hat Entschuldigungen gestammelt, sie hoffe, dass er nicht verletzt sei, oder ob sie die Rettung … Er hatte eine Schürfwunde am Ellbogen und hat sich ganz seltsam aufgerappelt. Zuerst mit dem Hinterteil auf den Randstein, dann mit den Armen am Radweg abgestützt und dann mit einem Ruck auf. Ich liege Ihnen gerne zu Füßen, hat er gesagt.

Gleich an der Ecke war dieses kleine Lokal. Aurel meint, es sei zu teuer. Dorthin sind sie gegangen. Herr Pribil hat sein Rad geschoben, das ging schwer, es war nicht mehr richtig in der Spur. Frau Klein ist seit Jahrzehnten nicht mehr Rad gefahren. Sie haben ein Glas Weißwein getrunken und Blut ist von seinem Ellbogen auf das weiße Tischtuch getropft. Aber der Wirt war reizend und hat das Rad in den Hof gestellt, bis es jemand zur Reparatur abholt. Es steht immer noch im Hof. Sie waren schon dreimal bei ihm essen. Er kocht ausgezeichnet. Richard hat etwas übrig für gute Küche. Genauso wie ihr Enkel David. Aber der kümmert sich zu wenig darum, was aus ihm werden soll. Er trägt immer dieselben Jeans. Dafür versteht er viel von gutem Essen und von gutem Wein. Als sie David gefragt hat, ob er vielleicht Koch werden möchte, hat er nur gelacht. Er will, dass Kochen und Essen für ihn schön bleiben. Er steht in eigenartiger Distanz zur Welt. Große Reportagen will er schreiben, aber er tut es nicht. Wer über die Welt erzählen will, muss Abstand halten, hat er gesagt. Richard ist da ganz anders. Der mischt sich ein. Der regt sich auf, der protestiert. So war er sicher auch schon, als er jung war.

Richard. Er ist auch sehr anders, als es Jakob war.

– Warum glaubst du, dass der Pfarrer und sein Ingenieur die Wahrheit gesagt haben, hat er gefragt.

– Weil er Pfarrer ist, hat sie geantwortet und ist sich naiv vorgekommen. Und trotzdem. Pfarrer lügen nicht, sie haben es nicht notwendig.

Richard hat sie nur spöttisch angesehen. Bei den beiden Familien, die angeblich auch auf der Liste des anonymen Wohltäters gestanden sind, hat sie kein Glück gehabt. Beide stammen aus Syrien, keiner kennt Wolnar, keiner kennt Fuhrmann, keiner weiß, warum sie gerade hier untergebracht worden sind. Sie wohnen im ehemaligen Hotel. Sina hat Glück gehabt, der umgebaute Pfarrhof ist schöner. Sie waren verschlossen. Frau Klein hat Ali mitgehabt, er war Universitätsdozent in Aleppo, jetzt ist er Dolmetscher bei der Caritas. Ein netter junger Mann mit sehr guten Manieren. Aber auch mit ihm haben sie nicht viel geredet. Vielleicht hätte sie Sina doch von dem anonymen Spender und seinen Briefen erzählen sollen. Aber sie wollte selbst nachsehen. Die Sache mit dem gefälschten Pass. Warum hat Sina nichts davon gesagt? Sie haben auch bei den Nachbarn der Familien gefragt. Eine Frau wollte sie nicht einmal in das Zimmer lassen. Sie hat Ali auf Arabisch beschimpft. Arabisch klang für Frau Klein zu Beginn immer ein wenig wie Schimpfen, aber schön langsam hat sie zu unterscheiden gelernt. Ali wollte nicht übersetzen, was die Frau zu ihm gesagt hat. Die sei einfach unsympathisch, hat er sie getröstet. Gebe es eben auch. Gebe es in jedem Land. Aber die gemeinsame Flucht, hat Frau Klein eingewandt. Ob sie denn glaube, dass so eine Flucht die Menschen besser mache, hat Ali gefragt. Frau Klein hat sich daran erinnert, dass ihre Mutter die Frau, die gleich nach dem Krieg in die halb zerstörte Nachbarswohnung gezogen ist, nicht ausstehen konnte. Am meisten hat sie geärgert, dass die Nachbarin demonstrativ in der Öffentlichkeit Wurstbrote gegessen hat. Mit ganz dick Wurst, während sie nicht einmal genug Brot gehabt haben. Aber die hatte etwas mit einem russischen Offizier. Und wenn meine Mutter zu fröhlich war, dann hat die Nachbarin gesagt, dich holen sie bald ab, ich weiß das!

– Ich hab es nicht so gemeint, sagt Richard jetzt und lächelt sie an. – Ich hab es eben nicht so mit der Kirche. Der Pfarrer wird schon in Ordnung sein.

– Kommunist, antwortet Lotte, aber sie sagt es liebevoll.

– Wäre schön, wenn man zumindest daran glauben könnte. Ich kenne Menschen, die sind so dumm, dass sie Putin noch immer für einen Linken halten.

– Er ist Russe. Er ist …

– Er ist jedenfalls kein Kommunist. Seine Partei heißt Einiges Russland und sie sind nationalistisch. So wie die Patrioten. Sie haben gute Beziehungen zu ihm. Passt perfekt. Und trotzdem gibt es sogenannte Linke, die ihm alles nachsehen. Weil er in Russland sitzt. Und die Russen gegen die Nazis gekämpft haben. Jetzt sind die Nazis in Russland. Und in den USA. Trump passt perfekt zu Putin. Machtbesessene Egomanen, die alle anderen klein halten und Angst schüren. Nationalisten. Die anderen sind der Feind. Mexikaner, Muslime, Schwule, Frauen. Wo sind die Frauen eigentlich? Millionen müssten auf die Straße gehen.

– Mit dir als Anführer. Mein Held, sagt Lotte ein wenig spöttisch. – Wie wäre es, wenn wir uns zuerst einmal um Rami kümmern?

Sie sitzen auf ihrer Terrasse, am Horizont kündigt sich ein fulminanter Sonnenuntergang an. Abendsonne, die sich in Hunderten Fenstern spiegelt.

– Die Polizei sagt nichts. Die haben Panik, dass sie einen Terroristen übersehen könnten. Also werden alle verdächtigt. Klar gibt es Radikale. Ich frage mich nur, welche gefährlicher sind. Unsere Hetzer oder die Islamisten.

– Du meinst, sie wissen, was mit Rami und den anderen verschwundenen Flüchtlingen ist?

– Es könnte auch sein, dass sie gar nichts wissen. Sie müssen ermitteln, schon allein weil ihnen die Patrioten im Nacken sitzen. Die PSP ist stark. PS wie NS – nur damit das klar ist. Patriotisch Soziale, Nationalsozialisten. Du brauchst nicht glauben, dass das ein Zufall ist.

– Hast du mir schon einmal erzählt.

– Man sollte täglich daran denken, erwidert Richard ungerührt. – Rami ist verschwunden, nachdem er auf dieser Kundgebung war. Für ein freies Europa der Vaterländer. Man könnte kotzen über so viel Heuchelei.

– Wir wissen nicht einmal, ob er wirklich dort gewesen ist.

– Er hat den Beitrag gesehen. Er hat Fuhrmann erkannt. Er ist zu ihm, weil er Sina zeigen wollte, dass er etwas tun, die Zukunft in die Hand nehmen will. Männer sind so.

Lotte sieht Richard liebevoll an und streichelt kurz seine Hand. Lange schlanke Finger, das hat sie immer schon gemocht. Diese haben Altersflecken und viel Haut, aber sie selbst ist auch nicht mehr taufrisch. – Ich weiß nicht. Er ist Syrer.

– Er ist ein Mann.

– Hast du mit Rami aus Syrien mehr gemeinsam als mit mir?

Hellblaue Augen, Lachfältchen drum herum. – Es ist ganz anders, mit dir ist es einzigartig, liebste Lotte. Auch ganz anders als mit allen anderen Frauen bisher.

– Anders ist noch nicht besser.

– Auch besser.

– Mit all den anderen Frauen? Es waren so viele?

– Ich schneide auf, ist dir das noch nicht aufgefallen? Man verklärt die Vergangenheit.

– Man? Oder Mann?

– Mann, zumindest viele, glaube ich. Ich habe einen Freund, der wirklich mutig war. Er hat im Krieg Aktionen gesetzt, die sich kaum jemand getraut hätte. Er hat an der Front den eigenen Leuten Benzin geklaut und es den Widerstandskämpfern gegeben. Solche Dinge. Wäre er aufgeflogen, er wäre heute nicht hier. Und trotzdem hat er noch aufgeschnitten. Er habe nahezu allein dafür gesorgt, dass die Alliierten in Frankreich landen konnten. Er war zu dieser Zeit schon bei den Engländern. Er ist hinter der Front mit dem Fallschirm abgesprungen, er hat die Nazis getäuscht und Widerstandskämpfer informiert. Er habe alle gekannt und mit allen verhandelt. Dabei kannte er nur viele. Zum Österreich der Nachkriegszeit hat er wirklich etwas beigetragen. Aber das war unspektakulärer. Gespräche zwischen der Industrie und den Arbeitern, das, was dann die Sozialpartnerschaft wurde.

– Klingt, als sollte ich diesen Helden kennen. Zumindest aus den Geschichtsbüchern.

– Der lebt. Er ist zwar vielleicht schon ein bisschen gaga, aber er lebt. Er ist quasi ein Säulenheiliger der Sozialdemokratie. Richard sieht Lotte begeistert an. – Ich hab es. Mit ihm muss ich reden.

– Sieh an, ein Heiliger. Wo du es doch nicht mit der Kirche hast.

– Sagt man so und außerdem war er nie Kommunist, sondern immer Sozialist. Bei denen ist vieles möglich. Er war vor Jahrzehnten sogar Polizeipräsident. Wenn er etwas wissen will, dann erfährt er es. Und wenn man es ihm nicht sagen will, dann hat er Mittel und Wege, es doch herauszufinden.

– Kann sein, du überschätzt den Übertreiber?

Richard lächelt in den Sonnenuntergang. – Was weiß man. Aber mit ihm zu reden ist ein guter Plan. Und würden wir uns nicht dauernd überschätzen, wären wir dann nicht längst unter der Erde? Ich überschätze mich gerne. Hätte ich mich nicht überschätzt, ich hätte mich nie getraut, dich anzusprechen.

– Du hast mich nicht angesprochen. Ich habe dich zu Fall gebracht.

– Ich habe mich überschätzt, als ich Rad gefahren bin. Ich wollte es wieder einmal versuchen. Es war schon eine Zeit her, als ich das zum letzten Mal getan habe. Und es hat sich gelohnt.

– Wäre ich nicht ohne zu schauen über den Weg gelaufen, du hättest dich trotzdem vor meine Füße geworfen.

– Aber sicher.

[10.]

Die beiden alten Männer treffen einander im Rathauspark. Sie lassen sich nicht anmerken, dass ihre Körper nicht mehr ganz so funktionieren wie vor mehr als siebzig Jahren, als sie in England das Ende des Krieges gefeiert haben. Alfred zurück von der Front, Richard noch in Ausbildung, ohne dass er den Krieg von der anderen Seite, jener der Alliierten, aktiv miterlebt hat. Sie sind keine, die Schützengrabengeschwätz mögen, aber die Zeit verändert auch ihre Erinnerung. Vieles von damals wirkt heute, als wenn es ein anderer erlebt hätte.

Alfred sieht nicht mehr besonders, dafür hört Richard nicht so gut.

– In unserem Alter ist man zäh oder tot, sagt der Säulenheilige. Natürlich werde er herausfinden, was die Polizei über die verschwundenen Flüchtlinge weiß. Es beschäftige ihn sowieso, und er hätte längst schon nachgefragt, wenn seine Frau nicht so schlimm verkühlt wäre. Früher sei das mit den Pflegekräften einfacher gewesen, jetzt müsse man warten oder irgendeine Rumänin nehmen, die dann im Haus wohnt.

– Internationalismus abgeschafft?, fragt Richard trocken.

– Die Praxis schaut anders aus, wenn da eine ist, die nicht Deutsch kann. Jetzt kann ich zum Glück gut Englisch, aber das können die meisten von dort auch nicht. Wer Englisch kann, muss keinem bei uns den Hintern wischen. Und Russisch wollte ich nie lernen, ich war nicht so begeistert wie du.

– Ich habe auch nie Russisch gelernt.

– Du wolltest nach Moskau, schon vergessen?

– Da war ich noch sehr jung.

– Ich war immer schon skeptisch bei dem, was aus Russland gekommen ist.

– Halbherzig seid ihr Sozis gewesen, das ist es. Schon im Bürgerkrieg 1934. Ich war noch ein Kind, aber ich kann mich erinnern, dass meine Mutter gesagt hat, die Schutzbündler sind verraten worden. Von den eigenen Sozis, die Angst vor dem Mut bekommen haben, die geglaubt haben, die werden schon nicht so schlimm sein, die eigenen Faschisten. Weil ja auch Dollfuß gegen die NSDAP war.

– Wirr war es damals, oder kommt es mir erst jetzt so vor?

– Ich lese die Fakten nach und versuche, mich an die damalige Stimmung zu erinnern. Wirr ist es jetzt auch, trotz Internet und so viel Information. Ich habe eine Freundin, sie ist um einiges jünger, ich rede mit ihr über damals.

– Sieh an, eine Freundin. Der alte Richard. Immer ein Schwarm der Frauen. Eine Jüngere hast du dir angelacht, gut so. Ich hoffe, sie ist Krankenschwester. Das ist in unserem Zustand besser als eine Verführerin. Zumindest in deinem.

– Die könnte mich schon noch verführen.

– Früher warst du es, der die Frauen …

– Ich stelle sie dir sicher nicht vor, wenn du so dumm daherredest.

– Du stellst sie mir deshalb nicht vor, weil du sie erfunden hast.

– Warum, glaubst du, will ich das über die angeblich radikalen Flüchtlinge wissen? Weil sie eine Syrerin betreut, deren Mann verschwunden ist. Sie engagiert sich für Kriegsflüchtlinge, so schaut es aus.

– Also ist wirklich einer verschwunden. Ich war mir da nicht sicher. Ich habe überlegt, ob das nicht alles Propaganda dieses Patrioten-Packs ist. Wir waren Patrioten, als wir für ein freies Österreich gegen die Nazis gekämpft haben. Dass die sich so nennen dürfen, regt mich auf. Und dass sich die sozial nennen dürfen, gehört einfach verboten!

– Nationalsozialisten. Die haben damals auch gepunktet mit der sozialen Masche. Und damit, dass sie bei uns verboten waren. Wahre Opfer. So wie die bei den Patrioten, die jammern, dass alle gegen sie sind. Und jetzt auch noch die Kreuzigung von Jesus zwei. Solche Trottel, die das getan haben. Als ob sie den Patrioten einen Gefallen tun wollten.

Richards Freund lacht.

– Was weiß man, vielleicht waren sie es selbst? Vielleicht hat der Sessler geglaubt, er wird wie Jesus von den Toten auferstehen? Stell dir vor, er ersteht auf und schon hat er das gesamte Kirchenvolk auf seiner Seite.

– Die sind auch nicht alle gleich.

– Da warst du früher anderer Meinung. Kann es sein, deine Freundin ist eine von denen?

– Na also. Wenigstens gibst du zu, dass sie existiert.

– Hör auf mit deinen Rechtsanwalt-Ausflüchten. Ist sie? Katholisch?

– Na und? Die Pfarre kümmert sich um Flüchtlinge. Und eines kann ich dir auch sagen: Der Papst ist mir beim Hintern lieber als der amerikanische Präsident im Gesicht.

– Der Spruch geht anders.

– Ich sage ihn so. Und eines sag ich dir auch: Ich kenn miese Sozis und feine Katholen.

– Reg dich ab. Ich kenn sogar miese Kommunisten.

– Ich bin keiner.

– Ich geh noch immer an Schulen, als Zeitzeuge. Die starren mich an und wundern sich, dass so was wie ich noch lebt. Ich erzähle ihnen auch von der Zeit vor dem Weltkrieg. Gar nicht einfach, ihnen zu erklären, dass nicht alle fix wo dabei waren. Ich habe Kommunisten gekannt, die sind zu den Nazis, weil sie gedacht haben, der Hitler ist ein Österreicher und in Deutschland schon an der Macht und der wird Arbeit bringen und einen neuen Sozialismus. Und die österreichischen Faschisten waren

Helden im Kampf gegen die Nazis und haben dafür die Kommunisten und die Sozialisten hingerichtet.

– Ist es so viel anders als jetzt in Syrien? Ein großes Durcheinander.

– Der Mann von der Syrerin, den deine … angebliche Freundin betreut: Könnte er ein Islamist sein?

– Angeblich? Du solltest sie sehen. Eine zierliche temperamentvolle Rothaarige!

– Mit Beinen wie Sophia Loren und einem Busen wie Marilyn Monroe. Aber sicher doch, mein Alter, also: Islamist oder nicht?

– Keine Ahnung. Sina schwört, dass er kein Radikaler ist.

– Manchmal bleibt uns nicht mehr, als die Realität schönzureden.

Ein kleiner Flachbildschirm, vier Männerbeine auf dem Couchtisch.

– Jüngsten Meinungsumfragen zufolge liegt die Patriotisch Soziale Partei mit zweiunddreißig Prozent der Stimmen auf Platz eins. Die Niederländischen Patrioten haben sich mit anderen national orientierten Kräften zu einem Bündnis zusammengeschlossen. In Deutschland überlegen die Rechtspopulisten nach parteiinternen Auseinandersetzungen und Rücktritten mit der immer stärker werdenden PSDP zu fusionieren. Kann man eine derart populäre Bewegung tatsächlich auf Dauer ausgrenzen?

Fernsehmoderatorin in Großaufnahme. Braune, bestens frisierte Locken. Sie lächelt und klimpert mit den sorgfältig geschminkten Wimpern. Schnitt. Ihre Gäste. Der Geschäftsführer der Konservativen hüstelt. Die grüne Parteichefin schüttelt empört den Kopf. Die stellvertretende Parteivorsitzende der Sozialdemokraten sieht aus wie Frau Lot. Zur Salzsäule erstarrt. Cem dreht den Fernseher ab.

– Was ist das für eine Frage? Weil so viele auf die Patrioten reinfallen, soll man den Idioten recht geben?

David blickt seinen Mitbewohner genervt an. – Ich will trotzdem hören, was sie sagen.

– Was werden sie sagen? Sie werden herumlavieren. Man müsse die berechtigten Ängste und Sorgen ernst nehmen, auch wenn man es natürlich ablehnt, dass gewisse Parteien Ängste schüren. Ich sag dir einmal was: Ich will, dass die meine Ängste ernst nehmen. Ich fürchte mich davor, dass mich die Rechten und ihre Fans rausschmeißen, obwohl ich Österreicher bin. Dass sie mich zurücktreiben nach Serbien, wo Typen an der Macht sind, die genauso krank sind wie die da.

David schnappt sich die Fernbedienung. Keine Talkshow. Katastrophenfilm.

– Du hast den falschen Sender, sagt Cem.

David drückt noch einmal. Der Sender stimmt. Die Kamera schwenkt unkontrolliert über Menschen. Sie laufen, fallen, liegen übereinander, man hört Schreie, verzerrt wie das Bild, das immer wieder verschwimmt, dann wieder klarer wird. Es ist Nacht, Lichtpunkte, ein Kopf, blutüberströmt. Eine Hand, die sich um eine Tasche klammert, als ob das jetzt wichtig wäre, zwei Kinder am Boden, immer wieder Menschen, Menschen, Füße, Gesichter, ein Mann mit Bart, Arme, Beine, blonde Haare, Schultern, ein grünes T-Shirt, man weiß nicht, was zu wem gehört. Es gehört zur Panik wie der aufgerissene Mund der alten Frau und im Hintergrund ein schwarzer Fluss, ein beleuchtetes Schiff, das vorbeifährt, hohe Häuser, und zwischen den Körpern ein Stück dunkelgrüne Wiese.

Schnitt. Und das Studio von vor einigen Minuten. Die Gäste der Talkshow starren auf einen Monitor, ihre Gesichtszüge sind seltsam diffus, so als würden sie noch nach dem passenden Ausdruck suchen.

– *Der Terror ist erneut nach Deutschland gekommen*, sagt die Moderatorin. Ihre Frisur sitzt noch immer perfekt. – *Ich habe meine Gäste gebeten, bei mir zu bleiben. Das, was wir gesehen haben, war eines der Videos, die online gestellt wurden. Zurzeit wird das gesamte Frankfurter Mainufer abgeriegelt. Wir haben erst spärliche Informationen. Ein oder mehrere Personen haben wahllos um sich geschossen, angeblich ist auch ein Wagen in die Menge gerast und es waren bewaffnete Drohnen im Spiel. Für Bekennerschreiben ist es noch zu früh, Augenzeugen berichten, dass es Allah-Rufe gegeben hat und dass es sich bei den Attentätern um Männer arabischer Herkunft handeln soll. Noch ist völlig unklar, wie viele Menschen ums Leben gekommen sind. Man rechnet mit steigenden Opferzahlen. Nach den fürchterlichen Anschlägen der letzten Zeit dürften wieder Dutzende Menschen durch die Hand islamistischer Attentäter gestorben sein. Unser Korrespondent ist auf dem Weg zur Unglücksstelle, aber Verletzte und Tote müssen abtransportiert werden. Wir wissen noch nicht, ob die Attentäter entkommen sind oder ob sie sich selbst in die Luft gesprengt haben. Es sollen mehrere große Explosionen zu hören gewesen sein. Deutschland hat den Ausnahmezustand erklärt, Einheiten von Polizei und Militär werden in Frankfurt zusammengezogen. Hier am Mainufer sollte heute ein Fest für Europa stattfinden. Zehntausende Menschen waren gekommen, um gemeinsam zu feiern und ein Zeichen für Frieden und Einigkeit zu setzen. Man hört, dass auch hochrangige EU-Politiker und deutsche Spitzenpolitiker bei dem Friedenspicknick mit dabei waren. Ich …* Die Moderatorin greift sich ans Ohr, gut verborgen in den braunen Locken ein Empfangsgerät, das sie mit der Regie verbindet.

– *Ja*, sagt sie. – *Nein*, sagt sie. Dann sieht sie wieder in die Kamera. Große helle Augen. – *Hier überschlagen sich die Ereignisse. Wie ich gerade höre, dürften doch keine Spitzenpolitiker unter den Festgästen gewesen sein. Der geplante Besuch des Präsidenten des Europaparlaments ist nicht zustande gekommen. Mit dabei sind aber jedenfalls Stadtpolitiker aus Frankfurt. Es gibt einen ersten Bericht vom Ort des Schreckens, einen ersten professionellen Bericht, wir schalten zu unserem deutschen Kollegen, der offenbar anwesend war, um von dem Fest zu berichten.*

Blaulichter, Sirenen, Polizisten in Uniform, Soldaten mit Gewehren im Anschlag, im Hintergrund der dunkle Fluss, die Lichter der hohen Häuser auf der anderen Flussseite, in Großaufnahme ein Mann mit hellem Sakko und verstrubbelten Haaren.

– … gehört, wie Schüsse gefallen sind und Menschen geschrien haben. Da dieses Fest ohne Bühne und Ansprachen auskommen wollte, konnte auch niemand irgendwelche Durchsagen machen. Wir sind um unser Leben gelaufen, jeder von uns, auf der Straße soll ein weiteres Fahrzeug mit einem Attentäter gewartet haben, die Menschen, die weiter hinten auf dem Gelände waren, sind direkt in den Tod gelaufen. Ich weiß nicht, was ich sagen soll, ich war hier, um über ein Fest für Europa zu berichten. Jetzt bin ich in eine Schlacht geraten, eine Schlacht um Europa, auf der einen Seite die islamistischen Terroristen, auf der anderen friedliche Menschen, viele von ihnen haben Geflüchtete in unserem Land unterstützt. Ich habe keine weiteren Informationen, es gibt eine Nachrichtensperre, es ist ohnehin noch niemand da, den man fragen könnte. Die Polizei- und Militäreinheiten sollen das Gelände absichern. Angeblich hat man den Attentäter im Wagen festgenommen.

Der Mann sieht um sich. – *Inzwischen treffen immer mehr Medienvertreter ein, niemand darf an den unmittelbaren Unglücksort, aber hier sammeln sich meine Kollegen, um Aufklärung zu bekommen über den vielleicht größten Angriff auf Deutschland in der Nachkriegsgeschichte.*

Schnitt. Und wieder das Fernsehstudio, die braunlockige Moderatorin, die Studiogäste. Inzwischen haben sie ihre Gesichter wieder unter Kontrolle. Ernst sind sie, aber nicht fassungslos. Die Grüne schüttelt den Kopf, das hat sie schon vor der Terrornachricht getan.

– Der größte Angriff auf Deutschland, sagt Cem. – In der Nachkriegsgeschichte. Das heißt, im Krieg hat es noch größere Angriffe gegeben. Gegen Deutschland. Hat er vergessen, dass da die Nazis waren?

– Die Amis haben ihre Städte zerbombt. Aber darum geht es jetzt nicht, sagt David. – Muss nicht leicht sein, da zu stehen und zu berichten. Gerade noch war er bei einem Fest für Europa und jetzt …

– Natürlich ist das fürchterlich, stell dir vor, du bist dort mit deinem Picknickkorb und quatschst mit den zwei netten Frauen neben dir und plötzlich kommt so eine Drohne …

– Das mit den Drohnen ist noch nicht klar.

– Islamisten. Kann schon sein, dass es so war, aber was, wenn nicht? Haben sie die rechtsextremen Anschläge vergessen? Weißt du, was übrig bleibt? Wir guten Europäer gegen die bösen Vertreter des Islam. Krieg wollen sie führen. Europäische Werte, was soll das sein? Christentum? Neue Faschisten wie die Patrioten oder die ungarische Jobbik?

– Die auf der Wiese waren für ein friedliches gemeinsames Europa.

– Ja. Ich hätte dabei sein können. Wäre das in Wien gewesen, wir wären hingegangen. Die ganze Scheiße ist Wasser auf die Mühlen dieser Arschlöcher.

Großaufnahme. Der Geschäftsführer der Konservativen blickt direkt in die Kamera. – *Es war ein feiger Angriff auf uns alle, auf die westliche zivilisierte Welt.*

Frau Klein schläft. Sie träumt von einem schlanken großen Tänzer mit einer weißen Rose im Mund. Es ist ein lauer Abend, sie und er sind das einzige Tanzpaar. Ganz leicht dreht sie sich mit ihm, wie auf Wolken, sie weiß, sie darf nicht zu tanzen aufhören, sonst ist alles vorbei.

Sina sitzt mit müden Augen am Esstisch. Zini hat sie aufgeweckt. Die haben einen Anschlag gemacht, hat er gesagt und sie gerüttelt. Sie hat ihn panisch angesehen. – Er macht so etwas nicht, hat sie gerufen. – Der Anschlag war in Deutschland, hat ihr Sohn erklärt, alles habe er nicht verstanden und das Internet sei so langsam, aber es sollen Islamisten gewesen sein. Jetzt sitzt Sina im Nachthemd da, während Zini am Smartphone nach Neuigkeiten sucht.

– Du solltest schlafen gehen, sagt sie. – Morgen ist Schule.

– Ich will wissen, was da war, sagt er.

– Es hat nichts mit Papa zu tun.

– Sie haben heute in der Schule gesagt, dass alle Muslime kontrolliert werden sollen.

– Die Lehrer haben das gesagt?

– Die Schüler. Ich will kein Muslim sein.

– Musst du nicht. Auch wenn es nichts Böses ist.

– Ist es doch. Ich habe ein Video gesehen.

– Das sind Radikale und Verbrecher. Das sind keine richtigen Muslime.

– Papa ist kein Radikaler. Warum ist er dann weg?

– Das weiß ich nicht. Er wird wiederkommen.

– Ich will nicht, dass die Kinder in der Schule erfahren, dass er verschwunden ist.

– Wir sagen es keinem.

Sie sollen es nicht erfahren, hat der Kommandant durch seinen Vizekommandanten angeordnet. Wech und die anderen Offiziere nicken. Sie sind daran gewöhnt, auch in der Nacht anzutreten. In der Eile hat er vergessen, die Socken anzuziehen. Die klobigen Schuhe drücken, das Leder fühlt sich an wie Folterwerkzeug. Man wird es ihnen nicht sagen, sie erfahren auch sonst nicht viel. Das wäre kontraproduktiv. Auch wenn Wech manchmal denkt, ob es nicht gerade umgekehrt ist. Dass die nämlich einiges wissen, es ihnen aber nicht sagen. Dass die es sind, deren eigentliche Ziele im Dunkeln bleiben. Hin und wieder hat er das ungute Gefühl, der Vizekommandant ist nicht so schlau, wie er tut. Dass er selbst nicht weiß, wer die Leute um den Kommandanten sind. Dass er ihn vielleicht gar nicht kennt. Aber er hat keine Wahl. Und eigentlich sollte er darauf hoffen, dass der Vize nicht zu schlau ist. Sie dürfen nicht herauskriegen, dass seine Tochter ein Kind von einem Türken bekommt. Sie ist das Einzige, was wirklich zählt. Das einzig Fixe in seinem Leben, das ist seine Tochter und ihr Lächeln. Sie hat ihm das Leben gerettet. Er hätte ihres auch gerettet, aber er hat nicht bedacht, dass sie viel besser schwimmt als er. Er hat nicht bedacht, dass er zwar wütend war, aber nie zugeschlagen hätte. Dass sie freiwillig ins Wasser ist.

– Verstanden?, bellt der Vizekommandant.

– Ja!, ruft auch Wech.

Kleiner Flachbildschirm. Die vier Männerbeine ruhen nicht mehr auf dem Couchtisch, die Füße stehen parallel zueinander, als gälte es Bodenhaftung zu bewahren. Im Hintergrund das nächtliche Frankfurt, der Fluss, die hohen Häuser des Finanzzentrums, davor noch immer viele Blaulichter, jetzt auch Absperrgitter, schwer bewaffnete Soldaten und Polizisten.

Ein Sprecher verliest Statements, die Bilder der Spitzenpolitiker werden neben dem Terrorschauplatz eingeblendet.

– Es sei ein trauriger Tag für Deutschland, Europa und uns alle, sagte der EU-Ratspräsident. Der EU-Kommissionspräsident schrieb via Twitter: Wir werden innerhalb und außerhalb der EU gegen den Terrorismus kämpfen. Die internationale Gemeinschaft steht vereint gegen Hass und Gewalt. Via Twitter meldete sich auch US-Präsident Donald Trump zu Wort. Er benutzte den Terrorakt, um der deutschen Kanzlerin auszurichten: Da sieht man, wohin verfehlte Einwanderungspolitik führt! Amerika ist wachsam. Die Kanzlerin ging darauf nicht ein, sie sagte in einem ersten Statement: Wir sind vereint in Fassungslosigkeit, wir stehen im Kampf gegen den Terrorismus an der Seite Europas, an der Seite Frankfurts, an der Seite all jener Menschen, die für den Frieden zusammengekommen sind und ihr Leben lassen mussten. Deutlicher wurde Russlands Präsident Wladimir Putin: Die Terroristen und ihre Anhänger verstehen nur Gewalt, wir müssen mit den Mitteln reagieren, die sie anwenden, teilte er in einem Telegramm mit. Diesen Terroristen sei die menschliche Moral absolut fremd.

– Im Gegensatz zu Putin, Trump und Co, knurrt Cem.

– Wir sollten schlafen gehen, murmelt David, ohne den Kopf vom Bildschirm zu wenden.

– Der spanische Ministerpräsident betonte seine Entschlossenheit, mit unseren Partnern und Verbündeten zusammenzuarbeiten, bis dieser kriminelle Wahnsinn definitiv ausgemerzt sei. Der türkische Präsident ließ über einen Sprecher wissen, dass es sich um moderne Barbaren handle, die nichts mit Religion zu tun hätten und die man gnadenlos verfolgen müsse. Die Golfstaaten sprachen in einer gemeinsamen Erklärung von einer „terroristischen“ Attacke. Der

Golfkooperationsrat sei mit Deutschland solidarisch angesichts dieses „feigen kriminellen Vorfalls". Und auch die saudi-arabische Regierung prangerte den Anschlag als abscheulich an und sicherte zu, mit Deutschland zusammenzuarbeiten, um terroristischen Taten in jeglicher Form entgegenzutreten.

– Saudi-Arabien! Die haben diesen Blogger für Religionsfreiheit zu tausend Peitschenhieben verurteilt. Und sie kreuzigen Verbrecher.

David sieht seinen Mitbewohner an. – Besser als sie finden gut, was die Terroristen getan haben, oder?

– Du bist naiv. Alle machen Geschäfte mit Saudi-Arabien. Und der türkische Präsident ist ein Diktator.

Der Moderator sieht ernst in die Kamera. – *Und jetzt erste Reaktionen aus Österreich. Wir werden es niemals zulassen, dass Hass und Gewalt unsere Grundwerte zerstören, sagte der Kanzler. Der Klubobmann der Patriotisch Sozialen Partei stellte auf Facebook einen Bezug zur islamistischen Terrormiliz her. Nachdem der IS in sozialen Medien den Terrorakt bereits feiert, frage er sich: Wann wacht Europa endlich auf? Er fordert die Verstärkung der Kontrollen in Österreich, um die Tausenden illegalen Migranten aufzuspüren, die als „U-Boote" bei uns leben. Immerhin wurden in den letzten Jahren über 92.000 Illegale ins Land geschleust, so der Klubobmann der Patrioten.*

– Die erzählen diesen Unsinn einfach nach, regt sich Cem auf. – Niemand hat sich bisher zu dem Attentat bekannt, aber der patriotische Arsch weiß, dass der IS den Anschlag feiert!

David denkt an Sina.

[11.]

Früher ist Frau Klein jeden Freitag auf den Friedhof gegangen. Jakob ist an einem Freitag gestorben. Es ist noch kein Jahr her. Frau Klein ist froh, dass sie in der Stadt lebt, am Land ist die soziale Kontrolle stärker. Eine Frau, die nicht öffentlich trauert, hat die Anteilnahme verwirkt. Sie hat ihren Jakob geliebt, auch wenn es nicht immer einfach war. Andere haben sie darum beneidet, die Frau des bekannten Fernsehsprechers zu sein. Am Abend war er oft nicht zu Hause. Sendung. Sitzungen. Jakob war ein seriöser Mensch. Trotzdem kann auch der Seriöseste nicht dagegen an, wenn die Frauen hinter einem her sind. Jakob war populär und elegant. Sie ist sich sicher, dass es den einen oder anderen Seitensprung gegeben hat. Vielleicht sogar mit dieser Kollegin, die jetzt bei den Patrioten gelandet ist. Er hat sie als Nachwuchsjournalistin in die Redaktion geholt. Sie hat ihren Mann selten etwas gefragt. Er hat sich auf das heilige Sakrament der Ehe berufen. Er war wirklich sehr religiös. Ehebruch ist eine Todsünde. Dann hat er zumindest ein schlechtes Gewissen gehabt, denkt Frau Klein und freut sich ein wenig. Dass sie darauf nicht vierzig Jahre früher gekommen ist. Wo sie doch schon immer davon überzeugt war, dass alles, was man tut, in irgendeiner Form auf einen zurückfällt. Trotzdem. Jakob hat sie geliebt. Und sie ihn. Gewisse Abnutzungserscheinungen sind ganz normal. Er möge in Frieden ruhen.

Sie sollte zur Straßenbahn. Sie hat mit Richard vereinbart, dass sie sich bei einem kleinen Heurigen treffen, einem der wenigen in Wien, die noch nicht zur touristischen Großgastronomie verkommen sind. Er hat Neuigkeiten für sie. Er wollte darüber nicht am Telefon reden. Sie haben sich drei Tage nicht gesehen. Den Kaffee bei ihrer ehemaligen Schulfreundin Betty konnte sie schwer absagen. Sie ist die letzte, die noch lebt und in der Nähe wohnt. Dann musste Richard zum Arzt, eine Routinesache, hat er gesagt. Hoffentlich beziehen sich die Neuigkeiten nicht darauf. Sie weiß, dass er sich mit seinem alten Freund getroffen hat und dieser seine Kontakte spielen lassen wollte. Um herauszufinden, was die Polizei über die Kreuzigung von Sessler weiß. Was weiß man über die verschwundenen Flüchtlinge? Der Anschlag in Frankfurt. Die Welt gerät aus den Fugen. Frau Klein stellt sich das ganz bildlich vor. Sie sieht einen dieser alten Schul-Globen, die man um ihre Achse drehen kann. Die Achse sitzt nicht mehr fest, der Globus wackelt und schlingert, wenn man ihn zu drehen versucht. Frau Klein fürchtet sich nicht davor, selbst in einen Anschlag zu geraten. Im Radio haben sie gesagt, dass es viel wahrscheinlicher ist, vom Ehepartner ermordet zu werden. Auch diese Gefahr ist bei ihr vorbei. Sie macht sich Sorgen um die Folgen. Angst und Hetze und man weiß immer weniger, was man denken soll. Viele Menschen, die auf einer Wiese ein europäisches Friedensfest feiern. Dann kommen welche und schießen sie nieder. Sechzehn Tote und Dutzende von Verletzten.

Sie ist nicht glücklich, dass David nächste Woche nach Brüssel fährt. Was ihren Enkel angeht, so hat sie schon Angst, er könnte Terroristen zum Opfer fallen. In Brüssel hat es mehrere Anschläge gegeben. Diese Islamisten haben es auf Europa abgesehen, das liest man überall.

14:33
ES
Europa muss handeln! Während der IS die Tat in den Sozialen Medien feiert, stammeln unsere Politiker Beileidskundgebungen. Und lassen weiter Menschen ins Land, die wir nicht kennen, die einen Glauben haben, der gegen Demokratie, Menschenrechte, Frauenrechte ist, der die Terroristen anfeuert. Und was macht die EU? Sie lädt Asylanten ein, während sie das Gespräch mit den Patrioten verweigert.

14:33
Gerolf
Die Patrioten sind die letzte Hoffnung in der verlogenen Lügenwelt. Wählt Patriotisch!!! Rettet die Heimat!

14:34
Elisabeth Gruber
Da sterben so viele Menschen und DU machst damit Wahlpropaganda! GRAUSIG!!!

14:34
Gerolf
Sehe keine Wahlprobaganda!! Paranoid?? Ich bin nicht so gehirngewaschen und schreie nach noch mehr Toleranz! Das ist das Ergebnis der Inländerfeindlichkeit!!!

14:36
Franz Darwin
Ja genau. Trauer-Trara und Flaggen auf Halbmast ändern NICHTS. Diese Menschen sind Tod und werden es bleiben. Unsere Politiker können nur blöd quatschen …
Wir brauchen MACHER die uns vor dem ISLAMISCHEN WELTTERROR retten!

14:37
Elisabeth Gruber
Bitte, Respekt für Betroffene und Opfer. Das für Hetztiraden zu nutzen finde ich abscheulich. Sie sind noch nicht einmal begraben.

14:39
Gerolf
Genau richtig Darwin. Alles andere ist verlogen! Elisabeth geh willkommenklatschen, fahr ans Mittelmeer zu den „Erretteten“ und nimm dir einen Schwarzen mit ins Bett.

14:41
Elisabeth Gruber
Ich war noch nie willkommenklatschen und werde es weder jemandem empfehlen noch selbst vollziehen.
Hier politischen Unmut von sich zu geben, finde ich mehr als Geschmacklos. Wir müssen den Leuten vorleben, was sich gehört und was nicht. DAS ist patriotisch.

14:42
Andreas Bretterebner
Was vorleben? Wir leben denen andauernd vor, die werden das nicht annehmen, die bekämpfen unsere Lebensweise. Wach einmal auf von deinen naiven Tagträumen.

14:45
Hadschi ben Ali
Menschen, deren Blut an den Händen Linker Verräter wie dir klebt. Aber warte es ab, der Tag der Abrechnung wird kommen. Euch wird nicht vergeben!

14:52
Justizian
Elisabeth Gruber, wer hat dir dein kleines Gehirn gewaschen, dass du so bist? Du hast wohl keine Kinder, kein Geschäft, nichts? Sonst redest du nicht so dumm, emotional schwafeln und die Nazikeule schwingen.

14:54
Gottfried Hlavac
Es gibt eine Zeit zu trauern und es gibt eine Zeit des Zorns.

14:55
Comandante
Niemand weiß, wer hinter dem feigen Anschlag steckt. Aber dank ES habt ihr den Sündenbock gefunden. Wir nehmen nicht hin, dass die Schwächsten schuld sein sollen, während ihr gemeinsam mit dem feigen Innenminister und seinen politischen Vasallen das Volk aufhetzt. Nie wieder! Das haben wir angesichts der Nazi-Gräuel geschworen. Und wir halten den Schwur.

14:56
Karl Kofler
Da geht es nicht um Nazi, sondern um Islamisten. Darf man nicht sagen, ich weiß, aber die sind schlimmer. Die sind überall. Da gibt es keine Fronten wie im klassischen Krieg. Das ist Guerilla-Krieg. Die sind im Untergrund. Und auch ganz oben. Versteckt.

14:57
Comandante
Das ist Wiederbetätigung!

14:58
ES
Die Zeit, in der man uns einen Maulkorb verpassen kann, ist vorbei. Wir fürchten uns nicht. Und wir wissen Bescheid. Comandante ist der Letzte, der reden sollte. Sein Großvater war bei der SS. Niemals wieder??? Was passiert ist, ist passiert. JETZT gilt es, Unheil abzuwenden.

14:59
Justizian
Warum führt sich der dann so auf? WIR sind keine Nazis, wir schützen bloß unser Volk.

15:00
Comandante

Eure Verdrehungen helfen nicht! Ich bin angetreten, um gegen Feigheit und Denunziation und Verrat an Mitmenschen zu kämpfen. Ich habe es immer zugegeben: Mein Großvater war Nationalsozialist. Wir müssen uns von der Schuld befreien, indem wir es besser machen. An unserer Generation liegt es, nie mehr so etwas zuzulassen! Wir Antifaschisten werden siegen. Weil wir siegen müssen.

15:01
Gunther Kraus

Antifaschisten – das sind die Chaoten, die Randale machen auf den Straßen, eh klar? Überall in dem sogenannten vereinten Europa. Von Paris bis Neapel und Athen. Deutschland ist schon fast verloren. Die und die Islamisten haben das Land komplett im Würgegriff. Dank Mutti, die es geschafft hat, Millionen in das Land zu holen und Politikern, die seit Jahrzehnten gegen den Terror des Islam blind waren. Man wollte ein multikulturelles Utopia schaffen, auf Biegen und Brechen.

15:05
Judy Jefferson

Trump macht America wider great. Er wird bündnissen mit die Patrioten!!!

15:07
Hadschi ben Ali

Trump, Putin, Netanjahu sind ein Dream Team. Europas Rechte sind so stark, dass der der Linke Horror vorbei wird.

15:09
Gottwald

Frankreich – Belgien – Deutschland – Schweden sind rettungslos verloren. WIR haben noch eine kleine Chance wenn wir STOPP sagen und tüchtig ausmisten. Auch die Gesetze müssen verändert – der (UN)KULTUR angepaßt werden. Auch bei neuen österreichischen STAATSBÜRGERN bei Gesetzesübertretungen die Staatsbürgerschaft aberkennen und ausweisen. Die Anfänge sind schon lange hinter uns … die ISLAMISIERUNG muß gestoppt werden. Die FREIHEIT ist „VERGANGENHEIT" …

15:11
David Selzak

Korrekt! Es wird nur klappen, wenn wir zuerst die Gutmenschen (Komplizen) zum Schweigen bringen, politisch meine ich. Bevor sie wieder schreien. Und diesen Nazi-Enkel und seine Antifa sowieso. Die halte ich sogar für gefährlicher als Islamisten ;–)

– Ich glaube das nicht! Wir fahren sofort zu ihr, sagt Frau Klein. – Dein Freund ist senil! Ich will wissen, ob das wirklich wahr ist.

Herr Pribil sieht sie an. – Ich verstehe, dass du wütend bist, aber bitte nicht auf mich. Ich kann nichts dafür. Sinas Mann hat sich bei ihr gemeldet. Er hat ihr eine Nachricht geschickt. Sie wissen es, weil die Polizei die zweite Nachricht abgefangen hat. In der wird auf die erste Bezug genommen. Es gibt einen internationalen Haftbefehl gegen ihn. Und gegen andere, die ungefähr gleichzeitig untergetaucht sind.

– Womöglich sollen sie jetzt nicht nur an der Kreuzigung, sondern auch am Attentat in Frankfurt schuld sein. Sie brauchen einen Schuldigen, so schaut es aus. Die sind alle verrückt geworden.

– Wer die? Die Untergetauchten? Die Polizei?

– Alle. Die Welt passt nicht mehr. Irgendetwas läuft nicht mehr richtig und David geht nach Brüssel, ausgerechnet jetzt.

– Es ist doch logisch, dass sie ermitteln. Und wenn Flüchtlinge verschwinden, dann ist das zumindest nicht besonders schlau.

– Wer weiß, ob es freiwillig war. Das alles hat nichts mit Sina zu tun.

Herr Pribil seufzt und versucht vorsichtig, seine Hand auf die von Frau Klein zu legen. Sie zieht sie blitzschnell weg.

– Was kann ich daran ändern? Mein Freund hat es mir erzählt. Ich will nicht, dass es so ist, aber es sieht aus, als hätte Sina wieder einmal nicht die Wahrheit gesagt.

– Und? Warum ist sie dann noch nicht verhaftet? Frau Klein spürt, wie sich ihre Augenwinkel mit Tränen füllen. Nur das nicht, nur nicht weinen. Nicht vor ihm weinen.

– Lotte, sagt Richard ganz leise.

Lotte sieht ihn an. Und sieht, dass seine hellblauen Augen feucht sind. Sie legt den Kopf an seine Schulter, merkt, wie die Tränen die Wange hinunterrinnen. Ihre und vielleicht auch seine. Sie will nicht denken. Sie will nichts mehr tun. Das ist alles zu viel. Sie ist in dieser Welt nicht mehr daheim. Man sollte Ruhe geben. Nichts tun, nichts denken. Es ist genug.

– Lotte, sagt Richard noch einmal leise. – Das heißt ja nicht, dass ihr Mann etwas mit all dem zu tun hat. Sie kann sich gefürchtet haben, sie kann bedroht worden sein. Wir wissen nicht, was er ihr geschrieben hat.

Lotte lässt den Kopf an Richards Schulter und murmelt: Was ist in der zweiten Nachricht gestanden, in der, die die Polizei hat?

– Mein Freund will versuchen, es zu erfahren. Es sieht so aus, als wäre das richtig geheim. Aber er war schon immer findig. Es gibt Geschichten über ihn, zum Beispiel wie er in der Bretagne abgeschossen wurde und im Hinterland …

– Keine Kriegsgeschichten, bitte.

– Entschuldige, du hast recht. Ich mag sie auch nicht. Ich habe lange nicht über den Krieg geredet, als Deserteur war es auch besser, wenn du geschwiegen hast, weil da warst du nach dem Krieg bei allen unten durch. Die haben so getan, als hätte ich Österreich verraten. Dabei habe ich die Nazis verraten. Den Unterschied haben viele bis heute nicht kapiert.

Frau Klein kramt nach einem Taschentuch, fährt sich übers Gesicht und setzt sich auf. – Du hast es auch nicht leicht gehabt.

Aber du bist nicht weggegangen, du hast gekämpft gegen die Nazis.

– Wenn ich rechtzeitig gemerkt hätte, was los ist, ich wäre gegangen.

– Aber du hättest gekämpft.

– Alle sind keine Kämpfer. Und die syrischen Männer haben keine Alliierten, denen sie sich anschließen können. Sollen sie mit Assad, der die eigenen Leute umbringt, gegen den IS kämpfen? Sollen sie mit den Aufständischen, bei denen man nie weiß, wo welche Radikalen dabei sind, einen Partisanenkampf gegen Assad führen? Oder sollen sie bei den Russen anheuern? Bei Putin? Oder zuerst gemeinsam mit ihm und Assad den IS besiegen und dann Assad aus dem Land werfen? Oder umgekehrt? Gemeinsam mit dem IS Assad besiegen und dann den IS vernichten? Manchmal gibt es so viele Alternativen, dass es keine gibt.

– So habe ich das nicht gemeint. Ich weiß nur nicht mehr, ob es richtig ist, was wir tun. Ob es richtig ist, nicht alles zu erzählen, was wir wissen.

– Sie wissen ohnehin, dass Sinas Mann verschwunden ist. Und andere.

– Wer sind die?

– Familienväter, wie dieser Rami. Mehr hab auch ich nicht erfahren.

Die Geist-Gottes-Pfarre bereitet ihr Sommerfest vor. Erst als sie auf der Wiese zwischen Kirche und ehemaligem Pfarrhof stehen, erinnert sich Frau Klein daran. Sie hat versprochen, mitzuhelfen. Es soll ein Fest der Vielfalt werden. Flüchtlinge werden landestypische Speisen zubereiten, zwei Frauen, die in der Pfarre mitarbeiten, traditionell österreichische. Man hat sogar an eine gemeinsame Band gedacht, aber da die Jugendlichen, die üblicherweise die rhythmischen Messen gestalten, auf Sommerurlaub sind oder sonst keine Zeit haben, wurde der Gedanke wieder fallen gelassen. Ein Flüchtlingshelfer wird DJ spielen und Musik aus aller Welt auflegen. Frau Klein ist keine gute und keine begeisterte Köchin. Angenehmerweise wird ab einem gewissen Alter angenommen, dass man ohnehin nicht mehr imstande ist zu kochen. Ihr Part sind ihre guten Kontakte. Sie hätte beim Lokalfernsehen anrufen sollen. Sie hätte ihnen vom Fest erzählen sollen, bei dem man sieht, dass Integration gut funktioniert. Wenn alle mittun. Der Terroranschlag in Frankfurt. Was, wenn sie beim Sommerfest der Pfarre … Unsinn. Sie muss mit Sina reden. Richard steht einen halben Schritt hinter ihr. Er wirkt, als wäre er hinter den feindlichen Linien unterwegs. Angespannt.

– Dich wird schon nicht gleich der Teufel holen, sagt Lotte.

– Ich glaube nicht an den Teufel.

– Ich auch nicht. Gäbe es ihn, hätte er dich schon geholt.

Sina steht bei der Holzbank unter dem großen Kastanienbaum. Sie fädelt Lampions auf eine Schnur. Frau Klein holt tief Luft. Sie will es hinter sich bringen. Sie wird sie fragen. Sofort.

Sina lächelt sie an. Sie freut sich, Frau Klein zu sehen. Die Oma von David, der zwar noch sehr jung, aber sehr sympathisch ist. Einfühlsam. Nicht so ein aufgeblasenes Männchen wie der Bruder der Nachbarn.

– Wir müssen reden, sagt Frau Klein.

– Wegen Fest?

– Wegen Rami.

– Was ist mit ihm?

Kommt es Frau Klein nur so vor, oder will Sina sie nicht ansehen? Kann sie ihr vor lauter schlechtem Gewissen nicht in die Augen sehen? Kann sie so leichter lügen? Sinas Blick schweift von der Lampiongirlande zu Herrn Pribil. Er nickt kurz und ernst.

– Du hast eine Botschaft von ihm bekommen. Eine Nachricht, sagt Herr Pribil.

Sina schüttelt den Kopf. Blick zu Herrn Pribil, Blick zu Frau Klein.

– Wir wissen es, ergänzt Herr Pribil. – Von einem Freund von mir. Er hat gute Kontakte zur Polizei.

– Du musst uns die Wahrheit sagen, Sina. Sie suchen nach ihm, du verstehst?

– Verstehe.

– Was ist mit der Nachricht?

– Ich kann nicht.

– Es gibt eine, ja?

Sina nickt langsam.

Frau Klein fühlt einen seltsamen Druck im Magen. Das Blut rauscht in ihren Ohren. Wenn man einen Herzinfarkt bekommt, dann hat man solche Symptome. Kann man solche Symptome haben. Sie haben es in dem Vortrag gesagt, „Gesund und fit altern". Man sollte sich so etwas nicht anhören. – Warum?, fragt Frau Klein.

Sina versteht, was sie damit meint. Aber sie sagt nichts. Sie hebt die Schultern, zieht den Kopf ein.

– Sie will dir helfen und du lügst, mischt sich Herr Pribil ein.

Sina atmet laut aus. – Schwer. Deutsch schwer.

– Nein, das ist nicht zu schwer. Oder wir reden englisch miteinander. Es klingt wie eine Drohung.

– Lass mich machen, sagt Frau Klein. Der Druck im Magen lässt nach. Sie hätte das Schnitzel nicht essen sollen.

– Ich darf nicht.

– Wir haben uns Sorgen gemacht, wir haben versucht herauszufinden, was hinter seinem Verschwinden steckt, und du hast es die ganze Zeit über gewusst.

– Verstehe nicht. Nicht gewusst. Weiß nicht. Schreibt, ich darf nicht sagen. Auch Zini weiß nicht. Sorgen. Immer noch. Wahrheit ist, ich glaube, er ist nicht frei fort.

– Freiwillig?

– Ja. Nicht freiwillig.

– Wo ist die Botschaft? Wer hat sie dir gegeben?

– War in Brief. Unter Tür.

– Was steht drin?

– Ist arabisch.

– Du kannst übersetzen.

Sina greift in die hintere Hosentasche ihrer Jeans. Vielfach zusammengelegtes Papier, sie faltet es auf, streicht es glatt. Herr Pribil sieht ihr über die Schulter. Als ob er arabische Schriftzeichen lesen könnte. Sina liest auf Deutsch, als hätte sie es geübt.

– Mir geht es gut. Halte durch. Glaube nicht, was sie sagen. Denke an Griechenland. Unser Abend. Kein Wort zu niemand. Sonst große Gefahr.

– Das ist alles?

– Ja. Alles. Weiß nicht, wo ist.

– Und woher sollen wir wissen, dass du nichts Falsches übersetzt hast?, fragt Herr Pribil.

– Ich lüge nicht.

Frau Klein seufzt. – Du sagst nur nicht immer alles.

– Ich … ich will nicht, er ist Gefahr.

– Wir haben dir geholfen.

– Ja. Danke. Entschuldigung.

– Wo ist er? Was bedeutet Griechenland? Unser Abend?

– Schwer deutsch. Ich weiß nicht. Griechenland. Er und ich am Abend. Schwur Vertrauen.

– Ihr habt geschworen, euch zu vertrauen?

– Ja. Genau. Immer vertrauen.

– Aber er ist weg und hat dir nichts gesagt.

– Ja. Aber nicht frei. Ich weiß, nicht frei.

– Er ist gefangen? Dann kann er dir keine Botschaft schicken.

– Vielleicht. Nicht frei und will.

– Nicht freiwillig.

– Ja. Danke.

– Uns hast du jedenfalls nicht vertraut, obwohl Frau Klein so viel für dich getan hat, sagt Herr Pribil auf Englisch.

– Entschuldigung, antwortet Sina auf Deutsch.

Frau Klein steht mit anderen Helferinnen in der Pfarrkanzlei und wickelt Plastikbesteck in gelbe Servietten. Richard ist schon gegangen. Die heiligen Bücher aller Religionen rufen zur Gewalt auf, ob ihr das klar sei, hat er gesagt. Das Alte Testament sei eben schon sehr alt, war ihre Antwort. Und das Neue? Woher seien denn die Grundlagen für Kreuzzüge und Hexenverbrennungen, für Inquisition und Verfolgung des Judentums gekommen? Und genau so sei es mit dem Koran. Diese Bücher hätten immer Stellen für Friedliche und Stellen für Kämpfer. Wir machen hier ein Sommerfest, hat sie geantwortet, total friedlich. Und das Buch dazu ist die Bibel. Man könne auch ohne Religion friedlich sein, war seine Antwort. Aber Krieg ohne vorgeschobene Religion sei verdammt selten. Darauf ist ihr nicht viel eingefallen. Sie muss lernen, schneller zu denken. Er ist gut im Diskutieren. Sie wollte ihn nicht so gehen lassen, sie ist mit ihm über die Wiese, den Weg Richtung Straßenbahnhaltestelle. Sie hat seine Hand genommen. Hand in Hand und ohne etwas zu sagen sind sie zur Straße hinauf.

Sonja und Barbara haben ihnen nachgesehen. Sie haben gelächelt.

Frau Klein und Herr Pribil haben geschwiegen. Weil es gerade nicht so romantisch war. Wenn, dann würde ich mit dir fliehen, hat Frau Klein gesagt, als sie schon fast bei der Haltestelle waren. Er hat gemurmelt, dass das wohl nicht zur Debatte stünde, und dass es in der Kirche auch gute Leute gäbe, müsse er schon zugeben. Die Straßenbahn ist um die Ecke gebogen. Frieden, hat sie gesagt und gelächelt. Frieden, hat er gesagt und sie kurz, aber sehr bestimmt auf den Mund geküsst.

Wo kann Rami sein? Wer hat Sina die Nachricht gebracht? Er wird es nicht selbst gewesen sein, oder doch? Jedenfalls scheint er nicht weit weg zu sein. In einem anderen Land. Unwahrscheinlich, dass er einen Zettel wie diesen über Landesgrenzen gebracht oder geschickt hat. Man muss mehr darüber nachdenken, wo er sein kann. Und man muss wissen, was in der Nachricht steht, die die Polizei abgefangen hat. Ob Richard und sein alter Säulenheiliger es schaffen, das herauszufinden?

– Frau Klein, sagt der Pfarrer. – Jetzt haben Sie zwei Messer in die Serviette gewickelt!

[12.]

Sie hat auch mir nichts gesagt. David steht neben seiner Großmutter. Sie ist beinahe zwei Kopf kleiner als er. Er ist in Socken, trägt eine Hose, von der gleich mehrere Etiketten baumeln, und sieht unglücklich in den Spiegel. David hasst es, einkaufen zu gehen. Er hat auch keine Lust mehr, sein Praktikum in Brüssel anzutreten. Nicht weil er sich vor Anschlägen fürchtet. Sondern weil er keinen Anzug tragen will. Nicht einmal eine Anzughose. Und weil zu viel unklar ist.

Sina hat ihnen nicht die Wahrheit gesagt. Zumindest hat sie etwas Wichtiges verschwiegen. Schon wieder. Er hatte das Gefühl, dass sie ihm vertraut. Aber das war Täuschung. Unter anderen Umständen … aber es gibt keine anderen Umstände. Er findet sie schön. Er möchte mehr über sie wissen. Was sie denkt, was sie fühlt. Wie sie aufgewachsen ist. Wann sie zum ersten Mal geküsst hat. Ob sie das Meer mag oder die Berge, was sie gesehen hat, wenn sie als Kind aus dem Fenster geblickt hat. Wie es war auf der Flucht. Ob sie Rami wirklich liebt. Sie ist verheiratet. Ein paar Jahre älter ist sie auch. Ob sie eine Jugend gehabt hat, ein paar freie Jahre. Sie hat einen Sohn und einen Mann. Er wünscht ihr nicht, dass Rami in irgendwas verwickelt ist. Sicher nicht. Falls doch, dann will er ihr helfen. Ohne Gegenleistung. Natürlich. Er mag sie. Und so viele Freunde hast du nicht in einem fremden Land.

Oma hat ihn in dieses Herrenmodengeschäft geschleppt. Da war sie auch mit Opa einkaufen. Die Sachen sind teuer und trotzdem nicht bequem. Er hat drei Jeans, alle drei von derselben Marke, mit demselben Schnitt, derselben Farbe. Wenn eine zu schäbig wird, dann kauft er die nächste. So macht er es, seit er siebzehn war. Warum sollte er sich mit so etwas wie Hosen beschäftigen? Seine Shirts sind Zufallskäufe oder Geschenke, er trägt sie, wenn sie keine schreienden Farben haben und keine dummen Aufschriften.

– Ich glaube, Sina hat Angst, sagt seine Großmutter. – Sie traut sich nicht, alles zu erzählen.

David zupft an der Hose. – Das klingt, als würdest du glauben, es gibt noch mehr, was sie nicht gesagt hat.

– Ich weiß nicht. Aber ihr Rami ist sicher kein schlechter Mensch. Die Hose passt dir ausgezeichnet. Sie hängt nicht so wie deine Jeans.

– Ich sehe aus wie ein dressierter Affe.

Frau Klein kichert. – Passt du dann nicht bestens nach Brüssel?

David sieht seine Großmutter erstaunt an. – Seit du mit Herrn Pribil zusammen bist, wirst du immer schlagfertiger.

– Ich bin nicht mit ihm „zusammen". Wir mögen uns. Wir treffen uns.

– Ihr haltet Händchen. Ihr küsst euch. Ihr seht euch verliebt an. Gib es zu, Oma.

– Na und? Man wird nicht zu alt für so etwas. Das kann ich dir sagen.

– Cem ist auch verliebt in dich. Er hat gesagt, er wird dich dem alten Knacker ausspannen.

– Was der immer redet! Der ist mir zu jung. Frau Klein wirft einen verstohlenen Blick in den Spiegel. Wie achtzig sehe ich aber wirklich nicht aus, denkt sie. Vielleicht sollte ich Jeans tragen.

– Was ist, wenn ich doch nicht nach Brüssel gehe?

– Wegen der dressierten Affen dort?

– Wegen … ich weiß nicht. Es ist so viel unklar. Und ich fühle mich wohl hier.

– Du hast es als Karrierechance gesehen.

– Ich will keine Karriere, ich will Reportagen schreiben. In aller Ruhe.

– Dann tu das doch.

– Ich …

– Geh nach Brüssel. Richard findet das auch gut. Er sieht das von einer höheren Warte. Er hat dafür gekämpft, dass es eine Einheit gibt in Europa. Keinen Krieg mehr.

– Man sollte ihn einladen. Mit seiner Vergangenheit. Glaubst du, er ist noch imstande …

– Was meinst du? Nur weil wir ein bisschen älter sind? Momentan haben wir noch alle Tassen im Schrank und genug Kraft in den Beinen. Eine gute Idee. Wir kommen nach Brüssel und besuchen dich.

David grinst. – Jetzt willst du sogar schon mit ihm verreisen.

– Warum nicht? Vorausgesetzt, du willst besucht werden.

– Will ich, Oma.

– Sehr gut. Es wäre idiotisch, hierzubleiben. Du hast nicht einmal eine Arbeit, die dich hält. Und auch keine Freundin. – Oder?

– Nein, ich hab keine Freundin. Momentan.

– Und was ist mit diesem Cem?

– Der ist nicht meine Freundin.

– Mach keine Witze, ich meine … hat der eine Freundin?

– Mehrere. Meistens.

– Ein Draufgänger. Aber er sieht auch sehr gut aus. Ein bisschen wie Omar Sharif. Nur halt ein paar Generationen später.

– Omar Sharif?

– Sag nicht, dass du ihn nicht kennst. *Doktor Schiwago.*

– Ein Ärzte-Film?

Frau Klein schüttelt ungläubig den Kopf. – Dass du …

David lacht. – Natürlich kenne ich ihn. Und *Lawrence von Arabien*. Das sind Klassiker der Filmgeschichte.

– Für uns waren es neue Filme. Als ich so alt war wie du.

– Jetzt bist du eben auch ein Klassiker, Oma. Wir machen einen Deal: Ich checke dir eine Brüssel-Reise und du kaufst mir Jeans.

– Du kannst dort nicht in Jeans arbeiten.

– Ich bin nicht der Kommissionspräsident, wobei ich finde, auch der sollte Jeans tragen dürfen. Ich bin bloß ein ganz kleiner Praktikant.

– Welche Jeans?

– Meine üblichen.

– Gibt es die auch in Schwarz?

– Keine Ahnung.

– Eine deiner Jeans in Schwarz, dazu ein Sakko und du planst uns eine Brüssel-Reise. Samt Besuch bei dir im Europaparlament. Zahlen tun wir natürlich selbst, das ist klar. Apropos: Brauchst du Geld? Es ist sicher nicht einfach in Brüssel und auf deine Mutter kann man ja nicht zählen.

– Liebe Oma, ich bin erwachsen. Und sei etwas netter zu deiner Tochter. Sie ist okay. Sie nervt nicht.

– Wie etwa ich?

David beugt sich tief hinunter und küsst sie auf die Wangen.
– Unsinn. Und übrigens spannt die Hose, wenn man sich bückt.

– Wirst du noch einmal mit Sina reden?

– Ich würde gerne. Ich weiß nicht. Ihr Internetzugang ist so langsam und sie sagt, sie versteht vieles nicht. Sie will, dass ich ihr übersetze, was in den Sozialen Medien los ist. Aber das sollte sie lieber nicht wissen. Es ist richtig schlimm und seit dem neuen Anschlag wird es noch schlimmer. Es ist übrigens durchgesickert, dass die verschwundenen Flüchtlinge gefälschte Pässe hatten.

– Sie wissen von Rami?

– Nein. Ich glaube nicht. Ich habe nicht alles gelesen, das schafft keiner. Ganz abgesehen davon, dass Facebook filtert.

– Was tun die? Die schicken dir nicht alles? Dürfen die das? Erinnert mich an Zensur. Als Vater von der Front geschrieben hat, war am Anfang die halbe Postkarte schwarz. Später hat er nur mehr geschrieben, dass es ihm gut geht und dass sie vorrücken und dass es warm ist in Afrika und dass er mir eine Schildkröte mitbringt. Hat er wirklich getan.

– Es steht schon alles irgendwo. Aber sie schicken mir zuerst das, von dem sie annehmen, dass ich es mag. Sowohl, was die Postings angeht, als auch bei der Werbung. Bei Google ist das ähnlich. Man muss sich selbst darum kümmern, wenn man auch die Sachen lesen will, die ES schickt. Von schlimmeren Foren gar nicht zu reden. Das Witzige ist: Seit ich regelmäßig auf den Seiten der Patrioten bin, schickt mir Facebook mehr davon. Es ist einfach ein Computer, der errechnet, was ich angeblich mag.

– Die kann man dann aber auch leicht täuschen.

– Ja, wenn man Bescheid weiß.

– Und jetzt hetzen sie gegen die verschwundenen Flüchtlinge. Auf diesen Seiten, die du jetzt auch bekommst.

– Es gibt die üblichen Verallgemeinerungen. Und Anschuldigungen. Und natürlich wieder Angstmacherei.

– Ist dein Freund Cem auch Moslem? Wie sagt man eigentlich richtig? Früher hat man *Mohammedaner* gesagt. Barbara aus der Pfarre hat gemeint, jetzt sollte man sie Muslime nennen. Und Islamisten sind nur die ganz Radikalen. Obwohl ich eine Fernsehdiskussion gesehen habe, da hat der Moderator immer von Islamisten geredet, auch wenn er ganz normale Moslems gemeint hat. Einer der Diskutanten hat sich sehr darüber aufgeregt und irgendwann einmal haben sie alle durcheinandergebrüllt, sodass man gar nichts mehr verstehen konnte.

– Korrekt ist *Muslime.* Weil sie sich selbst so nennen. Es kommt vom arabischen *muslim*, das heißt gottergeben.

– Aber Cem sagt *Moslem*. Da bin ich mir ganz sicher.

– Weil er eben Cem ist. Und das allzu Korrekte nervt ihn. Vor allem nerven ihn Religionen. Er ist Muslim, aber er lebt nicht so. Austreten kann man nicht wie bei uns in der katholischen Kirche. Es gibt Länder, da gilt nach wie vor die Todesstrafe, wenn man vom Islam abfällt. Sein Glück, dass er Österreicher ist.

Ein älterer Herr mit grauen Schläfen nähert sich. Perfekt gekleidet. Er könnte im Aufsichtsrat einer Fluglinie sitzen. Oder in einem Konversationsstück den Butler der Gräfin geben. – Wie angegossen, sagt er und starrt David auf den Hintern.

– Zu wenig distinguiert, antwortet David.

– Mein Enkel tritt einen wichtigen Posten in Brüssel an, ergänzt Frau Klein.

Sie sitzen vor seinem Laptop. Neben ihnen zwei große Einkaufstaschen. Das braune Sakko aus leichtem Wollstoff hat David gleich gut gefallen. Auch wenn er es schweineteuer gefunden hat. Die Jeans gab es in Schwarz und zum Dank für seine neue Ausstattung zeigt er Oma jetzt, was im Netz über die verschwundenen Flüchtlinge steht.

– Das habe ich selbst schon gelesen, sagt sie unzufrieden. – Ich kann googeln. Sie haben nichts Neues über die Kreuzigung, aber sie fahnden nach Syrern und Irakern, die untergetaucht sein sollen. Wie können sie behaupten, dass der Frankfurter Anschlag eine islamistische Handschrift trägt, wenn sie die Täter nicht kennen? Nur weil auch Islamisten Anschläge begehen? Ich finde das nicht logisch.

– Es ist die einfachste Erklärung. Und es kann ja wahr sein.

– Natürlich. Aber es muss nicht. Genauso wenig, wie ein verschwundener Flüchtling ein Mörder sein muss.

– Man weiß einfach nicht viel.

– Dann sollte man es auch nicht behaupten. Bei uns hat es immer geheißen, wenn du nichts weißt, dann sei lieber still. Jetzt habe ich den Eindruck, als würde umso mehr behauptet, desto weniger man weiß. Wo soll das noch hinführen, David. Es ist doch klar, dass wir den Flüchtlingen helfen müssen. Ich habe es erlebt. Als Kind, aber trotzdem. Ich weiß, wie es ist, wenn man sich vor Bomben fürchtet. Und vor den Nachbarn. Sie haben meine Mutter angezeigt. Weil sie gesagt hat, dass Hitler ein lächerlicher Depp ist. Sie hat nachgeäfft, wie er redet. Natürlich hat es auch bei uns nicht nur Gute gegeben. Wenn es nicht mehr geht, dann muss man weg. Und dann kann man nur hoffen, dass einem jemand hilft. So wie es bei den Juden war. Ein Teil hat es geschafft, ein anderer Teil nicht. Weil die Länder ihre Grenzen zugemacht haben. Jetzt geht es uns gut, da muss man doch helfen, auch wenn die fremd sind. Auf der anderen Seite will natürlich keiner, dass Terror ins Land kommt. Und eine Religion, die so etwas anheizt.

– Wenn ich mir vorstelle, dass du genauso ein Kriegskind warst wie heute Zini …

– Genauso nicht. Wir sind nicht weg. Aber auch nur, weil wir keine andere Chance gehabt haben. Es war zum Schluss ziemlich gefährlich für meine Mutter, sie hat es mir später einmal erzählt. Sie war nicht im Widerstand, sie hat Hitler bloß nicht leiden können und hat das am falschen Ort gesagt. Mein Vater war begeistert von den Nazis, zumindest am Anfang. Er hat gesagt, die bringen Arbeit. Als dann nach dem Krieg die Russen bei uns stationiert waren, war er ganz ruhig. Ich kann mich gar nicht erinnern, dass er jemals etwas gesagt hat, aber da täusche ich mich natürlich. Wir haben einen Wellensittich gehabt. Mit dem hat er manchmal geredet. Gell, Burli, hat er gesagt. Meine Mutter war immer die Aktivere. Sie hat auch den Soldaten, die sie bei uns in der Wohnung einquartiert haben, gezeigt, dass man sich nicht ins Tischtuch schnäuzt. Die waren von irgendwoher in der Steppe oder der Tundra. Die anderen im Haus haben sich nichts getraut bei den Russen, meine Mutter schon. Auch wenn sie Angst gehabt hat, dass sie mich verschleppen. Ich habe Ziehharmonika gespielt für sie, im Hof. Es hat immer geheißen, die verschleppen Mädchen. Weil von Schlimmerem hat man laut gar nicht geredet. Oder zumindest nicht mit mir. Ich war damals elf. Da nimmt man alles so, wie es kommt. Ich war froh, dass wir nicht mehr in den Luftschutzkeller gemusst haben, auch wenn sehr viel kaputt war. Wobei es die in der amerikanischen Besatzungszone schon besser hatten. Zumindest mit der Lebensmittelversorgung. Die Russen haben ja selbst nichts gehabt. Aber es ging. Mutter ist hamstern gefahren, sie hat gesagt, es ist viel besser als nach dem Ersten Weltkrieg. Da waren sie wirklich hungrig. Ihr erstes Kind ist gestorben, weil es zu wenig zu essen hatte. Nannerl hätte Traubenzucker gebraucht, hat sie immer erzählt. Aber den hat es nicht gegeben. Nannerl war sieben oder acht, ich weiß nicht genau. Sie sind gesessen und Nannerl hat gesagt, Mama, ich friere so. Und dann sind zuerst die Finger, die Hände, die Füße kalt geworden. Dann hat sie gesagt, Mama, jetzt ist mir schon bis oben hin kalt. Da waren dann schon die Beine und die Arme kalt und meine Mutter konnte gar nichts tun, sie hat zusehen müssen, wie Nannerl gestorben ist. Sie hat es oft erzählt. Nannerl wäre meine älteste Schwester gewesen, mehr als zehn Jahre älter. Es ist einfach alles kalt geworden und dann hat das Herz aufgehört zu schlagen.

David sieht seine Großmutter an. – Warum hast du davon noch nie erzählt?

– Ich weiß nicht, ich hab nicht mehr daran gedacht. Oder nicht dann, wenn wir uns gesehen haben. Jetzt kommt immer mehr zurück. Vielleicht wegen der Flüchtlinge. Und auch wegen Richard mit seinen Geschichten. Und der ganzen unsicheren Situation.

– So unsicher ist es bei uns gar nicht.

– Du hast recht. Wenn ich mir überlege, wie es damals war. Das ist gar kein Vergleich. Und trotzdem kommt es einem oft so vor. Zumindest, als ob es schlechter würde.

– Wir jammern auf ziemlich hohem Niveau.

– Richard sagt das auch, man darf sich nicht fürchten und nicht zuschauen. Man muss etwas tun. Weißt du, wie wir früher immer gesagt haben? Zu Tode gefürchtet ist auch gestorben. Deswegen will ich wissen, was im Netz steht. Nicht auf den Nachrichtenseiten, die ich auch kenne. Sondern auf Facebook und so. Netz. Eigentlich witzig. Früher hat es Einkaufsnetze gegeben. Da hast du alle Waren hineingetan und hast sie heimgetragen. Gibt es nicht mehr. Vielleicht sind sie zu klein für heute.

– Es gibt einen, der nennt sich ES. Er ist gebildet, zumindest kann er schreiben. Nicht so wie die vielen Dumpfbacken, die sich im Netz herumtreiben. Er weiß ziemlich viel. Und er hetzt.

– Von dem hast du schon erzählt.

– Oh. Habe ich vergessen.

Frau Klein lächelt und denkt, es geht auch den Jungen so. Manchmal vergisst man etwas. – Weiß man, wer ES ist?

– Es gibt Gerüchte. Es gibt welche, die sagen, er ist von den Patrioten und macht ihre Öffentlichkeitsarbeit.

– Fuhrmann.

– Ja. Genau der. ES kann schreiben. Und Fuhrmann war Journalist.

– Er traut sich das nicht unter eigenem Namen?

– Du wirst gleich sehen, warum. Ich bin mir außerdem nicht sicher, ob er es wirklich ist. Manche behaupten, ES ist ein Forschungsprojekt, sie erforschen, welche Reaktionen Postings auslösen. Und dann gibt es noch ganz andere Ideen. Geheimdienste, die unser Land destabilisieren wollen. Die Russen. Dass die sich in westliche Wahlkämpfe hacken, ist erwiesen. Selbst der IS wird genannt. Es geht ja häufig um Flüchtlinge im Netz. Viele von ihnen sind vor den radikalen Islamisten geflohen.

– Woran glaubst du?

– An einen Irren mit gewisser Bildung. Und guten Informationen.

– Und wenn ES von der Polizei ist?

– Wie kommst du darauf?

– Richard sagt, man sollte Polizei und Militär nie ganz vertrauen.

– Dein Richard. Aber gut informiert ist ES wirklich. Man fragt sich, woher er seine Informationen hat.

14:27
ES

Die Pässe der angeblichen Flüchtlinge sind gefälscht. Die sind untergetaucht und bilden Zellen, um unseren Staat anzugreifen. Sogenannte Sozialeinrichtungen, auch im Umfeld der Kirche, bekommen anonyme Spenden, um ihnen zu „helfen". Gegen unser Volk. Gegen das freie Österreich. Egal, um welche Organisationen es sich dabei handelt, sie müssen zur Rechenschaft gezogen werden.

14:31
Hartmut Frank
Ende mit Zurückhaltung! Die Kirche darf keine Ilegalen beschützen! Der Staat muss ihr alles Geld wegnehmen wen das so ist. Die sollen sich gegen die Abtreibungen kümmern – Außer denen von den Mischlingen.

14:33
Lisbeth Zaradek
Man muss diese Verbrecher ausrotten bevor sie das Land vernichten. Der Papst muss Buse tun Oder Abtritt! Es gibt genug die in der Kirche andere Meinung haben.

14:35
ES
Ich hoffe auf die Selbstreinigungskräfte in diesem Land. Wir haben nicht nur die Globalisierung des Kapitals, der Konzerne, sondern längst auch die Globalisierung des Islam. Internationalisten und Sozialeinrichtungen betreiben den Ausverkauf der Werte der christlichen Vaterländer. Das Krebsgeschwür wird immer deutlicher. Am Finanzplatz Frankfurt, wo nur das Geld zählt. In Brüssel, wo ganze Viertel schon fest in der Hand der Islamisten sind. Ihre Helfershelfer verfügen über große Summen und haben längst ihre Leute in der EU. Wir wollen unsere Souveränität zurück! Die Europäische Union muss sich auf ihre Wurzeln als Wirtschaftsgemeinschaft besinnen. Den Rest erledigen wir in den Nationalstaaten. Freien und selbstbewussten souveränen Staaten.

– Die können nicht einmal rechtschreiben. Solchen Idioten glaubt keiner, sagt Frau Klein.

– Die ihnen glauben wollen, schon.

– Und was, wenn ES selbst ein Terrorist ist?

– Verbalterrorist. Es gibt Tausende, die das lesen und weiterverbreiten. Und etwas dazu sagen. Auch solche, die rechtschreiben können. Schau es dir an. Er ist ein Star in der Szene. 13.560

Reaktionen. Sind nicht alles Likes, man kann auch ablehnende und wütende Emojis posten. Das sind diese Gesichter, die lachen oder weinen, oder andere Symbole.

– Aber alles wird zusammengezählt. Das ist, wie wenn man Äpfel und Birnen vermischt. Außerdem ist er wirr. Er ist dagegen, dass nur das Geld zählt. Und dann sagt er, die EU soll wieder eine Wirtschaftsgemeinschaft sein. Wie passt das?

– Man sucht sich heraus, was einem ins Zeug passt. Er hat Schuldige für alles. Flüchtlinge, Großkapital, Linke. Und natürlich den Islam. Jetzt offenbar auch Sozialeinrichtungen und die Kirche.

– Schon seltsam. Hitler war zuerst mit der Kirche verbandelt. Und dann hat er sich gegen sie gewandt. Weil nicht alle mitgetan haben. Aber dass er die Kapitalisten und die Linken gleichzeitig beschuldigt, ist schon skurril – fällt das keinem auf?

– Hauptsache, jemand anderes ist schuld. Du kannst immer Verbindungen herstellen. Linke helfen Flüchtlingen. Flüchtlinge kommen auch aus dem arabischen Raum. Dort gibt es Öl, also gibt es auch Geld. Sie sind ohnehin nur angebliche Flüchtlinge und nehmen das Geld, um Österreich zu einem islamischen Staat zu machen.

– So ein Blödsinn. Wobei auch Richard sagt, links ist nicht mehr das, was es einmal war.

[13.]

14:13
ES
Der Kardinal ist ein mutiger Mann. Er hat meinen vollen Respekt. Es ist wichtig, dass die Kirche endlich Farbe bekennt. Unsere Kritik hat gewirkt. Jetzt kommt eine Absage an die Naiven von ganz oben. Dies ist der Wortlaut der heutigen Aussendung der Kathpress:

Kardinal: Europa hat sein christliches Erbe „verschleudert“

Österreich/Kirche/Christentum/Islam/Europa/

Für ein großes mediales Echo hat der Kardinal mit seiner Predigt über das Fest „Maria Namen“ am vergangenen Sonntag im Wiener Stephansdom gesorgt. Dabei war der Wiener Erzbischof in seiner Predigt u.a. auf den historischen Ursprung des kirchlichen Festes „Maria Namen“ eingegangen, das als Dank für die Befreiung Wiens vor den Osmanen eingeführt wurde. Europa habe sein christliches Erbe „verschleudert“, klagte der Kardinal und stellte die Frage in den Raum, ob es einen erneuten Versuch einer „islamischen Eroberung Europas“ geben werde.
Sie haben den gesamten Text seiner bemerkenswerten Predigt online gestellt. Ein Auszug, den sich alle ins Stammbuch schreiben sollten, die katholisch sind:

„Damals vor mehr als dreihundert Jahren ist Wien gerettet worden. Wird es jetzt einen dritten Versuch einer islamischen Eroberung Europas geben? Viele Muslime denken und wünschen sich das und sagen: Dieses Europa ist am Ende. Und ich denke, dass das, was heute Moses in der Lesung tut und was Gott der Barmherzige (…) tut, wir heute für Europa erbitten sollen: Herr, gib uns noch einmal eine Chance! Vergiss nicht, dass wir dein Volk sind. So wie Moses ihn daran erinnert: Es ist doch DEIN Volk, DU hast es herausgeführt, DU hast es geheiligt, es ist DEIN Volk.“
Kommentar überflüssig. Retten wir gemeinsam das christliche Vaterland.

14:25
Volker Visowsky
Der Mann muss Papst werden!

14:25
Ingram
Das ist auch ein heuchlerischer Verbrecher. Jetzt geht im auf wo der Wind weht aber dann ist er wieder bei den Mechtigen!!! Schmeißt sie raus. Die gehören gleich mit weg mit dem Islampack.

14:26
ES
Ich wende mich entschieden gegen solche Gleichmacherei, bei allem heiligen Zorn, den wir entwickeln dürfen.
Wenn der Kardinal spät, aber doch umschwenkt, dann hat er meinen Respekt.

14:30
Bürgerbüro der Patrioten – Regierungsrücktritt sofort!
Die Patriotisch Soziale Partei läd jedes Jahr zur Feier des Endes der Zweiten Wiener Türkenbelagerung ein. Weil wir keine Zeit verschwenden dürfen, gibt es schon nächste

Woche eine Veranstaltung unter dem Titel „Abendland beschützen, damals wie heute". Wir freuen uns, dass der Kardinal unserer Meinung ist.

14:31
Karl Kofler
Unsere Vorfahren waren wesentlich klüger! Leider haben wir heute keinen Eugen von Savoyen, keinen Karl von Lothringen und keinen Jan Sobieski, die uns noch retten könnten. Sessler ist im Kampf gefallen.

14:31
Kain44
Auch einmal munter geworden, Herr Kardinal? Hat Gott dich erleuchtet? Wer auf seine Schäflein seit Jahren nicht hört = kein guter Hirte!!

14:33
Friedrich Fasthuber
Türke spricht wegen Verkehrsdelikt im Strafamt vor, zeigt sich für seine gefährliche Übertretung uneinsichtig. Ja und dann seine Aussage: Mit Allah's Hilfe sitzen in 20 Jahren unsere Leute hier und dann werden wir es euch zeigen!!!!
Eine 1. Warnung!!!

14:34
Ausdiemaus
Einmal U-Bahn fahren. Dort schaut es ähnlich aus.
Die Eroberung Europas war immer das Ziel und wird es immer bleiben. Nur diesmal haben sie es Dank duümmster Politiker wie Merkel, Schulz, den Hund Bellen & Co. fast geschafft.

14:35
Zorro
Islamprediger, Christenprediger – am Ende sind sie alle gleich. Man sollte Koran und Bibel zusammenlegen und nur noch das mit der Nächstenliebe drin lassen. Wär dann auch

mal ein verständliches, dünnes Buch: Der Biran ... oder die Kobel. Aber ob ihr es kapiert??????

14:40
Offizielle Facebook-Seite des Kardinals
Man darf meine Predigt über das Maria-Namen-Fest nicht als Aufruf zur Abwehr der Flüchtlinge verstehen, darum ging es mir überhaupt nicht. Die Chance auf eine christliche Erneuerung Europas liegt bei uns: wenn wir uns auf Christus besinnen, sein Evangelium verbreiten und mit unseren Mitmenschen, auch den Fremden, so umgehen, wie er es uns ans Herz legt – in Liebe und Verantwortung.

14:42
Freigeist
Und schon scheißt er sich an. Da haben wohl ein paar von OBEN protestiert und er hat ANGST um seinen Prunk und seine goldene Kloschüssel. Mit OBEN meine ich nicht GOTT, sondern die in Brüssel und Rom.

14:43
Walter Sadeg
Können eure Eminenz nicht mal mit dem Kardinalsbruder in Köln reden? Der verdrängt vollkommen die Gefahren. Statt die Verfolgung der Christen vor allem in den Ländern anzuprangern, aus denen die meisten Asylanten kommen, will er immer mehr ins Land holen. Wo ist da die NÄCHSTENliebe???

14:45
Birgit Messerschmid-Schmied
Er ist viel zu spät wach geworden. Sitzen in ihren goldenen Käfigen und haben anscheinend keine Ahnung was in der Welt vorsichgeht. Jedenfalls werde ich auch wenn es zu Unruhen kommt eine Kirche besetzen. Bin gespannt ob ich dann wegen Hausfriedensbruch angezeigt werde!! Bete und vertraue auf dich Herr! Reinige Europa vom bösen, der Bestie, geboren 500 Jahre nach Jesus! Bewahre das

Alltagsleben, die Kultur und die Geschichte Europas für seine wahren Bewohner!

14:46
Hans Klein
Offensichtlich ist diesem Volksverräter-Wurm die Bloody Mary erschienen und hat ihm die Leviten gelesen.

14:48
Comandante
Alle Katholikinnen und Katholiken, die die Hetze des Kardinals nicht hinnehmen wollen, denen Nächstenliebe wichtig ist, so schwierig sie in Zeiten wie diesen ist, haben eine Chance, das zu zeigen: Sie müssen sofort aus dieser Amtskirche austreten! Nur so können wir neuen Klerikalfaschismus verhindern!

14:52
Saara Devi
Endlich müssen wir einen Weg gehen und unsere Feinde umarmen. Das Göttliche ist in allen von uns. Ich hatte ein Erlebnis in Form von astralen Wesen, die sich mir bei geschlossenen Augen zeigten … weiße Lichtgestalten … sie sagen, es ist höchste Zeit, streckt eine liebende Hand aus!

14:53
Comandante
Was bleibt ganz ohne Hokuspokus? Dass der Kardinal die Angst vor einer islamischen Machtübernahme schürt. Wie abgehoben kann man noch sein? Oder ist es Programm?

14:54
Zorro
Was uns noch gefehlt hat, ist Esoterik. ☺☺☺ Irgendwelche Spiralnebel im Hirn helfen aber nix. Wir sollten uns nicht gefallen lassen, dass die gegen die Schwächsten hetzen. Weil es trifft ja keine Muftis und Terroristen, sondern Geflüchtete.

14:56
Freigeist
Comandante und dein Pack: Ab in die Moschee! Die werden euch Beine machen, dass ihr noch winselt.

14:57
Comandante
Ich halte mich an die Fakten. Die Nationalisten versuchen die Kirche ins Boot zu holen. Der Kardinal predigt den Unsinn, den sie verzapfen. Niemand, auch nicht Saara Devi, darf da mitspielen. Wem soll ich die Hand reichen? Einem Hetzer? Einem, der gemeinsame Sache macht mit den Faschisten? Alle in der Kirche, die mitgeholfen haben, Geflüchteten eine neue Chance zu geben, müssen reagieren. Es geht auch gegen sie! Wehret den Anfängen! Nie mehr Klerikalfaschismus!

15:02
ES
Sehr geehrter Atheist, Sie sind getrieben von Ihrem Hass auf das Christentum und alles, was unsere Traditionen ausmacht. Wir wissen, wer Sie sind! Ihr Großvater war Nationalsozialist. Hitler hat Christen verfolgt, Sie verfolgen alle, die unser Volk retten wollen. Bezeichnend ist, dass Sie sich sogar gegen eine Dame wenden, die zur Einigkeit aufruft. Die Patrioten sind radikal? SIE sind es.

15:04
Saara Devi
Ich sehe den Astralleib Marias weinen. Ich sehe sie weinen über den Unglauben, die Engstirnigkeit und das Böse! Engel sind Lichtwesen und die Boten Gottes. All ihre Fähigkeiten verdanken sie dem Großen Geist. Ohne einen eigenen Willen zu haben, leben sie SEINEM Willen. Sie werden durchströmt von der Liebe und Weisheit der Ewigkeit, von der Heilkraft, die auch auf uns übergeht.

15:05
Comandante

ES. Sie wissen, wer ich bin? Sie haben keine Ahnung. Ich kann nur lachen. Sie werden mich erst kennenlernen und staunen. Es geht nicht um das angebliche Jenseits, um Engel und solchen Quatsch, den man den Menschen einredet, um sie klein und gläubig zu halten. Egal ob in der Amtskirche oder in irgendwelchen anderen obskuren Foren. Es geht um das Diesseits. Wir werden weiter für eine freie und offene Gesellschaft kämpfen.

15:05
Verwalter

PAPST FRANZISKUS MUSS GEWARNT WERDEN – den mit seiner BARMHERZIGKEIT gefährdet er unser CHRISTENTUM.

Sie spürt, dass sich das Kind bewegt. Eigentlich ist es mehr so ein Flattern, eine andere Art von Schmetterlinge im Bauch. Sie steht in der Eingangshalle des Fernsehsenders und wartet auf zwei Typen eines islamischen Kulturvereins. In der Redaktion haben sie gewitzelt, ob es nicht besser wäre, sie würde ein Kopftuch aufsetzen. Die wissen nichts von Hakan. Dass sie ein Kind von ihm bekommt. Was sie wohl sagen würden? Was kann es für ein Problem sein, mit einem Türken zusammen zu sein, der schon in Österreich geboren wurde? Und der studiert.

Die Redaktionsleiterin hat einen Flüchtling aufgenommen, gemeinsam mit einer Freundin. Sie scheinen sich den Flüchtling irgendwie zu teilen. Sie sagt gern „mein Geflüchteter“. Jennifer findet es seltsam. Als ob die jetzt zum Lifestyle gehörten. Wer weltoffen ist und es sich leisten kann, der hat einen Flüchtling, nennt ihn aber nicht so, sondern „Geflüchteter“. Damit zeigt man, wie korrekt man ist. Dabei klingt das extrakomisch. Als sei ein Tier erschrocken weggerannt. Pferde sind Fluchttiere. Und der eigene Flüchtling ist natürlich der beste. Er lernt Tag und Nacht Deutsch, er ist höflich, er hatte schon in der Heimat eine gute Ausbildung und er ist dankbar für alles. Ihre Mutter sagt, die sollten sich lieber um die armen Leute im eigenen Land kümmern. Mutter hätte mehr Geld, würde sie nicht andauernd unnötiges Zeug bei Versandhäusern bestellen. Kaum schicken sie ihr einen Gutschein, muss sie schon „zuschlagen". Zuschlagen. Passt irgendwie.

Vater hat ihr gemeinsames Wochenende verschoben. Er hat angeblich zu viel zu tun. Er ist arbeitslos. Seit fast zwei Jahren. Die wollen keinen Baupolier über fünfzig. Mutter sagt, er macht sich mit seiner angeblichen Beschäftigung, von der niemand wissen darf, nur wichtig. Oder er „hat etwas Illegales am Laufen". Immerhin gibt er ihr Geld. Sie hat ihren Vater gefragt, was er denn arbeite. Er hat gesagt, ihre Mutter quatsche sie nur mit Unsinn voll. Sie wolle ihn bloß schlechtmachen. Seine Arbeit sei nichts Ungesetzliches, nichts Illegales, sie sei eigentlich genau das Gegenteil davon und es werde nicht mehr lange dauern und dann sei alles offiziell.

Was sie wohl für eine Mutter sein wird? So wie ihre Eltern möchte sie auf keinen Fall werden. Kleinkrieg, solange sie zurückdenken kann. Was Hakan wohl für ein Vater sein wird? Er war jedenfalls von Anfang an gegen eine Abtreibung. Sein Herz sagt ihm, das ist keine gute Sache. Der Islam sagt es auch, das weiß sie inzwischen. Das ist bei den Katholiken ähnlich. Zumindest bei denen, die noch tun, was der Papst sagt. Vielleicht sind die Strafen im Islam anders. Sie mag die Eltern von Hakan, es sind nette Leute. Gastfreundlich. Hakan ist in die Türkei gefahren. An der Uni sind Ferien und sein Praktikum ist auch vorbei. Das sei so üblich, hat er ihr erklärt und gesagt, wie sehr er sie vermissen werde. Und dass sie sich keine Gedanken machen solle, wenn er sich nicht so oft melde. Bei ihnen sei das etwas kompliziert mit den Verbindungen. So schwanger ist sie ja noch nicht, dass er ihr jede Minute beistehen muss. Wenngleich man aus der Türkei wenig Gutes hört. Hakan hat es nicht so mit Politik. Und sie schon gar nicht. Seine Mutter kann nicht besonders gut Deutsch, obwohl sie schon dreißig Jahre hier ist. Aber sie macht hervorragende Börek. Und Köfte, die viel besser schmecken als die Wiener Fleischlaibchen. Ihr ist es egal, dass Hakans Mutter ein Kopftuch trägt, wenn sie die Wohnung verlässt. Sie will auch nicht, dass andere ihr dreinreden, was sie anzieht. Jetzt, wo Hakan nicht da ist, wird sie seine Familie nicht sehen. So gut kennt sie die auch wieder nicht, dass sie allein hingehen möchte. Daheim gibt es immer nur Tiefkühlsachen. Oder sonst etwas Instantmäßiges. Mutter hat keine Zeit zum Kochen, sagt sie. Friseurin. Das wollte Jennifer nun wirklich nie werden. Also hat sie sich in der Schule angestrengt. Sie will zum Fernsehen. Nicht so wie jetzt, sondern richtig. Sie hat ein Fernsehgesicht. Der Regisseur, mit dem sie ihre Schultheateraufführungen einstudiert haben, hat das gesagt.

Zwei Männer, beide mit Bart. Einer grau, einer schwarz. Auch kein auffälliges Zeichen mehr, seit Bärte hip geworden sind. Jennifer findet sie zumindest bei Jungs in ihrem Alter lächerlich. Hakan hat keinen Bart. Er hat auch keine Tätowierung und kein Piercing. Und trotzdem lehnt ihn ihr Vater ab. Aber er hat ihn ja auch noch nicht gesehen. Die beiden Männer blicken sich suchend um. Der Größere trägt eine weiße Kopfbedeckung, fast wie eine Badekappe. Ansonsten sehen sie ziemlich normal aus. Jennifer lächelt und geht auf sie zu.

Vorbei an den Fotos der Publikumslieblinge. Volksmusikmoderator, Nachrichten-Anchorman, Schlagerstar, Talkshow-Gastgeberin, Frühstücksfernsehen-Reporter, Auslandskorrespondentin, Millionenshow-Präsentator. Nachdem klar ist, dass die beiden beinahe akzentfrei Deutsch sprechen, sagt sie die üblichen Sätze. Man freue sich, dass sie da seien, sie bringe sie in die Maske, die Redakteurin werde sie dann im Detail auf ihren Auftritt vorbereiten. Die Männer nicken. Sie haben Erfahrung mit Fernsehen, denkt Jennifer. Wahrscheinlich mehr als sie selbst. Die beiden reden leise miteinander. Es ist nicht Deutsch, welche Sprache es ist, weiß sie nicht. Türkisch? Arabisch?

Der Grauhaarige wendet sich ihr zu. – Jennifer Wech?, fragt er.

Jennifer ist irritiert. – Woher kennen Sie mich?

Der mit der Badekappe lächelt. – Wir sind interessiert an unserer Umgebung. Das ist eine Form der Höflichkeit.

Tausende sind gekommen. Wobei wie immer, wenn es eine große Kundgebung gibt, die Zählsysteme zu versagen scheinen. Die Veranstalter sprechen von achtzigtausend. Die Polizei von fünfzigtausend. Jedenfalls ist der Heldenplatz voll. Auf der Bühne liest diese bekannte Schriftstellerin einen Text. Es geht um Freiheit und um Menschenrechte und um ihre jüdische Familie. Hinter der Bühne hat ihre verstärkte Stimme einen seltsamen Wiederhall. So, als würde von irgendwoher ein Echo kommen, denkt David. Aus der Vergangenheit? 1938 hat Hitler hier den „Anschluss" Österreichs an das Deutsche Reich verkündet. Auch damals war der Platz gesteckt voll. David steht neben Cem. Sein Freund ist Teil der WE-ARE-ALL-REFUGEES-Formation, die gleich auftreten soll. Musiker, zwei Frauen mit Headsets, Kameraleute, Fotografen, am Boden dicke Kabelrollen, der Moderator. Live wirkt er viel sympathischer, als wenn er den beliebten TV-Kommissar gibt. Trotzdem. Alle wirken irgendwie, als würden sie Rollen spielen. Die engagierte Zivilgesellschaft. Wer inszeniert? Nach der Band ist der Österreich-Chef von Amnesty International dran, David hat den Ablaufplan gesehen. Minute für Minute ist eingetragen, was auf der Bühne geschieht. Spontan war einmal.

– Die wollte auf die Bühne und dann haben sie ihr gesagt, dass keine Politiker reden dürfen. Jetzt ist sie abgezogen. Stinkwütend, weil die haben viel organisiert im Hintergrund. Cem grinst. – Es gibt eine Menge Leute, die es richtig geil finden, da aufzutreten. Natürlich nur für die gute Sache. Nicht weil das im Fernsehen kommt.

– Du trittst ja auch auf.

– Ist aber mein Beruf, quasi. Passt schon, was sie tun. Dem jenseitigen Kardinal muss wer die Meinung sagen. Die nächste Türkenbelagerung … ich meine, wie blöd kann man sein, so was in einer Predigt zu sagen.

– In der Pfarre, in der Sina untergebracht ist, sind sie ganz durcheinander. Die engagieren sich seit Jahren für Flüchtlinge. Aber gegen den Kardinal demonstrieren geht auch schwer, vor allem, wenn es dein Boss ist.

– Wenn das blöde Islamgequatsche dazu führt, dass Religionen nur mehr Privatsache sind, hätte es wenigstens was Gutes. Cem winkt einem Schwarzen, der eine Trommel schleppt.

– Du glaubst doch nicht, dass die wirklich Kreuze aus den Klassenzimmern verbannen? Das Kreuz und das Bild des Bundespräsidenten. Das war immer so. Du bist in Österreich, da ändert sich nicht so schnell etwas, schon gemerkt?

– Seit der Präsident ein cooler Grüner ist? Wer weiß, was noch alles möglich ist. Manchmal überrascht Österreich sich selbst.

– Ich sag nur Gipfelkreuze. Was sollen wir sonst hintun? Leitungsmasten?

– Schlag das den Patrioten vor. Ich mach dir dann einen guten Kontakt zu Leibwächtern … Siehst du die da drüben? Sabine heißt sie, das weiß ich schon. Coole Figur. Und dann der feurige Blick. Mit wem redet die?

– Oliver Trummer. Er hat diese Plattform für Flüchtlinge. Recht statt Rechts oder so. Genannt Comandante. Nach Che Guevara.

– Sieht nicht besonders revolutionär aus. Eher wie ein in die Jahre gekommener Achtundsechziger.

– Die sind alle in die Jahre gekommen. Aber nicht alle haben die Seiten gewechselt. Der schert sich gar nichts und kämpft. Hat viel für Flüchtlinge erreicht. Wenn auch ziemlich humorbefreit. Die Kirche kann er überhaupt nicht leiden. Die Predigt des Kardinals war so richtig Wasser auf seine Mühlen. Das sagen auch die Kirchentreuen: Der steckt hinter der Demo und er will damit nur die Kirche spalten. Ich will darüber …

– … schreiben. Dann schreib doch endlich!

– Hast du eine Ahnung, wie viel Arbeit es ist, das Praktikum in Brüssel vorzubereiten?

– Vielleicht hat er dem Kardinal die Predigt geschrieben.

– Wer?

– Na, der Che-Guevara-Verschnitt. Wenn sie ihm so gut in den Kram passt.

– Die trauen dem alles zu. Polizei, Innenministerium, Asylamt, Kirche – er ist der lebende Beweis, dass wir trotz allem noch eine Demokratie sind, sonst hätte ihn einer von denen schon aus Rache hopsgenommen.

– Aber er ist nicht auf der Rednerliste, oder?

– Ist ja formal nicht einmal Mitveranstalter. Ich sollte weiter, ich muss meinen Bericht fertig machen.

– Wenn sie dich schon einmal rauslassen aus der Online-Redaktion. Dieser Comandante ist zu alt für Sabine. Schmutziger Revoluzzer-Charme. Ich glaub, ich muss sie retten.

Der Saal fasst sicher tausend Leute, die Bühne ist in Rot und Weiß gehalten, mehr Farbe geben enorme Gestecke mit blauen Blumen. Um die war in den letzten Tagen große Aufregung. Kornblumen. Sie wurden von einem anonymen Spender gestiftet. Kornblumen waren das Zeichen der illegalen Nazis. Kornblumen seien an ihrer Geschichte unschuldig wie rote Nelken, sagen die Verantwortlichen der Patriotisch Sozialen. Die anderen Parteien seien bloß neidisch, dass es in ihrem Umfeld solche Spender gebe. Selbst Donald Trump hat eine Grußbotschaft geschickt. Er lobt die Patrioten als Bollwerk gegen den Islam und verlogene Medien, als Freunde Amerikas und der freien Welt. Welche österreichische Partei wurde jemals zuvor von einem amerikanischen Präsidenten wahrgenommen?

Wech steht weit hinten. Eine prächtige Inszenierung, denkt er. Er ist gerne mit dabei. Der Aufbruch ist spürbar. Die Spannung steigt. Keiner weiß, wer heute zum Nachfolger von Julius Sessler gekürt wird. Die Spitze der Partei hat nicht einmal mögliche Kandidaten genannt. Bei den Patrioten geht das. Da sickert nichts durch wie bei den anderen Parteien. Die sind einig. Auch weil sie klare Ziele haben. Und Disziplin. Rot-Weiß-Rot. Kornblumen findet Wech schön, er hat sie immer schon gemocht.

Sommerwiese auf dem Land. Er war ein Bub und hat einen großen Blumenstrauß gepflückt. Für wen? Wahrscheinlich für seine Großmutter. Woran er sich erinnern kann, ist, dass die Ähren gekitzelt haben. Und dass jemand gesagt hat, zu viele solle er nicht ausreißen, daraus werde Brot gebacken. Das sei heilig. Wahrscheinlich musste er deswegen in der Kirche bei der Kommunion immer an Ähren denken, an Blumen und Kitzeln. Er war schon lange nicht mehr in der Kirche. Es geht sich nicht aus. Es ist ihm auch zu jenseitig, zu viel Brimborium. Er hat zu viel gesehen, als dass er an die Wandlung von Brot und Wein zu Fleisch und Blut glauben könnte. Fleisch ist Fleisch und Blut ist Blut.

Vorne an den Seiten gibt es Extratribünen für die Kamerateams. Ein Parteitag der Patrioten interessiert nicht nur die einheimischen Medien, der interessiert die ganze Welt. Seit dem Kreuzestod von Sessler überhaupt. Ein Märtyrer. Auch wenn man nie weiß, wie sie berichten. Eine deutsche Reporterin soll gesagt haben, dass die Demonstration auf dem Heldenplatz nichts mit dem Parteitag der Patrioten zu tun habe. Alles Lügen. Der Kardinal ist nur vorgeschoben. In Wirklichkeit geht es gegen die Patrioten. Immer. Der Kardinal hat auf ihre Linie umgeschwenkt. Schade, dass er nicht als Gastredner auftreten wollte. Aber der Innenminister. Der ist da.

Hohes Rednerpult in der Mitte der Bühne. Rot-Weiß-Rot. FÜR UNSER LAND. FÜR UNSERE MENSCHEN. Riesige Lettern in Rot. Davor ein Chor in weißen Gewändern, sechzig, vielleicht auch achtzig Männer und Frauen. Aus ihren Kehlen schallt „Nobody knows the trouble I've seen". Wech summt leise mit. Genug Sorgen, das ist wohl wahr. Aber es kann aufwärtsgehen.

Frenetischer Applaus. Gedränge in seiner Nähe. Er reckt den Kopf. Er kennt den Ablaufplan. Kein Grund zur Sorge. Der erste Höhepunkt. Der Einzug der Parteispitze. Die *Ode an die Freude* erklingt. Beethovens Neunte Symphonie, geschrieben in Wien. Heimgeholt von den Patrioten. Erhebend. Und ein Signal an die vielen Gegner, die glauben, da gäbe es nur Blasmusik und Festzeltgedröhn bei ihnen. Jetzt haben die Patrioten eine würdige Hymne und den Gegnern ist das auch wieder nicht recht. In goldenem Licht schreiten sie nach vorne und Wech denkt, den Moment sollte ich mir merken.

– Wachsam und ohne Scheuklappen müssen wir mit aufgeblendeten Vorder- und Rückscheinwerfern in die Zukunft fahren. Alle, die uns auf diesem Weg begleiten, sind Mitgefährten in eine Welt, in der allzu klar nichts bewiesen ist. Das und unsere christliche Überzeugung gilt es vom Morgenland weg in unser gemeinsames Abendland der Väter zu lenken.

Der Innenminister senkt den Kopf und denkt: So viel Applaus. Noch ist nichts verloren.

19:14
ES

Ich sehe mich als unabhängigen Geist, und dennoch kann ich nicht anders, als den Großen Aufbruch, den der neue Führer der Patrioten ausruft, zu unterstützen. Ich nenne ihn Führer, auch wenn die ewig gestrigen Gutmenschen geifern werden. Anders als sie haben wir die Vergangenheit hinter uns gelassen. Dürfen wir nicht, was die Amerikaner dürfen? Sie nennen ihre Parteichefs Leader.
In Karl Fuhrmann verbinden sich die Geschichte und die Zukunft unseres Landes. Sein Vater kommt aus einer Arbeiterfamilie, sein Großvater stand am Hochofen. Seine Mutter stammt aus einem Adelsgeschlecht, verwandt mit den Habsburgern. Der letzte der echten Habsburger, Otto, war patriotischer Gesinnung. Karl Fuhrmann hat von den Krisenherden der Welt berichtet. Ohne ideologische Scheuklappen. Er weiß, was in der Welt vorgeht.
In seiner Rede hat er unter frenetischem Applaus und vor den Fernsehkameras aller Welt den „Großen Aufbruch“ verkündet. Sie wird in die Geschichte eingehen. Die wichtigsten Sätze sollten sich alle ins Stammbuch schreiben:
„Wir haben alle Hochs und Tiefs durchschritten, die man sich vorstellen kann. Niemand von heute ist ewig gestrig,

niemand beschwört alte Zeiten herauf. Wir wollen Zukunft gestalten."
„Unsere Regierung hat unsere Probleme verlacht. Sie haben Österreich einer Islamisteninvasion ausgeliefert. Die Integration ist gescheitert, Terroranschläge sind die Symptome einer falsch verstandenen Willkommenskultur. Die sogenannte politische Korrektheit besteht darin, dass man aufrechte Österreicher und Patrioten zu Rechtsradikalen stempelt. Wir lassen uns das nicht mehr bieten!"
„Ein europäisches Asylrecht ist eine Attacke auf unsere Souveränität, auf unsere Freiheit. Entweder die EU schließt sich dem Großen Aufbruch an oder wir brauchen sie nicht. Wen wir in unserem Sozialsystem durchfüttern, das bestimmen wir nur selbst!"
„Wir grenzen niemanden aus. Wir bieten allen, die guten Willens sind, an, beim Großen Aufbruch mit dabei zu sein! Für unser Land! Für unsere Menschen!"

19:16
Danilo

Mir ist schon schlecht. Danke.

19:16
Gerolf

Danilo, so heisst du nicht. Du versteckst dich, wirst schon wissen warum. Wir verstecken uns nicht! Und dir wird dein Verstecken nicht nutzen. WIR FINDEN DIE UNS HASSEN!

19:16
Bürgerbüro der Patrioten – Regierungsrücktritt sofort!

Der Große Aufbruch ist da! Wir fordern alle Patrioten auf, sich zu zeigen. Hier können sie den Button „Der Große Aufbruch" mit ihrem Profilbild verbinden.

19:16
Spaßvogel
Ich fordere alle Idioten auf, den Button „Der große Einbruch“ mit ihrem Profilbild zu verbinden!

19:16
Josef Partl
Danke ES, danke Karl Fuhrmann, danke Julius Sessler, der für uns am Kreuz gestorben ist. Die sogenannte Demonstration war eine peinliche Kundgebung der Ewig Gestrigen. Wir haben den Amerikanischen Präsidenten und den Kardinal auf unserer Seite, was haben die? Gescheiterte kommunistische Existenzen und die Schreiberlinge der jüdischen Mafia.

19:16
Doktor H.
Froh, wie seine Sonnen fliegen, Durch des Himmels prächt'gen Plan, Laufet, Brüder, eure Bahn, Freudig, wie ein Held zum Siegen!!!! Das rufen Schiller und Beethoven uns zu! Ich bin stolz darauf, dass die Patrioten nicht länger zulassen, dass diese göttliche Hymne von der EU gestohlen wurde. Jeder Kulturmensch weiß, dass Beethoven die Neunte in Wien geschrieben hat. Da gehört sie hin.
Da BEGINNT der AUFBRUCH DER PATRIOTEN!!!

19:16
Jörg Jörg
Wir wissen, dass ganze Stadtteile in Brüssel unterwandert sind. Ihre Helfershelfer sitzen längst in der EU. Wir müssen da raus. Wir müssen selbst entscheiden, wen wir finanzieren. Fuhrmann hat das ganz richtig gesagt.

19:16
Eveline Svoboda
Freude, schöner Götterfunken, die Hymne zum Großen Aufbruch!!!

19:17
Spaßvogel
Na klar! Das ist die Chance, dass die Islamisten davonlaufen! Das Dumme ist, da bleiben nur die Patrioten über mit ihrem schlechten Geschmack.

– Fuhrmann, sagt Richard. – Der, den Sina und ihr Mann in Griechenland getroffen haben. Schau dir an, wie sie ihn feiern. Und was er schwafelt. Großer Aufbruch. Nazigerede. Der hat mit dem Verschwinden von Rami zu tun. Man muss herausfinden, was gelaufen ist. Man muss kämpfen, sonst ist es vorbei.

– Sind wir nicht ein wenig alt?

– Im Weltkrieg war ich auch nicht zu jung. Man ist nie im richtigen Alter. Uns können sie wenigstens nicht mehr schrecken.

– Zu Tode gefürchtet ist auch gestorben, sagt Lotte.

Richard lächelt sie an. Sie sitzen in Lottes Wohnzimmer. Die Nachrichten haben über die Friedensdemonstration berichtet. Fünfzigtausend Leute sollen dort gewesen sein, die Veranstalter sagen achtzigtausend. Nach der umstrittenen Predigt des Kardinals habe es kaum Kirchenaustritte gegeben, trotzdem müsse man sich fragen, ob nun auch die Kirche gespalten sei. – Das macht mir weniger Sorgen, hat Richard gemurmelt. – Die armen Helferinnen in der Pfarre, hat Lotte erwidert. Dann kam der Beitrag über den Parteitag der Patrioten. Live aus dem Kongresszentrum. Die überraschende Wahl Fuhrmanns. Überraschend, aber mit siebenundneunzig Prozent. Dass er beim Sender gearbeitet hat, wird nicht erwähnt. Nur dass er Krisenreporter war.

Richard nimmt einen Schluck Weißwein. Er hat Lotte einen seiner Lieblingsweine mitgebracht. Weinviertel DAC. Jung und knackig, das passt doch zu uns, hat er gesagt. – Wie salonfähig die geworden sind. Sie sagen, dass das Geld im eigenen Land bei den eigenen armen Leuten bleiben soll. Dabei haben die Patrioten noch nie was für die kleinen Leute getan. Die Anschläge haben ihnen in die Hände gespielt, da kann man richtig schön hetzen. Und die Kreuzigung sowieso.

– Die werden ihren eigenen Führer nicht ans Kreuz geschlagen haben.

– Bitte sag nicht Führer, Lotte. Dann sagst du, was die wollen.

– Wir können nichts tun.

– Man kann immer was tun. Wir hätten auf die Demo gehen sollen.

– Die Kirche ist der falsche Feind.

– Wirklich?

– Der Kardinal ist nicht die Kirche. Die Kirche sind die Frauen, die Flüchtlingen helfen. Die aus der Pfarre, die Quartiere zur Verfügung stellen.

– Samt unbekanntem Spender. Der wollte, dass Sinas Familie untergebracht wird. Warum? Um sie unter Kontrolle zu haben?

Lotte nickt. – Das ist seltsam.

– Angefangen hat alles mit der Kreuzigung. Warum haben sie bisher nichts Konkretes herausgefunden? Wird da etwas vertuscht? Von wem? Richard fuchtelt mit seinem langen dünnen Zeigefinger in der Luft herum.

So muss er es auch als Anwalt gemacht haben. Wenn er plädiert hat. Schade, dass sie es nie miterlebt hat, denkt Lotte. Ob sie sich damals auch schon in ihn verliebt hätte? Was wäre dann gewesen? Hätte sie Jakob verlassen? Vielleicht ist es gut, dass nicht alles passiert, was man sich wünscht. – Jetzt redest du auch schon von der Lügenpresse?

– Ich rede vom Polizeiapparat. Der Innenminister war Gast der Patrioten.

– Sie haben deinem Säulenheiligen von Ramis Nachrichten erzählt.

– Ergebnis war, dass wir Sina nicht mehr trauen.

– Sie hat zugegeben, dass Rami ihr eine Botschaft geschickt hat. Sie haben nicht gelogen.

– Ja. Aber Fakten zur Kreuzigung gibt es keine. Spuren. Die können heute alles auswerten. Sie haben das Gerücht in die Welt gesetzt, dass es die verschwundenen Flüchtlinge sind. Das Terrornetzwerk der Kreuziger. So nennen sie das. Und die von Ö! und den anderen Schmierblättern schreiben es. Genauso wie sie bei jedem Anschlag sagen, der hat eine islamistische Handschrift. Auch wenn es sich um einen verrückten Kriminellen handelt, der gesoffen, gedealt und Pornos geschaut hat. Da sagen sie dann eben, er hat sich ganz schnell radikalisiert. Wahrscheinlich in der Sekunde seiner Tat. Kannst du dich noch an den Amokfahrer in Graz erinnern? Er hat nach der Scheidung durchgedreht. Es gibt einen reaktionären Journalisten, der behauptet in seinem Blog, der amerikanische Geheimdienst hatte Hinweise auf einen geplanten Anschlag. Der Mann, der mit vier im Bosnienkrieg nach Österreich gekommen ist, sei glühender Islamist gewesen.

– Haben sie den nicht für unzurechnungsfähig erklärt?

– Ich glaube schon. Den Journalisten aber leider nicht. Wir müssen noch einmal bei der Kreuzigung anfangen. Und bei Fuhrmann. Der war immer schon Patriot, zuerst eben versteckt. Wegen der angeblichen Objektivität beim Fernsehen.

– Dann ist es besonders unlogisch, dass er sich um Flüchtlinge gekümmert hat. Außer: Es ging nicht um Hilfe, sondern um etwas anderes.

Richard greift nach Lottes Hand. – Du bist klug.

– Du bringst mich wieder mehr zum Denken.

– Das ist ein wunderbares Kompliment.

– Na ja, ich bin mir nicht immer sicher, ob ich so viel denken will.

– Denk an David. An seine Zukunft.

– Du meinst, er braucht mich?

– Das ist wie damals im Krieg. Wenn du fragst, ob sie gerade dich brauchen, damit etwas gegen die Nazis passiert, dann kannst du gleich aufhören. Man muss wissen, auf welcher Seite man steht, und man muss etwas tun.

– Und was?

– Fuhrmann war Journalist. Er hat nicht nur Freunde gehabt.

– Fuhrmann. Er hat keine Ahnung, was ich denke. Wenn er überhaupt glaubt, dass ich noch denke. Mein Mann war so eine

Art Vorbild. Und links war er auf keinen Fall. Also auch nicht verdächtig. Ich kann Fuhrmann gratulieren.

– Das bringst du fertig?

– Wenn Lügen etwas bringt, dann kann ich es versuchen.

– Meine Liebe, du wirst mir richtig unheimlich.

Lotte lächelt. Sie fühlt sich fast wie Mata Hari. Auch wenn sie sich im Moment nicht mehr recht erinnern kann, was die genau gemacht hat. Sie war eine Art Spionin. So viel ist sicher. Und ziemlich elegant. – Du triffst deinen Säulenheiligen. Du fragst ihn ganz konkret nach Spuren bei der Kreuzigung.

– Sag nicht immer Säulenheiliger.

– Du selbst hast ihn so genannt.

Damals hat er anders ausgesehen, denkt Sina. Kleiner und grauer. Aber im Lager war vieles grau. Oder kommt ihr das nur jetzt so vor? Er hat eine olivgrüne Jacke angehabt. Er hat gewirkt, als wisse er Bescheid. Was etwas Besonderes war. Weil eigentlich niemand etwas wusste. Sie schon gar nicht. Fuhrmann. Alle sagen, dass sie sich irren muss. Er kann nichts mit ihrer Flucht zu tun gehabt haben. Die Patrioten wollen keine Flüchtlinge. Er hat es in seiner Rede ganz klar gesagt. Auch wenn sie nicht alles verstanden hat. Im Fernsehen haben sie die wichtigsten Aussagen wiederholt. Manche Zitate konnte man auf dem Bildschirm lesen. Wenn sie mitlesen kann, tut sie sich am leichtesten mit dem Verstehen. *„Der Große Aufbruch“* und *„Migration, Islamismus und Terror hängen zusammen!“*.

Rami fehlt. Es stimmt schon, dass sie in letzter Zeit öfter gestritten haben. Aber so ist das eben, wenn man eng aufeinander klebt und zu viel Zeit hat. Rami war ein fröhlicher Mensch, als sie ihn kennengelernt hat. Sie wäre lieber zu Tante Doora nach Berlin, aber das geht ohnehin nicht. Solange sie keinen Bescheid haben, sondern nur diese weiße Identitätskarte, auf der sie aussieht wie ihre eigene Großmutter. Da kannst du nicht um ein anderes Foto bitten, da kannst du froh sein, dass du einen Ausweis hast. Sie möchte wissen, was Rami zu Fuhrmann einfällt.

Sie möchte wissen, worüber er mit Fuhrmann in der Pizzeria geredet hat. Sie möchte verdammt noch einmal wissen, warum er verschwunden ist. Man flucht nicht. Auch nicht, wenn man nicht an Allah und nicht an Gott glaubt. Man hat es gelernt. Die Pastoralassistentin hat sich bei den Vorbereitungen fürs Fest mit einem Hammer auf den Daumen geschlagen und „Zum Teufel aber auch!“ gerufen. Danach hat sie sich bekreuzigt. Eine praktische Sache. Man flucht und danach neutralisiert man es durch ein Zeichen. Kreuzzeichen. Die und ihr Kreuz. Natürlich weiß sie, dass es das Symbol der Christen ist. Und in letzter Zeit auch das der Patrioten. Es gibt Sticker in Rot-Weiß-Rot mit einem schwarzen Kreuz drauf. Wenn man so jemanden sieht, ist man lieber vorsichtig. Freundlich grüßen und weitergehen. Nicht mit „Grüß Gott“, das könnten sie als Provokation empfinden. „Guten Tag“ geht immer. Dazu hat ihnen die Lehrerin im Deutschkurs geraten.

Jetzt demonstrieren sie gegen den Kardinal, der vor der islamischen Machtübernahme in Europa gewarnt hat. Zwei der Helferinnen in der Pfarre sind auch hingegangen. Es gibt eben in jeder Religion verschiedene Strömungen. Radikale und weltoffene. Demonstrationen. So hat es in Syrien auch angefangen. Nur dass die gegen die Regierung waren. Ihr Bruder war dabei. Sie bekommt ein flaues Gefühl im Magen, wenn sie viele Leute auf einem Platz sieht. David wollte sie mitnehmen.

Jetzt ist dieser Fuhrmann Parteichef geworden. Die Nachricht hat es sogar bis nach Syrien geschafft. Über einen ägyptischen Sender, den ihr Vater empfangen kann. Er hat ihr eine besorgte SMS geschickt. Ob es ihr gut gehe, jetzt, wo die Radikalen die Macht übernommen hätten. Sie hat ihn beruhigt. Es war nur eine Wahl innerhalb der Patrioten. Aber sie sind stark und werden immer stärker. Barbara hat sich sehr über die dummen Menschen, die den Patrioten glauben, aufgeregt. Sina ist sich alt und weise vorgekommen. Sie weiß, wie das mit der Verhetzung funktioniert. Da die einen, dort die anderen. Wer dazwischen ist, gilt beiden als Feind. Weiß sie es wirklich? Gar nichts weiß sie, nicht einmal, wo Rami steckt, was diese Nachricht soll, ob es ihm wirklich gut geht. Als sie das letzte Mal mit der Straßenbahn gefahren ist, waren da zwei ältere Frauen. Nicht so alt wie Frau Klein, aber jedenfalls im Großmutteralter. Sie haben ihr immer wieder Blicke zugeworfen. Sie haben ängstlich auf ihre große Tasche gestarrt. Als ob sie in der nächsten Sekunde ein Messer ziehen und Allahu Akbar rufen würde. Sie hätte ihnen gerne den Inhalt der Tasche gezeigt, aber das tut man wohl nicht. Sie hat versucht, ihnen beruhigend zuzulächeln. Die eine hat rasch weggesehen, als ob schon ihr Lächeln gefährlich sein könnte. Die andere hat ein vorsichtiges Gegenlächeln versucht.

Man braucht sich nicht zu wundern. Es sind so viele Verrückte unterwegs. Dass der Krieg und die Flucht und was danach kommt, Menschen verrückt machen kann, ist eine Tatsache. Sie ist einigen von ihnen begegnet. Der Frau, die nicht mehr gesprochen hat. Den Brüdern, die abwechselnd Wache gehalten haben, weil sie geglaubt haben, sie werden verfolgt. Den drei Buben aus Afghanistan, die nur schlafen konnten, wenn sie ein Messer unter dem Kopfkissen hatten. Keiner war älter als zwölf. Dem Mann, der ununterbrochen gezählt hat. Er hat damit angefangen, als er seine Familie im zerbombten Haus gefunden hat, alle tot. Im Lager hat es einen gegeben, der gepredigt hat, von der Größe Allahs und dass wir uns aus dem Staub erheben und er herrschen werde und dass die Sonne zuerst schwarz unter- und dann blutrot aufgehen werde. Sie haben über ihn gelacht und als er wütend geworden ist, haben sie ihn aus dem Schlafsaal geworfen. Sie weiß nicht, ob und wo er weitergepredigt hat. Er war kein Imam, kein geistlicher Führer, sondern so ein Kaputtgemachter wie der, der gezählt hat.

Wenn sie etwas dazu beitragen könnte, dass Rami wiederauftaucht. Frau Klein und ihr netter Freund wollten ihr helfen. Sie hat ihnen nicht alles erzählt. Sie schämt sich dafür. Sie konnte nicht. Wie David dreingesehen hat, als ihm klar wurde, dass sie Ramis Nachricht verschwiegen hat. David. Er hätte ein Freund werden können, sie hat es verdorben. Er hätte eine Stütze sein können. Sie darf um nichts mehr bitten. David geht nach Brüssel.

In die Stadt, in der Rami und sie vier Tage verbracht haben. Obwohl sie eigentlich nach Paris wollten, aber ihr Vater hat entschieden, dass der Unterschied nicht groß ist. Europa ist Europa. Vier Tage in einem schönen Hotel, ein großer freier Platz mit hohen alten Häusern, wie ein riesiger Palast-Innenhof. Kirchen und Pommes frites. Die stammen gar nicht aus Amerika, sondern von dort. Hochzeitsreise. Nichts, was es im traditionellen Syrien gibt. Aber die Firma ihres Vaters war immer schon international ausgerichtet. Es hat viele Menschen in Damaskus, in Aleppo und Homs gegeben, die sich an dem orientiert haben, was sie in westlichen Filmen gesehen haben, was sie von denen gehört haben, die schon früher weggegangen sind. Während es in Syrien schlimmer geworden ist. Mit Spitzeln und Verhaftungen und Folter für alle, die Demokratie wollten. Hier gibt es Demokratie. Jeder kann sagen, was er will. Machen, was er will. Der Kardinal hat Angst vor einer neuen Türkenbelagerung. Die Partei der Patrioten wird immer stärker. Assad und seine Familie haben häufig von Patriotismus gesprochen, von der großen Nation Syrien. Omar haben sie getötet. Hunderttausende sind gestorben in den letzten Jahren.

– Mama, ich kann nicht schlafen.

Sina nimmt Zini in den Arm. Sie muss etwas unternehmen, um Rami zu finden. Sie ist selbst schuld daran, dass David ihr nicht mehr vertraut. Frau Klein hat ihr erzählt, dass sie durch einen geheimnisvollen Gönner der Pfarre zugewiesen wurden. Und dass es noch andere Familien gab, bei denen das so war. Sie wird herausfinden, wer die sind. Und ob es Gemeinsamkeiten gibt. Alles ist besser, als hier zu sitzen und zu warten.

Einer von ihnen ist weg. Er war schon die letzten Tage unruhig. Er hat mit niemandem geredet. Hier wird zu viel und zu wenig geredet. Stille, wenn die Offiziere da sind. Der eine versteht Arabisch. Was der Offizier nicht weiß: Er versteht Deutsch. Zumindest ein bisschen. Und Englisch. Seine Kameraden sind einfache Männer. Ein paar Brocken Englisch, bestenfalls. Sie waren Taxifahrer, Bauern, Straßenarbeiter. Man kann alles behaupten. Er kann es nicht überprüfen, hier auf dem Berg. Kein Mobiltelefon, keine Verbindung zur Welt, außer über die Offiziere. Und die sagen nur, was sie wollen. Kurze Befehle.

Sie durften Nachrichten schicken. Um die Frauen zu beruhigen. Um sie daran zu hindern, über ihr Verschwinden zu erzählen. Er weiß nicht, ob sie angekommen sind. Er weiß nicht, ob jemand etwas verändert hat. Sina kennt seine Schrift. Er will weg. Aber es geht nicht. Man muss warten. Er kann sich nicht wehren. Er kann nichts dafür. Bald soll ihr Tag kommen. Er wird die Chance nutzen, dann wird er sie nutzen, das sagt er sich immer wieder.

Die Offiziere haben nicht gefragt, ob sie etwas über das Verschwinden ihres Kollegen wissen. Sie haben aber auch nicht gewirkt, als hätten sie ihn fortgebracht. Er hat sie überrascht. Er ist abgehauen. Allein. Ist es ihnen egal, dass er weg ist? Hat er es nicht geschafft? Haben ihn die Hunde zerrissen? Oder haben sie ihn doch verschleppt? Wohin? Warum? Der Taxifahrer aus Aleppo hat ihm erzählt, dass diese Hunde mit dem runden Kopf besonders bösartig sind. Ein solcher Hund hat das Kind eines Bruders totgebissen. Damals. Daheim.

Nasouh und sein Freund hocken wie immer in der Ecke. Sie scheint nichts zu berühren, was hier passiert. Syrer ist Syrer ist Syrer. Was für ein Unsinn. Die beiden sind ihm fremd. Ab und zu verschwinden sie, dann sind sie wieder da. Er traut ihnen nicht. Mahmoud meint, sie sind Spitzel. Aber für wen? Für die Offiziere? Für die syrische Regierung? Für eine Organisation, die er nicht kennt? Die er nicht kennen will? Er hat manchmal den Eindruck, die wissen mehr als die Männer, die sich Offiziere nennen.

23:40
ES

Und schon gibt es die erwartete Schmutzkübel-Kampagne gegen Karl Fuhrmann! Sie kritisieren, dass er von Anfang an auf der Seite der Patrioten war. Wo doch Journalisten unabhängig zu sein hätten. Dürfen Journalisten keine

Meinung haben? Wurden je linke Journalisten dafür kritisiert, dass sie Linke, Ultralinke und Kommunisten als Freunde haben?

23:44
Margit Gruber

Sehr interessant, wie schnell die Patrioten ihre Unterstützungs-Buttons ausgetauscht haben. Gestern gab es noch überall diese absurden schwarzen Kreuze für Sessler, jetzt ist „Der Große Aufbruch" angesagt. Klingt irgendwie nach Kreuzzug. Wer hat das vorbereitet?

23:46
Bürgerbüro der Patrioten – Regierungsrücktritt sofort!

Wir verwahren uns gegen derart lächerliche Verschwörungstheorien. Das Volk will den Aufbruch. Wir sind die Stimme des Volkes, nicht die des Establischments und der hochnäsigen Eliten, die die veröffentlichte Meinung kontrollieren.

23:47
Gerhard Zartl

Kreuzzug! Wir brauchen keine Minarette im Land! Raus mit den Moslems! Raus mit den Gefährdern! Der Kardinal hat recht. Trump hat recht.

23:48
Saara Devi

Ich habe Raphael gebeten mich einzuhüllen in seiner Liebe und Heilkraft, auf einmal lag ich auf dem Stamm eines Baumes, den ich als Kind so geliebt hatte und wo ich mich immer zurrück gezogen hatte wenns mir schlechtging. Es war als ob mich die Äste einschlossen und ich mit dem Baum verwachsen wäre, es Zog mich hinauf in die Krone, ich schwebte über den Blättern, eingehüllt in grünes, weißes Licht, es war als ob ich eine Umarmung spührte, und diese Umarmung schicke ich euch. Wir sind EIN Wesen, EINE Natur, EIN Atem, hört auf zu hassen und alles wird gut.

23:50
Comandante

Liebe Aufgeflogene, ich habe es satt, dieses Glaubensgetue. Glaubst du, dass ein Mensch weniger im Mittelmeer ertrinkt, wenn du mit deinem Raphael quatschst? Einheit kann es nur geben, wenn es Gleichheit gibt und Solidarität. Esoterisch-hysterische Fluchten helfen nichts. Auch dir nicht, die du dich jetzt Saara nennst. Wenn Christus Gott wäre, dann hätte den Kardinal längst der Blitz getroffen. Und alle, die von einem christlichen Abendland schwafeln und zusehen, wie Tausende Geflüchtete ertrinken, weil sich das reiche fette Europa fürchtet, ebenso. ES GIBT KEINEN GOTT. ES GIBT KEINE ENGEL. WIR sind es, die für Gerechtigkeit kämpfen!

23:54
Saara Devi

Versündige dich nicht am Kosmos. Raphael und Maria kennen dich! Sie wissen, was du vorhast! Du missbrauchst die Liebe für dein Werk des Hasses. Du bist ein gefallener Engel. Zeugnis werde ich ablegen in der Öffentlichkeit!
Die WAHRHEIT muss ans Licht!
Erheben werden wir uns über alles BÖSE, die Liebe wird verkündet, Märtyrer brennen wie Đức um den Glauben zu weisen, in dieser Zeit, die das Große Ganze verrät. Durch die Flamme werden wir wieder auferstehen zu weißer Güte.

23:57
Comandante

Sehr verehrte Saara Devi, du solltest in Behandlung gehen. Du halluzinierst. Du hast jeden Sinn für die Realität verloren. Zu den „alternativen Fakten“ der Herren Trump bis Fuhrmann jetzt auch noch postchristliches Märtyrertum ist einfach zu viel! Verlier dich im Netz oder lös dich in kosmischem Rauch auf!

23:58
Ausdiemaus
Hör auf sie zu beleidigen!!! Dir Hezer ist nichts heilig gehe nach Afrika und reg dich dort auf, die derschlagen dich dann wenigstens.

23:59
Magda Freitag
Mit Patrioten sachlich diskutieren zu wollen, ist wie mit einer Taube Schach zu spielen. Egal wie gut du Schach spielst, die Taube wird alle Figuren umwerfen, auf das Brett kacken, und herumstolzieren als hätte sie gewonnen. Kapiert?

00:01
Ausdiemaus
Die Dame will wol lustig sein. Lasse dich zuscheißen von den Tauben und Islamisten!

00:05
Volker Visowsky
Die Überheblichkeit der linken Schikeria wird sich bald erledigt haben. Spirituelle Menschen und Kardinäle verhöhnen, das können sie!!! Aber NICHT MEHR LANG.
Heute in Ö! gefunden: DIE PÖSTLINGER HAT DIE WÄHLER DER PATRIOTEN ALS DUMM BEZEICHNET!!! So überheblich sind die selbsternannten Intellektuellen. Wenigstens beteiligt sich Ö! nicht an der Patrioten-Hetze!
Pöstlinger über Patrioten-Wähler: denkfaul und ungebildet! Die Kult-Autorin nimmt sich im Interview mit Radio Ö! kein Blatt vor den Mund. Christina Pöstlinger ist ja dafür bekannt, nicht gerade auf den Mund gefallen zu sein. Wäre auch schade, müsste man auf die Wortspenden der zynischen österreichischen Schriftstellerin verzichten. Dass sie dabei mit ihrer politischen Haltung nicht hinter dem Berg hält, ist ebenso bekannt.
Mit den Patrioten kann die preisgekrönte Schreiberin offenbar gar nichts anfangen, wie sie auch im Gespräch mit Radio Ö! durchklingen lässt.

Auf die Frage, warum den Patrioten im Moment die Wählerscharen zufliegen, hat die preisgekrönte Autorin eine einfache Erklärung:
„Es ärgert mich. Es ist eine Denkfaulheit und ein Mangel an Bildung natürlich. Man braucht sich ja nur die Wien-Wahl anschauen, in welchen Bezirken die Patrioten am stärksten wurden. Das sind die Bezirke mit den meisten Menschen mit nur Pflichtschulabschluss. Irgendwo hat es schon sehr viel mit Bildung zu tun."
Sie muss es wissen. Wer außer ihr kann ein Urteil über Unbekannte so überzeugend formulieren. Oder?

00:08
Horst Schmidhammer

Bedanken muss ich mich bei ihr, weil ich mich mit meiner Demenz nicht mehr so einsam fühle. Die betagte Dame lebt einfach schon in ihrer eigenen Märchenwelt und empfindet diese schon als Realität.

00:09
Siegfried

Die Grünen Roten und Schwarzen und ihre Staatskünstler machen aus Österreich a AUSLÄNDERREICH!!! Oder sind die ganzen Syrer zum Campen da? Wenn noch mehr kommen, san wir den Arbeitsplatz los. UND DAS LAND.

00:13
Tamara Selig

Ihr beweist, dass Pöstlinger mehr als recht hat, ihr könnt nicht einmal lesen! Im Radio Ö! hat sie nur gesagt, dass es mit der Bildung zu tun hat, wenn Menschen leichter auf sogenannte alternative Fakten = Lügen hineinfallen.
Die Zeitung Ö! hat „ungebildet" daraus gemacht. Und jetzt bei ES heißt es, sie hat gesagt, dass die Wähler der Patrioten „DUMM" sind. So geht's, das mit dem Verdrehen und Verhetzen!

00:13
Karel Bertold
Hallo Frau Pöstlinger, sie leben ebenso wie viele ihresgleichen Künstler alle samt von Staatlichen Geldern! Die stecken sie ihnen hinein, damit sie das Volk verhöhnen! Sie sollten wenigstens soviel Anstand haben sich aus politischen Sachen herauszuhalten. Im Gegensatz zu ihnen bekommen die Normalverbraucher kaum Geld vom Staat sondern zahlt Steuern für sie. Bitte um mehr Respekt von der Bevölkerung die schon lange und schon sehr lange Überfordert ist.

00:14
Doktor H.
Diese Pöstlinger kann froh sein, dass nicht alle so hochgebildet sind und nur mehr z. B. Heine, Shakespeare und die alten Griechen lesen, andernfalls wären ihre Bücher obsolet. Denn die Gebildeten sind ihre Zielgruppe wahrlich nicht.

00:16
Sepp Huber
Könntet ihr einfach versuchen zu lesen, statt in Opferphantasien abzugleiten? Ich bin kein Linker, aber zwischen mangelnder Bildung und dumm ist schon ein großer Unterschied. Und ich wüßte nicht, woher die Pöstlinger Geld vom Staat bekommt. Ich fürchte bloß, dass die Patrioten die Leute gerne dumm halten, damit sie glauben, was in Schmierblättern wie Ö! verdreht wird.

00:17
Bürgerbüro der Patrioten – Regierungsrücktritt sofort!
Wenn wir die Hunderten an Millionen nehmen, die jetzt für die Finanzierung der EU und für die Finanzierung von Islamismus durch sogenannte Flüchtlinge ausgegeben werden, dann werden ALLE die Chance haben, gebildet zu sein. Klüger sind die einfachen Menschen jetzt schon als die überheblichen Staatskünstler. Zeit für den Großen Aufbruch!

Der Kaffee ist nicht besonders gut, das stellt Frau Klein schon am Geruch fest. Aber sie ist auch nicht hier, um feinen Kaffee zu trinken. Fuhrmann ist zu seinem Schreibtisch gegangen, ein Anruf. Er hat noch ein Festnetztelefon. – Ja – ja – nein – nein – natürlich – macht es so. Kein ergiebiges Gespräch. Frau Klein sieht sich um. Besonders elegant ist das Büro nicht. Ein großer Raum mit drei Fenstern, keine Vorhänge. Vis-à-vis das Wiener Rathaus. Landschaftsfotos an der Wand. Den Großglockner erkennt Frau Klein. Da war sie mit ihrem Mann, als sie noch jung waren. Hochalpenstraße. Mit dem ersten Auto. Jakob hat es gekauft, nachdem er Fernsehsprecher geworden ist. Fuhrmann hat sie überrascht. Zuerst, als sie so schnell einen Termin bekommen hat. Dann, als sie da war. Da waren nicht nur er und sie, da war auch ein Fotograf. Es werde ihr wohl nichts ausmachen, wenn man ein, zwei Fotos mache? Er freue sich über den Besuch der Witwe eines seiner Vorbilder. Sie konnte schlecht ablehnen. Sie hätte nicht gewusst, wie. – Kommt gar nicht in Frage, Sie sind mir unsympathisch und Richard findet überhaupt, Sie sind ein mieser Nationalist und außerdem hab ich den Verdacht, Sie haben mit dem Verschwinden von Rami zu tun. Kann man so etwas sagen? Er war freundlich. Sie haben also Fotos gemacht, dann ging der Fotograf und dann kam der Kaffee. Sie hat Fuhrmann gefragt, ob er von dem Flüchtling gehört hat, der ertrunken ist. Angeblich war er einer von denen, die verschwunden sind. Im letzten Moment hat Frau Klein das Wort „untergetaucht“ vermieden.

– Sie importieren ihre Probleme, sagt Fuhrmann und setzt sich wieder zu ihr an den runden Jugendstiltisch mit den Sesseln aus gebogenem Holz. – Es ist nicht klar, ob er ertrunken ist. Man hat Kampfspuren gefunden.

– Sie wissen gut Bescheid, wie hat er ausgesehen? Ich habe gehört, er soll beinahe zwei Meter gewesen sein. Frau Klein sagt es so beiläufig wie möglich.

– Es ist meine Aufgabe, Bescheid zu wissen.

Folder mit „Der Große Aufbruch“ und Fuhrmanns Bild auf dem Tischchen, er lächelt siegessicher, hat die rechte Hand erhoben. Der Hitlergruß war anders, sie kann sich erinnern. Trotzdem hat es welche gegeben, die sofort Parallelen zwischen Fuhrmanns neuem Werbefoto und Hitler gezogen haben. Er weiß, welche Signale er setzt. Er weiß, wen er aufregt, und er freut sich darüber, hat Richard gesagt. Fuhrmann ordnet die Folder, legt exakt einen auf den anderen. – Sie sollten den Gerüchten nicht glauben. Er war Durchschnitt. Die Gefährlichkeit liegt nicht an der Körpergröße. Ansonsten wären wir den Südländern und Arabern … nun, wir sind ihnen nicht wegen der Statur überlegen.

– Es hat Kampfspuren gegeben?

– Wer wirklich Schutz braucht, soll ihn natürlich bekommen. Aber wir dürfen nicht alle aufnehmen, die nur ihre Situation verbessern wollen oder vielleicht noch viel Schlimmeres vorhaben. Die gibt es, liebe Frau Klein. Die Untergetauchten zum Beispiel. Der Mann hatte zahlreiche alte Kampfverletzungen. Deutlich sichtbare Kampfverletzungen. Es hätte zu denken geben müssen. Offenbar gibt es Fehden unter den Islamisten. Das ist brandgefährlich.

– Sie sind sich sicher?

– Ganz sicher. Wir haben unsere Kontakte.

– Könnten es nicht auch Wunden vom Krieg gewesen sein? Von einem Bombenangriff?

– Alte Stichverletzungen? Liebe Frau Klein, wir kümmern uns darum, dass Sie sich keine Sorgen mehr machen müssen. Wir sind eben Christen, nicht wahr? Fuhrmann lächelt milde. Frau Klein kennt diesen Gesichtsausdruck. So redet man mit Kindern. Oder Menschen, die harmlos sind, aber nicht alle Tassen im Schrank haben. Ihr Stolz hält das aus. Etwas anderes ist wichtiger. Der ertrunkene Flüchtling kann nicht Rami gewesen sein. Rami hat keine alten Kampfverletzungen. Sie hat Sina ausdrücklich nach besonderen Merkmalen gefragt.

Sie lächelt blöde zurück. – Manchmal bin ich tatsächlich beunruhigt. Diese fürchterliche Kreuzigung. Und keiner scheint etwas zu wissen.

– Wir machen Druck, damit die Polizei ermittelt. Sie sind leider sehr lasch, wenn es gegen die Zuwanderer geht. Es gibt inzwischen konkrete Hinweise. Diese verschwundenen Flüchtlinge mit falschem Pass. So etwas darf nicht ungestraft bleiben.

– Jetzt sind Sie der Chef der Partei.

– Ja. Und hoffentlich bald in Regierungsverantwortung. Jemand muss es machen. Ich wünschte, Sessler wäre am Leben.

– Aber Sie machen das gerne, oder? Herr Wolnar hat erst vor kurzem zu mir gesagt, er kann sich keinen Besseren vorstellen.

Ein irritierter Blick. Frau Klein schickt ein harmloses Konversationslächeln nach.

– Wolnar? Ich weiß jetzt nicht …

– Wolnar, W-Tech. Er war auf Ihrem Parteitag. Ich hätte mir eigentlich gedacht, er sitzt weiter vorne.

– Ach, Wolnar. Er hat keine Funktion bei uns, hatte er nie, er ist ein freier Unternehmer. Woher kennen Sie ihn?

– Eigentlich seit ewig. Ein interessanter Mann. Er hat geradezu geschwärmt von Ihnen. Es hat gewirkt, als wären Sie befreundet.

– Ich bin vorsichtig geworden, so traurig das ist. Meine Freunde werden angefeindet. Es gibt Menschen, die hassen uns. Weil wir für die kleinen Leute sind. Es ist schon wahr, wir kennen einander recht gut. Aber das bleibt unter uns.

– Natürlich.

– Wie geht es eigentlich Ihrem Enkel David?

Frau Klein kann sich nicht erinnern, mit Fuhrmann über David geredet zu haben. Sie ist sich sogar sicher, es nicht getan zu haben.

– Gut.

– Er hatte am Rande mit den verschwundenen Flüchtlingen zu tun, nicht wahr?

– Er hat einer Syrerin aus unserer Pfarre einen Laptop geschenkt. Er hat sie bei sich skypen lassen, er hat ein besseres Netz. Sie wollte endlich wieder einmal mit ihren Eltern in Damaskus reden. Das war alles.

– Sie kennen sich aber gut aus.

– Man ist noch nicht tot.

– Oh, Entschuldigung Frau Klein, so habe ich das nicht gemeint. Ihr Enkel will Journalist werden, nicht wahr?

– Ja.

– Es ist ein seltsamer Zufall, aber erst gestern habe ich mit einem alten Freund beim Sender geredet und er hat gemeint, sie suchen einen engagierten jungen Redakteur. Ob das nicht etwas für Ihren David wäre?

– Das ist ja ganz lieb.

– Wenn Sie möchten, verschaffe ich ihm einen Termin. Versprechen kann ich nichts, aber es wäre doch schön, wenn die Tradition der Kleins weitergehen würde.

– Sie haben immer noch mit dem Sender zu tun?

– Nicht beruflich. Man verliert Freunde nicht, nur weil man den Arbeitsplatz wechselt. Das war mir immer wichtig.

– Könnte es auch eine junge Frau sein?

– David ist ein junger Mann, nicht wahr?

Frau Klein lacht. – Natürlich. Was denken Sie denn? Aber nur für den Fall, dass das mit David nicht klappt, weil er demnächst nach Brüssel sollte. Ich kenne eine junge Frau, die will unbedingt zum Fernsehen. Sie ist … so eine Art Schützling von mir.

– Eine Verwandte?

– Nein. Ein Schützling. Hübsch ist sie obendrein.

– Wenn das so ist? Auch wenn ich eigentlich etwas für Ihren Enkel tun wollte.

– Warum?

– Wegen seinem Großvater.

Wegen verlangt den Genetiv, denkt Frau Klein. Zumindest war das so. Es ist vieles abgekommen.

– Frau Klein?

Sie schreckt auf. – Ich habe an meinen Jakob gedacht. Er würde nicht wollen, dass auf seinem Enkel der Schatten eines Verdachts liegt. Dass er in Zusammenhang mit irgendwelchen extremistischen Aktionen gebracht wird. Wenn man bloß wüsste, wo die verschwundenen Flüchtlinge sind.

– Einer scheint ja bereits aufgetaucht zu sein. Verzeihen Sie das Wortspiel. Fuhrmann lächelt über sich selbst und versucht, die Folder noch exakter auszurichten.

Sina ist eine, die leicht Kontakt findet. Das haben ihre Eltern gesagt. Damals. Sie hatte nie Scheu vor anderen Menschen. Sie hatte keinen Grund dazu. Sie wusste, ihre Eltern beschützen sie. Sie war überzeugt davon, dass andere gerne mit ihr reden. Sie hat geplaudert und gefragt und gelacht. Wenn es irgendwo böses Blut gab oder Nachbarschaftsstreitigkeiten, dann hat man Sina mit einem Grießkuchen geschickt. Mutter hat hervorragenden Grießkuchen gebacken, dem und Sinas Charme konnte niemand widerstehen. Mutter. Vater sagt, es geht ihr gut. Aber immer ist sie zufällig anderswo. Sie weiß schon gar nicht mehr, wann sie Mutter zum letzten Mal gesehen hat. Über Skype. Sie fürchtet, dass es ihr nicht gut geht. Seit dem Tod von Omar ist etwas in ihr zerbrochen. Sina konnte es nicht wieder ganz machen. Sie konnte auch nicht bleiben. Sie musste an Zini denken und an Rami, der für die westlichen Agenturen fotografiert hat. Der jederzeit eingezogen hätte werden können. Der in der Nacht im Traum geschrien hat, seit er im Norden war. Rami. Wie glücklich sie war, als sie gehört hat, dass der ertrunkene Flüchtling nicht Rami sein kann. Er ist verschwunden. Er hat eine seltsame Nachricht geschickt, es sieht so aus, als wäre er am Leben. Was Glück ist, verschiebt sich durch die Ereignisse.

Sie hat Vater noch einmal nach seinem Geschäftsfreund gefragt. Wie viel er mit ihrer Flucht zu tun gehabt hat. Ob er der geheimnisvolle Gönner gewesen sein kann, der gespendet und sie an die Pfarre vermittelt hat. Vater kommt das weit hergeholt vor. Sein Geschäftsfreund sei ein wichtiger Unternehmer. Wenn auch andere vermittelt worden seien, dann habe das wohl nichts mit ihm zu tun. Der sei nicht im Flüchtlingsgeschäft. Gezahlt hat Vater an ein Konto in der Türkei, die Syrer, die mit den falschen Pässen gekommen sind, hätten ihm die Kontonummer gesagt. Viel Geld, nicht nur für die Pässe, sondern auch für die Flucht. Es hat gut funktioniert. Anders als Leute, die sie getroffen haben, mussten sie nicht nachzahlen. Zumindest nicht für die Flucht an sich. Für Essen, für Informationen, für einen besseren Platz in der Halle schon. Sie haben Glück gehabt. Noch eine Art von Glück. Es hat genug gegeben, die nachzahlen mussten für die nächste Etappe. Und wenn kein Geld mehr da war, gab es da noch andere Möglichkeiten. Sie kennt solche Geschichten aus dem Kurs. Mit Sex konnte man auch zahlen. Freiwillig. Sozusagen. Ansonsten unfreiwillig.

Jetzt tut sich Sina schwer, Kontakt zu knüpfen. Und das, obwohl es sich um Landsleute handelt. Oder um Leute aus Nachbarländern. Sie will nicht, dass Zini im Schlaf weint. Sie will wissen, was mit Rami los ist. Sie will David und Frau Klein beweisen, dass sie sie nicht betrügen wollte. Sie will ihnen sagen, was sie herausfindet. Weil sie ihnen vertraut. Vertrauen ist wichtig. David hätte ein guter Freund sein können. Hier sind Männer Mitte zwanzig halbe Kinder. Ohne Sorgen. Oder zumindest mit solchen, die man sich wünschen würde. Aber er ist nett. Und er hat sie angesehen wie einen Menschen, den er mag. Nicht wie einen Flüchtling. Vielleicht wird sie schon paranoid.

Die Pfarre betreut neunzehn Familien. Angeblich sind zwei der Familien auf Wunsch dieses Gönners hier. Wie viele Männer verschwunden sind, weiß sie nicht. Die Polizei. Sie sagt nichts. Sie stellt Fragen. Sie verdächtigt. Aber sie prügelt nicht. Sie sperrt nicht ein ohne Verfahren. Sie foltert nicht. Das muss sie sich immer wieder sagen. Es gibt keinen Grund, sich zu fürchten. Österreich ist sicher. War der Ertrunkene aus einer der Gönner-Familien? Das will sie herausfinden. Und beweisen, auf welcher Seite sie steht. – Auf welcher? Zuerst einmal auf der Seite Ramis. Und dann auf der Seite von Frau Klein. Ist es dieselbe Seite?

Fünf der geflohenen Frauen kennt sie vom Pfarrfest. Eine ist ohne Mann. Den haben sie erschossen. In Syrien. Die anderen vier behaupten, dass ihr Mann da sei. Auch wenn man seltsamerweise viel mehr von den Frauen als von den Männern sieht. Der Mann der Familie Mukhtar, die neben ihnen wohnt, ist auch da. Nur dass man mit dem nicht reden kann. Erstens versteht sie ihn kaum, sie sind aus einem Dorf im Nordirak und der Dialekt dort ist absurd. Und zweitens hat er keine Lust, mit ihr zu reden, weil sie keine gläubige Muslima und viel zu wenig unterwürfig ist. Rami hat er auch nicht leiden können.

Acht Frauen aus acht Familien hat sie daheim besucht. Hat sich ihre Geschichten angehört, misstrauische Blicke geerntet. Hat sich sogar gefallen lassen müssen, von einem der Männer vor die Tür gesetzt zu werden. Er hat sie für einen Spitzel gehalten. Für einen Spitzel von wem? Nicht wichtig. Wenn er da ist, dann ist er nicht untergetaucht. Einer weniger auf der Liste.

Die Helferinnen in der Pfarre haben ihr die Namen gegeben. Sie war nicht ganz ehrlich zu ihnen. Sie hat gesagt, sie will mit ihnen reden, um die gute Nachbarschaft zu fördern. Und um ihnen zu erzählen, dass sie sich bei Problemen vertrauensvoll an Barbara wenden können, sie ist bei der Pfarre beschäftigt. Zur Flüchtlingsbetreuung. Sie hat sich gewundert, dass noch immer keiner von der Pfarre gemerkt hat, dass Rami verschwunden ist. Oder tun sie nur so als ob? Jedenfalls scheint es, als könnten sie die Männer nicht gut auseinanderhalten. Natürlich würden sie Rami nicht mit dem Nachbarn verwechseln, der ist eine Generation älter und sieht komplett anders aus. Aber einen halbwegs gleichaltrigen Syrer mit halbwegs durchschnittlicher Figur und dunklen Haaren scheinen sie schlecht von einem anderen unterscheiden zu können.

Die haben momentan ohnehin andere Probleme. Der Pfarrer huscht herum wie ein aufgeschrecktes Huhn. Einige seiner Leute waren bei der Demonstration gegen den Kardinal. Bei den freiwilligen Helferinnen kann er wenig tun. Bei den Angestellten ist das anders. Aber der Pfarrer ist kein strenger Mann. Er weiß nicht, wie er mit dem umgehen soll, was offenbar von oben gekommen ist. „Von oben" hat Barbara gesagt, so als ob es von Gott persönlich wäre. Und dass sie genauso Kirche sei wie der

Kardinal, das habe sie dem Pfarrer klargemacht. Deswegen werden sie auch nicht austreten. Sie geht auf die Straße für Menschenrechte und Nächstenliebe, nicht gegen irgendwen. Auch wenn der Innenminister jetzt das Demonstrationsrecht einschränken will, sie wird weiter mit dabei sein. Dann sogar besonders. – Bei uns braucht sich niemand zu fürchten und trotzdem sind sie so feig, hat sie gesagt.

Sina klopft an die Tür im ersten Stock des ehemaligen Hotels. Auf einer ovalen Tafel formen etwas ungelenk aufgedrückte Tonwülste den Namen al-Soma. Daneben sind zwei Blumen aus Tonwülsten, blau bemalt. Die Kinder im Pfarrkindergarten haben für die Flüchtlinge Türschilder gebastelt. Auch sie haben eines an der Tür. Fadel. Es ist hängen geblieben, auch wenn jetzt alle wissen, dass Rami eigentlich Ahmadi heißt. Sie ist noch einmal von der Polizei befragt worden, die Polizistin war sogar recht freundlich. Sie hatte den Eindruck, sie hat ihr geglaubt.

Eine hochgewachsene Frau öffnet. Sie hat sie schon gesehen. Elegante Bewegungen, freundlich distanziert. Sina erzählt das, was sie schon so oft erzählt hat. Dass sie sich vorgenommen habe, etwas zum besseren Kennenlernen beizutragen. Dass ihr die Decke auf den Kopf falle und ihr Sohn Zini in der Schule sei.

Sie sitzen an einem quadratischen Tisch mit gestickter Tischdecke. Der Raum wirkt wie ein Möbellager. Betten nebeneinander und entlang der Wand, unter dem Fenster der kleine Tisch. Ein Einbaukasten aus billigem Material, er stammt wohl noch aus der Hotel-Zeit. Sina hat bereits mehrere dieser Kästen gesehen. Die Tür daneben führt zu einem winzigen Badezimmer. Immerhin. Jedes Zimmer hat eigene Sanitäreinrichtungen. Von ihren Kolleginnen im Wertekurs weiß Sina, dass sie Glück gehabt haben, in der Pfarre gelandet zu sein. Kaffee wird angeboten und abgelehnt, Saft aus einem Kühlschrank, der gleichzeitig so etwas wie ein Nachtkästchen ist, geholt und in Gläser gefüllt.

– Ich habe schon gehört, dass du unterwegs bist, ich heiße Farida. Ein neugieriger Blick. Sina lächelt. Faridas Arabisch ist gepflegt, Sina tippt auf Aleppo.

– Ich dachte mir, es ist besser, etwas zu tun, als herumzusitzen.

– Habt ihr schon den Bescheid? Ich sitze nicht herum. Ich mache Übersetzungen vom Arabischen ins Englische. Und umgekehrt.

– Ich habe das nicht so gemeint. Ihr habt schon einen? Oder bist du allein?

Farida sieht sie mit erhobenen Brauen an. – Macht es den Eindruck? Brauche ich vier Betten?

– Nein. Natürlich nicht. Ich hoffe, es geht dir und deiner Familie gut.

– Danke. Soweit es möglich ist. Wir warten noch. Wären wir früher gekommen, wäre alles einfacher gewesen.

– So wie bei uns. Was hast du daheim gemacht?

– Ist das ein Verhör? Wer schickt dich? Dauernd kommt jemand und stellt Fragen. Sie sagen, du bist im Auftrag der Behörden unterwegs. Du schaust, ob alles passt.

– Das ist Unsinn.

– Keine geht von Wohnung zu Wohnung und fragt.

– Ich habe nichts mit den Behörden zu tun, ich komme auch nicht von der Pfarre. Die haben mir bloß eine Liste gegeben, damit ich …

– Damit du was?

– Damit ich alle erreiche.

– Da steckt etwas dahinter. Ich bin doch nicht dumm.

Sina seufzt. Sie kann nicht mehr. Sie hat gedacht, die anderen Frauen werden ihr erzählen, wie sie leben, was sie tun. Aber rundum gibt es nur Misstrauen. – Du hast Kinder?, versucht sie es noch einmal.

Farida sieht sie spöttisch an. – Denkst du, ich lebe hier mit drei Männern?

– Es könnten ja auch deine Eltern sein. Oder Tanten. Und einen Mann wirst du wohl haben.

– Habe ich.

– Wie seid ihr hergekommen?

– Was für eine Frage. Was willst du wirklich? Sag, was du möchtest, und vielleicht kann ich dir sogar helfen. Sonst musst du mich entschuldigen.

Wo ist sie hingeraten? Wo ist diese Farida, eindeutig eine gebildete Frau, wahrscheinlich gebildeter als sie selbst, hingeraten? Die Fremde. Was das ist. In der Fremde ist alles fremd. Keine Chance auf Nähe. Auf Verstehen. Was bedeutet es, dass diese Frau aus demselben Land kommt wie sie? Was heißt es, dass sie dieselbe Sprache spricht? Sie können nicht miteinander reden. Fremd. Sie hätte nie weggehen dürfen. Was macht sie hier in diesem muffigen Raum? Die braunen Überdecken der Betten beginnen zu leben, sie wabern auf und ab, füllen das Zimmer, sie werden sie ersticken, sie kann nichts mehr sehen in all dem braunen Gewaber, sie sitzt da und kann sich nicht bewegen, es ist das Ende, Schweiß überall und Lähmung, ihre Beine bewegungsunfähig, nur ihr Herz schlägt mit wildem Dröhnen, bevor es aufhören wird zu schlagen, bevor alles vorbei ist.

– Was ist?

Das ist die Strafe für alles, für ihre Unehrlichkeit, für ihre Leichtfertigkeit, für ihre Ignoranz, für ihre mangelnde Aufopferung und ihren mangelnden Glauben. Der Brustkorb zieht sich zusammen, sie kann kaum mehr atmen, nur flache schnelle gierige Luftzüge, bevor auch die Brust, die Lunge gelähmt ist. Das Ende. Allein. In einem Land, in dem selbst die Menschen ihrer Sprache sie nicht verstehen. Das Ende. Schwarz. Die wabernden muffigen Decken stürzen auf sie zu.

Schütteln. Jemand schüttelt sie. Oder ist es Schüttelfrost, der sie beutelt?

– Mach die Augen auf.

Sina gehorcht. Sie sieht die Frau mit den nach hinten gebundenen schwarzen Haaren. Ohne Make-up, mit makelloser Haut. Sie versucht, wieder Luft zu bekommen. Die Decken liegen auf ihrem Platz, jede auf einem Bett. Keine bewegt sich. Sie versucht, das Knie anzuziehen. Es geht. Sie krümmt die rechte Hand zur Faust. Es geht.

– Entschuldigung, sagt Sina leise.

– Hast du das öfter?, fragt ihr Gegenüber.

Sie ist in das Zimmer gekommen, um zu fragen. Die Frau heißt Farida. Den Nachnamen hat sie vergessen, aber er steht an der Tür. Auf dem Schild aus Ton, das die Kindergartenkinder gebastelt haben. – Nein. Ich habe das noch nie gehabt. Ihre Stimme klingt eigenartig, als wenn sie erst wieder lernen müsste zu sprechen. Sina, über die ihre Eltern immer gesagt haben, sie rede wie ein Wasserfall, sie sei nicht zu stoppen. Erst jetzt merkt sie, dass die Frau sie noch immer festhält. Langsam lässt sie nun ihre Schultern los, greift ihr unters Kinn, bewegt vorsichtig die Hand zu ihrem rechten Auge, zieht Oberlid und Unterlid auseinander. Streichelt ihr kurz über die Wange. Es tut so gut, dass Sina fast zu weinen beginnt. Sie versucht sich zu konzentrieren. Zusammenzureißen. Morgen ist ein neuer Tag. Morgen ist ein neuer Tag. Ihre Freundin, Sara. Sina und Sara. Sie haben diese endlose Fortsetzungsserie geschaut. Die Heldin hat es oft gesagt. Morgen ist ein neuer Tag. Sie haben darüber gespottet, wie kitschig. Sie sind sich erwachsen und klug vorgekommen. Sara. Sie ist in Libyen.

– Es war wohl eine Panikattacke. Weißt du, was das ist?

– So ungefähr.

– Ich bin Ärztin. Ich war Ärztin, um genau zu sein. Mein Mann auch. Wir sind in Aleppo geblieben, bis sie unser Krankenhaus zerbombt haben.

Sina nickt. Ihr fällt nicht ein, was sie von der Frau wollte. Sie trinkt, bis das große Glas mit kaltem Wasser leer ist. Sie fühlt sich, als wenn sie einen See im Inneren hätte. So groß wie der See Genezareth, den Israel Syrien weggenommen hat. Und auch so tief. Die Frau tätschelt ihre Wange. Fast wäre sie weggekippt. In den See.

– Tief Luft holen, sagt die Frau.

Sina pumpt ihre Lungen voll Luft. Sina sieht wieder klar. Sina weiß wieder, was sie wollte. Spürt, wie ihre Kraft ihre Verzweiflung zur Seite drückt. – Mein Mann ist verschwunden, beginnt sie zu erzählen.

[14.]

Oma hat ihn in diese Konditorei eingeladen. Sie weiß, dass er Süßes liebt. Wenn es handgemacht ist. Sie wollte ihn einwickeln. Fuhrmann hat ihr angeboten, sich für ihn zu verwenden.

– Was schon seltsam war: Er kannte deinen Namen.

– Du redest ja dauernd von mir, Oma.

– Ich habe Fuhrmann kein Wort von dir erzählt. Trotzdem hat er gefragt, wie es meinem Enkel David geht.

– Die spionieren.

– Richard sagt das auch.

– Ich hab das nicht ernst gemeint. Ein Witz. Ihr solltet euch da nicht so hineinsteigern.

– Sei froh, wenn du so klug bist wie er. So welterfahren kannst du nicht sein.

– Das geht sich nicht aus. Lebenszeitmäßig. Aber es nervt, was alle hineininterpretieren. Ich mag die Patrioten nicht. Aber wenn man tut, als würden die Patrioten hinter allem stecken, macht sie das nur größer. Es spielt ihnen in die Hände, verstehst du?

– In den Dreißigerjahren hat man gesagt, das ist Pöbel ohne Arbeit. Die kann man nicht ernst nehmen, die ziehen nur die Protestierer an, vielleicht noch ein paar Verzweifelte und Dumme, aber an die Macht kommen die nie.

– Oma, du bist erst vierunddreißig geboren.

– „Erst“ finde ich lieb.

– Du weißt, was ich meine.

– Ich rede mit Richard darüber. Und ich hab genug gelesen und gehört. Ich bin zumindest nah dran an dieser Zeit.

– Ja. Es ist ohnehin unglaublich.

– Kann schon sein, auf alle Fälle ist es verdächtig, dass Fuhrmann deinen Namen kennt und dass er dir helfen will. Ich habe mir gedacht, vielleicht könntest du dich doch um diese Stelle bemühen. Um herauszufinden, was dahintersteckt.

– Oma, auch wenn du mich noch so gern beim Fernsehen hättest, ich will nicht. Und was dahintersteckt, ist klar. Er hat einen Freund, der in der Redaktion sitzt. Vielleicht sogar einen Freund der Patrioten. Er will dir einen Gefallen tun, weil du die Witwe des legendären Jakob Klein bist. Na gut. Vielleicht auch, weil er wissen will, was du mit deinen Fragen bezweckst.

– Also! Du hast auch das Gefühl, er hat mit Sinas Flucht zu tun.

– Wenn, wird er dir nichts darüber erzählen. Selbst wenn es den großen unbekannten Spender gibt, selbst wenn er dafür gesorgt hat, dass gewisse Familien in der Pfarre untergebracht werden: Die Männer aus diesen Familien sind nicht verschwunden. Du hast sie gefragt. Und Ali hat gedolmetscht.

– Wissen wir es? Sina versucht es ja auch zu verheimlichen. Die Frauen waren sehr zurückhaltend. Misstrauisch. Willst du nicht doch herausfinden, was Fuhrmann vorhat?

– Nein, Oma, ich will nicht zum Fernsehen.

– Mach es für Sina. Die magst du doch gern, oder?

– Ich wollte ihr helfen.

– Ich habe bemerkt, wie du sie angesehen hast. Und sie hat nicht weggeschaut.

– Sie ist verheiratet.

– Natürlich. Ich sage bloß, dass du sie magst. Und vielleicht gefällt es dir dann ja beim Fernsehen. Du siehst gut aus, du bist klug und du brauchst …

– Oma! Ich brauche keinen Job, ich habe einen. Ich fahre übermorgen nach Brüssel.

– Das ist bloß ein Praktikum.

– Du hast mir zugeredet. Das ist jetzt anders. Man hat keinen fixen Job nach der Uni und behält den bis zur Pension. Ich will schreiben, okay?

Frau Klein seufzt. – In Ordnung. Dann werde ich versuchen, jemand anderen dort unterzubringen.

– Tu das. Vielleicht braucht ja dein jugendlicher Richard eine neue Herausforderung, wobei ich sagen muss, dass er mit dir eigentlich genug zu tun haben sollte. David zwinkert seiner Großmutter zu.

– Du hast leicht lachen. Ich habe ein sehr nettes junges Mädchen kennengelernt. Sie arbeitet schon beim Fernsehen, aber das ist auch nur so ein Praktikum für ein paar Monate. Sie hat ein Pferd und gerade die Matura gemacht, sie will ganz zum Fernsehen, lieber als vorher etwas zu studieren. Ihre Familie hat nicht besonders viel Geld, glaube ich.

– Das hat sie dir alles erzählt? *Du* solltest zum Fernsehen. Als Talkmasterin.

– Unsinn. Jennifer hat mich vom Empfang abgeholt, als ich bei dieser Jubiläumsfeier war. Sie war sehr nett. Etwas zu jung für dich, achtzehn. Aber jedenfalls sehr hübsch. Mit langen blonden Haaren. Ich hoffe, ich habe ihre Nummer noch. Wenn nicht, ruf ich im Sender an.

– Jennifer wird sich freuen.

– Ich weiß ja noch gar nicht, ob es klappt. Ich habe Fuhrmann gesagt, dass sie mein Schützling ist. Manchmal liegt einem an Schützlingen mehr als an so manchem Verwandten.

– Danke, Oma.

– Ich meine nicht dich. Ich sage das auch bloß, damit er anbeißt. Entweder, um mir einen Gefallen zu tun, oder weil er glaubt, man kann sie aushorchen, um zu erfahren, was ich vorhabe. Das ist dann besonders gut. Weil sie nichts sagen kann, weil sie in Wirklichkeit gar nichts weiß.

– Du bist raffiniert.

– Du musst mich nicht verspotten.

– Andere Omas haben Angst, aus dem Haus zu gehen, sie fürchten sich vor dem bösen schwarzen Mann oder der nächsten Krankheit. Du willst dich mit den Patrioten anlegen.

– Ich hab einen Spruch gelesen: Alte Menschen sind gefährlich. Sie haben keine Angst vor der Zukunft. Wobei das natürlich Unsinn ist. Du hast recht, viele fürchten sich. Und wenn man sich anschaut, was in der Welt los ist, dann ist das auch kein Wunder. Die Chinesen beleidigen den Trump und er schickt die Bombe. Und wenn seine Leute so gut sind wie er, dann geht sie statt in China in Mitteleuropa nieder.

– Zum Glück kann man über Twitter keine Bomben senden.

– Ein Präsident, der wie Halbwüchsige Tag und Nacht Kurznachrichten verschickt. So jemandem kann man nicht glauben.

– Man kann in 140 Zeichen nicht die Wahrheit sagen.

– Nein. Aber man kann in 140 Zeichen lügen.

Saara Devi brennt. Sie brennt wie eine Fackel. Man kann sie hinter dem Feuer nicht sehen, man ahnt nur, was das Brennmaterial ist. Die Fackel tanzt über den Platz, sie fällt, sie brennt, sie rappelt sich wieder auf. Saara Devi reckt die Arme nach oben, schwarze Äste. Oder kann sie nichts mehr bestimmen, ist sie schon näher bei Gott oder ihrem Raphael oder sonst in einer Sphäre, von der man nichts weiß, an die man nur glauben kann, und nur der Körper bäumt sich auf? Muskeln, die sich im Feuer zusammenziehen, Sehnen, die reißen. Kein Ton. Er will es nicht sehen. Er sieht es sich immer wieder an.

03:11
ES

Saara Devi ist das nächste Opfer. Eine Märtyrerin, die nicht hinnehmen konnte, dass die Hetzer alles Göttliche, das Christentum verspottet und mit Füßen getreten haben. Sie hat sich in die Schlangengrube der Sozialen Medien begeben, um das essenzielle Lebensinteresse zu schützen, um auch für den Kardinal und seine Überzeugungen einzutreten. Wie viele vor ihr hat sie für ihren Glauben mit dem Leben bezahlt. Inferno vor der Kirche des heiligen Stephanus. Gegen die Gottlosigkeit, gegen den Verrat. Wir wissen, wer sie getötet hat. Der Hass der selbsternannten Alleswisser, die über solche wie sie nur spotten. Sie haben Saara Devi zum Äußersten getrieben. Nur wer stark ist, sollte sich das Video ansehen. Lange wird es nicht im Netz sein. Sie vertuschen, was tagtäglich in Europa geschieht.

03:16
Heynrich

Hat sie sich selbst angezündet? Man sieht nur, wie sie brennt. Die haben sie ermordet. Das glaube ich. Sie sind ÜBERALL und haben HELFER!

03:18
Zorro

Wie pervers kann man sein. So was ansehen und dann Verschwörungstheorien aufstellen.

03:19
Heynrich

DU bist pervers. Hör auf den Gutmenschen zu spielen. DAS IST VORBEI. Das glaubt keiner mehr.

03:21
Nemo drei

Es tut mir leid, aber die hat einen Knall gehabt. Man braucht sich ja nur die Postings ansehen. Wenn jemand Schuld hat, dann wir alle. Dass wir nicht dafür gesorgt haben, dass sie in Behandlung kommt. Wie auch der Comandante gesagt hat. Die Patrioten wollen sie jetzt als ihre Heilige einnähen. Man glaubt es nicht! Sie wollte irgendsowas wie kosmische Einheit. Passt nicht ganz zu den Patrioten, oder?

03:24
Veronika
DU bist durchgeknallt! Habe ihre Postings gelesen. Die ist nicht verrückt, die sagt, sie weiß was über diesen Comandante. Und jetzt is sie tod. Was sagt euch das???

03:26
ES
Wer hat es online gestellt? Wer wollte, dass alle sehen, dass Saara Devi brennt?

03:31
Zorro
Na wer? IHR!!!! Besser kann man ja nicht hetzen. Gegen die Ungläubigen aller Art. Haben die Patrioten einen Eso-Zweig? Tät passen. Praktisch christliches Abendland reloaded. Samt Engeln und Zeug. Hauptsache keine Fakten. Habt ihr keinen Flüchtling gefunden, der durchs Bild rennt? Schade, was?

03:34
Volker Visowsky
Grauenvoll. Spirituelle Menschen werden verspottet und verbrannt. Es ist nicht lange her, da hat Saara Devi geschrieben: „Raphael und Maria kennen dich! Sie wissen, was du vorhast! Du missbrauchst die Liebe für dein Werk des Hasses. Du bist ein gefallener Engel. Zeugnis werde ich ablegen in der Öffentlichkeit! Die WAHRHEIT muss ans Licht!“ Und was hat der Comandante geantwortet? „ES GIBT KEINEN GOTT. Unser Kampf geht weiter! Verlier dich im Netz oder lös dich in kosmischem Rauch auf!“ Aufforderung an die Behörden: FESTNEHMEN, bevor er untertauchen kann. Wenn nicht: Wir werden ihn finden!!!

03:42
Gerolf
Wo ist die feige Sau? Sonst reißt er immer das Maul auf!!!

03:45
Zorro
Es gibt Leute, die schlafen um diese Zeit, statt zu hetzen.

03:46
Gerolf
So wie du??? Warum bist du dann da und mischt dich ein??? Was willst du, das Schwein unterstützen, der Saara abgefakelt hat??

03:47
Zorro
Ich arbeite in der Nacht. Was ihr macht, ist Aufruf zur Menschenjagd. Das ist strafbar.

03:48
Gerolf
Und eine spirituelle Dame bei lebendigem Laib abfakeln ist erlaubt??? NOCH sind wir nicht in ISLAMreich!!!

03:49
Barbara Hochner
Ich kenne Saara Devi mit ihrem wirklichen Namen. Die hat NICHTS mit den Patrioten und ihrer Ausländerfeindlichkeit zu tun gehabt. Die war an der Grenze, als damals die vielen Flüchtlinge gekommen sind und hat ihnen geholfen. Immer engagiert. Was sie nicht mag, ist die Streiterei. Deswegen ist sie auch weg von „Recht statt Rechts".
In den letzten Monaten war sie bei einem sektenartigen Yoga-Zirkel, sie hat sich da in etwas hineingesteigert. Fürchterlich. Ich bin traurig.

03:52
Bürgerbüro der Patrioten – Regierungsrücktritt sofort!
Mahnwache für Saara Devi. Alle, die um sie trauern, versammeln sich am Stephansplatz. Dort, wo sie den Märtyrertod gestorben ist für unsere Werte. Es sind schon Hunderte da.

Spontan. Verliert keine Zeit! Wacht auf! Saara Devi bedeutet „Göttliche Essenz“. Wir neigen unser Haupt.

Café Conditorei Sluka. Einige Damen mit sorgfältig gelegten Frisuren. Die treffen sich seit der Zeit, als Kaiserin Sissi hier an ihrem Kaffee oder sonst etwas genippt hat, vermutet Herr Pribil. Viel soll sie ja nicht gegessen haben. Maria Theresia war da anders. Die Damengesellschaft scheint auch dem Barocken zu huldigen. Kuchen und Torten. Neben ihnen fünf junge Japanerinnen in kurzen Sommerröcken, alle mit Smartphones. Und sie beide in der Ecke. Er noch immer eine stattliche Erscheinung, mit weißen dichten Haaren, groß, schlank. Sein Freund rundlich, mit spärlichen, fast farblosen Haaren, einer prägnanten Adlernase und Altersflecken wie Sommersprossen im Gesicht. Die Dame mit der rosa geblümten Bluse winkt ihm zu. Er kennt sie nicht, aber es gehört sich, dass er zurückwinkt. Sie reagiert nicht. Altersdemenz? Alfred schickt ihr eine Kusshand. Jetzt strahlt sie. Sie hat doch tatsächlich Alfred gemeint und nicht ihn.

– Da passen wir her. Das Café ist noch älter als wir. Und rundherum Damen, sagt sein Freund zufrieden.

– Meine Freundin kommt gerne her. Nicht, weil es schon so alt ist, sondern weil sie da alles frisch zubereiten.

Zwei Gläser mit gespritztem Weißwein, ein paar Blätter Papier auf dem Tisch. Herr Pribil nimmt einen großen Schluck und deutet auf die kopierte Botschaft. – Sie ist sicher echt?

– Ob es dir gefällt oder nicht, sie ist echt. Alles können die auch nicht erfinden. Die Nachricht hätte an Sina Ayan gehen sollen, stattdessen wurde sie in den Briefkasten der Polizeidirektion geworfen. Die Schrift ist dieselbe wie bei der ersten.

– Eine verschlüsselte Nachricht, die jemand der Polizei gebracht hat.

– Das wird vermutet.

– Warum haben sie Sina nicht festgenommen?

– Weil sie meinen, dass von ihr keine unmittelbare Gefahr ausgeht. Weil sie wollen, dass sie sie zum Versteck führt. Sina hat in den letzten Tagen viele Flüchtlinge besucht. Man fragt sich, was sie vorhat.

– Hat man sie nicht gefragt?

– Sie sagt, sie hat es für die Pfarre getan. Für eine bessere Gemeinschaft. Und weil sie nicht nur grübeln und warten will.

Herr Pribil starrt auf das Blatt Papier. SINA GEIST-GOTTES-PFARRE in Blockbuchstaben. Dann arabische Zeichen. Am unteren Ende des Blattes die Übersetzung.

Keine Sorge! Es bleibt bei dem, was ich dir geschrieben habe. Ich fahre auf Hochzeitsreise, ich grüße ehrerbietig deinen Vater und seine Freunde. Mögen alle staunen.

– Schwachsinn, sagt Herr Pribil. – Das haben die Patrioten erfunden.

– Sie hat ausgesagt, dass sie keine Ahnung hat, was das mit der Hochzeitsreise bedeutet. Rami habe ganz sicher keine zweite Frau geheiratet. Sie hat geschworen, dass ihr Vater nichts mit den Radikalen zu tun hat. Er ist Bauunternehmer. Sie bleibt dabei, Rami ist nicht freiwillig verschwunden.

– Sie waren auf Hochzeitsreise in Brüssel. Das hat mir Lotte erzählt.

– Die Polizei weiß, dass sie in Brüssel waren. Ihr Visum hat sie auf die Sache mit dem falschen Namen gebracht. Sina hat abgestritten, dass Rami Kontakte in Brüssel hat. Sie seien als Touristen dort gewesen. Vor dem Krieg.

– Es gibt einen internationalen Haftbefehl. Stell dir vor, ihr Mann taucht, warum auch immer, in Brüssel auf. Die kommen sofort mit der Antiterroreinheit und knallen ihn nieder. Die sehen heute hinter jedem Busch einen Terroristen.

– Und seit dieser Selbstverbrennung noch einmal mehr. Wobei man erst ermittelt. Man muss ausschließen, dass da einer nachgeholfen hat.

– Der, der sie gefilmt hat? Man muss sich das vorstellen, der filmt eine brennende Frau und stellt das ins Netz.

– Das war ein Spanier auf Urlaub. Er sagt, er war total neben der Spur. Aber was viel interessanter ist: Wer hat gewusst, dass sie Saara Devi heißt? Erst als die Verbindung da war, ist es so richtig rundgegangen. Wie machen die das?

– Du hast keine Ahnung vom Internet, was? Richard deutet auf die Japanerinnen. – Heute weiß jeder, wie das geht. Du brauchst ein Wertkartentelefon und einen falschen Namen und schon passt es.

– Ja, Schlaumeier. Kann schon sein. Aber woher hat Mister Anonym gewusst, dass sich da gerade die Esoterikerin aus dem Facebook verbrennen möchte? Wenn er nicht nachgeholfen hat?

– David sagt, sie hat so etwas angekündigt. Kannst du dich erinnern? Đức, das war dieser vietnamesische Mönch, der sich in den Sechzigern angezündet hat, um gegen die Unterdrückung des Buddhismus durch die Kommunisten zu protestieren. Sie scheint ziemlich besessen gewesen zu sein von den Selbstverbrennungen. Und von irgendwelchen Engeln und gefallenen Engeln und Geistern.

– Den Comandante haben sie festgenommen. Zu seinem Schutz, angeblich. Weißt du, was der Idiot heute früh gepostet hat? Einen Che-Guevara-Spruch. „Es gibt nur eine Sache, die größer ist als die Liebe zur Freiheit: der Hass auf die Person, die sie dir wegnimmt."

– Ich kenn ihn noch aus meiner Zeit als Anwalt. Ich hab ein paar seiner Schützlinge vertreten. Er war schon damals ziemlich penetrant. Aber erfolgreich. Kann sich ja keiner mehr erinnern, wie sie im Jugoslawienkrieg Flüchtlinge an der Grenze in einem Zug angehalten haben. Sie haben einfach die Waggons abgestellt auf einem Ersatzgleis. Versperrt. Bei glühender Hitze. Unser damaliger Innenminister und seine Freunde, übrigens Sozialdemokraten, mit vollen Hosen vor den Rechten. Der Trummer hat so lang Randale gemacht, bis sie weiterfahren konnten und aufgenommen worden sind. Und er hat seither viele Abschiebungen verhindert.

– Bei der Polizei hat er jedenfalls keine Freunde. Ziemlich martialisch, der Bursche. Von wegen Gutmensch. Das kann man dem nicht unterstellen. Die Frau, die sich verbrannt hat, soll für ihn gearbeitet haben. Früher.

Richard klopft nachdenklich mit dem Finger auf den Tisch. – Ich spinne jetzt nur einmal vor mich hin. Seine Mitarbeiterin kommt hinter irgendwas, wendet sich ab, droht es zu veröffentlichen, er kriegt es mit der Angst …

– Hör auf mit dem Geklopfe. Das ist ein Tick. Du hast ihn schon im Gerichtssaal gehabt.

– Um Leute nervös zu machen. Das ist kein Tick. Das ist bewusst eingesetzt.

– Ach ja, so wie jetzt?

– Natürlich. Es macht dich nervös, kannst du doch nicht abstreiten?

– Vergiss es. Du drehst es doch, wie du willst, alter Knacker. Glaubst du wirklich, dieser Comandante zündet sie an und stellt das dann ins Netz? Du bist ja noch schlimmer als die Patrioten.

– Was, wenn er mit der Kreuzigung zu tun hat? Du kennst die Gedankenspiele. Was wäre gewesen, wenn Hitler rechtzeitig ermordet worden wäre.

– Das kannst du doch nicht vergleichen. Sessler und Hitler.

– Trummers Großvater war Nazi. Er hat den Eindruck, er muss das sühnen. Ich kann mich erinnern, das hat er auch gesagt. Ich hab ihn einmal gefragt, warum er sich das alles antut. Ich war als Anwalt sicher engagiert und nicht nur aufs Geld aus, aber bei ihm war es schon fast Besessenheit, Flüchtlingen zu helfen.

– Nur, dass die Hysterie pro und contra jetzt noch viel größer ist.

– Ich weiß nicht. Es kommt uns nur so vor, weil das jetzt eben Gegenwart ist. Kannst du dich nicht erinnern? Die Linken sind mit Palästinensertuch herumgelaufen und die Rechten haben verlangt, dass man jeden Palästinenser abknallt. Prophylaktisch. Wegen der Anschläge. Dazu hatten wir dann noch die RAF, in Italien die Rechtsextremen und die Linksextremen …

– Und die IRA in Irland, die Basken mit ihrer ETA. Wobei dann später die mit dem Palästinensertuch rechts waren, Antisemiten, neue Rechte.

– Und jetzt ist es wieder umgekehrt. Jetzt machen die Nationalisten gemeinsame Sache mit den Rechten in Israel. Gegen die Palästinenser, weil sie Muslime sind.

– Aber das mit den Selbstmordattentätern ist eher neu.

– Du hast recht. Selbstverbrennungen hat es immer wieder gegeben. Wenn auch nicht bei uns.

– Und keine Rechten, die tun, als hätte die Selbstmörderin für ihre Ziele gebrannt.

– Die vereinnahmen einfach alles. Egal, ob es sich um eine verzweifelte Esoterikerin oder die Europahymne handelt.

Herr Pribil sieht zu den jungen Japanerinnen hinüber. Sie lachen und fotografieren sich gegenseitig beim Kaffeetrinken. Man muss einen klaren Kopf bewahren. Keine voreiligen Schlüsse ziehen. Richtig kombinieren. Er hat das gut gekonnt in seiner Zeit als Anwalt. Er hat sich nicht einlullen lassen, weder von den Freunden noch von den Feinden. Oder den vielen, die irgendwo dazwischen waren. Gibt es heute nur mehr Freund und Feind? Hat jemand ein Interesse daran, dass es bloß zwei Seiten geben soll? Es ist einfacher. Es ist falsch.

– Hörst du mir überhaupt zu?, fragt Richards Freund. – Irgend so ein Schmalspurpsychologe glaubt, dass „Hochzeitsreise" ein Code für einen Selbstmordanschlag ist. Du weißt ja, islamistische Märtyrer werden mit zweiundsiebzig Jungfrauen im Paradies Hochzeit feiern. Wobei ich mich immer gefragt habe, was die mit so vielen Frauen wollen. Hat sich einer darüber Gedanken gemacht, dass die auch was von ihnen möchten? Jetzt rede ich nicht einmal von Sex. Sondern Essen. Und Unterhaltung. Und Schuhe.

– Du bist ein alter Macho.

– Ich bin ein alter Realist. Sinas Vater soll der Mittelsmann in Damaskus sein.

– Ist doch Unsinn, oder?

– Dein „oder" sagt alles. Unsinn: wahrscheinlich. Auszuschließen: nichts. Jedenfalls überwachen sie eure Sina. Und alle ihre Kontakte.

– Alle?

– Sie hat ohnehin kaum welche. Ein paar Helferinnen in der Pfarre. Eine Kursteilnehmerin, mit der sie sich auf einen Kaffee getroffen hat.

– Frau Klein? Lieselotte Klein?

– Sag nicht, dass es sich dabei um deine feurige Rothaarige handelt.

– Also was ist?

– Kommt nicht vor. Zumindest nicht mit Namen. Nur ein David Klein. Er dürfte ihr einen Laptop gegeben haben, aber man hat auf keinem seiner Laptops was gefunden.

– Er ist ihr Enkel.

– Ganz so jung scheint deine Flamme also auch nicht mehr zu sein.

– Deutlich jünger als du, alter Knacker.

– Wahrscheinlich kommt sie deswegen nicht vor in den Ermittlungsakten. Einer alten Frau trauen nicht einmal die von den Patrioten zu, Terrorpatin zu sein. Liebe Omas, die Kaffee trinken. Wie die Ladys dort drüben. Die eine hat schon das zweite Stück Schokotorte.

– Warum hat sie dir zugewinkt?

– Weil ich ein interessanter Mann bin. Wahrscheinlich entspreche ich ihrem Beuteschema.

– Dafür hast du zu wenig Schokoglasur.

– Weißt du noch, Trude Herr, die gesungen hat, „Ich will keine Schokolade, ich will lieber einen Mann"?

– Lotte würde dir jedenfalls eine knallen, wenn du sie als liebe Oma bezeichnest. Die hat was auf dem Kasten.

– Besser, sie stellt sich dumm.

– Ich denke, die bei der Wiener Polizei sind deine Freunde?

– Ich weiß nicht, wie viele noch. Du hast auf der einen Seite den Polizeiapparat der Stadt, demokratisch, sogar sozialdemokratisch geprägt. Da habe ich doch noch gewissen Einfluss. Auf der anderen Seite haben sich Gruppen gebildet, die eindeutig zu den Patrioten gehören. Der Innenminister ist auf ihrer Seite, aber auf den hört in Wien traditionell eh keiner. Niemand traut dem anderen, jeder will dem anderen eins auswischen. Also erzählen mir die Freunde von der sozialdemokratischen Seite, was gegen die Patrioten geht. Patriotisch Soziale. Da kommt mir besonders das Kotzen, dass sie versuchen, sich das Soziale unter den Nagel zu reißen. Und dass ihnen so viele Idioten glauben, obwohl sie noch nie was Soziales getan haben. Als ich das letzte Mal vor einer Schulklasse erzählt habe, hat mich die Lehrerin gefragt, ob das heute so ähnlich ist wie in den Dreißigerjahren. Ich hab gesagt, heute haben sie zu viel, damals hatten sie zu wenig. Zum Essen. Aber auch an Information. Es gibt heute zu viel an Information. Das macht dumm.

– Unsinn, du wirst alt. Information ist gut, du musst nur lernen, was wirklich Information ist und wie du sie nützt. Propaganda hat es schon im Ersten Weltkrieg gegeben. Serbien muss sterbien.

– Na, wenigstens waren wir da noch nicht mit dabei.

Farida kennt Fuhrmann. Ihr Mann ist nicht verschwunden. Er hilft bei der medizinischen Betreuung von Flüchtlingen. Er hat hier zwar keine Zulassung als Arzt, aber die Betreuerinnen sind dankbar für jede Hilfe.

Sina hat Farida gefragt, ob sie mit ihrem Mann sprechen kann. – Du traust mir nicht, hat Farida gesagt. – Ich weiß nicht mehr, wem ich trauen kann, hat Sina geantwortet. Ihr war noch immer etwas schwindlig. Der Anfall. Was, wenn er wiederkommt und keine Ärztin in der Nähe ist. Überhaupt niemand. Überlebt man dann auch? – Ja, hat Farida gesagt. Das Schlimme sei nicht das Herzklopfen, das Schlimme sei die Angst. Und die Angst davor, dass das Herzklopfen, die Starre, die Hilflosigkeit, die Todesangst wiederkommen.

Die al-Soma haben alles verkauft für ihre Flucht. Es ging über Freunde, Kollegen, man war nicht vorbereitet, obwohl Aleppo schon in Schutt und Asche lag. Man hatte anderes zu tun, man hat operiert, verbunden, beim Sterben geholfen. Aber dann gab es kein Krankenhaus mehr. Sie haben ihr und ihrem Mann aufgelauert. Kurz hat es einen Korridor zum freien Abzug gegeben. Sie sind gerade noch entkommen, in das Dorf, in dem ihre Schwägerin mit ihren Eltern und den beiden Buben war. Der Bruder ihres Mannes will weiterkämpfen, immer noch. Seine Frau muss sich um ihre alten Eltern kümmern. Sie haben die Kinder des Bruders mitgenommen, sie selbst haben keine Kinder. Irgendwie hat man die erste Etappe geschafft bis an die türkische Grenze. Hinter der Grenze haben sie Fuhrmann getroffen.

Sina hat Farida gebeten, es ganz genau zu erzählen. – Der ist jetzt der Anführer der Patrioten, es ist überall zu lesen, hat Farida geantwortet. – Es ist eigenartig. Er hat gesagt, der Rest unserer Reise sei gut organisiert, er hat uns sogar ein Smartphone gegeben. Mit einem Navigationsprogramm. Meines war schon in Aleppo verloren gegangen und das meines Mannes hat nicht mehr gut funktioniert. Ob sie ihn bezahlt haben? – Nein. Bezahlt wurden andere. Über Western Union. Das funktioniere bekanntlich immer und von überall. Offenbar sei Western Union neutraler als der Rote Halbmond. Oder das Rote Kreuz. Fuhrmann habe gewirkt, als wüsste er Bescheid. Das ist es. Dasselbe, was Sina gedacht hat. Er hat gewirkt, als wüsste er Bescheid. Keine Kamera, kein Interview? – Er hatte ein Kamerateam in der Nähe. Aber uns hat er nicht gefilmt. – Könnte sie da etwas missverstanden haben? Könnte es sein, dass er bloß Hintergrundinformationen sammeln wollte? – Ich habe mich das auch schon gefragt, hat Farida gemurmelt. – Hier. Dort habe ich geglaubt, er ist ein wichtiger Mann in der Schlepperorganisation.

Wenn sie nur wüsste, was Rami darüber denkt. – Was denkt dein Mann darüber, hat sie Farida gefragt. – Kann ich nicht doch mit ihm reden? Ein scharfer Blick. – Du willst herausfinden, ob es ihn wirklich gibt. Oder ob er verschwunden ist. Sina hat den Kopf geschüttelt, sie möchte bloß wissen, was er meint.

Jetzt steht Farida auf dem Gang und telefoniert. Sie wollte es nicht im Zimmer tun, warum nicht? Was will sie ihr verheimlichen? Aber: Wenn man allen misstraut und allen schlechte

Absichten unterstellt, kann man sich gleich hinlegen und sterben. Wie kommt sie auf so etwas? Nicht sterben. Sie darf nicht sterben. Sie hat Zini. Sie muss herausfinden, wo Rami ist. Sie will leben. Sie will wieder ein Leben für sich und für ihre Lieben.

Farida kommt ins Zimmer und hält ihr das Smartphone hin.

– Es ist besser, wenn wir es auf sich beruhen lassen, sagt eine Männerstimme. – Fuhrmann hat damals gesagt, dass ihn ein Bekannter gebeten hat, uns das Smartphone zu geben. Und uns auszurichten, dass alles gut laufen wird. Dass das Geld angekommen ist, dass wir in Österreich um Asyl ansuchen sollen.

– Ein Bekannter?

– Er hat mir gesagt, dass er Reporter ist und viele Leute kennt. Wenn er helfen könne, dann täte er es gerne.

– Wie hat der euch gefunden? Wie viele Menschen waren da an der Grenze? Bei uns waren es in Griechenland ein paar Tausend.

– So viele waren es nicht. Ein paar Hundert. Wir sind registriert worden. Er ist Reporter. Er wird so oder so Zugang zu den Daten bekommen haben. Ich weiß nicht, wer du bist, aber: Es ist besser, man legt sich nicht an mit denen. Das ist mein Rat. Sie haben uns aufgenommen, es steht uns nicht zu, uns einzumischen. Wir wollen sobald wie möglich wieder unsere Zulassung als Ärzte.

– Mein Mann ist verschwunden.

– Farida hat es mir erzählt. Aber es sieht nicht danach aus, als hätte das mit eurer Flucht zu tun, oder? Er war mehr als ein Jahr hier, bevor er verschwunden ist.

– Im Fernsehen haben sie etwas über die Patrioten gebracht. Nachdem Rami Fuhrmann gesehen hat, ist er weg.

– Weißt du, dass es wegen Fuhrmann war?

– Es ist naheliegend.

– Waren auch andere Menschen zu sehen?

– Viele.

– Ich wünsche dir alles Gute, wenn wir helfen können, dann sehr gerne. Aber bitte misch dich nicht in österreichische

Angelegenheiten. Es fällt auf uns alle zurück. Es ist schon viel zu viel Aufregung zurzeit. Könnte ich noch einmal meine Frau sprechen?

– Ich dachte … ihr habt gegen Unmenschlichkeit gekämpft. Im Krankenhaus. Wo die meisten schon früher geflohen sind, seid ihr geblieben.

– Ich bin kein Politiker. Ich bin Arzt. Ich kann die Welt nicht verändern.

Sina streckt Farida das Telefon hin. Sie antwortet eher kurz mit ja und nein und ja und ja und dann verabschiedet sie sich.

Farida sieht sie an. – Es gibt eine Familie, da ist der Mann verschwunden. Ich habe es nur erfahren, weil die Frau eine Nierenkolik hatte. Inzwischen wissen alle, dass wir Ärzte sind, auch wenn wir nicht praktizieren dürfen. Ich habe die Rettung gerufen. Ich wollte ihren Mann verständigen. Da hat sie gesagt, dass er weg ist. Sie hat mich angefleht, es niemandem zu sagen.

– Wo kann ich sie finden?

Farida seufzt. – Ich weiß nicht, ob ich dir das sagen soll.

– Ich werde sie nicht verraten.

– Sie sind sehr religiös.

– Was hat das damit zu tun?

– Die reden eher mit einem Imam als mit dir.

– Sind sie da in der Pfarre untergebracht?

– Ja. Vielleicht ist es die beste Tarnung.

– Tarnung?

– Ich bin mir nicht sicher. Aber er könnte tatsächlich ziemlich … radikal sein.

– Das ist doch Propaganda. Die Polizei unterstellt unseren Männern, dass sie radikal sind. Wie kannst du so etwas nachreden? Wir wollen in Frieden leben.

– Wir schon. Wie ist das eigentlich mit deinem Mann?

Sina sieht Farida prüfend an. Wie eine Glaubenswächterin kommt ihr die Ärztin nicht eben vor. – Er mag Weißwein, er mochte schon den Wein, den mein Großonkel verbotenerweise in Syrien gekeltert hat. Rami hat Rechtswissenschaften studiert und als Fotoreporter für westliche Nachrichtenagenturen gearbeitet. Er findet, es ist besser, wenn wir ein ordentliches Leben auf dieser Welt haben, als auf das Paradies zu warten. Er hat Witze über die zweiundsiebzig Jungfrauen der Märtyrer gemacht. Man wisse nicht, wie alt die seien.

Drei Frauen aus Syrien in einer ehemaligen Hotellobby. Sie war sicher schon damals schäbig, als das Hotel noch in Betrieb war. Jetzt stehen hier Dreiräder und Wäscheständer, in der Ecke lehnen Fahrräder. Drei Frauen. Sina hat das Gefühl, als wüsste die pummelige Frau genauso wenig wie sie, wo ihr Mann geblieben ist. Aber obwohl sie sofort in Tränen ausbricht, scheint es Sina, als sei sie darüber gar nicht so unglücklich. Gemeinsamkeiten zwischen Muhamed und Rami gibt es wenige. Einmal abgesehen davon, dass sie beide aus Syrien stammen und in Wien gelandet sind. Muhamed war Schuster. Er kann keine Fremdsprache. Er war gläubiger Moslem. Er hat von ihr verlangt, alle Regeln einzuhalten und sich mit niemandem einzulassen, der das nicht tut. Hier müsse man noch viel mehr darauf achten, Allah und seinem Propheten nicht untreu zu werden. Er ist zwei Wochen vor Rami verschwunden. Fuhrmann? Nie gehört. Sicher? Sie würde nie lügen. Hätte ihr Mann davon erzählt? Sie weiß es nicht. Sina hätte schreien mögen. Jetzt gibt es endlich eine Spur und dann ist nichts. Wieder nichts.

[15.]

Alles in Ordnung. Viel hat die Neue aber nicht mit Frau Klein zu tun. Sie weiß nichts über Freunde und Verwandte. Und als ich sie auf die Flüchtlinge angesprochen hab, hat sie nur gesagt, heute haben offenbar viele einen Flüchtling. Witzig, was? Als ob ein Flüchtling eine Krankheit wär. Weil es schick ist, hat sie mir dann erklärt. Bei gewissen Leuten.

– Passt doch. Nicht so wichtig, wenn sie nicht viel weiß. Frag sie einfach ab und zu.

– Ein ausgesprochen hübsches Mädchen, diese Jennifer Wech. Noch dazu mit Ambitionen. Ich denke, wir können sie brauchen.

– Eigentlich wollte ich den Klein-Enkel unterbringen. Aber der geht nach Brüssel.

– Wenn ihm das lieber ist.

– Soll er nach Brüssel, solange es noch steht. Habt ihr einen Lebenslauf von dieser Jennifer Wech? Ich habe das Gefühl, der Name sagt mir etwas.

– Natürlich, großer Führer.

– Sei nicht so blöd, du sollst mich nicht so nennen. Man weiß nie, wer mithört.

– Na, immerhin hast du es geschafft. Vor einem halben Jahr hat das noch anders ausgesehen.

– Die hätten mich nie rausgeworfen, das hätten sie sich nicht getraut.

– Du hast sie verblüfft, die Damen und Herren Fernsehdirektoren.

– Es ist Zeit, Flagge zu bekennen.

– Wir sind überparteilich, mein F… Freund.

– Wie immer. Du schickst mir ihren Lebenslauf?

– Klar. Wenn du einverstanden bist, dann können wir sie als ständige freie Mitarbeiterin übernehmen. Sie macht einen guten Eindruck. Frisch.

– Ihr seid unabhängig.

– Der Lebenslauf kommt gerade per Mail.

– Bist du verrückt? Du kannst mir keine direkten Mails schicken!

– Keine Sorge. Ich habe einen anderen Laptop.

– Einen ganz anderen?

– Genau einen solchen.

– Der Lebenslauf ist da, danke. Hat sie schon ein bisschen von sich erzählt?

– Sie hat ein Pferd. Und ihr Vater war Baumeister, international unterwegs. Er ist wegen den Radikalen zurückgekommen. Irgend so was. Jedenfalls keine Linke, da bin ich mir sicher. Eingeschleust haben die niemanden.

– Es tickt. Es tickt bei mir. Nein! Es ist zu schön! Ich habe es. Verschwörungstheoretiker würden sich überschlagen! Ich weiß jetzt, woher ich den Namen kenne.

– Und?

– Sagen wir so: Ihre Familie hat mit unserer politischen Familie zu tun.

– Frau Klein auch?

– Da wäre ich vorsichtig. Obwohl … sie scheint Leute zu kennen, die auf unserer Seite sind. Auf der Seite unseres Landes, meine ich.

– Löblich.

– Hab einen schönen Tag und lass von dir hören.

Wie selbstverständlich schwimmt er mit im Strom. David steigt mit ihm aus der Metro an der Station Schuman, er weiß, welchen

Ausgang er nimmt. Er hat sich in Brüssel schneller eingelebt als gedacht. Vielleicht deswegen, weil ihm kaum freie Zeit bleibt. Kommissionsgebäude, Europäischer Rat. An allen Ecken und Enden wird gebaut, so als ob die Union noch nicht fertig sei. Dabei gibt es genug, die sie für erledigt halten. Oder die sie erledigen wollen. David lächelt, als er zur Rue Belliard geht, alle sind hier rasch unterwegs, oder beinahe alle. Der alte Mann scheint Zeit zu haben. Er ist über einen Müllsack gebeugt, David sieht grauweiße gekräuselte Haare und seinen Rücken in der verfilzten beigen Wolljacke. Der Mann muss seinen Blick gespürt haben, er richtet sich auf, dreht sich zu ihm um. Der Mund ist ein Strich, die dunklen Augen mustern ihn unfreundlich. Schwarzafrikaner, hier gestrandet. Was ist seine Geschichte? David lächelt und der Mann murmelt etwas. Eher ein Selbstgespräch, als an David gerichtet. Ein Verrückter, denkt er und geniert sich dafür. Was weiß er von ihm? Zwei Frauen in dunkelblauen Kostümen rattern mit Trolleys an ihnen vorbei. Kein Blick rechts, kein Blick links. Würde er gemeinsam mit dem alten Schwarzen im Müll suchen, sie hätten es gar nicht bemerkt. Die eine hat perfekte Beine. Schmale Fesseln, halbhohe Schuhe. Die andere hat das, was seine Mutter „Elefantenstampfer" genannt hat. Als er Mam zum letzten Mal gesehen hat, ging sie barfuß. Wann war das? Er könnte ihr eine Mail schicken. Ihr schreiben, dass er jetzt in Brüssel ist, dass sie ihn besuchen kommen soll. Mam ist immer auf der Reise. Übernachten kann sie allerdings nicht bei ihm. Das Apartment ist winzig. Er hat es von seiner Vorgängerin übernommen. Sie ist mit einem Postgraduate-Stipendium nach Harvard. „Political Economy and Government". Beeindruckend. Sein Abgeordneter schwärmt von ihr. Eigentlich von ihren Fähigkeiten. Er wird nicht gerade ein persönlicher Freund werden. Er hat ihm die Hand hingestreckt, ihn willkommen geheißen und ihn dann seinen engeren Mitarbeitern übergeben. Man weiß, wo man in der Hierarchie steht. Ganz unten. „Konservativ, christlich-sozial, integer, staubtrocken." Nicht das schlechteste Profil für Brüssel. So hat ihn Johannes beschrieben. Sie haben gemeinsam studiert, danach war er in Brüssel an der Kommission, jetzt ist er in New York bei einer Firma, die mit der Börse zu tun hat. Zielstrebig. Gleich alt wie er und schon in der Lage, seine Beziehungen spielen zu lassen. Sonst wäre David nicht hier. Und würde nicht Termine vereinbaren, Unterlagen durch die Weltgeschichte schicken, weniger wichtige Treffen organisieren, Delegationen begleiten.

Routiniert passiert er die Sicherheitskontrollen. Sind sie mehr zur Beruhigung oder tatsächlich zum Schutz da? Zu Mittag hat er ein Zeitfenster. Er hofft, dass er Annemarie in der Kantine begegnet. Sie arbeitet für die grüne Vizepräsidentin des Parlaments. In gewisser Weise sieht sie Sina ähnlich. Lange dunkle Haare, ein hübsches ovales Gesicht. Sie lacht gerne und obwohl sie eine Menge zu tun hat, scheint sie alles locker zu nehmen. David hat ihr schon erzählt, dass er eigentlich Reporter werden will, einer von den Guten, einer, der ausführlich recherchiert und danach erst schreibt. Das wäre einmal etwas anderes, hat sie gesagt. Die Guten haben es schwer, egal in welchem Medium. Die meisten wollen zum Fernsehen, weil man da noch etwas verdienen kann. Wobei die Kommunikation international längst über Online-Medien laufe. Inzwischen sei allerdings fast sogar Facebook zu langsam. Nicht nur Trump twittert.

Die Fernsehstudios im Europaparlament sind nicht zu übersehen. Sie sind im Herzen der Ebene drei. Dort, wo die verschiedenen Gebäude des Parlaments miteinander verbunden sind. Das größte steht wie ein offenes Raumschiff in der zentralen Halle. Blau, lila, weiß glänzend, Scheinwerfer und Kunststoff, Kommandobrücke. *„Spock, bitte melden! Wir haben hier ein Problem. Die Patrioten greifen an!“ – „Faszinierend, Käptn. Wenn ich ein Mensch wäre, wäre meine Antwort mit großer Wahrscheinlichkeit: Fahrt zur Hölle!“* Kunstwelten. Abgeordnete und Journalistinnen können sie mieten, man hat Technik, Übertragungsmöglichkeiten in die ganze Welt, dorthin, wo man die Signale aus Brüssel empfangen kann. Oder will. Am Rand gibt es auch simple Kameras samt Teleprompter – sehr geeignet für rasche Grußbotschaften, hat man ihm erklärt. Alles ist in Bewegung hier. In der Bar mit dem Schild *MEP only* bekommen zwar nicht nur Members des Europäischen Parlaments Kaffee, dafür ist er für alle absolut grauenvoll. Dass man hier nicht fotografieren darf, weil die verzogenen Gesichter keine gute Werbung für Europa wären, ist bloß ein Gerücht. In Wirklichkeit, so hat ihm Annemarie erzählt, sollen die Abgeordneten ungestört mit ihren Besuchern reden können. Wobei die wirklich geheimen Treffen ohnehin anderswo stattfinden.

David sieht auf den Wegweiser. Er soll in den Sektor G im fünften Stock. Gestern hat er ziemlich lang nach dem Sektor Q gesucht, der war auf dem Übersichtsplan nicht eingetragen. Es hat gedauert, bis er dahintergekommen ist, dass man zuerst den Gang entlang ins Nebengebäude muss, dort ist dann der Sektor Q angezeichnet. *„Beam me up, Scotty!“*

Irgendwo auf der linken Seite müssen die Lifte sein. Er ist etwas zu früh dran. Er soll seinen Member of the European Parliament Dr. Helmut Kaindl von einer Konferenz über die Zukunft der Energieversorgung abholen. Immerhin. Sein Abgeordneter macht sich für Elektroautos stark. Und für alternative Energiesysteme. Sonne. Hohe Glaswände sorgen dafür, dass man auch hier drinnen natürliches Licht bekommt. Die Stahlverstrebungen lassen David zwar an einen hübschen großen Käfig denken, aber besser Stahl und Glas und Sonne als die üblichen Bürogebäude mit miefigen Kunstlichthallen. Wie viele Menschen aus unterschiedlichen Nationen unterwegs sind. Österreicher? Belgierin? Spanier? Italienerin? Das spielt wenig Rolle hier. *„Sie waren brutal, wild, prinzipienlos, unzivilisiert, heimtückisch … in jeder Form, hervorragende Beispiele für den Homo sapiens; die Blume der Menschheit. Ich fand sie sehr erfrischend.“* Mister Spock again. Vulkanier über Erdlinge. Der Blick von ganz außen. *Star Trek.* Spock war immer schon seine Lieblingsfigur. Als Sechzehnjähriger ist er vor dem Spiegel gestanden und hat geübt, seine Augenbraue nach oben zu ziehen. Spöttisch. Distanziert. Wissend. Einer, der über dem irdischen Kleinkram steht.

Hier ist immerhin europäischer Kleinkram angesagt. Tausende Entwürfe, Vorlagen, Stellungnahmen, die es abzustimmen gilt. Nicht für die Vereinte Föderation der Planeten, aber allemal für die Union. Man arbeitet in europäischen Fraktionen zusammen. Kontakte zwischen den Fraktionen eines Landes gibt es natürlich auch, aber informell. So wie zwischen ihm und Annemarie. Noch dazu, wo sein Abgeordneter im Energieausschuss ist und neue Energien ein Kernthema der Grünen sind. Mit einigen anderen betritt David den Lift. Blonde Locken, schwarze kurzgeschnittene Haare, tätowierter Mann mit rotem Bart. Anzugträger vielleicht aus Paris, zwei Frauen in Jeans, vielleicht aus Schweden. Die Druckknöpfe für die Stockwerke sind doppelt angeordnet. Einmal auf der üblichen Höhe und einmal deutlich tiefer.

In einer der ersten Nächte hat er geträumt, das gesamte Parlament sei ein riesiges Raumschiff. *„Dies sind die Abenteuer des Raumschiffs Enterprise, das mit seiner 400 Mann starken Besatzung 5 Jahre lang unterwegs ist, um neue Welten zu erforschen, neues Leben und neue Zivilisationen. Viele Lichtjahre von der Erde entfernt, dringt die Enterprise in Galaxien vor, die nie ein Mensch zuvor gesehen hat.“* Durch Galaxien unterwegs, um die Bösen zu vernichten und dem Guten zum Sieg zu verhelfen. Er hat geträumt, er habe sich verlaufen. Als er im Lift auf die unteren Tasten gedrückt hat, ist er in ein Paralleluniversum geglitten. Es war hell und klar und jemand hat gesagt, da wollen wir hin. Aber es gibt welche, die wollen das nicht.

David träumt selten. Er hat vor, diesen Traum niederzuschreiben, vielleicht sogar seine geplante Reportage über das Europaparlament so beginnen zu lassen. Aber momentan hat er zu wenig Zeit, um daran auch nur zu denken. David steht vor dem Sitzungssaal. Der Saaldiener sieht auf. Die tagen noch, sagt er auf Englisch. Der Beginn hat sich verzögert. Weil sich wieder einmal jemand Wichtiges verspätet hat. David ist wieder in der Realität angekommen. Weiter hinten, verborgen zwischen Säulen, sind einige Sitzgruppen. Wenn er den Fauteuil neben der

Palme nimmt, kann er nach draußen auf den Himmel sehen und er hat den Eingang zum Saal im Visier.

Er streckt die langen Beine. Nur eine der Sitzgruppen ist belegt. Er klappt die Augen zu. Die Delegation aus der Steiermark ist kurz nach sieben gelandet. Er hatte die Aufgabe, sie abzuholen. Der Brüsseler Frühverkehr ist mörderisch, er musste vor sechs Uhr los. Und was sich am Flughafen abspielt, weiß man nie. Seit den Terroranschlägen reicht ein unbeaufsichtigtes Gepäckstück, um alles stundenlang lahmzulegen.

Sie sprechen deutsch, die Leute hinter den Säulen. Sogar österreichisch, oder bayrisch, wenn er sich nicht täuscht. David klappt die Augen wieder auf. Die Tür zum Saal ist noch immer geschlossen. Er lauscht. Er versteht bloß Wortfetzen. – Erneuerung. – Was sie meinen. – Aufbruch. – Unter. – Vereinigte. – Patriotische. – Untragbar. – Wenn man eine Aktion. – Strikte Vertraulichkeit. – Hochkonjunktur. Es ist nur einer, der österreichisch oder bayrisch gefärbtes Deutsch spricht. Kein starker Akzent, aber er unterscheidet ihn von den Hochdeutschen. David gähnt. Unzählige Lobbyisten sind unterwegs. Der Österreicher oder Bajuware klingt, als hätte er das Sagen. *„Es ist unklug, das zu trivialisieren, was man nicht verstehen kann."* Mr. Spock. Nach seinem Traum hat sich David einige Folgen von *Star Trek* reingezogen. Streaming in der Nacht. Willkommen in der Zukunft. Aber wer bringt einem bei, mit weniger Schlaf auszukommen?

David tut, als wolle er besser zum Eingang des Konferenzsaals sehen. Jetzt steht er hinter einer Säule. Ein Blick. Noch einer. Er kennt den Mann. Ein Abgeordneter? Zu früh, um sich alle Österreicher gemerkt zu haben. Stimmen. Ausgerechnet jetzt ist die Tür zum Saal aufgegangen. David zieht sein Mobiltelefon aus der Tasche. Er fotografiert den blauen Himmel durch die hohe Glasscheibe. Dann drückt er noch zwei Mal auf den Auslöser. Er dreht sich um, steckt das Telefon ein. Er ist einer von vielen, die durch die Gänge eilen. Praktikant mit einem Auftrag. Er sieht seinen Abgeordneten und winkt mit der Mappe.

17:46
ES
Die Terrorabwehr hat Codes entschlüsselt. Zum Glück gibt es mutige Mitbürger, auch in den Polizeidienststellen, die ans Licht bringen, was unsere Regierung vertuscht. Jetzt kann nicht einmal sie mehr dementieren. Es gibt konkrete Pläne für Selbstmordanschläge. In einer Nachricht an einen Komplizen ist von der baldigen Hochzeit mit zweiundsiebzig Jungfrauen die Rede. Wir wissen, was das bedeutet. Österreich ist in höchster Alarmbereitschaft.

17:48
Siegfried
Asülantenquartiere ausräuchern, dann können sie Märtyrer werden und ihre Jungfrauen kriegen!!!!! dann lassen sie unsere Frauen in Ru.

17:49
ES
Ich verstehe die Empörung, aber ich bitte um Mäßigung. Das ist keine Plattform, um zu ungesetzlichen Maßnahmen aufzurufen. Wir sind wehrhafte Demokraten. Wenn in anderen Ländern der Notstand verhängt wird, ist es bei uns hoch an der Zeit. Quartiere und verdächtige Subjekte müssen kontrolliert werden. Wer das Gastrecht missbraucht, muss sofort abgeschoben werden.

17:50
Hamlet
Was machen die überhaupt noch da?

17:51
Spaßvogel
Was machst du noch da, Hamlet? Sein oder nicht sein … Ist doch OVER. Kennst du dein eigenes Ende nicht?

17:52
Elisabeth Gruber
Wenn man den Code abgefangen hat, kennt man dann auch die Terroristen? Warum sind sie nicht längst festgenommen? Oder sind das Hirngespinste?

17:54
Otto Jurkovic
Die Gutmenschen werden sehen, was Hirngespinste sind, wenn man ihnen das Hirn wegknallt. Ich wünsche das natürlich niemand. Es wird aber passieren. Weil die haben keine Einstellung wie wir. Dennen sind Menschen egal. Man kann keinen sozial behandeln der nicht sozial ist.

17:54
Doktor H.
Festgenommen wurde auch der Comandante. Ob da ein Zusammenhang besteht? Oder hat er „nur" mit dem schrecklichen Feuertod der jungen Frau zu tun??? Sie hat sich gegen seine Methoden gewandt. Sie hat für den Glauben gekämpft. Sie wurde abgefackelt. Mitten in Österreich. Tatverdächtig: der angebliche Gutmensch.

17:56
Birgit Messerschmid-Schmied
Wenn es mehr Informationen gibt, her damit! Auf die Medien können wir uns nicht verlassen. Die sind alle gleichgeschaltet mit der Regierung, gegen das Christentum, für die Links-Freunde des Islam.

17:58
ES
Die Fakten: Das Netzwerk der Kreuziger ist bekannt. Untergetauchte Asylanten, die Julius Sessler gekreuzigt haben. Abgefangene Nachrichten machen klar, dass sie weitere Anschläge planen. Ihre Zahl beträgt zehn oder auch deutlich mehr. Jeder, dem etwas verdächtig vorkommt, muss es umgehend melden. Den Polizeidienststellen. Aber auch im

Netz, um zu vermeiden, dass etwas vertuscht oder verschlampt wird. Niemand soll sich sagen lassen müssen, dass er mit schuld ist an dem Tod von unschuldigen Menschen.

18:02
Eveline Svoboda
Stimmt es, das sie am Parteitag der Patrioten zuschlagen wollten?

18:03
Bürgerbüro der Patrioten – Regierungsrücktritt sofort!
Wir sind nicht befugt, alles öffentlich zu machen, aber die Patriotisch Soziale Partei hat ein starkes Schutzschild gegen seine Feinde.

18:04
Spaßvogel
Wahrscheinlich den Mundgeruch eures Führers.

18:06
Volker Visowsky
DIR sollte man den Mund waschen. Und ich habe auch Ideen, womit.

18:09
ES
Die Lage ist zu ernst für Geplänkel. Ein weiteres Faktum der unfassbaren Ignoranz: Das Europaparlament lädt in Zeiten wie diesen „Flüchtlinge“ zum Gespräch ein. Die Gemeinschaft der Globalisierer und Vaterlandsverräter macht gemeinsame Sache mit den Islamisten. Was wir schon lange vermutet haben, ist damit bewiesen.

18:10
Bürgerbüro der Patrioten – Regierungsrücktritt sofort!
Österreich zuerst! Das sagen nicht nur wir, das sagen alle, denen ihre Länder am Herzen liegen. Von Trump bis Orban, von May bis Marine Le Pen, bis Putin – immer mehr erkennen, dass nur konsequenter Patriotismus die Rettung bringt.

18:11
Spaßvogel
Was, wirklich? Die sagen ALLE Österreich zuerst? Wer hätte das von Trump und Putin gedacht! Das ist eine Sensation. Und unsere Lügenpresse hat das bisher vertuscht. Pfui!

18:12
Volker Visowsky
Verpiss dich von dieser Seite, Trottelvogel!

18:14
Bürgerbüro der Patrioten – Regierungsrücktritt sofort!
Wer alles in den Dreck zieht, hat kein Recht, hier zu sein! Die EU verweigert das Gespräch mit den Patriotisch Sozialen, sie verweigert das Gespräch mit den besorgten Menschen in unserem Land. Julius Sessler wollte vor dem Europaparlament sprechen, man hat angstvoll abgelehnt. Jetzt fährt Karl Fuhrmann. Sie können ihn nicht hindern, unsere Freunde zu treffen. Längst sind wir eine starke internationale Bewegung, die Patrioten werden mit jedem Tag mehr. Selbst in Brüssel.

18:18
Volker Visowsky
Wir müssen raus aus einer angeblichen Gemeinschaft, die nicht unsere Werte vertritt! Der Klau der Hymne ist nur ein Zeichen. Wir haben Beethovens und Schillers großes Werk zurückgeholt als Hymne unserer Bewegung. Es gehört dem Land, in dem es komponiert worden ist.

18:23
Gernot Zuhr
Und was ist mit uns Deutschen??? Vielleicht eine gemeinsame Partei???

18:25
ES
Die Zeit wird es zeigen. Götterfunken ist angesagt.
Wir werden es zeigen.

Ist Sina etwa auch verschwunden? Frau Klein macht sich Sorgen. Sie will nicht zu viel telefonieren. Wer weiß, was abgehört wird. Mit den Mails soll es noch schlimmer sein. Richard vermutet das. Allerdings ist er nicht gerade ein Online-Experte. Da ist sie schon besser, aber sie hat ja David. Der jetzt in Brüssel ist. Wie es ihm wohl geht? Sie wollte Sina treffen. Was sagt sie zu Ramis Botschaft, die bei der Polizei gelandet ist? Sie ist vernommen worden. Zumindest hat das Richards Säulenheiliger erzählt. Ihr wird das alles zu viel. In den Nachrichten haben sie gebracht, dass ein Code abgefangen worden ist. Ein Terroranschlag soll bevorstehen. Er soll mit den untergetauchten Flüchtlingen zusammenhängen. Ob es sich bei der Verbrennung dieses armen Mädchens auch um einen Anschlag gehandelt hat? Die Moderatorin hat es gefragt und mit großen Augen direkt aus dem Fernseher geschaut. So, als könnte sie die Antwort in Frau Kleins Wohnzimmer finden. Sie hat Sina ein paarmal angerufen. Sie hat nicht abgehoben. Dann endlich hat sie auf eine SMS reagiert. Wenn sie es war.

Am 22 Uhr in Park bei Brunnen. Bitte. Sina.

Wie geht der Spruch? Alte Leute sind gefährlich, sie haben keine Angst. Vielleicht ist sie noch nicht so alt. Sie hat Angst. Nicht vor Sina. Aber es kann auch eine Falle sein. Zu Tode gefürchtet ist auch … Sprüche bringen nichts. Sie will David nicht stören. Oder kompromittieren – falls sie tatsächlich abgehört wird. Richard eine SMS zu schicken nützt selten. Er schaut nicht drauf. Er kann damit schlecht umgehen. Er sagt, seine Finger sind zu groß dafür. Früher hat er eine Sekretärin gehabt, die für ihn getippt hat. Männer sind arm dran, wenn sie zu lange für alles eine Hilfe hatten. So gut kennt sie diesen Weg. Er führt am kleinen Park vorbei zur Straßenbahnstation. So oft ist sie ihn gegangen. Heute kommt er ihr fremd vor. Im Westen nur noch ein diffuser Schein, matte Erinnerung an den Tag. Natürlich ist der Gehsteig beleuchtet. Aber gerade dieses Licht macht die langen dunklen Schatten. Was, wenn Sina mit Rami kommt, wenn ihr Mann doch mit all dem, worüber geredet wird, zu tun hat? Er kann Sina gezwungen haben. Er kann sie als Geisel nehmen. Damit der Terrorangriff … Unsinn. Sie wird Sina fragen, was sie über diese zweite Nachricht weiß. Was sie der Polizei gesagt hat, ob es stimmt, was Richards Freund erzählt hat. Vierundneunzig. Laut Richard noch gut im Kopf, wenn auch bedient mit den Hüften. Und blind wie ein Maulwurf. Kann sein, Richard übertreibt, damit er selbst besser dasteht. Bei aller Liebe, er neigt ein wenig zur Eitelkeit. Nun gut. Sie wird seinen Säulenheiligen kennenlernen. Hoffentlich.

Da. Bei dem Baum. Ein Schatten, der sich bewegt. Frau Klein stoppt und holt tief Luft. Noch ein Schatten. – Komm raus, sagt sie und hofft, dass ihre Stimme nicht zittrig klingt. Angriff ist die beste Verteidigung. Hat sie wahrscheinlich auch von Richard. Sie hätte ihm nicht so viel zuhören sollen. *„Unbekannte in guter Wohngegend mit Messer niedergestochen.“ „Netzwerk der Kreuziger ermordet katholische Witwe von Fernsehlegende.“* Rascheln. Ein erschrockenes Gesicht. Noch eines. Zwei Buben. Oder junge Männer. Fünfzehn, siebzehn, neunzehn? Sie will nicht wissen, was die im Gebüsch getan haben. Auf sie haben sie es nicht abgesehen. – Verwechslung, sagt sie und geht weiter.

Der Park. Zum Glück ist der Brunnen nur ein paar Schritte vom Weg entfernt. Der Park ist so klein, dass es keinen Zaun rundherum gibt. Man würde sich wie im Affenkäfig fühlen, hat sie auf einer Bürgerversammlung gesagt. Jetzt wäre sie froh, wenn der Affe hinter Gittern wäre. Oder schlimmere Lebewesen. Die Bank beim Brunnen. Drei Männer mit dunklen Gesichtern.

Ihr Herz macht einen Hops. – Hast du dein Blutdruckmittel genommen? – Ja. Habe ich. Glaube ich zumindest. Die drei tuscheln miteinander. Einer steht auf.

Eine Hand auf ihrem Arm. Sie zuckt zusammen, fährt herum.

– Entschuldigung, sagt Sina. – Bank besetzt.

– Warum bist du nicht ans Telefon gegangen? Warum müssen wir uns hier treffen und nicht bei dir oder bei mir?

– Ist nicht gut, sonst Frau Klein auch Polizei.

– Suchen sie dich?

– Nein. Aber war auf Polizei, verstehen?

– Sie haben dich wieder einvernommen.

– Sie glauben, ich weiß.

– Ich weiß von der anderen Nachricht von Rami, die Polizei hat sie. Schon eine Woche oder mehr. Heute war in den Zeitungen, im Fernsehen, dass ein Anschlag geplant ist. Dass er mit verschwundenen Flüchtlingen zu tun hat. Frau Klein wirft den drei Männern auf der Bank einen vorsichtigen Blick zu.

– Die tun nichts. Die treffen da, sonst kein Platz.

– Du kennst sie?

– Nein, glaube nicht. Ich habe ein wenig gehört. Reden über Fußball, über Frauen, so Dinge. Und ist nicht alles Code. Sina versucht ein Lächeln.

– Da hast du recht. Haben sie dir die zweite Nachricht von Rami gezeigt?

– Nicht zeigen. Immer fragen, ob Vater radikal ist. Kontakte. Mein Vater ist nie radikal im Leben.

– Rami hat geschrieben, „Ich fahre auf Hochzeitsreise" – was soll das?

– Sie haben gefragt. Ich weiß nicht. Kann heißen, er fahrt Brüssel. Da war Hochzeitsreise. Aber kein Sinn.

– Hast du das der Polizei gesagt?

– Nein. Haben gewusst. Unsere Reise. Angst für Rami. Sie sagen Terrorist und er ist tot. Er ist kein Terrorist. Ich merke, sie sind hinter mir. Sie schauen mir.

– Sie beobachten dich. Frau Klein sieht sich um. – Auch jetzt?

– Du auch? Ich weiß nicht, Entschuldigung. Bin durch Keller und untere Kirche. Ich glaube, hat nicht gesehen.

– Und wenn, ist es auch egal. Wir tun nichts Böses, Sina. Da wird man bei uns nicht festgenommen und bestraft.

– Ich weiß nicht.

Sicher ist sich Frau Klein auch nicht mehr.

– Wollte reden, fährt Sina fort. – Noch Flüchtling weg. Syrisch Arzt hat erzählt. Rede mit Frau, du verstehst?

– Du hast mit der Frau von dem anderen verschwundenen Flüchtling geredet.

– Ja. Syrisch Arzt denken, Mann vielleicht radikal. Ich Polizei sagen?

– Du meinst, der könnte einen Anschlag planen? Warum?

– Glaube nicht. Aber wenn ich Polizei sage, dann sehen, ich bin gut.

– Und er sitzt in der Tinte.

– Sitzt wo?

– Für ihn ist es schlecht.

– Frau ist froh, er weg. Hat nicht gesagt, aber man fühlt. Sagt auch syrisch Arzt.

– Kann ich mit ihm reden? Kann er Deutsch?

– Ist Sie-Arzt.

– Ärztin.

– Ja. Mit ihr reden. Aber nur Englisch gut. David Brüssel. Leider.

– Wollte Rami dir womöglich mitteilen, dass er zu David nach Brüssel fährt?

– Kennt David nicht, vergessen?

Frau Klein seufzt.

– Habe noch Nachricht. Arztin kennt Fuhrmann. Auf Flucht. Grenze Syrien Türkei. Hat helfen.

– Wie bitte? Frau Klein hat es so laut gerufen, dass die drei Männer erschrocken auffahren.

– Ja. Hat Telefon gegeben. Hat gesagt, sie Asyl sagen in Österreich.

– Ist das die Familie al-Soma?

– Warum du kennst?

– Es gibt noch zwei Familien, die über einen Gönner in der Pfarre untergebracht worden sind.

– Ja. Du hast erzählt. Aber keine Namen.

– Ich habe nachgefragt. Dann hat er die Namen gesagt. Frau Klein sieht zu Boden. Zusammengeknülltes Papiertaschentuch. Sie muss sich beherrschen, um es nicht aufzuheben und zum Papierkorb zu tragen. Haltet unseren Park sauber. Aber da kann heutzutage was weiß ich drauf sein. Das mit dem Lügen wird langsam zur Gewohnheit. Sie kannte die Namen, aber sie hat Sina nicht vertraut. Sie ist mit Ali zur Frau von al-Soma. Sie war freundlich, aber sehr distanziert. Ihnen hat sie nichts verraten.

– Ich bin zu alle. Du und David mir wieder vertrauen.

Frau Klein sieht Sina traurig an. – Und wir wollten selbst herausfinden, was mit den anderen beiden Familien ist, die dieser Gönner hier untergebracht hat. Die al-Soma haben uns nichts gesagt, obwohl ich mit Ali dort war. Er ist Dolmetscher. Es tut mir leid. Misstrauen ist böse. Sie sagt es ganz langsam.

– Böse Misstrauen. Ich selbst schuld. Nicht alles gesagt. Al-Soma-Arzt sagt, jemand hat schon fragt. Man redet nicht viel. Auch nicht mit mir. Schwer. Angst. Jetzt verstehe. Schon jemand fragen, und dann ich. Doppelt Misstrauen.

Frau Klein nimmt Sinas Hand. – Wir vertrauen einander, ja?

Sina nickt. Frau Klein sieht, dass ihr Tränen über die Wangen laufen. – Nicht weinen, Sina.

– Rami hat gesagt in Griechenland: Wir vertrauen immer. Er hat schreiben in erster Nachricht. Aber er ist weg.

Frau Klein ist erschöpft. Es ist gegen Mitternacht. Ihre Beine zittern. Sie sollte notieren, was sie von Sina gehört hat. Damit sie es nicht vergisst. Sie darf auf keinen Fall vergessen, dass auch die al-Soma Fuhrmann auf ihrer Flucht getroffen haben. Sie wird das nicht vergessen. Wie könnte sie? Eine der beiden Familien, die der Gönner in der Pfarre untergebracht hat. Kann es Zufall sein? Verschwunden ist allerdings ein anderer Flüchtling. Er war nicht auf der Liste des Gönners. Aber vielleicht weiß der Pfarrgemeinderat auch nicht von allen, die auf der Liste waren. Sie muss mit Richard reden. Nein. Sie muss ihr Mittel nehmen und sich ausruhen. Richard schläft sicher schon. Er lacht über alle, die meinen, dass ältere Menschen weniger Schlaf brauchen. Bei ihm sei von seniler Bettflucht keine Rede. Er geht gegen elf schlafen und steht um halb sieben auf. Dann gibt es eine Stunde Bewegung. Er wandert durch die Stadt. Jeden Tag, auch wenn ihm die Knie wehtun. Niemand kennt seinen Bezirk so gut wie er, sagt Richard. Wie es wäre, gemeinsam in ein Seniorenheim zu ziehen? Wohnung an Wohnung, nicht mehr. Man hat seine Eigenheiten. Richard hat eine Hilfe, eine Frau aus Bosnien. Sie kommt in der Früh und am Abend. Das ist schon seit dem Jugoslawienkrieg so. Krieg in Jugoslawien. Ganz nahe bei uns. Gar nicht so lange her.

David. Sie sollte ihn doch anrufen. Auf ihre Kinder kann sie nicht viel zählen. Der eine macht sich ständig Sorgen, die andere ist nie da. Sie war stolz, dass David nach Brüssel gegangen ist. Jetzt wünscht sie sich, er wäre hier.

Frau Klein nimmt das Telefon, drückt die Kurzwahltaste. Es läutet. Dreimal, fünfmal, achtmal. Er wird ausgegangen sein. Ob sie es wirklich schafft, mit Richard nach Brüssel zu reisen? Wahrscheinlich ist das zu viel für sie. Sie ist seit Jahren nicht mehr geflogen. Und Richard? Was kann man ihm zumuten?

Sie setzt sich in den Fauteuil vor dem Fernseher. Zumuten. Was ihnen alles zugemutet wird. Die drei Männer im Park. Die können sonst nirgendwohin, sagt Sina. Kein Wunder, dass man ein ungutes Gefühl hat. Die zwei jungen Männer im Gebüsch. Was sie gemacht haben? Drogen getauscht? Hatten sie ein Stelldichein? Es kann wohl kein Problem sein, dass zwei Männer einander lieben. Auch wenn es früher einfach nicht normal war. Was schon normal ist. Der Patriot, den sie ans Kreuz geschlagen haben. Jesus zwei haben sie ihn genannt. Jakob hat das nicht gefallen. Jakob ist auch schon tot. Sie nicht. Sie hat nur müde

Beine. Und müde Arme und einen schweren Kopf. Weil das alles viel ist. Sina. Was mit ihr ist.

Frau Klein schreckt auf. Ist es schon Morgen? Sie muss eingeschlafen sein. Vogelgezwitscher oder so etwas. Wenn sie aufwacht, hört sie schlecht. Das ist ihr in letzter Zeit schon öfter aufgefallen. Im Laufe des Tages wird es besser. Kein Vogelgezwitscher. Da ist jemand am Telefon. David, liest sie, greift zum Apparat, verfehlt ihn, er fällt hinunter, sie tastet danach, immer dieses Läuten, ein schlimmer Ton, sie hat ihn.

– Ja?

– Oma, geht es dir gut?

– Ja. Sicher.

– Du hast angerufen. Und als ich zurückgerufen hab, bist du so lange nicht drangegangen, kein Wunder, dass man sich da Sorgen …

– Nicht auch du noch.

– Was soll das heißen?

– Dein Onkel Aurel hat mich bearbeitet. Ich soll einsehen, dass ich nicht mehr allein leben kann. Dass ich in ihre Nähe ziehen soll, am besten in ein Heim. Alles Unsinn. Nur damit er sich besser fühlt, nicht damit ich mich besser fühle.

– Du musst ja nicht, Oma. Hast du deswegen angerufen?

– Nein. Natürlich nicht. Warum um Himmels willen hat sie angerufen? Sie ist noch nicht ganz wach, es war wichtig, sie kann es nicht vergessen haben, das wäre ein Zeichen, dass …

– Oma?

– Sina. Es ist wegen Sina.

– Ist alles in Ordnung mit ihr? David hat an sie gedacht, aber er hat sich nie gemeldet. Die Tage sind so voll. Und mit jemandem zu telefonieren, der wenig Deutsch kann und auch nicht so gut Englisch …

– Ja. Mehr oder weniger. Es gibt eine zweite Nachricht von Rami, das wissen wir schon länger, aber jetzt wissen wir auch, was drinsteht. Sie hat sie nicht bekommen, sondern die Polizei. Rami schreibt, dass er auf Hochzeitsreise geht. Sie haben Sina verhört, sie waren in Brüssel auf Hochzeitsreise. Überall geistert herum, dass die verschwundenen Flüchtlinge ein Terrornetzwerk sind. Die Kreuziger. Einer ist tot aufgetaucht. In einem Badesee. Ertrunken, aber auch erstochen vielleicht. Man sagt, er hat sie verraten wollen. Sina hat Angst, dass Rami erschossen wird, wenn ihn jemand findet.

– Woher weißt du das alles?

– Das mit der zweiten Nachricht hat der Säulenheilige von Richard herausgefunden, der war früher Polizeipräsident. Am Tag darauf war in den Medien, dass die Polizei einen Code entziffert hat. Ich glaube, die haben gemerkt, dass der Säulenheilige Informationen bekommen hat. Und sind vorgeprescht. Getrieben von den Patrioten. Die sagen, die Polizei und die Regierung vertuschen alles.

– Und keine Spur von Rami?

– Nein. Aber deswegen wollte ich dich nicht anrufen. Sondern weil Sina eine zweite Familie gefunden hat, die auf der Flucht Fuhrmann gesehen hat. Sie sind Ärzte. Aus Syrien. Mir haben sie nichts erzählt. Du solltest da sein, dann könntest du mit ihnen reden. Englisch. Die sind auch von diesem Gönner hergeschickt worden. Aber verschwunden ist ein anderer Flüchtling. Er soll sehr religiös sein. Sehr religiös war Opa auch. Aber nicht radikal.

– Warum hat Sina nicht mich angerufen? David sitzt auf der Couch, die zugleich Bett und einzige Sitzgelegenheit ist. Und warum gibt ihm das einen Stich? Lächerlich. Er ist bloß verspannt. Omas Freund hat gesagt, er soll rechtzeitig anfangen mit Gymnastik, weil er so groß ist. Der hat schon in den Dreißigerjahren damit angefangen. Fast ein Jahrhundert Vorsprung. – Oma. Ich krieg das jetzt nicht alles auf die Reihe. Es war ein langer Tag. Die arbeiten da mehr oder weniger rund um die Uhr. Das sollten sich die geben, die auf die faulen Politiker in Brüssel schimpfen. Ich habe auch etwas Eigenartiges gesehen. Wolnar, von W-Tech. Er war heute im EU-Parlament. Er hat sich mit einigen Deutschen getroffen. Einer ist ein hohes Tier bei der

Deutschen Rechtspartei, der andere der Chef der Patriotisch Sozialen Deutschland Partei.

– Die sind auch rechts.

– Ja. Aber zwei Parteien. Zumindest noch. Ich frage mich, was er mit denen zu tun hat.

– Ich habe Fuhrmann vorgemacht, dass Wolnar von ihm geschwärmt hat. Dann hat er zugegeben, dass er ihn kennt. War Fuhrmann auch mit dabei?

– Nein. Aber er soll demnächst nach Brüssel kommen. Die Mitarbeiter der Patrioten sind allerdings ein ganz eigener Klüngel. Die wollen mit den anderen nichts zu tun haben. Und wir nichts mit ihnen.

– Seltsam. Die wollen weg von der EU und sie sitzen mittendrin. Wie wenn sie sich den eigenen Ast absägen. Was glaubst du, hat Wolnar gewollt?

– Ich habe nichts verstanden, kann sein, dass er für irgendein Bauprojekt gute Stimmung macht. Lobbyismus, davon gibt es viel in Brüssel. Unser ehemaliger Bundeskanzler hat sich auch ins Lobbyistenregister eintragen lassen. Aber dass Wolnar das selbst macht … Solche Unternehmen bezahlen üblicherweise Lobbyisten.

– Und dass er ausgerechnet mit den Patrioten und ihren Freunden redet.

[16.]

Breaking News + Breaking News + Breaking News +

DNA-Spuren: Untergetauchte Asylwerber an Kreuzigung beteiligt!
Laut Wiener Landespolizeidirektion stimmen DNA-Proben vom Tatort mit jenen von Muhamed S., Nasouh A. und Rami A. überein. Alle drei Asylwerber sind seit einigen Wochen abgängig. Die Landespolizeidirektion wollte nicht bestätigen, dass sie Teil eines Terrornetzwerkes sind. Hinweisen auf einen zeitnah geplanten Anschlag gehe man intensiv nach. Die Großfahndung könnte noch heute auf weitere Verdächtige ausgeweitet werden.

Als Herr Pribil es in den Nachrichten hört, ist er zwei Kilometer von Frau Klein entfernt. Seit er sie kennt, hat er sich angewöhnt, auf seiner Morgenrunde in ihre Richtung zu gehen. Und dann eben wieder zurück. Jetzt dreht er nicht um. Sollte Lotte noch nicht munter sein, wird er auf einer Parkbank in der Nähe warten. Bei seinen täglichen Spaziergängen hört er Radio. Das Frühjournal informiert ihn über alles, was er von der Welt wissen will. Auch darüber, was er eigentlich gar nicht wissen möchte. Vor kurzem hat sich jemand aufgeregt, dass er mit Kopfhörern in den Ohren auf dem Gehsteig unterwegs ist. So etwas sollte verboten werden, er könnte in ein Auto laufen und dann sei der Autofahrer schuld. Sie wollen alles verbieten. Er läuft doch nicht über die Straße wie ein Irrer. Er hat gelernt, auf sich selbst aufzupassen. Sonst wäre er nie zweiundneunzig geworden. Solange die anderen virtuelle Zeichentrickfiguren jagen und dabei in Laternenmasten knallen, wird er auf seinem Weg wohl Nachrichten hören dürfen. Jetzt wäre er tatsächlich beinahe ohne zu schauen über die Straße gegangen. Das Hupen hat er aber sehr wohl wahrgenommen. Außerdem ist da ein Zebrastreifen. Soll der Idiot schimpfen. Rami A. Soviel er weiß, ist Rami kein besonders häufiger Name. Und A. passt auch. Ahmadi. Und dass er verschwunden ist, passt auch. DNA-Spuren. Die Landespolizeidirektion macht das nicht öffentlich, wenn es nicht stimmt. Noch können die Patrioten und anderes Gesindel nicht tun, was sie wollen. Können sie nicht? Der Beitrag danach berichtet vom Aufstieg Julius Sesslers und der Patriotisch Sozialen Partei, davon, dass ihn seine Kritiker *„Jesus zwei"* genannt haben, dass ihn die *„sogenannten Kreuziger"* ermordet hätten und dass er gegenüber *„Flüchtlingen und Migranten"* eine harte Haltung eingenommen habe. – Flüchtlinge und Migranten, knurrt Herr Pribil. So als ob die hergekommen wären, weil sie es sich bloß verbessern wollten. Der dumme Reporter weiß nicht, was Krieg bedeutet.

Ein Sprecher der Hilfsorganisationen warnt davor, *„unsere Flüchtlinge unter einen Generalverdacht zu stellen"*. Der Innenminister platzt beinahe vor Stolz. Herr Pribil kann es hören. Er möchte eine lange spitze Nadel haben und dann …

– Mitgehangen, mitgefangen. Es geht ums Eingemachte nun, dass wir in jeder, aber wirklich jeder Ecke suchen werden, ist eine Tatsache, die es von niemandem zu drehen gilt. Noch heute hat der Innenminister, ich, die Absicht, das auf das Tablett der Regierungssitzung zu legen. Wir sind unseren Bürgern die Nächsten und so hat es zu bleiben.

Karl Fuhrmann darf vermuten, dass deutlich mehr *„angebliche Flüchtlinge untergetaucht"* sind. Man sei es seinem Vorgänger und der *„bestialisch verbrannten Frau, die unseren Glauben verteidigt hat"*, schuldig, alles lückenlos aufzuklären. *„Globalisierer in der sogenannten Europäischen Union haben Verbrecher ins Land* *geholt. Wir müssen gegensteuern. Sofort. Alle Gefährder müssen sofort des Landes verwiesen werden.“*

Herr Pribil geht so schnell wie schon lange nicht. Er spürt keinen Schmerz in den Beinen. Er spürt Wut. Und Verzweiflung. Er muss zu Lotte. Er muss seinen Freund anrufen.

David ist wie erschlagen, als der Wecker läutet. Er hat nach dem Gespräch mit Oma noch Stunden vor dem Laptop verbracht. Auf den Spuren von Fuhrmann und Wolnar. Du findest alles und nichts im Internet. Wichtig ist es zu wissen, was man sucht. Und wo man es sucht. Verbindungen zwischen Fuhrmann und Wolnar, gemeinsame Auftritte. Er weiß bereits, dass sie einander kennen, aber verdächtiger wäre wohl das Gegenteil. Ein bekannter Fernsehreporter und ein Unternehmer. Man kann einander im kleinen Österreich kaum aus dem Weg gehen. Wolnar war tatsächlich auf dem Parteitag der Patrioten. Das ist interessant, aber nicht aussagekräftig. Dort waren so einige, die zumindest nicht formal zu den Patrioten gehören. Zum Beispiel der Innenminister. Schön langsam werden die Patrioten salonfähig. Wolnar scheint um gute Beziehungen zu allen bemüht. Bei der Konferenz der Grünen über nachhaltiges Stadtmanagement hat er einen Vortrag gehalten. Infos über Wolnars Brüssel-Reise gibt es keine. Die Patrioten sind im Aufwind. International. Wolnar will am Ball bleiben. Politische Ansagen sind ihm vielleicht weniger wichtig als zukunftsträchtige Geschäftsverbindungen.

Duschklo. Der idiotische Duschvorhang legt sich entweder an den Körper oder man hängt ihn nach außen, dann schwimmt die winzige Kammer. Selbst die Klomuschel ist nass. David fragt sich, wie seine Vorgängerin das gelöst hat. Sind Frauen da findiger? Jedenfalls ist sie Harvard-Stipendiatin. Die haben vielleicht auch für so etwas eine kluge Lösung.

In zwanzig Minuten soll er im Parlament sein. Die Zimmer seines Abgeordneten findet er inzwischen ohne Wegweiser. Wenn er schnell ist und sie bei der Sicherheitskontrolle keine besonderen Umstände machen, schafft er es. Trotzdem wirft er noch einen kurzen Blick auf die Nachrichten im Internet. Eine seiner Verbindungen zu Österreich. Er muss sich mehr um Oma kümmern. Auch von hier aus.

`Breaking News + Breaking News + Breaking News +`

DNA-Spuren: Untergetauchte Asylwerber an Kreuzigung beteiligt!
Laut Wiener Landespolizeidirektion stimmen DNA-Proben vom Tatort mit jenen von Muhamed S., Nasouh A. und Rami A. überein. Alle drei Asylwerber sind seit einigen Wochen abgängig. Die Landespolizeidirektion wollte nicht bestätigen, dass sie Teil eines Terrornetzwerkes sind. Hinweisen auf einen zeitnah geplanten Anschlag gehe man intensiv nach. Die Großfahndung könnte noch heute auf weitere Verdächtige ausgeweitet werden.

Sina. Weiß sie es schon? Die Exfrau eines der Frankfurt-Attentäter haben sie festgenommen. Obwohl die ihren Mann aus der Wohnung geworfen hat, weil er gewalttätig war. Sie wollte seit Monaten nichts mehr mit ihm zu tun haben. Sie hat sogar angezeigt, dass er sich radikalisiert hat, aber die Beamten haben das als persönlichen Racheakt gewertet und sind dem nicht nachgegangen. Jetzt sagen sie, dass das womöglich alles gespielt war. Dass nicht bewiesen ist, ob sie nicht doch an der Planung des Anschlags beteiligt war. Sina hat Rami nicht hinausgeworfen. Sie hat ihm vertraut. Haben sie Sina verhaftet? Oder hat sie noch keine Ahnung? Es ist acht. Sie wird ihren Tag nicht mit den Nachrichten beginnen. Wie beginnt sie ihren Tag? Er weiß es nicht. Nichts weiß er von ihr. Wenn er Sina anruft und die ihre Nummer überwachen, dann steckt auch er mit drin. Nicht zum ersten Mal. Die Sache mit dem Laptop. Hausdurchsuchung. David Giuliani, wiederholt in Zusammenhang mit dem Terrornetzwerk der Kreuziger gebracht. Jedem verdächtigen Hinweis muss nachgegangen werden. Er kann Sina auf diese Art nicht helfen. Es hat keinen Sinn, wenn er ins Visier der aufgeschreckten Terrorjäger kommt. Würden sie ihn suspendieren? Unsinn.

Sie würden ihn einfach rauswerfen. Er ist bloß Praktikant. Sein Abgeordneter. Mit ihm muss er reden. Ob er ihm zuhören wird? Mit den Patrioten hat er nichts am Hut, so viel weiß David von den anderen Mitarbeitern. Aber blauäugige Flüchtlingspolitik lehnt er ab. Hat er öffentlich gesagt. Blauäugig. Sina hat braune Augen, manchmal mit grünen Blitzen. Es ist spät. Er hat keine Zeit mehr, sie anzurufen. Er muss los. Er wird nachdenken.

Richard sitzt auf der Bank und müht sich mit seinem Telefon ab. Was soll es für ein Fortschritt sein, dass es statt Tasten minimalistische Zeichen auf einer Glasoberfläche gibt? Natürlich weiß er, wie man SMS schickt. Aber es ist mühsam. Lotte geht nicht ans Telefon. Sie reagiert auch nicht auf die Klingel der Gegensprechanlage. Sie schläft tief. Die Klingeltöne sind leise. Zumindest behauptet sie das. Sie hört nicht mehr besonders gut. Man muss nicht alle Verfallserscheinungen zugeben. Er würde ihr auch nicht erzählen, wie lange er braucht, um aus dem Bett zu kommen. Die Beine. Es dauert, bis sie ihn wieder tragen. Aber im Kopf: alles fit. Und seit er Lotte gefunden hat, weiß er, wozu sein Herz noch imstande ist. Nicht der Muskel, sondern das andere. Das rosa und rot gezeichnete. Nennen wir es Liebe. Richard lächelt. Er wird hier warten und hin und wieder klingeln und hin und wieder anrufen.

Dass er lächeln kann. Sinas Mann war an der Kreuzigung beteiligt. Keine bösen Gerüchte der Rechten. Fakten. Die von der Polizei geben das nicht an die Öffentlichkeit, wenn es nicht stimmt. – Kann er sich da noch sicher sein? Der amerikanische Präsident erklärt Lügen zur Wahrheit und umgekehrt. Alternative Fakten. Fake News. Andere Führer halten sich mit solchen Erklärungen gar nicht auf. Was sie sagen, gilt. Wer sie kritisiert, ist ein Feind und wird eingesperrt, vernichtet. Er will die richtigen Fakten. Sein Freund muss herausfinden, was die Behörden wirklich wissen. Sie sollten auf einer Parkbank sitzen und Tauben füttern. Oder Tauben vergiften. Stattdessen sitzt er hier und wartet, bis Lotte endlich aufwacht. Um Sina zu helfen, deren Mann ein mutmaßlicher Terrorist ist. Oder auch nicht. Die Landespolizeidirektion hat nur veröffentlicht, dass es DNA-Spuren gibt. Das mit dem Terrornetzwerk wollte man nicht bestätigen, aber wenn Medien verkünden, dass etwas nicht bestätigt wird, ist es damit auch schon so gut wie wahr. Zeitungen, sogar sein seriöses Radioprogramm. Fernsehen sowieso. Sie dürfen ja nichts verpassen, müssen mit dabei sein bei den neuesten der neuen Meldungen. Da bleibt für Recherche oder Überprüfung keine Zeit. Und diese Gratisblätter, mit denen er sich nicht einmal den Hintern auswischen würde, die treiben es auf die Spitze. Ö! schreibt, was Quote macht und was den Eigentümern in den Kram passt. Flüchtlingshetze geht immer. Angst zieht. Ich habe die schlimmere Geschichte, die wahreren Hintergründe, die brutalere Botschaft. Lest mich, und ihr werdet kaum glauben, was schon wieder passiert ist. Sie glauben es. Das ist das Problem. Gestörte Pubertierende werden zu gefährlichen Islamisten stilisiert, jeder Bettler gehört einem Terrornetzwerk an. Neu ist dieses Gedröhn freilich nicht. Karl Kaus. *Die letzten Tage der Menschheit.* Man sollte es wieder einmal lesen. *„Extraausgabee – ! Extraausgabee – ! Ermordung des Thronfolgers! Da Täta vahaftet!“* Der Untergang der Monarchie als Sensation. Untergang kommt immer gut.

Richard versucht erneut, Lotte aufzuwecken. Es ist bereits halb neun. Kann sie wirklich so lange schlafen? Sie reagiert nicht auf die Türglocke. Sie geht nicht ans Telefon. Er wird ruhig bleiben. Er spielt nicht mit bei der ganzen Hysterie. Aber er will nicht bloß warten. Er will etwas tun. Man muss sehen, wo Sina ist. Was sie weiß. Weiß sie wieder einmal mehr? Die nächsten Radionachrichten gibt es erst wieder zur vollen Stunde. Internet. Dieses Telefon kann es. Er muss sich konzentrieren. Und gleichzeitig darauf achten, dass seine Finger das tun, was er von ihnen möchte. Online die neuesten Meldungen. Nicht, dass man ihnen trauen könnte. Aber besser, als Löcher in die Luft zu starren. Wenngleich: Dafür taugen seine Augen jedenfalls noch. Und seit dem Lasern auch für den Alltagsgebrauch. Die winzigen Buchstaben auf dem winzigen Bildschirm. Man kann sie vergrößern. Aber wie? Die Fernseher werden immer größer, die Telefone sind so klein. Beide werden immer flacher. Die Nachrichten auch? *„Islamistische Kreuziger schalteten Widersacher aus – wusste er zu viel über ihre Pläne? – Jetzt ist klar: Der untergetauchte Flüchtling ist nicht ertrunken, er wurde ermordet." „Höchste Terrorwarnstufe! Islamistischer Kreuzzug durch Europa?"* Blöder jedenfalls. Aber sie werden gelesen. Google Karl Kraus.

„Die unwahrscheinlichsten Taten, die hier gemeldet werden, sind wirklich geschehen; ich habe gemalt, was sie nur taten. Die unwahrscheinlichsten Gespräche, die hier geführt werden, sind wörtlich gesprochen worden; die grellsten Erfindungen sind Zitate."

Bisher haben wir trotzdem überlebt. Vielleicht ist die Hysterie über die Hysterie auch eine, denkt Richard. Er wird kurz die Augen schließen. Und dann noch einmal versuchen, zu Lotte durchzudringen.

– Geht es Ihnen gut?

Herr Pribil fährt auf. Vor ihm steht eine Frau in Polizeiuniform, einen Schritt dahinter ihr männlicher Kollege. Was wollen sie von ihm? Was weiß er? Er wird nichts sagen. So weit ist es schon gekommen, dass sie …

– Sie können da nicht sitzen, sollen wir Sie irgendwo hinbringen? Zu Mittag gibt es Suppe, sagt die Polizistin.

– Warum soll ich da nicht sitzen können?

– Es ist eine Bank der Siedlungsanrainer. Also quasi keine öffentliche. Wir sind dazu da, um dafür zu sorgen, dass keine Probleme entstehen.

– Ich mache ein Problem auf der Bank? Herr Pribil ist erleichtert. So weit ist es doch noch nicht gekommen, dass sie den Freund einer Freundin der Frau eines Verdächtigen verhaften.

– Hören Sie, lieber Herr, mischt sich der Kollege ein. – Gehen Sie einfach weiter. Ja? Die Bank ist nicht für Menschen, die nicht hier wohnen.

– Ich besuche eine Freundin.

– Aber sicher doch.

– Was glauben Sie, wer ich bin?

– Bitte keine Geschichten!

Richard überlegt. Natürlich. Er hat keinen Ausweis dabei, warum sollte er auch? Er hat nicht einmal seine Geldbörse dabei. Er war auf seinem Morgentraining. – Läuten Sie bei Klein. Frau Klein ist meine Freundin.

Die Beamtin setzt ein bemühtes Lächeln auf. – Die wollen wir jetzt nicht strapazieren, oder? Wenn Sie möchten, fahre ich Sie zur Caritas. Da gibt es bald Suppe.

Ihr Kollege wirft ihr einen genervten Blick zu.

Was die immer mit dieser Suppe will. Herr Pribil sieht sich an. Hemd, ziemlich zerknittert, es gehört in die Wäsche, aber zum Gehen in der Früh war es noch gut genug. Jogginghose. Etwas ausgebeult. Aber bequem. Tragen doch alle, die Sport machen. Turnschuhe. Was sonst? Rasiert ist er noch nicht. Gekämmt auch nicht. Morgentoilette und Dusche gibt es logischerweise nach seiner Morgenrunde. Ein Glück, dass ihn die beiden aufgegriffen haben. Er hat gar nicht daran gedacht, wie er aussieht. Er möchte Lotte nicht so begegnen. Ihr Mann war elegant. Und sicher immer wie aus dem Ei gepellt. – Danke, sagt Herr Pribil. – Ich finde schon selbst nach Hause. Was halten Sie übrigens von den Flüchtlingen, die diesen Sessler aus Kreuz geschlagen haben sollen?

– Eine schlimme Sache, sagt die Polizistin.

– Wir sind nur dazu da, für Sicherheit in der Siedlung zu sorgen, sagt ihr Kollege.

– Dann schmeißen Sie die Rechten raus. Herr Pribil freut sich über den irritierten Gesichtsausdruck seines Gegenübers.

– Richard? Die Stimme kommt von oben. Nicht von ganz oben, auch wenn es ihm für einen Moment so scheint, sondern vom Balkon im letzten Stock. Richard winkt erleichtert. Dann erinnert er sich daran, wie er aussieht. Zu spät. Manchmal muss man etwas riskieren.

– Es passt nicht, sagt Lotte. – Rami ist erst nach den Fernsehnachrichten um siebzehn Uhr weggegangen. Und am Abend hat man Sessler gefunden. Glaubst du, er steht auf einen geheimen Befehl hin auf, fährt mit Straßenbahn und Bus zum Hügel und hängt dort Sessler ans Kreuz?

– Bei den Fernsehnachrichten hat Sessler noch gelebt.

– Er war im Fernsehen, aber nicht live. Das ist ein Unterschied.

– Meine Liebe, das weiß sogar ich. Sessler hat auf der Kundgebung gesprochen. Sie war um siebzehn Uhr noch nicht vorbei. Aber wenn es keine DNA-Spuren gibt, dann behaupten sie das nicht.

– Du bist dir sicher? Nur weil dein Säulenheiliger Freunde bei der Polizei hat?

– Er hat noch nicht zurückgerufen.

– Es dauert, bis man am Kreuz stirbt.

– Hast du nicht selbst gesagt, dass Sessler offenbar krank war? Oder dass sie ihn vorher gefoltert haben?

– Von Folter war nicht die Rede. Aber kann sein, sie wollten mir die Details nicht zumuten. Sie haben gesagt, er war vielleicht schon vorher nicht ganz gesund.

– In Saudi-Arabien köpfen sie die zum Tode Verurteilten und hängen sie dann ans Kreuz.

– Der Kopf war oben. Hat die Polizistin gesagt.

– Sie könnten ihn erschossen haben.

– Und dein Säulenheiliger weiß nichts davon?

Richard zuckt mit den Schultern. Wir sitzen da und reden tatsächlich übers Köpfen und Erschießen, so, als ob das nichts wäre, denkt Lotte. Wie lange dauert es, bis einem alles Böse normal erscheint?

– An alles kommt er auch nicht heran.

– Oder er will es nicht sagen.

– Es ändert nichts am Umstand, dass Rami kurz nach siebzehn Uhr das Haus verlassen hat.

– Es hat eine Fernsehserie gegeben. Da hat jemand Befehle bekommen und musste sie ausführen. Man merkt es nicht, aber er ist in Hypnose. Was, wenn irgendwelche Radikalen Macht über Sinas Mann haben?

– Ich glaube nicht an so was.

– Die von der Polizei haben geglaubt, du bist ein Obdachloser. Nur weil du so aussiehst.

– Wie sehe ich aus?

– Na ja. Nicht so wie sonst.

– Ich weiß, dein Mann …

Lotte lacht. – Es macht mir nichts. Du machst Morgensport. Das ist gut.

– Und die Zähne putze ich mir gleich nach dem Aufstehen.

– Sina. Was ist mit ihr?

– Sie werden sie geholt haben. Zumindest zur Einvernahme.

– Zumindest? Was ist dann mit Zini?

– Es gibt die Nachbarn, es gibt die Flüchtlingsbetreuerinnen. Lotte, wir haben überall Nachrichten hinterlassen, es geht nicht jeder gleich ans Telefon. Habe ich selbst erlebt. Ich habe auf der Bank gewartet, bis mich die Polizei fast festgenommen hat.

– Ich bin so spät ins Bett. Das dumme Schlafmittel.

– Du solltest es nicht nehmen.

– Ich weiß, aber man schläft richtig gut damit. Und festgenommen hat die Polizei dich nicht. Solltest eben einen Ausweis mithaben, wenn du aussiehst wie ein Sandler. Rechtsanwalt in Ruhe Dr. Richard Pribil.

– Auch schon was.

Sie hat es zuerst nicht verstanden. Sie hat gedacht, vielleicht hat Rami wieder eine Nachricht geschickt, die statt zu ihr zur Polizei gegangen ist. Wobei: Nachrichten können nicht gehen, jemand hat sie gebracht. Warum nicht ihr, sondern der Polizei? Rami soll keine Nachrichten mehr schicken, hat sie gedacht und den Gedanken in der nächsten Sekunde verworfen, so wie man verfaultes Obst wegwirft. Es ist gut, dass sie weiß, dass er lebt. Dass er sich meldet. Da ist es schon auszuhalten, wenn die Polizisten sie ernst ansehen. Wenn sie verlangen, dass sie mitkommt. Freiwillig. Irgend so etwas haben sie gesagt. – Lass, die kommt eh freiwillig mit. Lass was? Aber vielleicht hat es auch etwas anderes bedeutet. Frei und willig. Ist sie frei? Was heißt das? Überall hingehen zu können? Das kann sie nicht. Sie wäre schon froh, bleiben zu dürfen. Willig? Sie will leben. Und ein besseres Leben für Zini. Und ein Überleben für ihre Eltern. Mehr als ein Überleben. Dafür will sie etwas tun. Auch mit der Polizei reden. Sie sagt Ja auf eine Frage, die sie nicht versteht und die eigentlich auch nicht wie eine Frage klingt. Wenn die Polizei mit ihr reden will, dann erfährt sie vielleicht etwas. Sie steigt mit ihnen in den Wagen. Rami. Sina kommt es vor, als würde Rami immer unwirklicher. Wie einer, der nur in ihrem Kopf existiert, an den sie im Guten denken muss, damit er sich vielleicht doch wieder materialisiert. Als Guter. Nicht als Terrorist. Sie hat ihr Gedächtnis zermartert nach Anzeichen von Wut oder Hass oder Ablehnung. Rami hatte davon nichts, oder nicht mehr als das, was alle haben. Wut, wenn nichts weitergeht. Er mag keine Leute, die ihn, die sie nicht als Menschen, sondern als Zumutung betrachten. Hass trotzdem nicht. Nicht sichtbar. Nicht spürbar. Nicht für sie. Die ihn glaubt besser zu kennen als alle anderen. Wie gut kennt sie Rami? Kann es sein, ihm hat jemand den Hass in den Kopf gepflanzt? Er hat ihn gut hinter dem Alltag versteckt, der ja auch nur ein vorläufiger ist. Leben in der Warteschlange. Warten auf den Bescheid. Warten auf Sicherheit. Warten, nicht mehr abgeschoben werden zu können. Warten auf Arbeit und eine Zukunft. Vor allem für Zini. Aber auch für sie. Sie war es, die nie warten wollte. Rami war immer geduldiger. Ihr Vater hat ihm vorgeworfen, zu passiv zu sein. Mit Ehrgeiz hätte er fertig studiert, auch wenn es ihm auf der Uni in Beirut nicht gefallen hat. Mit Elan hätte er sich in der Baufirma seines Schwiegervaters nach oben gearbeitet. Auch wenn Omar damals noch da war. Ingenieurswesen hat ihr Bruder studiert. Er war keiner, der abgewartet hat. Er wollte Veränderung. Er ist tot. Ermordet von Assad und denen, die für ihn kämpfen. Freiwillig oder unfreiwillig. Frei? Ihre Mutter. Sie hat so etwas wie Hass. Seit Omar tot ist. Auf Vater, der noch immer darauf hofft, mit der Regierung Geschäfte zu machen. Er hat mit allen verhandelt. Politik hat ihn nur so weit gekümmert, wie sie Einfluss auf seine Geschäfte hat. Alles dieselben Verbrecher, hat er gesagt. So denken auch hier viele. Falsch. Ganz falsch. Man muss die Verbrecher von den anderen unterscheiden. Rami. Er ist kein Verbrecher. Trotzdem nicht.

Sie hatten einen Arabisch-Dolmetscher im Büro. Sie weiß jetzt, dass Ramis Spuren am Tatort gefunden worden sind. Kreuzigung. Ihre Fantasie reicht nicht aus, um so etwas mit ihm in Verbindung zu bringen. Damals ist sie mit Rami raus aus Damaskus gefahren, auf den Hügel, hinter ihm auf dem Motorrad. Er hat gefragt, ob sie sich traut. Ihr Herz hat ganz wild geklopft, aber sie hat es getan. Der Fahrtwind und der Staub und das Mondlicht. Und der Hügel mit den Schafen. Später Rami, der sie und das Kind festgehalten hat, beide, mit Tränen in den Augen, weil er so glücklich war, dass sie es endlich über die Grenze geschafft haben. Seine Familie, die er immer beschützen wollte. Einer, der jemanden ans Kreuz nagelt? Sie haben sie gefragt, immer wieder. Sie haben ihr gesagt, dass sie Teil des Terrornetzwerkes ist. Wenn sie nicht sagt, was sie weiß. Dass sie doch nicht möchte, dass Menschen sterben. Nein. Das möchte sie nicht. Aber sie weiß nichts. Sie würde so gerne wissen. Wahrheit. Kann es sein, dass es mehrere davon gibt? Ihre und die der Polizisten scheinen sehr verschieden zu sein. Ist Wahrheit das, was wir glauben wollen? Gewinnt dann die Wahrheit der Mächtigeren?

Zini wird nach der Schule zu den Nachbarn gehen. Sie kann nur hoffen, dass die ihm keinen Unsinn erzählen. Sie muss hierbleiben. Sie wollen sie noch einmal verhören. Ein Terrorismusexperte soll kommen. Was soll sie einem Terrorismusexperten sagen, hat sie gefragt. Es gibt Dinge, die Sie vielleicht selbst nicht wissen, hat der Dolmetscher übersetzt. Und wie soll ich erzählen, was ich selbst nicht weiß? Der Dolmetscher hat mit den Schultern gezuckt und auch das übersetzt.

[17.]

11:47
ES

Menschenrechte für Österreicher! Gegen das Netzwerk perverser islamistischer Kreuziger und ihrer Freunde!
Ich fordere die sofortige Aussetzung der Menschenrechtskonvention für angebliche Flüchtlinge, Asylwerber und Migranten. Hausdurchsuchungen und Verhaftungen SOFORT!!! Sie dürfen sich nicht hinter Bestimmungen verstecken, die für unsere Freiheit gemacht wurden.
Ab sofort herrscht Ausnahmezustand. Wie in Frankreich nach den islamistischen Anschlägen. Wie in der Türkei nach dem Putschversuch. Die Bayern wollen Gefährder unbefristet wegsperren. Eine Nation darf sich wehren, sonst geht sie unter!

11:48
Herrstatt

Danke Drecksau Mami Merkel und irre Freunde Blut ist an euren Händen und übarall. Danke ihr habt Verbrecher geholt und importirt ihr Schlampen Helfer LASST EUCH KREUZIGEN!!! Ir werded NICHT auferstehen!!!

11:48
Elisabeth Gruber

Ich bin wirklich keine Radikale. Und ich will auch so etwas von Kreuzigung nicht lesen. Aber ich bin es leid zu hören, dass wieder etwas passiert ist. Leid zu hören, dass der Täter ein Asylwerber ist. Leid zu hören, dass der „arme" Täter psychische Probleme hatte. Unsere behinderten Landsleute bekommen nicht einmal einen Rollstuhl, weil ihr unser Geld für Therapien dieser angeblich traumatisierten Asylanten braucht. Ich bin es leid zu hören, wie Brutalität und Morde versucht werden, in den Medien kleinzureden. Man verdreht alles, bis am Ende wir daran schuld sind, dass Sessler ans Kreuz geschlagen wurde.

11:50
Carina Kehr

Das Posting von Herrstatt SOFORT löschen! Gegen Gewalt im Netz!!!
Elisabeth Gruber, wer ist es, der da dreht und verhetzt? FAKTEN!!! Könnt ihr euch an die angebliche Vergewaltigung im Bad erinnern??? Wo alle gegen die Flüchtlinge gehetzt haben und sie sich gar nicht mehr rausgetraut haben? Jetzt ist alles geklärt, aber das interessiert NIEMANDEN in der Hetz-Community. Da sind die FAKTEN gegen die verbreiteten LÜGEN!
„Übergriff im Freibad frei erfunden.
13-Jährige erfand die angeblichen sexuellen Übergriffe im Bad. Die Diskussion um ein Hausverbot für Asylwerber geht dennoch weiter.
Der angebliche Fall von sexueller Belästigung einer 13-Jährigen im Freibad stellte sich nun als erfunden heraus:
Nach mehreren Befragungen hat die Schülerin eingestanden, dass sie den Angriff eines Unbekannten in der Umkleidekabine erfunden hatte. Der Fall sorgt weiterhin für Diskussionsstoff.
Aufgrund der erfundenen Täterbeschreibung durch die 13-Jährige wurde der Verdacht laut, dass es sich bei dem angeblichen Vergewaltiger um einen Asylwerber handeln könnte. Daraufhin wurde am Tag nach dem vermeintlichen Übergriff Asylwerbern der Eintritt ins Freibad verwehrt, was zu massiver Kritik führte. Der Bürgermeister verteidigt diesen Schritt: Es habe sich um eine reine Deeskalationsmaßnahme gehandelt. ‚Nachdem die Asylwerber verdächtigt wurden,

war die Stimmung aufgeheizt und mit dieser Maßnahme wollten wir verhindern, dass es zu irgendwelchen Kurzschlussreaktionen wegen einer Vorverurteilung kommt.'
Er sei von Anfang an überzeugt gewesen, dass der vermeintliche Übergriff von ‚keinem unserer Flüchtlinge' kam."
Und? Sprachlos?

11:54
Friedrich Finger

Bist du verrückt??? Da kreuzigen Islamisten einen Österreicher, zünden eine Gläubige an und du redest von einer Freibadgeschichte. Ablenken geht nicht!!!!!!!!! So dumm sind wir nicht!!!!!!!!!!!
Alle Asylanten gehören in jedem Bundesland zusammen unter Quarantäne gestellt. Der Außenminister ist eine Hoffnung. Er hat gesagt, dass die in Lager gehören, aus denen sie nicht raus dürfen. So wie in Australien. Außerhalb von Europa. Alle dorthin bringen! Niemand darf unüberprüft auf die Strasse. Es darf bei uns keine weiteren unschuldigen Toten geben! Dann sind alle sicher. Oder wollen die unfähigen Politiker einen Bürgerkrieg?

11:56
Volker Visowsky

Wer weiß, wer die 13-Jährige unter Druck gesetzt hat! Die Gutmenschen tun alles, damit die Wahrheit nicht ans Licht kommt.

11:56
Gottwald

Kein Steuergeld für die Invasoren!! Warum müssen wir für Mörder, Räuber und Vergewaltiger blechen? Wer auch immer zu dieser Party eingeladen hat, muss bezahlen!!

11:59
ES

Viktor Orban will Asylsuchende aufnehmen. Nicht wundern, weiterlesen. Er kann sich Flüchtlinge vorstellen, die er

aufnimmt: Bürger westlicher Länder, die vor Liberalismus, politischer Korrektheit und Gottlosigkeit in ihrer Heimat fliehen. Das hat der ungarische Regierungschef in seiner Rede an die Nation erklärt. „Jene schreckerfüllten deutschen, holländischen, französischen, italienischen Politiker und Journalisten, jene zum Verlassen ihrer Heimat gezwungenen Christen, die ihr Europa in der eigenen Heimat verloren haben, werden es bei uns wiederfinden."
Müssen wir wirklich nach Ungarn flüchten??? Oder gibt es noch eine Chance für Österreich?
Übrigens: Dort internieren sie die sogenannten Flüchtlinge bereits. Wir sollten von ihnen lernen!

Hakan hat sich bloß einmal gemeldet. Und da ganz kurz. *Ich denke an dich.* Ja, sie denkt auch an ihn. Beinahe ununterbrochen. Die Internetverbindung in die Türkei ist nicht so stabil, wie alle behaupten. Man weiß nie, was dieser Erdoğan gerade einschränkt oder verbietet. Hakan hat gesagt, die Kurden machen auch Terror. Aber Erdoğan hat kurdische Städte bombardiert. Haben sie in der Redaktion erzählt. Ihr ist der Typ unheimlich. Aber was weiß man schon, was stimmt. Sie sollte Hakan fragen. Er hat ihr gesagt, er wird nicht immer online sein. Dass ihre Liebe groß genug und das, was in ihrem Bauch wächst, die Verbindung ist. Jennifer sollte glücklich sein. Sie bringt nicht mehr Gäste vom Empfang in die Studios, sie arbeitet in einer TV-Redaktion. Natürlich darf sie noch nicht viel tun, aber sie sammelt Informationen, sie übernimmt Telefonate, sie ist dabei, wenn Beiträge gedreht werden. Sie filmen den Spaghetti-Ess-Wettbewerb und die größte Eierspeise mit Kernöl. Ihr Vater hat zum Kernöl immer „Wagenschmiere" gesagt und gemeint, die Steirer wären eben schon ziemlich anders. Sie findet es eigentlich recht gut. Gesund soll es auch sein. Hat ihr der Landtagsabgeordnete erzählt, der bei dem Dreh dabei war. Gesund für die Männer vor allem, hat er gesagt und sie bedeutungsvoll angesehen. Deswegen seien die Steirer alle solche Stiere. Ob sie wisse, wer Europa sei? Sie hat sich blöd gestellt. Blöd und blond geht immer. Europa und der Stier, pfui Teufel. Dem ist vor Geilheit der Speichel aus dem Mundwinkel geflossen. Landtagsabgeordneter, weil das schon was ist. So einem macht sie nicht einmal Hoffnung. Ihrer Mutter hätte er gefallen. Ein Abgeordneter. Ihr Vater hätte ihn verprügelt. Oder so. Besonders stark ist er nämlich nicht, auch wenn er so tut als ob. Hoffentlich ist er in nichts hineingeraten, das dann auf sie zurückfällt. Sie will weitermachen in der Redaktion und kann keine Probleme brauchen. Mit sabbernden Geilspechten wird sie schon fertig. Sie haben auch Bäuerinnen besucht, die als Gesangsgruppe erfolgreich sind, und über Seifenkistenrennen berichtet. Das war nett und harmlos und weil sie sich so gut mit Pferden versteht, durfte sie beim Dreh über Lipizzaner in der Sommerfrische sogar auf die Weide, Pferde streicheln und den Aufsager machen: *„Nicht nur Menschen machen Sommerurlaub. Auch die berühmten Lipizzaner brauchen Erholung. Sie finden sie in einem wunderschönen Landstrich unserer Heimat. Wir haben sie besucht.“* Das erste Mal, dass sie im Fernsehen zu sehen war. Frühere Schulkolleginnen, eine Tante, sogar der Regisseur ihrer Schultheatergruppe haben ihr gratuliert.

Der kleine Schönheitsfehler. Die wissen nicht, dass sie schwanger ist. Aber kommt Zeit, kommt Rat, heißt es. Jetzt sieht es noch keiner und dann wird man schon sehen. Es ist trotzdem ihr kleineres Problem. Auch wenn es unmittelbar in Zusammenhang mit dem ganz großen Problem steht. Hakan meldet sich nicht. Sie schreibt ihm immer wieder, versucht sich nicht zu beklagen. Das mag er nicht, das weiß sie. Sie schreibt nette kurze SMS und Nachrichten über WhatsApp und E-Mails und er rührt sich nicht. Er hat sich nicht einmal gemeldet, als sie ihm den Link geschickt hat, mit dem er den Lipizzaner-Beitrag noch eine Woche lang im Internet sehen kann. Falls das in der Türkei geht. *Wo bist du???*, hat sie geschrieben. Keine Reaktion. Sie hat sich gedacht, vielleicht ist doch etwas passiert. So gut kennt sie seine Eltern nicht, aber es werden die Großeltern ihres Babys, das schafft eine Verbindung. Sie sind gastfreundlich und nett. Sie muss sie fragen, ob alles in Ordnung ist. Sie ist hingefahren, gegen Abend, weil Hakans Vater da schon von der Baustelle daheim sein sollte. Weil seine Mutter wunderbar kocht, aber schlecht Deutsch spricht. Ihr Kind soll zweisprachig aufwachsen, hat Hakan gesagt. Sie findet das gut, auch wenn es ihr nicht ganz geheuer ist. Was, wenn das Kind dann mit den Großeltern türkisch redet und sie versteht nicht, was es sagt?

Der Besuch bei seinen Eltern. Sie waren nicht besonders nett. Ja, er sei in Akhisar in der Provinz Manisa, wie lange er bleiben werde, sei nicht ganz sicher. Es gehe ihm gut. Ob er sich auch bei ihnen so selten melde? Er sei bei Verwandten, da sei das nicht notwendig. Wenn etwas mit ihm ist, dann melden sie sich. Ob sie Kaffee wolle? Nein, danke, eigentlich müsse sie weiter. Der Vater war es, der geredet hat. Die Mutter hat nur geschaut. Sie konnte den Blick nicht deuten. Er war weder freundlich noch unfreundlich. Schöne Grüße sollen sie ihm bestellen und … Jennifer hat abgebrochen. Und? Und dass sie einen neuen Job beim Fernsehen hat. Der Vater hat genickt. Ich krieg sein Kind, wollte sie herausschreien. Aber sie hat es nicht getan. Hakan wollte es seinen Eltern erst später sagen. Zuerst die Hochzeit. In der U-Bahn hat sie gegen die Tränen gekämpft. Vielleicht wird man so, wenn man schwanger ist. Vielleicht sieht man dann alles tragischer, nimmt alles wichtiger. Viele haben schon Kinder gekriegt. Viele haben das durchgestanden. Aber waren sie so allein?

Jennifer steigt die Treppen zur Wohnung hoch. Wo werden sie wohnen, wenn das Kind da ist? So vieles, was geklärt werden muss. Hakan sollte hier sein. Bei ihrer Mutter können sie nicht bleiben. Ihr Zimmer hat knapp zwölf Quadratmeter. Die Flüchtlinge kriegen Häuser zugewiesen, da muss pro Familie ein Klo und ein Badezimmer da sein, sonst wird das gar nicht genehmigt, hat der Redakteur erzählt. Und was ist mit ihr? Wer unterstützt sie?

Mutter sitzt vor dem Fernseher. Sie lacht über den Typ in der Soap, der nie eine abkriegt. Plump ist er und doof. Oder er tut zumindest so, in der Realität ist er ein sehr populärer amerikanischer Schauspieler. Sie würde sich nicht hässlicher machen wollen. Als sie mit den Lipizzanern im Fernsehen war, hat sie echt gut ausgesehen, das hat auch der Regisseur geschrieben. Der hat ihr gut gefallen. Natürlich viel zu alt. Aber interessant. Mit einem intensiven Blick. Mit einem intensiven Leben, da ist sie sich sicher. Nicht jeden Tag Soaps vor dem Fernseher. Ihre Mutter wird dick. Dabei bekommt sie gar kein Kind. Zum Glück sieht man noch nichts bei ihr.

Mit einem Mal ist sie wütend. Da sitzt ihre Mutter, trinkt Cola-Rot und amüsiert sich. Und sie ist verzweifelt. Die merkt gar nichts.

– Hakan meldet sich nicht, sagt sie so laut, dass es das Gelächter aus dem Fernseher und vor dem Fernseher übertönt.

Ihre Mutter dreht sich überrascht um. – Ist er nicht in der Türkei?

– Ja, aber er antwortet nicht.

– Haben die dort Internet und so?

– Die leben nicht in der Steinzeit.

– Na ja. Wenn es gut wäre, würden nicht so viele bei uns sein.

– Ich war bei seinen Eltern. Die sagen, seine Verwandten melden sich, wenn was mit ihm ist. Die machen sich keine Sorgen.

– Vielleicht will er sich nicht rühren. Ihre Mutter schaut auf den Bildschirm. Der Doofkopf klopft an eine Tür, ein hübsches Mädchen öffnet. Als sie ihn sieht, knallt sie die Tür wieder zu. Gelächter aus dem Fernseher.

– So ein Blödsinn.

– Na ja. Wenn sie Internet oder zumindest Telefon haben und er meldet sich nicht, dann wird er es nicht wollen. Gekidnappt werden sie ihn nicht haben. Ihre Mutter starrt noch immer auf den Fernseher.

– Du findest das gut! Jennifer schreit, ihre Stimme kippt. Sie soll sich nicht aufregen, sie bekommt ein Kind.

Ihre Mutter dreht sich langsam zu ihr um. Ein Seufzer. – Jennifer, vielleicht ist es besser so. Jetzt hast du noch die Chance, dich anders zu entscheiden.

– Wie meinst du das?

– Es ist keine große Sache. Du kannst später Kinder kriegen, wenn es passt.

– Ich soll mir mein Kind wegmachen lassen? Weißt du, was du da redest?

– Na ja, noch ist Zeit.

– Es bewegt sich in meinem Bauch! Es lebt!

– Das redest du dir ein, du hast was Falsches gegessen, das sind Blähungen. So früh bewegen sich die nicht.

– Ich hab es gespürt! So etwas spürt man! Ich soll unser Kind töten, nur weil du und Papa Hakan nicht mögt, weil sein Vater Türke ist!

– Sei nicht so hysterisch. Der Türke ist nicht da, ja oder nein? Der ist vielleicht später auch nicht da. Ich will bloß nicht, dass du dir dein Leben versaust. Ich weiß, wie das bei mir war. Ich war die Beste in der Berufsschule. Ich wollte Maskenbildnerin werden, beim Theater oder beim Film arbeiten, ich hätte sogar Unterstützung für weitere Ausbildungen gekriegt. Und dann war ich schwanger. Dass das mit deinem Vater nicht gutgehen kann, hätte ich gleich wissen können. Eigentlich habe ich es immer geahnt. Ich hätte nie geheiratet, wenn da nicht etwas unterwegs gewesen wäre.

Jennifer ist fassungslos. Die redet von mir, von mir als ungeborenem Kind, die hat keine weiteren Kinder. – Entschuldige, dass ich am Leben bin, schreit sie und rennt aus dem Zimmer, die Treppen hinunter. Dem blöden Roller der Familie unter ihnen, der wie immer den Flur verstellt, gibt sie einen Tritt. Die bedauert, dass sie mich nicht abgetrieben hat! Sonst wäre sie eine berühmte Maskenbildnerin! Dass ich nicht lache! Die kann froh sein, dass Vater sich erbarmt hat! Alte fette Kuh! Sie stürmt die Straße entlang. Vater. Aber der ist irgendwo. Und wie er reagiert hat, daran kann sie sich erinnern. Das Leben hat sie ihm gerettet. Der sollte freundlicher sein. Sie wird nicht mehr nach Hause gehen, es wird Zeit, dass er ihr sagt, was er Geheimnisvolles arbeitet. Es wird Zeit, dass er sich um sie kümmert. Er ist in Wien, fällt ihr ein, vielleicht ist er noch in Wien. Er hat sich immerhin gemeldet, anders als Hakan. Er wollte mit ihr auf einen Kaffee gehen. Aber sie war in der Redaktion, sie konnte natürlich nicht einfach weg. Sie wählt. Sie schluchzt es fast, als er drangeht. – Daddy, wo bist du?

– Ich hab keine Ahnung mehr, was stimmt und was nicht. Ich weiß nur, dass Sina in Untersuchungshaft ist. Ich kann hier nicht weg, Cem. Und nächste Woche geht es nach Straßburg. Zum anderen Parlamentssitz. David sitzt auf der Couch in seinem winzigen Apartment in Brüssel, er hat Kopfhörer auf, er starrt aus dem Fenster. Die Leuchtreklame gegenüber blinkt abwechselnd rot und blau. Bienvenue – Welcome – Welkom. – Oma und ihr Freund glauben, dass die Patrioten damit zu tun haben. Fuhrmann himself. Keine Ahnung, wie gut der alte Richard noch tickt.

– Und deswegen soll ich mich den Patrioten an die Brust werfen?

– Die Kundgebung. Sie wird richtig groß. Die nutzen die Gunst der Stunde. Flüchtlinge kreuzigen den Oberpatrioten, sie verbrennen eine gläubige Frau. Da kann man gut Stimmung machen. Egal, ob es wahr ist oder nicht. Und dass die Frau eine esoterische Flüchtlingshelferin war und sich höchstwahrscheinlich selbst verbrannt hat. Ich mache mir Sorgen um Sina, aber vor allem um Oma. Die steigert sich da in was rein. Das ist zu groß für sie.

– Und Cem der edle Ritter soll herausfinden, was die Bösen wollen.

– Keine Ahnung, jedenfalls haben die Patrioten genug Serben, die die wählen. Du fällst nicht auf.

– Na klar. Serbische Musiker, die Balkan-Rock machen, sind genau ihre Zielgruppe.

– Die kennen dich doch nicht.

– Danke aber auch.

– Du hast erzählt, dass du mit einem gespielt hast, der jetzt in ihrer Begleitband ist.

– Das war genau zwei Mal. Er war gar nicht schlecht, aber er hat einen Vogel. Immer schon gehabt. Und die zahlen offenbar gut.

– Du kannst ja auch einen Vogel haben.

– Ist dir eigentlich klar, was du von mir verlangst? Ich hab mit denen nichts zu tun. Ich kenn nicht einmal jemand, der die wählt. Die reden immer von einer Parallelgesellschaft der Moslems. Es gibt eine ganz andere Parallelgesellschaft, mein Junge. Die der Patrioten und ihrer Anhänger. Wir kennen sie nicht und die kennen uns nicht. Und ich will sie auch nicht kennen. So schaut es aus.

– Muslime.

– Ich kann mich nennen, wie ich will. Außerdem: Wer weiß, welchen Namen sie uns morgen geben? Wenn *Muslime* zum Schimpfwort geworden ist, heißen wir vielleicht Menschen mit M-Hintergrund. Mekka, Mohamed, Muslim …

– Es wird nicht auffallen, dass du nicht dazugehörst.

– Und was genau soll ich tun, Schlaumeier?

– Rede mit deinem Kollegen, tu so, als ob du dich für einen Job in der Band interessiertest. Was weiß ich. Halte die Ohren offen, treib dich herum in der Nähe von Fuhrmann oder zumindest in der Nähe von denen, die in seiner Nähe sind. Es laufen genug über. Gestern die gesamte Pegida. Sie machen in Deutschland eine vereinigte patriotische Rechte oder so etwas. In Polen gibt es Patrioten, denen sind die Rechtskatholiken noch zu links. Es gibt das Gerücht, Fuhrmann kommt nach Brüssel, um die Rechten zu bündeln. Angeblich ist Le Pen dafür. Die Patriotisch Soziale Partei Europas.

– Wie krank ist das denn? Internationale Nationalisten. Ich könnte ihnen die andere Version von *Freude, schöner Götterfunken* vorspielen „Olle Menschen samma z'wida, i mecht's in de Gosch'n hau'n. Mir san olle Menschen z'wida, in de Gosch'n mecht' i's hau'n. Vota, Muata, Schwester, Bruada, und de gonze Packelrass'. Olle Menschen samma z'wida, wann i Leit' sich, geh'r i haß." Sowinetz. Aus den Siebzigerjahren. Und mein Elchtest als Wiener.

– Schräg.

– Hast du nicht gekannt? Was bist du für ein Österreicher? Ich schick dir den Text. Der war sogar Burgtheaterschauspieler.

– Weißt du, was ich mir überlege? Der Wolnar hat mit den Rechten aus Deutschland geredet. Und schon fangen sie an, sich zusammenzuschließen. Noch hat die EU einen offiziellen Besuch unseres patriotischen Exportschlagers verhindert, aber wie lange noch?

– Dass aus Österreich nicht nur Gutes kommt, sollte sich inzwischen herumgesprochen haben. Und ich soll das stoppen. Quasi Stauffenberg reloaded.

– Quatsch. Du sollst herausfinden, was sie reden. Omas Freund meint, die sind in der Polizei und in der Justiz ziemlich stark. Die könnten Beweismittel manipuliert haben. Die DNA-Spuren. Es soll so aussehen, als hätten die verschwundenen Flüchtlinge Sessler ermordet.

– Seit wann hast du es mit Verschwörungstheorien?

– Sinas Mann ist nach einer ihrer Kundgebungen verschwunden.

– Ihr wisst nicht einmal, ob er dort war.

– Er hat Fuhrmann im Fernsehen gesehen und danach ist er weg. Also?

– Okay. Ich geh zu der Party und höre mich um.

– Danke. Sei vorsichtig. Der Volkszorn …

– Worauf du einen lassen kannst. Wenn die dahinterkommen, welche Texte ich habe, machen mich die patriotischen Recken zu Matsch.

– Nur weil du was von Revolution gegen kackbraune Würstchen singst? Bezieht sich doch auf Hundescheiße auf den Straßen, oder hab ich da etwas falsch verstanden?

– Bleib in Brüssel, mieser Gutmensch des globalisierten Internationalismus!

– Ich wusste doch, du passt zu denen.

[18.]

Was heißt, du weißt nichts? Richard schaltet die Lautstärke seines Telefons auf Maximum.

– Mein Informant ist versetzt worden. Ministerweisung.

– Die sind doch noch nicht an der Regierung.

– Nein, alter Freund. Aber der Innenminister mag sie. Und nicht bloß der. Es gibt genug Politiker auf Kuschelkurs. Der Außenminister findet, dass Trump mit seiner Mauer zu Mexiko schon recht hat. Man müsse die Grenzen schützen, das sei doch jedem klar. Ihm schwebt eine Mischung aus modernsten Kameras und hohen Zäunen vor.

– Ich dachte, der will alle Flüchtlinge in Lager auf dem Balkan oder in Nordafrika stecken. Ich hab eine Reportage über ein Lager im Libanon gehört. Sie haben einen Buben interviewt. Zwölf war er. Er hat gesagt, die halten uns wie Hühner, sie schlagen uns mit Stangen, dann gibt es kein Wasser, dann wieder nichts zu essen.

– Was sich so ein Politiker denkt. Wenn er denkt.

– Beim Fall der Berliner Mauer war der Außenminister noch ein Baby.

– Schon verrückt. Als sie den Eisernen Vorhang zwischen Ungarn und Österreich durchschnitten haben, hat seine Partei besonders gejubelt. Es war der Sieg über deine Kommunisten.

– Das waren nicht meine Kommunisten, das weißt du genau. Als die den Prager Frühling niedergeschlagen haben, hat es mir endgültig gereicht. Und gegen Mauern war ich damals schon. Immer.

– Rechtsabweichler.

– Windelweicher Sozi. – Warum lässt sich dein Informant gefallen, dass er versetzt wird?

– Was soll er tun? Offenbar ist es nicht unbemerkt geblieben, dass er sich Akten ausgeborgt hat. Er kann froh sein, wenn das keine schlimmeren Konsequenzen hat. So schaut es aus. Er wollte mich nicht einmal treffen. Wir haben telefoniert. Er von einem neuen Wertkartentelefon aus.

Herr Pribil schüttelt den Kopf. – Das beweist doch geradezu, dass da was gelaufen ist.

– Nur weil sie nicht wollen, dass jemand in den Akten schnüffelt? Kann sein, muss aber nicht.

– Lotte ist völlig fertig. Sie haben Sina verhaftet. Sie haben alle Flüchtlinge verhört, die bei der Geist-Gottes-Pfarre untergekommen sind.

– Was allerdings logisch ist. Wenn zwei von dort DNA-Spuren auf Golgatha hinterlassen haben, dann schaut man sich das Umfeld an. Was glaubst du, was die Volksseele sonst sagen würde?

– Jetzt redest du auch schon so. Ihr Sozis lasst euch treiben von denen.

– Ich bin nicht mehr dabei, schon vergessen? Ich bin ein Greis.

– Dass du es endlich zugibst. Bei mir funktioniert noch alles. Und deswegen werde ich mit Lotte nach Brüssel fliegen.

– Alles? Bei dir funktioniert alles? Jetzt mal nicht übertreiben, Alter. Was wollt ihr in Brüssel?

– Ihr Enkel hat uns eingeladen. Außerdem will Fuhrmann nach Brüssel. Die EU-Spitze wird ihn nicht empfangen, aber das ist ihm nur recht, da kann er den Empörten spielen. Er fährt und besucht Gesinnungsfreunde im EU-Parlament. Können sie ihm schlecht verwehren.

– Und ihr seid Schlachtenbummler. Es gibt nettere Hobbys. Ihr könntet Briefmarken sammeln. Oder einen Seniorentanzkurs besuchen. Oder …

– Lotte meint, sie hat Fuhrmann geschickt an der Nase herumgeführt. Er glaubt, sie hat Sympathien für die Patrioten.

– Wie … fit ist deine Miss Marple eigentlich?

– Die hat aber gar nichts mit Miss Marple zu tun. Optisch meine ich. Früher waren Frauen über achtzig … alte Omas eben. Jetzt gibt es welche, die haben mehr Elan als Vierzigjährige. Wir können nicht einfach warten und schauen, was passiert. Das wird jeden Tag nur schlimmer. Wir müssen etwas unternehmen, damit Sina aus der U-Haft kommt. Ihr Enkel David meint, im EU-Parlament ist es einfacher, auf Tuchfühlung zu gehen. Er ist Praktikant.

– Praktikant. Entzückend.

– Solltest du den Präsidenten des EU-Parlaments kennen, kannst du ja mit ihm einen besseren Plan machen.

– Wann bist du eigentlich zum letzten Mal geflogen?

– Patriotinnen und Patrioten, liebe Freunde! Die Systemparteien haben sich quasi selbst ans Kreuz geschlagen! Ihre Lügen und ihre Beschwichtigungen haben sich erledigt! Wer sich zu diesem Land bekennt, der sagt Nein zu allen, die Österreich und unsere christlichen Vaterländer verkaufen! Terroristen haben den ans Kreuz genagelt, der unsere Bewegung begründet hat, aber wir sind auferstanden, ich führe euch zum Großen Aufbruch! Ohne Pardon für alle, die gegen das Volk arbeiten! Ich weiß, wovon ich rede, ich habe die Welt gesehen, liebe Freunde. Die Globalisierer, die Gutmenschen und Internationalisten! Aber: Das Volk ist für uns. Wir fürchten uns nicht vor der selbsternannten Elite.

Wer nicht für uns ist, ist gegen uns. – Wisst ihr, wer das gesagt hat? Nein. Es war kein böser Patriot. Es war Jesus! Es steht in der Bibel! Nachzulesen in den Evangelien nach Matthäus und Lukas! 11,23! Sie sollen sich fürchten vor uns, denn wir haben starke Partner. Die stärksten! Trotzdem war ich bereit, sogar mit denen in Brüssel zu reden. Wir sind es nicht, die spalten wollen. Aber sie haben abgelehnt! Weil sie sich fürchten! Ich fahre trotzdem, lange wird es diese EU ja nicht mehr geben. Ich werde mit

Gleichgesinnten eine neue Allianz für ein neues Europa schließen. Die Freunde der Kreuziger und Menschenabfackler könnten bald eine neue Aufgabe bekommen: Fluchthelfer der korrupten Vertreter des Systems!

Lachen und Johlen und Klatschen. – Jetzt bin ich mittendrin im Paralleluniversum, denkt Cem. Und: Kann den Schwachsinn wirklich jemand glauben? Aber die schauen hinauf zur Bühne, als stünde da ein Rockstar. Sehen sie nicht, was das für ein mickriger Typ ist? Schon seine rote Hose ist jenseitig. Was will er sein? Der Rächer der Enterbten? Wer sind die Leute neben ihm? Haben sie ihren Job verloren? Hat ihnen ein Ausländer die Frau weggenommen? Oder finden sie bloß, die anderen sind immer besser dran als sie selbst und das ist eine Sauerei. Vielleicht sind sie einfach gerne mit dabei, wenn es Brot und Spiele gibt. Er steht nah bei der Bühne, neben Dieter, der jetzt bei den Pets spielt. Cool sei das, hat er gesagt, und Politik interessiere ihn sowieso einen Scheißdreck. Alles Lügner und Verbrecher. – Auch deine?, hat Cem gefragt. – Was weiß ich, ist mir egal, die zahlen gut und sie sind okay. Fixe Tour und Leute, die klatschen, auch wenn wir besoffen sind. Besoffen sind die selbst. Warum Cem da sei? Ob er etwa auch anheuern wolle? – So weit geht's nicht, aber mal schauen. Was die so tun. Oder hassen die alle Serben? – Wo denkst du hin, Mann? Wenn man sich anpasst, dann passt es. Und die Serben und Türken sind die Schärfsten, wenn es darum geht, andere draußen zu halten. Haben auch am meisten zu verlieren.

Ich habe die Serben immer schon für gleich blöd wie die Österreicher gehalten, wollte Cem sagen. Er hat es sich gerade noch verkniffen.

Dieter klatscht. Alle klatschen. Cem tut, als müsse er sich kratzen.

– Die Sicherheitsgarde zum Beispiel, redet Dieter weiter, – die begleitet uns auf jeder Veranstaltung. Inoffiziell, offiziell gibt's die natürlich nicht. Weil die Linken Gegendemos machen. Und Radau wollen. Den können sie haben. Zwei davon sind heute Serben. Die warten in unauffälligen Autos irgendwo in der Nähe und wenn es losgeht, dann steigen sie aus. Pass auf den roten Golf auf, der da irgendwo sein muss. Die schwachbrüstigen Gutmenschen haben denen nichts entgegenzusetzen. Das wird ein Riesenspaß.

– Und die Polizei nimmt die nicht fest?

– Die Polizei ist nicht überall. Sie sind geschickt und erfahren. Sie provozieren ein bisschen und schlagen und dann schlagen die anderen sowieso zurück. Je länger jemand nicht hopsgenommen wird, desto höher ist seine Prämie. Und wenn es doch einmal passiert, dann ist das Berufsrisiko. Er kommt in ein paar Wochen wieder. Dazwischen macht ein anderer Dienst. Das Geilste an der Sache ist: Die Linken helfen uns. Ohne sie kein Krach. Und weniger Öffentlichkeit. Kapierst du? Wir müssen nur schauen, dass es so richtig rundgeht.

– Wir? Also bist du doch dabei.

– Da musst du dabei sein, sonst hast du keinen Job.

– Zwei von den Anheizern sind Serben?

– Geht's dir noch gut? Das ist nichts für dich. Das sind harte Jungs. Ich könnte das auch nicht. Vielleicht hast du eine Chance in der Band, wenn jemand ausfällt. Mal schauen.

– Irgendwie hab ich es satt, dieses Ethno-Rock-Ding. Wir machen uns zum Affen für die.

Die Massen strömen zu den Ständen mit Bier, Wein, Würsten. Sie werden nicht freigehalten. Sie zahlen. Man muss den „Großen Aufbruch" unterstützen. Ich falle nicht auf, denkt Cem und ist erschrocken darüber. Die sind wie ich, ich bin wie sie. Wäre ich nicht Musiker geworden, hätte ich nicht Glück gehabt, könnte ich einer von ihnen sein. Zumindest von der serbischen Fraktion. Die Gegendemonstration findet heute in sicherer Entfernung statt. Dafür hat die Polizei gesorgt. Ist auch klüger, sie nicht aufeinander loszulassen. Was hat Dieter gesagt? Die helfen uns. Ob sich die das schon einmal überlegt haben? Warum lassen sie die idiotischen Autonomen mitdemonstrieren? Glauben die, wenn sie demonstrieren, brüllen, dreinschlagen, verschwinden die Patrioten? Im Gegenteil. Aber was sonst kann man tun? Mit ihnen diskutieren? Sieht nicht danach aus, als ob die, die sich am Geschwätz von Fuhrmann begeilen, diskutieren wollten. Trotzdem: Die einen machen die anderen stark und umgekehrt. Wogegen protestieren, wenn da keiner ist? Also dann Friede, Freude, Eierkuchen, alle in der Mitte glücklich vereint? Cem schaut hinüber zu den Absperrgittern, zu den Polizeibeamten, zu den Gegendemonstranten mit ihren Transparenten. Wäre unseren Landeskaisern recht, wenn alle Ruhe gäben. Also was jetzt? Zum Glück bin ich Musiker. Und wenn mich was nervt, werde ich es sagen. Bei uns geht das.

In der Nähe der Absperrungen parkt ein roter VW Golf. Zwei Typen auf den vorderen Sitzen. Zwei Typen lehnen am Heck. Bären. Nur nicht so hübsch. Cem holt tief Luft. Er schlendert hin, redet den einen auf Serbisch an.

– Was willst du?

– Nur Hallo sagen, der Dieter von der Band, das ist ein Freund von mir. Finde es cool, was da abgeht.

– Passt schon.

– Gut, dass ihr die bewacht.

– Wer sagt das?

– Die von den Pets. Tolle Band, nicht?

– Ganz okay.

– Ich finde es gut, dass wir Serben mit dabei sind. Die sind gar nicht so feindlich. Grundsätzlich.

Sein neuer Freund glotzt ihn an, als wäre er ein Außerirdischer. Ein außerirdischer Serbe vielleicht. Schön langsam geht mir der blöde Gesprächsstoff aus, denkt Cem.

Der Schläger-Serbe bewegt die Backenknochen. Will er etwas sagen? Versucht er sich einen Speiserest aus den Zähnen zu pulen? – Woanders kannst du gut sein, wie du willst, und du hast keine Chance. Da ist das besser. Ein Cousin von mir ist sogar Offizier.

– Offizier?

– Na, glaubst du, wir sind Amateure? Wir haben einen Sicherheitsdienst. Ordentlich organisiert. Wie es sich gehört. Offiziere und Soldaten. Müssen wir. Die Patrioten werden angegriffen. Von den linken Chaoten, von den Systemparteien, von der Polizei. Und vergiss nicht: die Terroristen. Gegen wen haben die was? Vor allem gegen die, die gegen sie sind. Also gegen uns. Ist doch klar, oder?

Cem würde ihn gerne fragen, ob er die Volksschule geschafft hat, aber er hat eine Mission. Und er will nicht verdroschen werden. – Aber Fuhrmann redet nicht so freundlich über Ausländer.

– Wir sind Inländer, Mann. Scheiß auf Serbien. Was kannst du dort tun? Sein Vorgänger, der Sessler, der hat uns geholt. Das war ein ganz Großer. Wir haben dem Dreckspack Rache geschworen, das ihn ans Kreuz genagelt hat. Das kannst du glauben, irgendwann kriegen wir sie.

– Halt die Klappe, mischt sich sein Kollege ein. – Du weißt nicht, ob das nicht ein Spitzel ist.

Cem wird heiß, er versucht zu lächeln.

– Der ist ein Freund von unserer Band. Rächen werden wir den Sessler, das kann er ruhig hören. Auch wenn es einen anderen Befehl von ganz oben gibt. Ich glaube, der Neue ist eifersüchtig auf ihn. Er macht das gut, das mit dem Reden und so. Aber er mischt sich überall ein. Der Sessler und er, die haben sich nicht besonders leiden können. Man kriegt ja so einiges mit, und die Bodyguards sind Kumpels. Da geht es auch ums Geld. Irgendwo hat der die Finger drin. Der Sessler war ein Idealist. Der Fuhrmann war Journalist, na ja.

– Der Fuhrmann kennt sich aus. Der kann keine Rücksicht nehmen, das ist so im Kampf, mault Schläger zwei. – Sonst haben sie dich am Arsch.

– Ich kenne wen, der hat gesagt, beim Fuhrmann weiß man gar nicht, ob das wirklich ein Rechter ist. Der war immerhin beim Staatsfunk.

– Halt die Klappe und mach deine Arbeit. Der Fuhrmann, der hat das Zeug zu einem echten Führer. Und er hat Verbindungen, da streift man besser nicht an.

– Verbindungen?, fragt Cem dazwischen.

– Na ja, sagt der erste Schläger und kratzt sich am muskulösen Oberarm. – Wer wird schon was, ohne dass einer hinter einem steht? Der hat auch Hintermänner, ich bin mir gar nicht sicher, ob wirklich er der Boss ist.

– Das ist Scheiße, er ist der Führer, mischt sich Schläger zwei ein.

– Ach, das ist Scheiße, dass er sich in den ersten Bezirk fahren lässt und dann irgendwo bei der Oper aussteigt und spazieren gehen will? Ohne Garde? Der geht zu seinen Gönnern oder so. In ein protziges Palais, was sagt dir das?

– Ich glaub, der geht zu einer Frau.

– Der hat keinen Schwanz statt einem Kopf wie du.

Nase an Nase stehen die Schläger jetzt. Cem überlegt, ob er die beiden gegeneinanderprallen lassen soll. Nett, wenn sie sich gegenseitig ein blaues Auge verpassen. Oder mehr. Aber zu viel Aufsehen. Außerdem … – Ein Palais?, fragt er.

Zwei Augenpaare in seine Richtung. Sieht aus, als könnte blitzschnell er zum Ventil ihrer aufgestauten Wut werden.

– Er kennt sicher viele Leute, meine ich, murmelt Cem.

– Und du stellst sicher zu viele Fragen, knurrt der zweite Schläger.

– Wirklich arg, dass man trotz solcher Verbindungen die Kreuziger immer noch nicht hat. Cem hofft, dass die beiden nicht bemerken, wie er schwitzt.

– Ja, scheiße. Aber wir sind nah dran. Der Sessler, das war ein selbstloser Mann. Nicht so eitel wie der Neue. Der will auch die Sicherheit neu organisieren, weil wir ihm zu wenig korrekt sind. Der hat Zwangsvorstellungen, dass man ihn ermorden will. Gestorben ist der Sessler. Der hat für die patriotische Idee gelebt, und ich sag dir was: Der wäre bereit gewesen, sich für eine große Idee zu opfern. Der andere richtet auf seinem Schreibtisch die Bleistifte aus, da muss einer genau parallel zum anderen liegen. Und nur Bleistifte. Gespitzt. Der hat einen Tick. Der muss alles kontrollieren, sogar seine Bleistifte.

– Fuhrmann will euch abschaffen? Cem atmet auf. Thema geschickt gewechselt. Vielleicht hat er doch das Zeug zum coolen Hund.

– Nicht direkt. Aber der will nur offizielle Bodyguards. Weil wir jetzt staatswichtig werden. Der glaubt, dass er in die Geschichtsbücher eingehen wird. Dabei wird es Sessler sein. Da wird stehen, dass er Europa die Seele wiedergegeben hat.

– Woher hast du denn diesen B… das?

– Der Fuhrmann hat Schulungen eingeführt. Scheiß auf Schule, aber vielleicht können wir so bleiben. Oder Bodyguards werden. Du kannst schon was werden da. Wenn dich der Boss mag. Einen hat er sogar nach Brüssel gebracht. Hat iranische Wurzeln und ist jetzt ein verdammter Anzugträger. Über Nacht.

– Ist er schwul? Das ist Cem so herausgerutscht. Der eine funkelt ihn an, der andere kratzt sich am Kopf. Was tun Bären, bevor sie angreifen?

– Scheiße. Das glaub ich nicht. Der hat zwar nicht die Eier wie der Sessler, aber das nicht.

– Sieht heute nicht so aus, als würden die Linken angreifen.

– Dumme Bullen, sie haben sie zu weit weg aufgestellt.

Frau Klein ist empört. Warum sollte sie kein Recht haben, Sina in der Untersuchungshaft zu besuchen? Meint man vielleicht, sie gehöre auch zu diesem angeblichen Terrornetzwerk? Die Welt ist verrückt geworden. Schon dass sie Sina unterstellen, sie wäre an einer terroristischen Organisation beteiligt.

Der junge Mann im Vorzimmer der Staatsanwaltschaft. Der kann unmöglich schon ein Studium abgeschlossen haben, obwohl er sich aufgeführt hat wie der Gerichtspräsident persönlich. „Liebe Dame“ hat er sie genannt. Sie ist keine liebe Dame! Sie ist wütend! Das Landesgericht sei kein Hotel, wo Besucher kommen und gehen könnten. Ob Sina Ayan unschuldig sei, würde sich schon herausstellen. Und noch mehr Betreuung brauche die sicher nicht. Dieser Trummer sei ohnehin da gewesen. Warum braucht sie den, wenn sie nichts angestellt hat? – Wer? Was?, hat sie gefragt. – Es wäre besser, wenn Sie wieder gehen und sich nicht aufregen und sich nicht um solche Sachen kümmern, das geht schon alles seinen Gang. Österreich ist ein Rechtsstaat.

Davor dieser naive Ingenieur in der Geist-Gottes-Pfarre. Unangenehm sei das Ganze, sehr bedauerlich, er glaube nicht an die Schuld von Sina, und was Rami angehe, bete er, dass alles ein Irrtum sei. Schon im Interesse der Pfarre. Man habe doch nichts ahnen können, als der anonyme Spender gebeten hat, sie aufzunehmen. Man sei da, um Herberge zu geben, auch die Eltern Jesu seien auf der Flucht gewesen. Aber Besuchsrecht in der Untersuchungshaft gäbe es keines, das wisse er von den Betreuerinnen, natürlich habe er sich erkundigt.

Wenigstens Barbara ist vernünftig. Aber die hat ja mit dem Alltag der Flüchtlinge zu tun. Ganz diesseitig. Bei der Justiz haben sie Angst, sagt sie. Dass sie etwas übersehen. Dass man ihnen unterstellt, nicht rechtzeitig reagiert zu haben. Die ganzen Anschläge. Und die Trittbrettfahrer. Und die Gerüchte. Und die Patrioten. Da braucht es oft weniger als DNA-Spuren eines Mannes an einem Tatort, damit die Frau verhaftet wird. Dazu komme noch die Geschichte mit den falschen Pässen. Und dass Rami untergetaucht sei. Auch wenn sie es für absurd hält, dass Rami ein Terrorist sein soll. Sie sitzen in einer Ecke des Pfarrcafés. Optimistische helle Farben. Frau Klein ist dennoch nicht fröhlich.

– Waren Sie bei Sina?, fragt sie Barbara.

– Wir haben telefoniert. Zini ist bei den al-Soma. Der eine der Buben ist gleich alt wie er. Sie spielen beide Fußball. Bei der Staatsanwaltschaft gibt es eben unterschiedlich freundliche Menschen, das ist überall so.

– Der junge Mann im Vorzimmer hat gesagt, dass schon jemand da gewesen sei. Trummer, glaube ich. Er scheint ihn nicht zu mögen.

– Oh. Er hat einen Verein, der kümmert sich um die Rechtsangelegenheiten von Geflüchteten. „Recht statt Rechts“. Er hat wohl vielen Menschen das Leben gerettet, indem er Abschiebungen verhindert hat. Aber … wenn man seit Jahren kämpft und kämpft, dann wird die Verzweiflung vielleicht so groß, dass man die Mittel nicht immer richtig dosiert.

– Ich verstehe Sie nicht, sagt Frau Klein.

– Trummer. Er sieht inzwischen überall Feinde. In der Justiz, in der Polizei, im Innenministerium.

– Er scheint recht zu haben. Zumindest was die bei der Staatsanwaltschaft angeht.

– Ja. Aber obwohl ich ihn auf der einen Seite sehr mutig finde und sein Einsatz großartig ist und er auch viel erreicht hat … Er sieht nur mehr sich und seine Sache. Freund oder Feind, dazwischen gibt es nichts.

– Klingt, als wäre er ein Patriot.

– Das sind seine größten Feinde. Was ich allerdings verstehen kann. Trummer veröffentlicht regelmäßig Dossiers. Er weiß viel. Nach der Sache mit der Selbstverbrennung haben sie ihn sogar in Haft genommen. Zu seinem Schutz, hat es geheißen, aber ich weiß nicht. Unsere Anwältin sagt, so etwas gibt es gar nicht in Österreich. Er hat Saara Devi jedenfalls gekannt. Sie war im Umfeld von „Recht statt Rechts" unterwegs. Um es vorsichtig zu formulieren, sie war eine Suchende.

– Sie haben sie auch gekannt?

– Wer nicht in der Szene.

– Aber ihn haben sie festgenommen.

– Es heißt, die beiden hätten sogar einmal was miteinander gehabt. Sie war in der Anarcho-Szene. Hausbesetzungen und so. Danach hat sie sich für Geflüchtete engagiert. Danach ist sie zu so einer seltsamen Sekte, die überall Engel sieht und allumfassende Liebe will.

– Auch noch kein Grund, ihn zu verhaften, oder?

– Nein. Ich nehme an, die Behörden wollten sich an ihm rächen. Lange hat die Haft nicht gedauert. Und er hat sich auch sofort wieder ins Geschäft gestürzt. Sinas Fall scheint ihn zu interessieren. Er hat eine Presseerklärung verfasst. Ich hab sie mit. Barbara zieht einen Zettel aus der Tasche, faltet ihn auseinander.

Der Fall Sina A. Sie ist vor dem Krieg geflohen. Und sie ist in den Krieg in unserem Land geraten. Zwischen denen, die Menschenrechte abschaffen, und denen, die sie bewahren wollen. Sie sitzt in Untersuchungshaft, weil ihr Mann nicht auffindbar ist. Allein das gilt bei geflohenen Menschen heute schon als Verbrechen. Ihr kleiner Sohn steht allein da. Wir werden für sie und für ihn und das Recht kämpfen.

Recht statt Rechts glaubt nicht an den Rechtsstaat, genauso wenig wie an den Weihnachtsmann. Wir bedienen uns, um das Recht und die Interessen derer, die bei uns Schutz suchen, zu verteidigen, zwar der rechtlichen Instrumentarien, die uns zur Verfügung stehen. Aber wir glauben nicht an ihren Wert.

Wir wissen, dass wir der Gerechtigkeit nur durch die Verbindung juristischer Arbeit mit unnachgiebigem politischen Kampf dienen können.

Dafür sind wir angetreten und das tun wir nun schon seit vielen Jahren mit Erfolg.

Die Gefahr durch ein rechts-faschistoides System wird laufend größer. Sie bedroht nicht nur die Geflüchteten, sondern ebenso die Armen, die Arbeitslosen, die prekär Beschäftigten, die alleinerziehenden Frauen, die Studierenden, die sozial Engagierten und viele andere, die zusammen die große Mehrheit sind. Wir nehmen die neue Herausforderung an. Und wir sehen uns genau an, wer auf welcher Seite steht.

Daher werden wir den Kampf um das Menschenrecht auf Asyl weiterführen. Nein, wir haben nicht den Krieg gewonnen. Aber immer wieder Teilgefechte. Jetzt kommt es darauf an, dass wir den längeren Atem haben. Dazu müssen wir auch an uns selber glauben. An unsere Kraft, an unseren Willen zum Sieg. Sonst siegen nämlich die anderen.

Frau Klein sieht Barbara an. – Klingt wirklich wie aus dem Krieg.

– Sie nennen ihn Comandante. Nach Che Guevara. Er ist glühender Antifaschist.

– Ich glaube nicht, dass das Sina hilft.

– Trotzdem. Sie machen effiziente Rechtsberatung. Es gibt eine Reihe von Stellen, die sich vor ihm und seinen Aktionen fürchten.

– Sie finden das gut?

– Wenn es hilft … aber ehrlich gestanden hoffe ich immer, es geht auch anders.

– Weil ich da quasi zwischen die Fronten geraten bin, darf ich Sina nicht sehen.

– Der Staatsanwalt entscheidet. Ich habe gehört, dass sie bei Terrorverdacht so zurückhaltend wie möglich mit dem Besuchsrecht sind.

– Aber Terrorverdacht ist da ja Unsinn.

– Sagen wir.

[19.]

Sie hat bei Yilmaz übernachtet. Sie konnte nicht zurück nach Hause. Mutter hat ihr unzählige SMS geschrieben, sie hat nur zurückgeschrieben: *Ich komme nicht heim.* Die will, dass sie ihr Baby ermordet. Mama hat großartige Chancen verpasst, weil sie auf die Welt gekommen ist. Ihr Vater hat recht gehabt. Bei der dreht sich alles nur um sich selbst, die hat keine Ahnung von Gefühlen, die benutzt die anderen bloß. Ihr Vater. Er ist auswärts. Wo auswärts? Er konnte es ihr nicht sagen. Auswärts im Rest der Welt. Es gibt viel Auswärts auf dieser Welt. Morgen, vielleicht morgen, hat Papa gesagt. Vielleicht.

Yilmaz ist der beste Freund von Hakan, die sind gemeinsam aufgewachsen, sie waren in derselben Gang, nur dass Yilmaz Tischler geworden ist und Hakan in Rekordzeit Medizin studiert. Sie mögen sich immer noch. Dass sie nicht früher an Yilmaz gedacht hat. Er hat ihr das Zimmer hergerichtet, in dem manchmal seine Schwester übernachtet. Eher eine Kammer, aber alles sehr sauber. Yilmaz lebt allein und hat es gern sauber.

Jetzt kocht er Kaffee und sie sitzt in einem seiner T-Shirts am Tisch und sieht ihm dabei zu. Er bügelt seine T-Shirts. Ihre Mutter hat das nie gemacht. Die hat gesagt, entweder du bügelst sie selbst, oder du ziehst sie so an.

– Du weißt nicht, was mit Hakan ist, oder? Er sagt es, ohne sich umzudrehen.

– Er meldet sich nicht.

– Er darf sich nicht melden. Es ist eine Art Prüfung. Er soll die Frau treffen, die seine Familie für ihn ausgesucht hat.

– Das macht er nicht.

– Er hat seinen Eltern gesagt, dass er dich heiraten will. Früher sind die Kinder zurückgeschickt worden, um sie in ihrer Heimat zu verheiraten. Männer haben ihre Frauen mit hergebracht, Mädchen sind bei ihren Männern in der Türkei geblieben, manchmal sind sie auch mit ihren Männern gekommen. Man schaut, dass die Anpassung nicht zu weit geht. Hängt auch davon ab, in welcher Moschee sie sind. Es gibt Imame, die predigen eine Menge Scheiße. Jedenfalls ist es für mich Scheiße. Aber man muss die Familien verstehen. Sie wollen ihre Wurzeln nicht verlieren.

– Die leben doch seit ewig hier. Die sind nicht verschleppt worden, sondern freiwillig gekommen, um zu arbeiten.

– Schon, aber viele haben sich nicht so gut anpassen können. Sie sind unter sich geblieben. Es wurde ihnen nicht immer leicht gemacht.

– Du und Hakan habt es ja auch geschafft.

– Sagst du, es gibt welche in unseren Familien, die halten uns für Überläufer. Die sagen, wir haben verraten, was unsere Kultur und unsere Familie ausmacht, nur damit wir gut leben können. Hakan hat einen Kompromiss getroffen.

– Er ist zurück? Was ist das für ein Kompromiss? Warum hat er davon nichts gesagt?

– Er hat seiner Familie versprochen, sich die Frau anzusehen. Und zumindest zwei Wochen zu bleiben. Dann trifft er seine Entscheidung. Sie wird respektiert. Das hat ihm die Familie versprochen.

– Die setzen ihn unter Druck, damit er mich fallen lässt. Er hat es schon getan, nicht wahr?

– Vertraust du ihm nicht?

– Ich habe ihm vertraut, aber warum hat er mir nicht erzählt, was du mir erzählst?

– Wie hättest du reagiert?

– Ich wäre wütend …

– Siehst du. Du musst seine Familie auch verstehen. Sie sind sehr stolz auf ihn. Sie haben fünf Kinder, aus allen ist etwas geworden, aber er ist der Erste, der studiert. Noch dazu Medizin. Sie haben davon geträumt, dass er zurückgeht und daheim ein berühmter Arzt wird, den Menschen hilft. Hakan hat selbst früher davon geträumt.

– Auch das hat er mir nie erzählt.

– Das ist vorbei, das waren Bubenträume. Die Türkei hat sich verändert. Nicht gerade zum Besseren. Ich würde auf keinen Fall dort leben wollen. Ich glaube, er kommt zurück.

– Weil es in der Türkei mies läuft.

– Weil er mit dir sein will. Und weil es in der Türkei mies läuft. Österreich ist eine viel bessere Option, egal, was da im Detail herumgestritten wird. Manchmal denke ich, wir checken es noch immer nicht, wie gut es uns geht in Mitteleuropa.

– Er hätte es mir sagen müssen.

– Das wäre schiefgegangen. Sieh es auch für dich als Prüfung.

– Das ist doch Quatsch. Mama will nicht, dass ich das Kind kriege, und ich hab keine Ahnung, ob und wann Hakan zurückkommt.

– Und was willst du?

Jennifer sieht in ihre Kaffeetasse. Dicker türkischer Kaffee, so wie sie ihn liebt. – Leben.

– Jetzt hab dich doch nicht so, das ist bequem. Wir dürfen als Erste einsteigen.

Richard starrt Lotte wütend an. – Ich will aber nicht im Rollstuhl sitzen!

– Du bist doch nicht so gut mit den Beinen, die netten Stewardessen haben gefragt. Und ich habe Ja gesagt. Wir ersparen uns das Schlangestehen.

– Dann setz du dich doch in diesen idiotischen Sessel.

– Ich hab es nicht mit den Beinen. Sie haben dich gefragt.

– Und du musstest ihnen sofort sagen, dass ich schon über neunzig bin.

– Sie sehen es sowieso im Pass.

– Weil die nichts Besseres zu tun haben, als das Alter ihrer Passagiere zu überprüfen. Ich gehe jeden Tag eine Stunde zu Fuß und meine reizende Begleiterin sagt, die Beine machen ihm schon Probleme.

– Du bist nur deswegen so grantig, weil du nicht fliegen willst.

– Ich bin geflogen, da hast du noch in die Windeln geschissen.

– Da musst du also acht oder neun gewesen sein, Überflieger.

– Im Krieg war ich bei der Luftwaffe.

– Ja, als Chauffeur. Hast du mir erzählt. Du warst dort, weil du den Tipp bekommen hast, dass die eher im Hinterland sind. Weil du nicht kämpfen wolltest.

– Nicht für die Nazis.

– Gut so. Und jetzt fahren wir.

– Wie werde ich das Ding wieder los?

– Indem du vor der Flugzeugtür aufstehst wie der Mann aus der Bibel und wieder gehst.

– Der ist von einer Bahre aufgestanden.

– Jetzt erklär du mir auch noch die Bibel.

Die Lieblinge unserer Lieblinge. Eine Reportage über Prominente und ihre Haustiere. Hunde, Katzen. Eine Schauspielerin hat eine Meerschweinchenzucht im Garten. Sie lobt die Intelligenz dieser Tiere. Jennifer konnte sich nicht konzentrieren. Der neue Chef der Patrioten hat einen hübschen schwarzen Hund, so einen mit großen Pfoten und Schlappohren. Er sieht aus, als ob er lächeln könnte. Ihr Redakteur hat nicht gelächelt, es war nämlich bloß die Frau des Patrioten zu Hause. Ihr Mann musste verreisen. Er sei sehr viel unterwegs. Der Kameramann hat geunkt, dass es sowieso Probleme geben werde, wenn nicht alle Spitzenpolitiker mit ihren Haustieren vorkommen, sondern nur dieser eine. Und was, wenn nicht alle Parteichefs Tiere hätten? Nächstes Problem.

Der Redakteur hat trotzdem den Hund gefilmt, wie er durch den großen Garten streunt. Jennifer hat ihn gestreichelt und er hat sich auf den Rücken geworfen und begeistert mit den Beinen gezappelt. – Der Glückliche, hat der Redakteur gesagt, – vor dir würde ich mich auch hinlegen und zappeln. Ekelhaft. Der ist über vierzig. Ob Hakan zurückkommt? Was sie will, hat Yilmaz sie gefragt. Sie wird es entscheiden, wenn Hakan wieder da ist. *Wenn* er wieder da ist.

Nach dem Dreh ist sie mit dem Zug auf den Semmering gefahren. Weil ihr Vater nicht nach Wien kann. Wenn sie ihn sehen wolle, dann müsse sie kommen. Was macht er auf dem Semmering? Um die Jahrhundertwende war das eine berühmte Sommerfrische. Um die vorletzte Jahrhundertwende, um genau zu sein. Geheimnisvoller Berg mit viel Wald und Geschichte, eine Stunde von Wien entfernt. Geheimnisse. Alle haben vor ihr Geheimnisse. Eigentlich wollte sie endlich wieder reiten gehen. Aber sie hofft – worauf hofft sie? Sie sitzt in diesem kleinen Gasthof, muffige Stube und der Geruch nach Dosengulasch. Es ist Sommer und die haben keinen einzigen Tisch im Freien. Den Kaffee kann man hier sicher nicht trinken, Jennifer hat gespritzten Apfelsaft bestellt. Die Wirtin schleicht herum, wie will sie da mit Vater reden? Wie ist er auf die Idee gekommen, sie hierher zu bestellen? Vielleicht kommt er gar nicht. Er hätte vor einer Viertelstunde hier sein sollen. Wahrscheinlich ist es besser, sie fährt zurück, ohne ihn gesehen zu haben.

Zauberberg Semmering steht auf einem verblichenen Plakat. Die rechte untere Ecke fehlt. *Zauberberg*. So heißt ein Roman. Thomas Mann. Sie hat ihn für die Schule gelesen. Ein kompliziertes Ding, zum Glück gibt es im Internet gute Zusammenfassungen. Ein Durchgeknallter in einem Sanatorium, der sich von anderen Durchgeknallten vollschwätzen lässt. Sie hat sogar ein Referat halten müssen. „Naphta und der heutige Extremismus". Ihre Deutschprofessorin war schrecklich engagiert. Naphta war ein Typ, der gut reden konnte und alles Mögliche behauptet hat. Von der Überlegenheit eines Gottesstaats bis hin zur Macht fürs

Kollektiv oder so. Sie hat ihn als Kreuzung zwischen Nazi und Kommunisten beschrieben und nur eine Drei bekommen. Weil es ihrer Professorin nicht recht gewesen ist, dass sie die Nazis mit den Kommunisten gleichgesetzt hat. Alles vorbei zum Glück. Jetzt würde sie sagen, dieser Naphta könnte auch ein IS-Führer sein. Verherrlichung von Gott und Tod. Keine zweiundsiebzig Jungfrauen, aber der Tod ist doch das Höchste. Durchgeknallt. Zum Schluss hat er sich selbst erschossen, weil ihn sein Widersacher nicht erschießen wollte. Schulwissen. Müll im Hirn. Sie sollte an anderes denken.

– Tut mir leid, sagt ihr Vater, als er durch die Tür kommt.

Dann stehen sie draußen. Die Wirtin war zu neugierig.

– Ich habe eigentlich keine Zeit, sagt ihr Vater.

– Und du bestellst mich her?

– Du wolltest mit mir reden. Natürlich reden wir. Entschuldigung, Jennifer. Er wirkt zerstreut und wirft ab und zu einen verstohlenen Blick auf die Uhr. Sie stehen unter einer Tanne und Jennifer erzählt. Von Mutter und dass er mit allem recht gehabt hat. Die denkt nur an sich. Von der Arbeit. Davon, dass sie nicht weiß, wo sie hinsoll. Von Hakan erzählt sie weniger, nur dass er bald zurückkomme, aber eben jetzt nicht da sei.

– Ich habe momentan keine Wohnung in Wien, sagt er.

Noch etwas, das Jennifer nicht gewusst hat. An ihren gemeinsamen Wochenenden waren sie immer unterwegs. Jetzt ist klar, warum. – Du lebst hier? Tannen und das miefige Gasthaus und ein Berghang am Ende der Welt. Da gibt es nicht einmal Pferde, das Gelände ist zu steil für sie.

– Nur vorübergehend. Es wird bald anders sein. Wenn du das Kind bekommen willst, dann werde ich dich unterstützen. Und wenn sich deine Mutter auf den Kopf stellt. Es war mies, was sie gesagt hat. Sie hat gelogen, sie wollte das Kind unbedingt. Sonst hätte sie mich auch nicht zum Standesamt gebracht.

Jennifer starrt ihn an. – Du redest von mir! Jetzt soll ich auch noch schuld daran sein, dass du sie geheiratet hast! Ist das nicht ein bisschen viel Schuld für ein Baby? So habt ihr mich also immer gesehen. Als Unfall. Der einem die Karriere versaut, dem anderen sein Leben durch die Hochzeit. Danke! Jennifer dreht sich um und rennt die Schotterstraße entlang. Allein, sie ist so allein. Sie ist … Ihr Vater hat sie eingeholt und packt sie am Arm.

– Sei nicht dumm. Du bist alles, was ich habe. Hab ich dir nicht alles gegeben? Das Pferd. Und die Schule, die du wolltest und dann wieder nicht. Hab ich nicht alles getan, damit du ein gutes Leben hast?

– Ein gutes Leben? In dieser abgefuckten Wohnung mit Mutter?

– Mehr ist nicht drin, kapierst du das nicht? Glaubst du, du musst von goldenen Löffeln essen, während ich im Dreck herumrobbe?

– Was für Dreck?

– Vergiss es. Tut mir leid. Ich will, dass es dir gut geht. Wieder ein Blick auf die Uhr.

– Du willst schon wieder weg.

– Ich muss. Ich hätte gar keine Zeit gehabt, aber ich bin gekommen, weil du mit mir reden wolltest.

– Du kriegst das große Vaterkreuz. Und wo soll ich wohnen?

– Du arbeitest doch beim Fernsehen. Du verdienst. Ich kann dir was dazugeben. Wenn du was brauchst.

– Man findet nicht so schnell eine Wohnung. Die Flüchtlinge haben den Wohnungsmarkt versaut. Alles wird immer teurer.

– Die kriegen doch eh alles gratis.

– Was weiß ich.

– Dann geh zurück zu deiner Mutter. Ich habe es auch jahrelang mit ihr ausgehalten. Er kommt näher, er zögert, er drückt ihr einen Kuss auf die Wange, sie lässt es sich gefallen. Er nimmt sie in den Arm. – Alles wird gut, vertrau mir. Er lässt sie wieder los, dreht sich um, geht davon. Schotterstraße. Weiter vorn zweigt ein Pfad ab, der direkt in den Wald führt. Jennifer holt tief Luft und geht ihm nach.

Den Hang hinauf, durch den Wald, ihr Vater weiter vorn, er ist besser in Form, als sie das in Erinnerung hat. Er tut, als ob er ihr die Welt zu Füßen legen würde. Zum Glück hat sie Turnschuhe an. Sie wird Sachen aus Mutters Wohnung holen müssen. – Um sie *wohin* zu bringen? Jetzt geht sie einmal Vater nach, sie will wissen, was er in der Einöde macht und mit wem er es tut. Wenn sie Mutter davon erzählt, ist sie sicher wieder gut mit ihr. Sie wird Mutter nicht verzeihen, aber das muss sie nicht erfahren. Vielleicht wird sie doch weiter daheim wohnen. Alles andere wäre zu kompliziert, wo Hakan bald kommt und sie heiraten werden. Er *wird* kommen. Sie *werden* heiraten. Eine Familie. Ganz anders als ihre.

Dort vorne endet der Wald. Ihr Herz klopft. Die Anstrengung. Bergauf. Ob sie das ihrem Kind zumuten kann? Besser, es gewöhnt sich gleich daran, dass das Leben hart ist. Ihm wird schon nichts passieren. Und wenn, dann war es eine Art Gottes… Sie drückt sich an einen Baum. Vater hat sich umgedreht. Dann geht er wieder weiter. Er hat sie nicht entdeckt. Dort oben ist ein großes Haus. Sie hört Hunde. Sie mag Hunde. Sie mag überhaupt Tiere. Tierärztin ist ihr Plan B. Wenn sie es als Fernsehjournalistin nicht schafft. Sie bleibt am Waldrand. Da ist zwar kein Weg, aber da kann sie auch kaum gesehen werden. Genug Büsche. Das ist kein Haus für zwei. Es könnte ein kleines Hotel gewesen sein, früher. Oder eine große Fremdenpension. Pension für Fremde. Was macht Vater hier?

Es ist dämmrig. Einer der Hunde hat ihre Witterung aufgenommen. Es sind große Hunde. Drei Rottweiler, sie kommen auf sie zu. Sie bewegt sich nicht und redet leise mit ihnen. Sie drehen die Ohren und der Anführer gähnt. Sie lässt ihn an ihrer Hand schnuppern und streichelt ihn dann. Die anderen drängen heran. Sie wollen auch gestreichelt werden. Sie sehen bedrohlich aus und sind ganz lieb. Aber sie können ihr nicht sagen, was im Haus vorgeht. Mit Pech muss sie im Finstern zurück durch den Wald. Ihr Mobiltelefon hat eine Taschenlampen-App. Wo sie schon einmal hier ist, will sie nicht einfach wieder gehen. Sie könnte zum Haus hinauf und läuten. Und dann? Bewegung. Da kommen Männer aus dem Haus. Nur Männer, wenn Jennifer richtig sieht. Sieben Männer mit dunklen Haaren, überhaupt dunkle Typen. Die sieben Zwerge sehen anders aus. Sie könnten Araber sein. Ist das sozusagen immer noch eine Fremdenpension? Jetzt eben für Flüchtlinge? Leitet ihr Vater eine Flüchtlingspension und will das nicht zugeben, weil er sonst über die Asylanten schimpft? Aber was soll dann schon bald anders und besser werden? Zwei weitere Männer. Einer ist ihr Vater. Die Dunklen stellen sich auf. Sie machen Gymnastik, so eine Art Zirkeltraining. Ihr Vater gibt die Befehle auf Arabisch. Er hat es auf den Baustellen in Nahost gelernt, er hat Kurse besucht. Er war am Boden zerstört, als sie ihn rausgeschmissen haben. Den besten Mann. Zumindest hat er sich immer so gefühlt. Ihre Mutter hat gesagt, dass die anderen Österreicher ihn nicht leiden konnten. Er war immer ein Hundertprozentiger. Er hat verraten, dass sie heimlich Alkohol getrunken haben. Nicht die wurden rausgeworfen, sondern er. Typisch, hat ihre Mutter gesagt. Aber die kann ihn nicht ausstehen. Nicht mehr.

Jennifer drückt sich tiefer ins Gebüsch. Während die Dunklen oben auf der Wiese Klappmesser machen, kommen ihr Vater und der Zweite den Hang herunter. Hoffentlich bellen die Hunde nicht.

– Ob sie schon dort sind?, sagt der andere.

– Der Kommandant wird es uns wissen lassen, antwortet ihr Vater.

– Ich weiß nicht, ob sie die Richtigen ausgewählt haben.

– Die wissen schon, was sie tun.

– Warum interessiert dich das nicht? Willst du nicht wissen, was sie planen? Irgendwas planen die doch, sonst schicken sie die nicht einzeln mit Schleppern nach Brüssel.

– Du weißt nicht einmal, ob das stimmt.

– Das passt schon, was Volker gehört hat. Mir geht es auf die Eier, dass wir nichts wissen. Die sagen, wir sind ihre Offiziere, wir bilden die Soldaten aus, aber wir wissen nicht, wofür und was sie planen.

– Die zahlen uns gut.

– Du machst, was die wollen.

– Du vielleicht nicht?

– Klar doch. Und unsere Jungs sind ganz in Ordnung. Man darf nur nie vergessen, wo sie herkommen.

– Man muss ihnen den Herrn zeigen, sonst tanzen sie dir auf der Nase herum. Ich habe das auf den Baustellen gelernt. Ob wir Nachschub kriegen, wo die fünf weg sind?

– Ich möchte den Kommandanten endlich einmal sehen.

– Du siehst den Vizekommandanten. Täglich.

– Mist, es ist vielleicht wirklich besser, nicht zu viel zu wissen.

Jennifer atmet flach. Ihr Vater arbeitet für einen Kommandanten. Illegal. Er hofft, dass sich das ändert. Es passt zu seinen Andeutungen. Die bilden hier Araber aus. Die haben welche nach Brüssel geschickt. Wenn es stimmt, was offenbar ein anderer behauptet hat. Die wissen nicht viel. Die nennen sich Offiziere. Das ist doch absurd. Was sind das für Männer, die sie ausbilden? Wirkt nicht, als wären es Gefangene. Soldaten, hat der andere gesagt, sind das ihre Soldaten? Die von den Patrioten haben nichts mit Ausländern am Hut. Ihr Vater auch nicht. Aber die Araber könnten weg, wenn sie wollten. Einfach den Hang hinunter, durch den Wald, den Weg, den sie genommen hat, am Gasthaus vorbei und dann zur Bahnstation. Jennifer stolpert am Waldrand entlang, noch ist ein wenig Licht, die Hunde laufen neben ihr her und verlassen sie erst, als sie in den Weg einbiegt. Dunkle hohe Bäume. Sie traut sich nicht, das Licht anzumachen. Hinter jedem Baum lauert ein Araber. Was machen die da? Hat sie irgendetwas ganz falsch verstanden? So muss es sein. Die sind nicht von den Patrioten. Die trainieren Araber. Vielleicht hat ihr Vater die Patrioten ausspioniert? Vielleicht ist er ein Doppelagent. Sie muss mit jemand darüber reden. Hakan. Nein. Der ist nicht da. Nicht erreichbar. Mutter? Die traut Vater alles Schlechte zu. Sie will ihn nicht verraten, nicht an Mutter. Sie hätte ihr verraten, dass Vater mit einer Geliebten am Waldrand haust. Aber nicht die Sache mit den Offizieren und den Arabern. Der Redakteur. Sicher nicht. Wie er sie blöd angemacht hat, als der Hund vor ihr auf dem Rücken gelegen ist. Er sieht sie überhaupt an, dass ihr schlecht werden könnte. Man muss da durch, wenn man einen guten Job beim Fernsehen will, aber es gibt Grenzen. Bevor sie den über sich drüber lässt, wird sie lieber Tierärztin. Sie biegt in die Schotterstraße, jetzt schaltet sie die Handy-Taschenlampe ein. Der Schotter glitzert, als wären es Edelsteine. Was tun die da oben in dem Haus? Es ist kurz vor neun. Wenn sie sich richtig erinnert, geht in zehn Minuten ein Zug. Sie will weg. Sie ist allein. Aber hier noch mehr als anderswo.

[20.]

David und Annemarie sitzen in der Mickey Mouse Bar. Sie heißt eigentlich Hemicycle Bar, aber alle nennen sie so. Wahrscheinlich wegen der Sessel. Grüne, gelbe, rote, blaue Polster. Ein wenig wie die Ohren von Mickey Mouse. Wenn man einen Tisch bei den großen Fenstern ergattert, sieht man auf hohe Bäume. David hat zu Beginn nicht verstanden, warum so gut wie niemand die Mittagspause außer Haus verbringt. Es gibt Bars und kleine Lokale in der Umgebung, sogar eine wunderbare Bäckerei. Aber jedes Mal, wenn man das Parlament betritt, muss man erneut durch die Sicherheitsschleuse. Unnötige Minuten, die verloren gehen. Zeit ist hier ein knappes Gut. Auch wenn David schon begriffen hat, dass man einen Teil der knappen Zeit mit Warten verbringt. Auf Delegationen, die zu spät sind, auf einen Sitzungssaal, der noch nicht frei ist, auf ein Papier, das nicht fertig geworden ist.

Annemarie sitzt in einem grünen Sessel. Als wäre es Programm. Auf welchem Sessel sollte er sitzen? Seine Mutter hat sich nie für Politik interessiert. Sie hat sich auch sonst nicht für viel interessiert, außer für ihr Leben … das Schlechteste? Opa hätte einen schwarzen Sessel gewollt, wegen der Kirche und wegen der Partei. Oma früher vielleicht auch, schon Opa zuliebe. Jetzt sieht er sie auf einem roten. Sich selbst sieht er am ehesten auf einem grünen, aber eigentlich zwischen den Stühlen. Ein guter Reporter muss immer abseits stehen. Abseits oder nirgendwo? Omas alter Verehrer ist dunkelrot. Oder knallrot. Politik als Leidenschaft. Scheint jung zu halten. Annemarie hat Politikwissenschaften und Sprachen studiert. Sie ist das vierte Jahr in Brüssel. Er ist nur ein kleiner Praktikant bei einem unbekannten Abgeordneten. Aber aus irgendeinem Grund scheint Annemarie ihn zu mögen. Wieder einmal stellt er fest, wie sehr sie Sina ähnelt. Zumindest die Haare. Und der Gesichtsschnitt. Sina. Sie haben sie in U-Haft genommen. Er kann nichts dagegen tun. Auch nicht gegen das, was ihm Cem erzählt hat. Die Patrioten bauen einen Sicherheitsdienst auf. Samt Schlägern. Nein, die will Fuhrmann offenbar abschaffen. Fuhrmann. Die Medien sind verrückt nach ihm. Seit er gestern in Brüssel angekommen ist, jagen sie ihn von Interview zu Interview. Sie kapieren es nicht und spielen sein Spiel. Wenn sie nicht so berichten, wie er es möchte, dann werden sie auch noch beschimpft. Als „niedrigste Form des Daseins" hat Trump politische Journalisten bezeichnet. Und was ist passiert? Die US-Medien haben ihre Teams zur Berichterstattung aus dem Weißen Haus aufgestockt.

Annemarie checkt ihr Smartphone. Da sind auch alle Terminpläne drauf. Sie werden online aktualisiert. Er sollte ein Zeitfenster finden. Für Oma und ihren alten Freund. Sie sind tatsächlich gekommen. Er hat das nicht ernst gemeint. Er hätte nie gedacht, dass sie das tun. Eine Dreiundachtzigjährige und ein Zweiundneunzigjähriger. Er hat sie natürlich vom Flughafen abgeholt. Er wird ihnen das Parlament zeigen. Jetzt sind sie irgendwo draußen unterwegs. Sie wollen Fuhrmann im Auge behalten. Sie glauben, dass er mit dem Verschwinden von Rami zu tun hat. Sie haben zu viel Zeit. Sie steigern sich da in etwas hinein. Oma will, dass er Sina aus dem Gefängnis holt. Sie hat keine Ahnung. Wie soll er …

– Du murmelst vor dich hin, sagt Annemarie und blickt von ihrem Mobiltelefon auf.

– Meine Oma. Sie ist da. Mit ihrem Freund. Er ist zweiundneunzig, Wehrmachtsdeserteur, danach hat er Jus studiert, war so eine Art Armenanwalt.

– Das klingt doch hinreißend.

– Natürlich sind die nett. Aber anstrengend. Sie sind hinter Fuhrmann her.

– Sie sind bei den Patrioten?

– Omas Freund ist ein alter Linker. Sie glauben, Fuhrmann hat mit dem Verschwinden von Flüchtlingen zu tun. Oma kümmert sich um die Frau von einem, dessen DNA auf Golgatha … ich meine, am Tatort der Kreuzigung gefunden wurde. Ich muss auf Oma aufpassen. Ein Freund hat mir erzählt, die Patrioten haben einen illegalen Sicherheitsdienst. Die haben es vielleicht nicht so gerne, wenn man ihnen hinterherspioniert.

– Fuhrmann ist ohnehin immer im Schwarm unterwegs. Anhänger und Medien und etwas weiter weg die Gegner. Die einen lieben ihn, die anderen wollen ihn als Nazi enttarnen, und alle hoffen auf einen besonders starken Sager. Er will eine Patriotische Internationale. Deswegen ist er da. Die sind sich für nichts zu blöd. Weißt du, dass sie jetzt sogar einen Mitarbeiter mit Migrationshintergrund haben?

– Es gibt genug Serben und Türken, die auf die Patrioten reinfallen.

– Mit iranischen Wurzeln. Er ist allerdings schon hier geboren. Seine Eltern sind nach der Revolution geflohen. Sieht aus, als wäre er Boxer.

– Du kennst ihn?

– Ich kenne so gut wie alle, die von den Patrioten noch am wenigsten. Die haben es nicht so mit uns Grünen. Und wir nicht mit ihnen. Momentan sind sie auf uns besonders sauer. Hast du mitbekommen, was mit der Refugees-Delegation war?

– Refugees. Stimmt es, dass man eher *Refugees* als *Flüchtlinge* sagen soll? Weil *Flüchtlinge* abwertend klingt.

– Es ist internationaler. Und es hat mehr von Ankommen als von Davonlaufen. Aber in Österreich kannst du das eher vergessen. Besser, die verstehen dich. Wir müssen eben zusehen, dass das Wort nicht negativ behaftet ist.

– *Geflüchtete* klingt irgendwie auch komisch. Wie schwierig das mit Sprache ist. Auch für uns, die wir mit ihr aufgewachsen sind. Was war mit der Refugees-Delegation? Wir hatten die Konferenz für nachhaltige Energiepolitik. Wie viele Leute da mitreden wollen. Ich bin ja bloß ein Aktenträger.

– Ich glaube, der Kaindl mag dich. Er ist trocken, aber in Ordnung. Er hat sich übrigens auf unsere Seite geschlagen, als es um die Sache mit der Delegation ging. Wir haben schon länger geplant, dass eine Gruppe von Geflüchteten ins Parlament kommt. Sie spielen Fußball, auch gegen eine Parlamentsauswahl. Es soll ein Zeichen sein, dass wir sie als Teil unserer Gesellschaft betrachten. Der Präsident hat es mitbekommen und wollte dabei sein. Ein Zeichen, dass er sich dafür gute Presse erwartet. Alles wunderbar, bis die von den Patrioten das spitzgekriegt haben. Sessler hat sofort auch einen Termin mit dem Parlamentspräsidenten verlangt, aber der hat aus Zeitgründen abgelehnt. Was dann war, kannst du dir vorstellen. Empörung via Facebook, Twitter und Co. Der empfängt Flüchtlinge, aber keine Patrioten, die ganze Soße eben.

– Das mit Sessler hat sich erledigt.

– Und jetzt ist Fuhrmann da. Ohne offiziellen Termin, aber man kann ihm natürlich nicht verwehren, das Parlament zu besuchen, wenn ihn die Abgeordneten einladen.

– Gleichzeitig schimpfen sie auf die EU, wo es nur geht.

– Das haben sie gemeinsam mit Nationalisten in Polen, Holland, Italien, Ungarn …

– Die wollen eine Fraktion gründen, um sich selbst abzuschaffen. Einfach absurd.

– Kleinere rechte Fraktionen gibt es schon. Der Front National mischt da mit. Der große Zusammenschluss ist ihnen bisher nicht gelungen. Aber die Patrioten werden immer stärker. In allen möglichen Ländern. Seit wann glaubst du, dass Politik widerspruchsfrei ist? Und schon gar bei denen? In erster Linie geht's ihnen ums Polarisieren. Was danach ist, das ist zweitrangig. Gab doch auch genug englische Politiker, die nach dem ersehnten Brexit total irritiert waren. Weil sie nie gedacht hätten, dass die Leute so blöd sind und wirklich für das stimmen, was sie inszeniert haben.

– Ich sollte mit Oma und ihrem Freund abendessen gehen. Hast du Lust, mitzukommen?

– Ich hätte große Lust. Zwei Menschen, die so viel erlebt haben und die nach Brüssel fahren. Sie sind für die EU, oder?

– Omas neuer Freund ist begeisterter Europäer. Und meine Oma ist verliebt in ihn, da interessiert man sich für das, was den anderen interessiert.

– Wir sollten etwas mit ihnen machen. Quasi als Gegenprogramm zu Fuhrmann. Glaubst du, die tun mit?

– Mach Richard Pribil schöne Augen und er tut alles.

– Ein Schwerenöter?

– Ein Charmeur. Wenn auch einer mit Arthritis.

– Gern. Das sollte sich ausgehen. Davor bin ich im Goethe-Institut. Großartiges Kulturprojekt für Lampedusa.

– Ob so etwas hilft?

– Nichts tun hilft ganz sicher nicht.

David pickt in den Krümeln seines Croissants. Wenn er sich richtig erinnert, hat Omas Freund etwas Ähnliches gesagt.

– Wir sind auf Urlaub, sagt Richard und legt seine Hand auf die von Lotte. Place du Luxembourg. Sie sitzen an einem Tischchen vor der Bäckerei Tout Bon in der Nachmittagssonne. Alles gut. Wunderbares Brot, grandiose Croissants.

Lotte lächelt. Dass sie noch einmal mit einem Mann verreist. Wer hätte es gedacht.

Richard lächelt. Dass er noch einmal mit einer Frau verreist. Und dann mit einer solchen.

– Wenn mir fünfundvierzig jemand gesagt hätte, dass ich einmal auf ein Europäisches Parlament schauen werde, ich hätte ihn für verrückt erklärt, murmelt Richard.

– Deine Engländer haben den Ausgang genommen.

– Selbst schuld. Es ändert nicht viel. Weißt du, die Idee vom Kommunismus hat sich überlebt. Sie haben es gründlich versaut. Aber die Idee des Internationalismus lebt. Trotz allem.

– So schwärmerisch kenne ich dich gar nicht.

– Das machst du.

Lotte lächelt. – Du hast nicht von mir, du hast von Europa geschwärmt.

– Ohne dich wäre ich nicht hier.

– Sina …

– Psst, meine Liebe. Gleich bin ich wieder Realist. Aber jetzt lass uns einfach diesen Augenblick genießen. Ein Augenblick ist die Unendlichkeit. Du kannst ihn nicht messen, wenn du ihn festhalten willst, ist er schon vorbei. Und reihst du das Nichtmessbare aneinander, hast du die Unendlichkeit.

Sie sitzen in der Sonne und halten Händchen. In der Glaskonstruktion des Parlaments spiegelt sich der Himmel. Unter ihrem Tisch sitzt ein Spatz und sucht nach Brotbröseln. Zwei Frauen kommen aus der Bäckerei und lachen. Es klingt wie Musik. Lotte denkt an gar nichts. Richard denkt, jetzt könnte ich einen Heiratsantrag machen, aber es wäre schade um den Moment. Dann läutet das Telefon.

– Ja?, sagt Lotte. Keine Nummer, die sie gespeichert hat.

– Frau Klein? Jennifer Wech hier. Ich wollte mich noch bedanken.

– Gar kein Grund, gefällt es Ihnen beim Fernsehen?

– Ja. Danke. Es ist eine tolle Chance. Wir machen sehr nette Reportagen, ich war sogar schon selbst im Bild. Als wir einen Dreh über das Sommerquartier der Lipizzaner hatten. Lotte rollt mit den Augen und sieht Richard entschuldigend an. Und für so etwas zerstört sie die Stimmung. Na gut. Auf Dauer hätte sie ohnehin nicht gehalten. Er hätte husten müssen oder sie hätte aufs Klo gemusst. Aber einen Augenblick. Oder eine Unendlichkeit. Jetzt hat sie nicht aufgepasst. Jennifer hat irgendwas über ihren Vater gesagt. Kennt sie ihn? Nein. Sie kennt ihn sicher nicht.

– Hallo?, ruft Jennifer.

– Ja. Ich bin da. Da war nur … eine kurze Unterbrechung.

– Er ist irgendwo auf dem Semmering und trainiert Flüchtlinge. Oder andere Araber. Oder so ähnlich. Genau weiß ich das nicht. Offiziere und Soldaten. Es hat etwas Militärisches. Und es ist geheim. Ich habe gehört, wie sie geredet haben. Einer glaubt, ein paar von den Arabern sind nach Brüssel gebracht worden. Mit Schleppern.

– Nach Brüssel?

– Es ist nicht sicher. Aber ich habe das Gefühl, dass ich das jemandem erzählen sollte. Ich weiß nicht, was sie tun. Mein Vater ist sicher kein schlechter Mensch. Er war lange arbeitslos. Er mag Ausländer nicht besonders. Und trotzdem ist er jetzt so eine Art Anführer. Er kann Arabisch. Von früher.

– Ihr Vater ist auch in Brüssel?

– Nein. Der ist auf dem Semmering. Man liest so viel und hört so viel. Es geht mir jetzt schon besser, wo ich Ihnen das erzählen kann.

Zini sitzt ganz aufrecht. Sein Blick hat nichts Kindliches. Verschlossene Aufmerksamkeit. Sina zerreißt es beinahe, ihn anzusehen. Was hat sie ihm angetan? Warum hat sie nicht verhindern können, dass alles so gekommen ist? Was hat sie falsch gemacht? Sie wollte nichts als eine gute Zukunft für Zinédine. Sie beide wollten nichts anderes als eine gute Zukunft für ihren Sohn. Und selbst leben. Sie hätten daheimbleiben sollen. Sie hätten nie jemandem glauben dürfen. Oder haben sie zu wenig vertraut? Man behandelt sie hier ordentlich. Keiner schlägt sie, keiner beschimpft sie. Das ist mehr als daheim, wenn du im Gefängnis bist.

– Es geht mir gut, sagt Zini. – Ich spiele Fußball mit Joe. Joe ist der Neffe von den al-Soma, bei denen ich jetzt bin. Joes Eltern sind noch in Syrien. Er sagt, sein Vater erschießt alle Feinde. Sie haben mir ein Klappbett gegeben. Das geht schon.

Er fragt nicht, was Rami angestellt hat. Er fragt nicht, was sie getan hat, dass sie nun in Haft ist. Untersuchungshaft. Was sie untersuchen. Sie haben sie immer dasselbe gefragt und sie konnte nichts Neues sagen. Wenn ihr etwas einfiele, sie würde alles verraten, um wieder bei ihrem Sohn zu sein. Sie würde alle verraten. Außer Rami.

[21.]

Dieses alte Gebäude am Place du Luxembourg. Und dahinter das riesige moderne Parlament. Trotzdem sieht man zuerst das kleine Haus. Alt und Neu und Groß und Klein. Europa. Frau Klein schwärmt.

– Es ist die Fassade des alten Bahnhofs Brüssel-Luxemburg. Er wurde komplett unter die Erde verlegt, als das Parlament gebaut wurde. Jetzt heißt das Haus „Station Europe“ und ist das Begrüßungszentrum des Parlaments.

– Richard hat gesagt, wie großartig es ist, dass er das noch einmal sehen kann, nicht wahr, Richard?

Omas Freund nickt.

– Und diese Fotogalerie. Fotos von ganz normalen Menschen an der Fassade. Das sollte man allen zeigen, die sagen, die EU interessiert sich nicht für die Menschen.

– Sozialer könnte sie schon noch werden, murmelt Omas Freund.

David hat sich zwei Stunden freigenommen, um seiner Großmutter und ihm das Parlament zu zeigen. Das gestrige Abendessen war ein voller Erfolg. Wer konnte annehmen, dass die beiden Muscheln lieben? Vielleicht haben sie diese Liebe gerade neu entdeckt, wie alles mögliche andere auch. Er kann sich nicht erinnern, dass es bei Oma und Opa je Muscheln gegeben hätte. Was sie ihm sonst noch erzählt haben, war ein wenig wirr. Von dem Vater der jungen Frau, die Oma beim Fernsehen untergebracht hat. Dass er am Semmering Flüchtlinge trainiert. Oder zumindest Leute, die arabisch sprechen. Dass angeblich welche von denen nach Brüssel unterwegs sind. Dass doch auch Rami in seiner zweiten Botschaft geschrieben habe, er mache sich auf Hochzeitsreise. Und ihre Hochzeitsreise hätten Sina und er in Brüssel verbracht. Sinas Mann wird gesucht. David kann sich nicht vorstellen, dass ein ehemaliger Polier, der offenbar mit den Patrioten in Verbindung steht, ein islamistisches Terrornetzwerk leitet. Andererseits hat Cem über die eigenartigen Sicherheitsstrukturen bei den Patrioten erzählt.

Annemarie will sie bei der Skulptur treffen. Sie möchte die beiden unbedingt kennenlernen. Den Plan, sich an Fuhrmanns Fersen zu heften, hat seine Großmutter offenbar aufgegeben. Oder vergessen. David ist froh darüber. Was kann das bringen? Sina wird dadurch nicht freikommen. Sina. Er sollte über sie schreiben. Und über Fuhrmanns Besuch in Brüssel. Wie die Medien, auch die sogenannten kritischen, um einen Termin betteln. Wie sie die Ersten sein wollen, die von der jüngsten Entgleisung der Patrioten erfahren. Wie sie dann empört sind. Und auf der anderen Seite die Anpassler. Auch Fuhrmann war Journalist. Krisenreporter. Man verstehe einander, kenne sich ewig, auch wenn man natürlich nicht alle Positionen teile. Aber, seien wir uns ehrlich, so könne es nicht weitergehen, damit habe Fuhrmann schon recht. Wenn jemand schon „sind wir uns ehrlich" sagt.

Bei den Sicherheitskontrollen kein Problem. Er hat Frau Klein und Herrn Pribil rechtzeitig angemeldet, mit Namen und Reisepassnummer und Geburtsdatum. Gerade dass die nicht die Schuhgröße wissen wollten. Die von der Security haben gelächelt, als Oma und ihr Freund ihre Pässe gezeigt und ihre Tasche auf den Scanner gelegt haben.

– Es ist gar kein miefiges Amtsgebäude, sagt Frau Klein. – Die könnten sich bei uns ein Beispiel nehmen.

– So groß brauchen wir es nicht, erwidert Herr Pribil und schaut auf die Skulptur aus Stahl. Sie ragt in der Mitte der Halle über Stockwerke hinweg nach oben. Dann Glasdach. Dann der Himmel.

– Man sagt, die Stäbe sind so zusammengefügt, dass sie einander halten. Wenn man bloß einen entfernt, fällt alles zusammen. „Heart of Europe“ heißt sie, Herz Europas. David spielt Fremdenführer. Und er ist stolz darauf, wie gut er das Haus inzwischen kennt.

– Unpraktisch, erwidert Herr Pribil. – Das sollte auch halten, wenn der eine oder andere wegfällt.

Annemarie. Dynamische Bewegungen, Händeschütteln, Lächeln.

– Sie sehen Sina ähnlich, sagt Frau Klein. – Sie haben keine Wurzeln in Syrien, oder?

Annemarie verneint. Ihre Großmutter sei Italienerin. – Meine Chefin würde sich freuen, Sie kennenzulernen. Aber momentan geht wieder einmal alles drunter und drüber. Es sind extrem viele Journalisten da, aus Österreich, aber auch aus anderen Ländern. Sie hat jede Menge Interviewtermine.

– Wegen Fuhrmann, oder?, fragt Frau Klein.

– Sozusagen. Meine Chefin könnte ohne die Termine leben. Aber es gibt auch nette. Ein Gespräch mit einer Flüchtlingsdelegation. Im Anschluss gibt es einen Medientermin. Davor könnte Zeit sein. Hätten Sie etwas dagegen, wenn meine Chefin den Medien von Ihrem Besuch erzählt?

– Natürlich nicht, lächelt Frau Klein und sieht Richard beschwörend an. Sina, telepathiert sie ihm. Vielleicht können wir ihr etwas von Sina erzählen.

– Was sind das für Flüchtlinge, die kommen?, fragt Herr Pribil.

– Sie haben mit ihren Betreuern eine Fußballmannschaft gegründet. Sie sind gut drauf und gehen auf Tournee. Refugees on Tour.

– Man weiß, wer sie sind?, fragt Frau Klein. Rami. Zini hat seine Fußballleidenschaft von seinem Vater. Kann es sein, dass Jennifers Vater am Berg Fußballer trainiert?

– Natürlich. Eine unserer Mitarbeiterinnen in Wien hat das vorbereitet. Namen, Dokumente, Lebensgeschichte. Im Moment sind alle unendlich vorsichtig. Sie werden morgen gegen eine Parlamentsauswahl antreten. Der Präsident selbst wird Schiedsrichter sein. Einige trainieren heute, einige kommen ins Parlament.

14:46
ES

Beethovens 9. kehrt heim nach Österreich! Jahrzehntelang hat sich die sogenannte Europäische Union die göttliche Symphonie unwidersprochen unter den Nagel gerissen. Wir holen unser Kulturgut zurück. Freude, schöner Götterfunken ist die neue Hymne der patriotischen Bewegung. Ein Rechtsgutachten bestätigt: Wir haben ein Recht auf unsere Hymne!

14:58
Harald Underberg

Ich kann die Überlegungen der Patriotisch Sozialen Partei verstehen. Aber gestatten Sie mir einen Einwurf als Jurist: Das Werk ist urheberrechtlich nicht geschützt und kann es auch nicht sein. Bekanntlich sind Beethoven und Schiller mehr als 70 Jahre tot. Geschützt ist nur eine bestimmte von Karajan für die EU eingespielte Instrumentalversion.

14:59
Gerolf

Die sollen sagen, was sie wollen. Die STEHLEN was nur geht. Sogar die Hümne. Nicht mit uns!!! Aber Fuhrmann sagt ihnen schon Bescheit. Wir schaffen die ab.

15:04
Gunther Kraus

Einreiseverbot für alle EU-Politiker! Die machen mit dem Islam gemeinsame Sache. Und unsereins wird ausgegrenzt!!!

15:09
Gerolf
Über den Trump lacht die Schikaria. Aber DER weiss, wie es geht!!! Er weiß, dass die Medien LÜGEN und es gibt UNUNTERBROCHEN Anschläge, über die niemand was weiß.

15:11
Tamara Selig
So wie das Massaker, das seine Beraterin erfunden hat??? Bowling Green, Kentucky. Lest es nach. Es gibt sie, die Fakten. ☺ Das ist die gute Nachricht in dem Irrsinn.

15:14
Bürgerbüro der Patrioten – Regierungsrücktritt sofort!
Mit derartigen Beschuldigungen soll das Einreiseverbot von Muslimen verhindert werden! Da auch ein Fakt:
Der Chef der Lega Nord in Italien, Matteo Salvini, begrüßt das Einreiseverbot. Im Kurzbotschaftendienst Twitter schrieb er, die EU, die UNO, Deutschlands Kanzlerin Angela Merkel, Journalisten sowie „versnobte Promis“ und „der Islam“ seien gegen Trump: „Wie kann man ihn nicht lieben?“
Wir sind nicht allein!

15:16
Spaßvogel
Ihr seids wirklich nicht allein. Die nächste Stufe ist, dass ihr euch selbst ausweist. Wär nicht das Blödeste. Mir ist diese Hymne wurscht. Aber nicht, dass ihr alles vereinnahmt, was euch passt. Da ist Schluss mit Lustig. Und Fuhrmann in Brüssel unpackbar. Der Kriegsreporter mitten im Feindesland. Ich warte darauf, dass er eine dieser blöden kugelsicheren Westen anzieht, mit denen er früher im Fernsehen war. Der verarscht euch, Brüder und Schwestern im Wahnsinn.
Zitat von Spock, dem Vulkanier: „Wahnsinn hat keinen Sinn. Oder einen Grund. Aber er könnte ein Ziel haben.“

15:33

Ungefragt

EU-Krise verschärft sich: Sogar Außerirdische laut EU-Präsident beunruhigt! 10 Dinge, die Sie jetzt auf jeden Fall bunkern müssen! Achtung: Der nächste Krisenfall steht bereits bevor. Sie müssen sich jetzt vorbereiten, um nicht mit dem Land unterzugehen. Dafür erhalten Sie heute eine kostenlose Checkliste. Eine Checkliste mit 10 Dingen, die SIE noch heute bunkern müssen, um auf die kommende Katastrophe vorbereitet zu sein! Sichern Sie sich die Liste jetzt umgehend und KOSTENLOS!

Die Führer anderer Planeten sind beunruhigt, meint der EU-Präsident. Jetzt wissen die Europäer endlich, weswegen der EU-Präsident manchmal etwas merkwürdig wirkt und sich dem Verdacht aussetzen muss, vielleicht das eine oder andere Glas Wein zu viel erwischt zu haben. Jedenfalls verriet er vor laufender Kamera, weswegen er so besorgt ist. In deutscher Übersetzung hört sich das so an:

„Das britische Votum hat einige von unseren zahlreichen Flügeln abgeschnitten, aber wir fliegen weiter. Wir werden unseren Flug Richtung Zukunft nicht abbrechen. Der Horizont erwartet uns und wir fliegen Richtung Horizont und diese Horizonte sind die von Europa und des ganzen Planeten. Sie müssen wissen, dass jene, die uns von weitem beobachten, beunruhigt sind. Ich habe gesehen und gehört, dass Führer anderer Planeten beunruhigt sind, weil sie sich dafür interessieren, welchen Weg die Europäische Union künftig einschlagen wird. Und deshalb sollten wir die Europäer und jene, die uns von außen beobachten, beruhigen."

Alles klar??? Wollt ihr von den Außerirdischen diktiert werden???

Gemeinsam gehen sie Richtung Saal. Sie gehen langsamer als sonst, nehmen Rücksicht auf Herrn Pribil. Seine Beine sind schon über neunzig.

– So möchte ich auch beisammen sein, wenn ich alt bin, flüstert David Annemarie zu.

Sie lacht. – Ich bin gespannt, ob ich dich daran erinnern kann, wenn es so weit ist.

– Wer weiß?

– Ich bin zwei Jahre älter als du.

– Frauen werden sowieso älter. Das sollte sich ausgehen. David versucht, nicht weiterzudenken. Nichts zu analysieren, zu fantasieren. Er versucht einfach, dieses warme Gefühl zu genießen.

Ein Sitzungsraum neben dem anderen. Braune Holzverkleidung, neben der Eingangstür ein Tisch, dahinter ein Mann. Saaldiener. Angeblich mit Nahkampfausbildung. Er passt auf, dass niemand den Saal betritt, der nicht dazu berechtigt ist. Die Tür zum nächsten Saal ist offen. David hat nichts dagegen, dass Annemarie die Führung übernommen hat. Sie nickt dem Mann davor zu, sie scheint ihn zu kennen. Die kleine Delegation tritt ein. Große Drehsessel, die in einem Oval angeordnet sind, zwei Reihen, dahinter so etwas wie eine Galerie mit Stehplätzen. Dolmetscherkabinen mit Glas davor. Auf der einen Längsseite sitzen fünf Männer, offenbar ist die Flüchtlingsdelegation schon da. Sie wirken verloren im imposanten Raum, rund um sie hätten noch zwei, drei vollzählige Fußballmannschaften Platz. Samt Ersatzspielern.

Auf der anderen Seite steht eine schlanke große Frau mit kurzgeschnittenen dunklen Haaren. Sie spricht mit einem jungen Mann in Jeans. Von wegen, dass man hier keine Jeans tragen darf. Jetzt sieht es Oma wenigstens mit eigenen Augen.

Annemarie deutet auf die hochgewachsene Frau. – Meine Chefin. Ich stelle euch vor. Ich muss nur noch ein paar Worte mit ihr reden. Du kümmerst dich um deine Verwandten, ja, David?

David nickt.

Frau Klein sieht sich um. Was hier üblicherweise verhandelt wird? Die Fußball spielenden Flüchtlinge. Ob einer von ihnen Rami kennt? Auch Zini spielt gerne Fußball und Sina hat gesagt, dass sein Vater unbedingt wollte, dass er Zinédine heißt, wobei … Sie kneift die Augen zusammen und öffnet sie wieder. Sie greift nach Richards Hand. Sie ist nicht verrückt. Das ist kein Traum. Der Zweite, der mit dem blauen Hemd. Das ist Rami. Rami ist bei keinem Fußballprojekt. Zumindest nicht bei einem offiziellen. Rami ist verschwunden. Rami wird gesucht. Rami ist da. Wer sind die Männer neben ihm?

– Was ist? Du zerquetschst mir die Hand.

– Dort sitzt Rami. Der Zweite.

– Du bist dir sicher?

– Ja.

– Wir müssen mit ihm reden.

– Das sind nicht die Fußballer, Richard. Oder es sind zumindest andere. Ich weiß nicht. Wer sind die?

– Rami ist kein Terrorist. Du hast es oft genug gesagt.

– Ja.

– Glaubst du es noch?

– Ja.

Sie geht hinter Richard her. Sie kann sich vorstellen, wie er als Anwalt war. Wie er im Gerichtssaal nach vorn gegangen ist. Gerade. Groß. Einer, der weiß, was er will. Frau Klein zittert. Sie kann nichts dagegen tun. Rami kennt Richard nicht. Eigentlich kennt sie Rami auch kaum. Sie kann sich hinter Richard verstecken. Sie versucht, alle fünf Männer im Auge zu behalten. Dunkle kurzgeschnittene Haare, keiner trägt einen Bart. Drei in Hemden, zwei mit Sakkos darüber. Jung sind sie. Aber für sie sind die meisten jung. Sie schauen sie verunsichert an. Rami steht langsam auf, schiebt sich an dem Mann neben ihm vorbei, starrt Frau Klein an. Sie kann seinen Blick nicht deuten. Entsetzen? Angst? Überraschung?

– Rami, was machst du hier?

– Reden.

– Warum bist du weg?

Er sieht sie an. Er kann nicht gut Deutsch. Richard. – Mein Freund. Er kann Englisch. English. Er übersetzt. Wie leicht ihr das inzwischen von den Lippen geht. Mein Freund.

Rami sieht sich gehetzt um. Der Mann neben ihm nimmt ihn am Unterarm, rascher Wortwechsel auf Arabisch. Rami schüttelt seine Hand ab, drängt Lotte und Richard Richtung Stehplätze. Lotte sieht, dass zwei seiner Delegation auch aufstehen. Sie kommen näher. Halten dann inne. Rami wirft ihnen einen raschen Blick zu und schüttelt den Kopf.

Es sei eine zu lange Geschichte, sagt er Richard, er sei da, um die Wahrheit zu sagen.

– Warum bist du weg? Du hast deinen Sohn im Stich gelassen, und Sina. Lotte sagt es, Richard übersetzt es.

Er habe mit Fuhrmann reden wollen, er sei auf einer Kundgebung gewesen. Fuhrmann habe ihn vertröstet, er solle warten. Er sei herumgegangen hinter der Bühne und da sei Sessler gewesen, in einem Auto, links und rechts andere, er in der Mitte, wie festgenommen, er habe ihn aus dem Fernsehen gekannt. Dann hätten ihn welche niedergeschlagen, nein, Fuhrmann war es sicher nicht. Er sei auf einem Berg gewesen mit anderen. Alle glauben, sie sind Terroristen. Sie werden erschossen, wenn sie flüchten. Was ist mit Sina? Sina und Zini? Hat sie die Nachrichten bekommen? Er hat nicht klarer schreiben können, weil die Offiziere die Botschaften geprüft haben, sie durften welche schicken, um die Frauen zu beruhigen. Damit sie nicht reden.

– Es geht ihnen gut, sagt Frau Klein auf Deutsch.

– Die zweite Botschaft hat nicht sie bekommen, sondern die Polizei, ergänzt Herr Pribil auf Englisch. – Hochzeitsreise soll der Code für einen Terroranschlag sein. Richard starrt auf Ramis Begleiter.

– Ich wollte, dass sie weiß, dass wir nach Brüssel fahren. Ich habe es aufgeschnappt. Warum ging die Botschaft zur Polizei? Die Offiziere hatten sie … nur sie können sie der Polizei gegeben haben.

– Vielleicht hat ihnen das mit der Hochzeitsreise ins Konzept gepasst. Warum bist du nicht weg?

– Die Offiziere haben gesagt, wer weggeht, kommt ins Gefängnis oder er wird gleich erschossen, weil die kurzen Prozess machen mit Terroristen. Die wussten nicht, dass ich ein bisschen Deutsch kann, ich habe es von Sina auf der Flucht gelernt. Die haben nur einfache Männer ausgewählt, die kein Deutsch können und kaum Englisch, Leute mit wenig Bildung, die dachten, ich bin Koch, die wussten nicht, dass ich studiert habe. Vielleicht haben sie mich mitgenommen, weil sie dachten, ich habe etwas gesehen, bei der Kundgebung. Aber ich habe nichts gesehen. Ich habe mir die ganze Zeit den Kopf darüber zerbrochen. Sessler in dem Auto. Dass er ermordet wurde, das haben sie uns erzählt. Und dass man uns verdächtigt. Mit Fuhrmann habe ich Englisch geredet, aber der war nie auf dem Berg. Ich weiß nicht, ob er der Kommandant ist. Es hat auch andere bei uns gegeben, die ihn gekannt haben. Von der Flucht her. Die Offiziere haben selbst nicht gewusst, wer ihr Kommandant ist. Man hat uns trainiert. Der eine Offizier hat Arabisch gesprochen, wenn auch mies, Baustellenarabisch. Ein Mann hat uns heute durch die Sicherheitskontrollen gebracht, mit falschen Pässen, sie haben die ausgesucht, die den Männern in den Pässen ähnlich sehen. Sie haben uns einzeln hergebracht, ich war in einem Schweinetransporter.

– Was sollt ihr hier tun? Fußball spielen?

– Fußball spielen? Wir wissen es nicht. Warum sind wir da? Sie haben uns nichts gesagt. Ich konnte nicht weg. Wegen der Haftbefehle, sie haben uns übersetzt, was in den Zeitungen gestanden ist. Ich war nie dort, wo sie Sessler ermordet haben. Ich glaube, die waren das selbst. Ich weiß, dass ich die Gelegenheit nutzen werde, um die Wahrheit zu sagen, ich halte es nicht mehr aus ohne Sina, sie haben gesagt, nach der Sache hier würden die Haftbefehle aufgehoben und wir wären frei, aber wer glaubt denen schon etwas?

Ein massiger Mann mit grauen Haaren betritt den Saal, zwei jüngere, drahtige Männer hinter ihm. Er schüttelt der Vizepräsidentin und ihren Mitarbeitern jovial die Hand.

– Der Parlamentspräsident, flüstert Richard. – Es bleibt nicht mehr viel Zeit. Kannst du für deine Freunde die Hand ins Feuer legen?

Sie hätten nicht so viel geredet, antwortet Rami. Man hat nicht gewusst, was sie abhören. Und wer ein Spitzel ist. Es hat verschiedene Gruppen gegeben. Zwei waren seltsam, sie haben sich unnötig angebiedert bei den Offizieren. Einer davon ist da, der mit dem grauen Sakko. Er hat ein Gespräch mitgehört, der Mann, der sie hergebracht hat, soll jemandem sagen, dass Terroristen eingedrungen sind. Er hofft, er hat es richtig verstanden. Sie sind keine Terroristen. Er weiß nicht, was das soll.

– Was ist?, fragt Lotte. – Du musst übersetzen.

– Keine Zeit. – Rami, wo ist dieser Mann?

– Er hat uns herbegleitet und ist weg.

– Fuhrmann, mischt sich Frau Klein ein.

Rami antwortet auf Englisch. – Der Mann hat telefoniert, da hat er Fuhrmann gesagt. Sonst habe ich nichts verstanden, er hat leise gesprochen und deutsch, aber Fuhrmann habe ich verstanden.

– Wem wollen sie sagen, dass ihr Terroristen seid? Fuhrmann?

– Ich habe keine Ahnung. Bitte, ich bin kein Terrorist.

– Ich gehe und suche Fuhrmann, sagt Frau Klein auf Deutsch.

– Das ist gefährlich, widerspricht Richard.

– Es sind Leute um ihn.

– Wie hat der Mann ausgesehen, der euch hergebracht hat?, fragt Richard Rami.

– Er hat einen Ausweis gehabt, aber er war aus dem Nahen Osten. Kein Syrer. Vielleicht Iraker oder Iraner. Mit eigenartigem Akzent. *Yahya* ist auf seinem Schild gestanden, *Josef*.

David und Annemarie. Sie sind gekommen, ohne dass Frau Klein und Herr Pribil es gemerkt haben. David starrt Rami an.

– Ja, sagt Frau Klein zu David. Und zu Rami: Er ist mein Enkel. Er hilft. Er arbeitet hier. Seine Freundin auch.

– Du darfst nicht gehen, sagt Richard zu Lotte.

– Eine alte Frau nimmt keiner ernst.

– Du bist keine alte Frau.

– Charmeur. Und dann, lauter als notwendig: Ich muss auf die Toilette.

Richard sieht David und Annemarie an. Intensiver Blick aus hellblauen Augen. – Wenn das passiert, was ich glaube, dann taucht eine Antiterroreinheit auf und schießt alles kurz und klein.

– Können wir?, sagt der Parlamentspräsident und sieht auf die Uhr.

– Wir warten noch auf die Dolmetscher, sagt David und hofft, dass seine Stimme ganz normal klingt. Oma. Antiterroreinheit. Ob die zuhören, bevor sie schießen?

Die fünf Männer sitzen wieder nebeneinander. Blick konzentriert nach vorn gerichtet. Aber konzentriert ist man auch, wenn man versucht zu verstehen, was geredet wird.

Annemarie neben ihrer Chefin.

Der Saaldiener will die Tür schließen.

– Die Tür bleibt offen, sagt die Vizepräsidentin mit klarer Stimme. – Hier ist alles in Ordnung. Ich bitte die Sicherheitsleute, das weiterzugeben. Es hat vielleicht ein Missverständnis gegeben.

– Was soll das? Was soll nicht in Ordnung sein, mischt sich der Parlamentspräsident ein.

– Sagen Sie Ihren Sicherheitsleuten bitte, dass alles in Ordnung ist.

– Natürlich ist alles in Ordnung. Bloß der Dolmetscher fehlt.

Rami steht auf. – Sehr geehrte Damen und Herren, ich möchte eine Erklärung abgeben, sagt er auf Englisch. Es klingt, als hätte er es hundertmal geprobt.

Der Mann neben ihm steht auch auf. Der mit dem grauen Sakko. Rami starrt ihn an. Er starrt auf seine Mitte. Er ist der Letzte in der Reihe der fünf. Die Plätze neben ihm sind frei. Der Mann mit dem Sakko bewegt sich die Sitze entlang. Er ist jetzt an der Schmalseite des Ovals, auf der anderen Seite der Parlamentspräsident, die Vizepräsidentin. Schräg hinter ihm in der zweiten Reihe Herr Pribil. Und David.

Rami sagt einige Sätze auf Arabisch. Beschwörend. Hektisch. Oder hört sich das bloß so an? Dann auf Deutsch. – Er hat Gürtel. Ich sage, er macht Unglück, er hilft Feinden. Nicht weiß! I did not know!

Der Mann im grauen Sakko ist stehen geblieben. Sieht man genau hin, kann man die Ausbuchtung erkennen. Ganz langsam schiebt er seine rechte Hand unter das Sakko.

– Nicht weiß! Muss glauben! Nicht Gürtel bei Security! Rami schreit es.

Das kann eine Attrappe sein, denkt Herr Pribil. Zum Glück ist Lotte nicht hier.

Der Mann, der sie hergebracht hat. Er hat gewusst, dass einer einen Sprengstoffgürtel hat. Hoffentlich kommt die Polizei rechtzeitig. Hoffentlich weiß sie, was sie tut. Wir sollten uns auf den Boden legen, denkt David.

Herr Pribil erinnert sich an früher. An viel früher. Wenn es keinen Ausweg mehr gibt, wenn einer viele in den Tod schicken will, dann muss man ihn umarmen. Man kann nur mit dem eigenen Körper verhindern, dass die Zerstörung noch größer wird. Man dämpft die Explosion mit dem eigenen Körper. Mein Körper ist gut. Dafür. Ich habe viel gehabt. Und Lotte.

Herr Pribil geht langsam auf den Mann im grauen Sakko zu. Er sieht die Schweißperlen auf seiner Stirn. Er sieht seinen halb geöffneten Mund. Er sieht seine beinahe geschlossenen Augen. Als wäre er anderswo. Schon jetzt.

– Drop it, sagt Herr Pribil.

Der Mann schaut durch ihn durch, der rechte Mundwinkel zuckt fast unmerklich, er versucht, sein Gesicht, er versucht, sich unter Kontrolle zu halten.

Herr Pribil weiß nicht, was rund um ihn ist. Er ist konzentriert. Auf diesen Mann, den er nicht kennt. Auf das Ding um seine Mitte. Herr Pribil weiß, dass er nicht mit ihm kämpfen kann. Herr Pribil hofft, dass die Antiterroreinheit nicht zu früh eintrifft. Dann fliegen alle in die Luft. David und Rami und die grüne Assistentin und der Parlamentspräsident. Und danach

Chaos und Hetze und noch mehr, das in die Luft fliegt. Herr Pribil ist nur einen Schritt von dem Mann entfernt. Er könnte ihn berühren. Der Mann weicht nicht zurück. Nur der Mundwinkel zuckt etwas heftiger und der Schweiß rinnt ihm über die Wange, tropft auf seinen weißen Hemdkragen.

Ich will nicht sterben, denkt Herr Pribil. Lotte. Meine Liebe. Dann breitet er die Arme aus, macht den letzten Schritt, drückt den Mann im grauen Sakko fest an sich. Herr Pribil spürt, wie der Mann zittert. Er spürt, wie er die rechte Hand unter dem Sakko bewegt. Dann spürt er nichts. Nichts.

Nur dass der Boden unter ihm nass wird. Er hat den Mann noch immer fest umschlungen. Das Ding ist nicht losgegangen, denkt er. Oder geht es erst mit Verspätung los? Der Mann wehrt sich nicht gegen die Umarmung. Er zittert. Er zittert so, dass er ohne seine Umarmung umfallen würde. Herr Pribil kann seine Angst riechen. Seine Niederlage. Die Verzweiflung.

Herr Pribil dreht vorsichtig den Kopf. Im Augenwinkel sieht er, dass die Plätze leer sind. Dass niemand mehr da ist. Auch keiner von den Flüchtlingen.

– Go, sagt er zum Mann im grauen Sakko.

Es ist Urin, den er riecht. Verzweiflung hat keinen Geruch. Er hat sich angepinkelt. Zum Glück ist Lotte nicht hier.

Frau Klein ist durch die Gänge gehetzt. Sie muss Fuhrmann finden. Sie muss verhindern, dass die Terroreinheit zuschlägt. Die Antiterroreinheit. Die gibt es hier sicher. Oder sie holen sie von außerhalb. Wie lange dauert das? Sie weiß nicht, wo Fuhrmann sein könnte. Bei den Fernsehstudios, das könnte passen. Die sind in der Mitte, dort, wo alle Gebäude zusammenlaufen. Nicht weit vom Herzen Europas. Das Herz Europas. Die schießen die Flüchtlinge nieder und sagen, es waren Attentäter. Rami ist kein Terrorist. Sie haben ihn verschleppt, unter Druck gesetzt. Fuhrmann? Offiziere. Er war dort, wo der Vater von Jennifer war. Oder haben sie alle möglichen Lager auf allen möglichen Bergen? Sie weiß nicht, was sie Fuhrmann sagen soll, sie weiß nur, sie muss ihn finden. Und den Mann, der Rami und die anderen hergebracht hat. Josef Yahya. Seltsamer Name. Er bringt sie her und liefert sie aus. Die wollen Chaos. Dafür braucht man keine Waffen, auch keine echten Attentäter. Nur Angst. Und Täter. Die eigentlich Opfer sind. Wenn alles nicht doch ganz anders ist.

Plakatständer. Eine sehr junge Frau mit nach hinten gerutschtem Tuch, dichten Stirnfransen, dunklen Augen, Schmutz im Gesicht. Verschwommen hinter ihr ein kleines Kind. *ELEVEN WOMEN facing war*. Fotoausstellung. Schwarzweiß.

Die Menschen rund um sich nimmt Frau Klein nicht wahr. Niemand, der ihr helfen könnte. Nur einer. Warum sollte er es tun? Weil sie zu viel weiß? Sie ahnt das meiste nur. Kann Puzzlestücke zusammensetzen. Sie war nie gut im Puzzlespiel. Sie war zu ungeduldig dafür. Die Kameras und Studios zum Mieten. Vor einer der kleineren Einheiten am Rand der Halle ein Anzugträger auf einem blauen Teppich. Er sieht konzentriert in die Kamera. Das ist nicht Fuhrmann. Dann ein Studio wie hinter Gittern. Abgeschirmt durch viele schwarze Verstrebungen. Frau Klein kann einen Konferenztisch erkennen, mehrere Kameras. Am Rand stehen Menschen. Ein Riss in ihrer Brust. Frau Klein schnappt nach Luft. Sie ist zu schnell gegangen. Das ist alles. Man braucht jetzt nicht an Herz und Blutdruck denken. Da sind zwei, die aussehen wie Bodyguards. Ein paar Meter entfernt ein dünner langer Blonder. Und eine Brünette in hohen Schuhen und beigem Kostüm. Und neben ihr ein Kamerateam. Und noch ein Mann. Frau Klein atmet durch und geht langsam näher.

– Tut uns leid, der Parteiobmann wartet auf ein wichtiges Telefonat, sagt der Blonde.

– Ich hatte einen Interviewtermin mit ihm. Okay, ich warte auch. Aber dafür sagen Sie mir, warum sie das große Studio gemietet haben. Gibt es eine Erklärung? Stimmt es, dass er die Patriotische Internationale verkünden wird? Dass eine neue Fraktion gegründet wird?

– Kein Kommentar, tut mir leid. Wir haben es nur vorsorglich gemietet. Damit wir dem großen Medieninteresse entsprechen. Danke.

Frau Klein zwingt sich, langsam zu gehen. Eine ältere Dame auf Besuch im Herzen Europas. Oder knapp daneben. Das Ufo-Studio inmitten der Halle, die eingelassenen Monitore flimmern blau und lila. Da lehnt ein Mann mit dunklen Haaren und einem frischen Cut auf der Stirn. Er wirkt alleingelassen, ausgesetzt in der Kommandozentrale der Macht. Frau Klein kommt noch ein bisschen näher. Das Cut ist eher eine oberflächliche Abschürfung, seltsamerweise scheint er daran zu kratzen. Wer kratzt sich in einer Wunde? Jetzt kann sie sein Namensschild entziffern. Josef Yahya. Er starrt auf sein Smartphone. Hat ihn jemand zusammengeschlagen? Er hat die Flüchtlinge gebracht und dann war er weg. So weit hat Richard noch übersetzt. Wenn Rami recht hat, dann sollte dieser Mann den Sicherheitsleuten sagen, dass Terroristen im Saal sind. Hat er es schon getan? Hat ihn jemand daran gehindert? Fuhrmann? Warum hat der Mann die Flüchtlinge dann ins Haus gebracht? Hat ihn jemand dazu gezwungen? Oder lügt Rami?

Sie darf sich nicht aufhalten lassen. Sie muss Fuhrmann finden. Da. Er ist es, der auf sie zukommt. Frau Klein wappnet sich. Und merkt, dass er nicht zu ihr will, dass er sie gar nicht wahrnimmt. Er geht zu Yahya.

– Du hast es versaut, ihr alle habt es versaut. Sie haben den Alarm abgeblasen. Der Präsident selbst hat den Alarm abgeblasen. Verschwinde. Aber sofort.

Der Mann mit den dunklen Haaren sieht Fuhrmann ungläubig an. Dann macht er einige zögerliche Schritte aus dem Fernsehstudio, geht die Hochglanzstufe nach unten, ist wieder auf dem Boden der Normalsterblichen, Menschen, die hin und her eilen. In irgendwelchen wichtigen Angelegenheiten. Oder solchen, die sie für wichtig halten. Fuhrmann bückt sich, kramt hektisch unter dem Tisch im Studio. Für einen Moment denkt Frau Klein, er zieht eine Waffe, er holt eine Maschinenpistole aus der Versenkung. Aber schon taucht sein Kopf wieder auf. Graue Haare, rotes Gesicht. Sie stehen einander gegenüber. Fuhrmann erkennt sie. Er starrt sie an. Sie lächelt ihr Omalächeln und ist erstaunt, dass das auch jetzt geht. Fuhrmann lächelt zurück, dreht sich um, richtet sich ganz gerade auf. Die Fernsehjournalistin. Samt Team. Sie kommt mit energischen Schritten auf ihn zu. Sie weiß, wie man eine Story kriegt.

Nein, er müsse sie enttäuschen, für die Verkündung einer Patriotischen Internationale, der Verbindung der Vaterländer, sei es noch zu früh. Gut Ding brauche Weile, auch wenn die Zeit dränge.

Sie lächelt ihn an, sagt etwas, das Frau Klein nicht verstehen kann. Er geht mit ihr. Yahya wie ein geschlagener Hund dicht hinter ihm.

Frau Klein nimmt die Stufe zum Studio. Kunststoff in Weiß. Die Monitore. Fernsehbilder, ein Mann vor der Europafahne, Zahlenreihen, ein Saal, der dem gleicht, in dem sie noch vor kurzem war, wieder die Europafahne. Wann hebt das Raumschiff ab? Sie geht zum Tisch. Blick zu Fuhrmann. Er steht mit dem Rücken zu ihr, eine Kamera vor sich, er gibt der Journalistin ein Interview. Sie sieht unter den Tisch. Da ist ein Papierkorb. Sie kippt ihn um. Taschentücher, zerknülltes Papier. Ein halb gegessener Burger. Ein Tablet.

Er steht neben dem Schreibtisch und sieht aus dem Fenster und fühlt sich leer. Er weiß im Moment nicht, wie sich Freude anfühlt. Er wird es wieder wissen. Später. Wenn er bei Sina und bei Zini ist. Er hat alles zu Protokoll gegeben. Was er erlebt hat und was er vermutet, er hat versucht, nichts auszulassen. Jetzt sind Ali und die anderen dran. Der alte Mann hat ihnen das Leben gerettet. Der alte Mann und die Vizepräsidentin. Die ihnen vertraut hat. Die ihm geglaubt hat, dass niemand etwas von dem Sprengstoffgürtel gewusst hat. Nasouh. Warum hat er es nicht mitbekommen? Er wollte dem alten Mann helfen, aber sie haben sie hinausbefohlen, mit einer Handbewegung, langsam und geduckt sind sie hinaus, alle, in den breiten Gang vor dem Saal. Menschenleer war er, sie sind weiter, bis ans Ende des Gangs. Sie haben aufeinander eingeredet, ganz leise, der Präsident, die Vizepräsidentin, Mitarbeiter, der Mann, der Frau Kleins Enkel ist. Er hat nichts verstanden. Jeden Moment wird die Bombe hochgehen. Er hat gesehen, wie Ali zittert, Sanharib hat sich hinter eine Säule gestellt, sie konnten ihn kaum dazu bringen weiterzugehen. Weg. Und noch immer keine Explosion. Sondern der alte Mann, der aus der Tür zum Saal gekommen ist, der den Arm um die Schultern von Nasouh gelegt hatte, als würden sie sich gegenseitig stützen. Der Schreck und dann die Erleichterung.

– Der Gürtel ist drinnen, hat der alte Mann gesagt. Rami hat es verstanden. Woher hatte Nasouh den Gürtel? Sie sind durch die Sicherheitskontrolle gegangen. Sie waren gemeinsam unterwegs. Die Toilette. Der Mann, der sie hereingebracht hat. Josef Yahya. Er hatte einen Rucksack. Er kann Nasouh den Gürtel gegeben haben. Rami hat der Polizei gesagt, was er vermutet. Die haben einander angesehen, die von der Polizei. Ob jemand Yahya niedergeschlagen habe? Nein. Sicher nicht. Der habe sie hergebracht und sei verschwunden. Dass ihm nicht gleich aufgefallen ist, dass Nasouh einen Sprengstoffgürtel trägt. Er war konzentriert auf das, was passieren wird. Auf seine Rede. Darauf, dass er vielleicht die Chance hat, alles zu erzählen, alles zu erklären. Wie er es anstellt, dass sie ihm glauben. Und dann Frau Klein. Die er aus der Pfarre kennt. Die plötzlich im Saal gestanden ist.

Und danach. Wie der Alte mit Nasouh näher gekommen ist. Und plötzlich Männer da waren. Ohne Bewaffnung, oder ohne eine, die man sieht. Zwei für jeden von ihnen. Keine Gegenwehr, hat der eine zu ihm gesagt. Auf Arabisch. Niemand hat sich gewehrt, auch Nasouh nicht, sie sind zum Lift und nach oben gefahren. Hierher. Der Präsident war bleich im Gesicht. Die Hose des alten Mannes war nass. Danke, hat Rami zu ihm gesagt. Auf Deutsch. Ich will wissen, wo Lotte ist, hat der Mann zur Vizepräsidentin gesagt.

– Wir suchen sie.

Frau Klein kann sich nicht daran erinnern, wo der Saal war. Ihr ist schwindlig. Europa ist zu groß für sie. Sie lehnt sich an eine gelbe Skulptur. Gedrungene Gestalt wie aus einem Zeichentrickfilm. Glatt und kühl. Barbapapa als Kunstwerk. David ist zu jung dafür, der kennt Barbapapa nicht. Die Skulptur läutet. Man darf sich nicht anlehnen. Nein. Es ist das Telefon. Sie ist mit der Welt verbunden. Sie kann David anrufen. Richard. Vor allem Richard. Ihr habt es versaut. Der Alarm ist abgeblasen. Hat Fuhrmann gesagt. Richard ist nichts passiert. Und David. Und Rami. Und den anderen. Hoffentlich.

– Oma, wo bist du?

[22.]

Die Führungsspitze der EU versucht, ein Terrorattentat zu verschleiern. Hier, in diesem Gebäude! Ich muss es zugeben. Auch ich bin getäuscht worden. Aber wir klären auf. Ich fordere die sofortige und vollständige Abriegelung der Grenzen für alle Staatsbürger arabischer Staaten. Und alle mit einem Flüchtlingspass. Menschen. Wollte ich sagen. Aber sind das Menschen? Kann man sie noch so nennen?

Fuhrmann steht beim Fernsehstudio, um ihn herum Kamerateams, Fotografen, Reporter und Journalistinnen, ein Pulk, der von Minute zu Minuten wächst, schon über das Studio hinausreicht, sich in den Saal rundum ergießt, bis zum Café. Sie schreien ihm Fragen zu, in allen möglichen Sprachen.

Er hebt die Hand. Sie schweigen.

Er hebt den Kopf. Sie öffnen die Münder, als könnten sie so besser hören.

– Ein EU-Mitarbeiter hat sich bei den Patrioten eingeschlichen. Er wollte Rache. Uns vernichten. Weil wir den Islamisten den Kampf angesagt haben. Ich nenne seinen Namen. Josef Yahya. Er stammt aus dem Iran. Er hat gewirkt, als wäre er integriert. Aber solche wie er lassen sich nicht integrieren! Er hat gelogen. Man hätte ihn gezwungen, die Terroristen durch die Sicherheitskontrollen zu bringen. Danach hätten sie ihn überwältigt und gefesselt. Er gab an, sich selbst befreit zu haben. Meine lieben Freunde, ich habe die Welt gesehen. Ich habe dem

Terror und dem Hass oft genug ins Auge geblickt. Ich habe ihm nicht geglaubt. Zum Glück für uns alle.

– Wo sind die Terroristen?

– Es gab keinen Anschlag, was soll das!

– Noch steht das Haus, oder?

– Wo ist dieser Mitarbeiter?

– Wie ist er mit den Terroristen durch die Sicherheitskontrolle gekommen?

– Woher wissen Sie das?

– Warum sagt der Parlamentspräsident, dass es sich nicht um Terroristen handelt?

– Können Sie lauter reden?

– Wer sind die Attentäter?

Fuhrmann sieht sich um. Für einen Augenblick hat er ein Lächeln auf den Lippen. Dann blickt er wieder ernst und konzentriert in die Kameras. – Wie lange das Haus noch steht? Nicht mehr lange. Diese Union hat ausgedient. Sie verschleiert einen Terroranschlag. Sie ist zu schwach, um sich selbst zu schützen. Sie ist nicht imstande, uns zu schützen. Die Führungsspitze hat es für notwendig erachtet, eine Delegation angeblicher Flüchtlinge ins Haus zu laden. Sie haben sie selbst eingeladen, die Terroristen!

– Wo sind die Flüchtlinge?

– Terroristen.

– Hätten das nicht Fußballer sein sollen?

– Die hat man einfach eine Stunde länger durch Brüssel gekarrt, so viel ist inzwischen bekannt. Ich würde nicht ausschließen, dass sie sich vor allem die Viertel ansehen wollten, die schon lange fest in der Hand ihrer radikalen Gesinnungsgenossen sind.

Einige lachen, andere schütteln den Kopf, alle drängen noch näher zu Fuhrmann, wollen ganz vorne mit dabei sein.

– Wäre ich dem Verräter nicht auf die Schliche gekommen, wir stünden alle nicht mehr hier. Ich fordere den Parlamentspräsidenten und diese grüne Vizepräsidentin, bei der noch geklärt werden muss, ob sie nicht tiefer in den Fall verstrickt ist, auf, mit sofortiger Wirkung zurückzutreten. Danke.

David und seine Großmutter stehen bei der Säule mit dem Hinweis, dass man im Café nicht fotografieren darf. Er will sie dorthin bringen, wo die anderen sind.

– Es ist kompletter Unsinn, sagt David.

– Er lügt, sagt Frau Klein.

Obmann der Patriotisch Sozialen Partei Karl Fuhrmann.

Presseaussendung.

Durch den mutigen Befreiungsakt eines PSP-Mitarbeiters und die Entschlossenheit des Obmanns der Patriotisch Sozialen Partei konnten Antiterroreinheiten in letzter Minute ein Attentat von unfassbarer Tragweite verhindern. Asylanten, die als Teil eines internationalen Terrornetzes auf der Fahndungsliste stehen und als die Kreuziger bekannt sind, gelang es, einen unserer Mitarbeiter als Geisel zu nehmen und sich Eintritt ins EU-Parlament zu verschaffen. Die EU-Führung hatte eine Delegation von sogenannten Flüchtlingen geladen. Sie wurden durch islamistische Kämpfer ersetzt.

Der Blutzoll: … EU-Mitarbeiter. … Terroristen. Wobei es für die Terroristen nur die gerechte Strafe war, die unser Rechtsstaat generell wieder für solche Umtriebe ins Auge fassen sollte.

??? Der Parlamentspräsident und eine seiner Stellvertreterinnen wurden Opfer ihrer eigenen verfehlten Politik. ???

Wir fordern den sofortigen Rücktritt der gesamten Führungsspitze der Europäischen Union. Sie sind nicht in der Lage, für ihre eigene Sicherheit zu sorgen. Wie sollen sie dann für die Sicherheit Europas sorgen? Die Union der Beliebigkeit muss durch eine Gemeinschaft der freien Vaterländer ersetzt werden, die sich wieder auf die wesentlichen Punkte beschränkt: wirtschaftliche Zusammenarbeit, konsequente Entfernung islamischer Zellen, unbeschränkte Haft für Gefährder und ihre Ausweisung, Schutz unserer Grenzen.

Was sonst noch auf Fuhrmanns Tablet ist, weiß David nicht. Nur dass der Parteichef der Patrioten den Fehler gemacht hat, die Presseaussendung vorzubereiten, bevor das, was er beschreibt, geschehen ist. Ein Pedant. Einer, der immer vorbereitet sein will. Aber er hat nicht bedacht, dass bisweilen etwas schiefgehen kann.

Das Tablet ist bei den Sicherheitsbehörden. Rami und die anderen drei sind in Polizeigewahrsam. Noch gelten die internationalen Haftbefehle. Die müssen erst formal außer Kraft gesetzt werden. Man will keinen Fehler machen. Rami schwört, dass Fuhrmann mit seiner Flucht zu tun gehabt hat. Weder als Journalist noch als mitfühlender Mensch. Sondern als einer im Flüchtlingsgeschäft. Drei der Männer, die mit ihm auf dem Berg waren, könnten Ähnliches erzählen. Fuhrmann habe ihm etwas von einem mächtigen Gönner im Hintergrund gesagt. In der Pizzeria. Ob damit Wolnar gemeint sein könnte? Rami hat sich das so zusammengereimt. Deswegen hat er auch in der Nachricht an Sina geschrieben: „Ich grüße ehrerbietig deinen Vater und seine Freunde. Mögen alle staunen." Deutlicher zu werden hat er sich nicht getraut.

Nasouh wurde anderswo hingebracht. Hochsicherheitsgefängnis. Noch wird untersucht, ob der Sprengstoffgürtel überhaupt explodiert wäre. Angeblich hat man im Zimmer von Josef Yahya Spuren von Wasserstoffperoxid gefunden. Angeblich. Die Gerüchte überschlagen sich. David sitzt mit seiner Großmutter und ihrem Freund im Hotelfoyer. Ein bemerkenswerter Mann. Er hätte sich geopfert, damit andere nicht sterben. Er hat es auch für Europa getan, hat er gesagt. Der Parlamentspräsident hat eine Erklärung abgegeben. Man wollte Panik vermeiden, man habe die Situation in jeder Minute im Griff gehabt. Man habe Flüchtlinge missbraucht, um Chaos und Angst zu erzeugen. Es werde ermittelt. Er könne nicht ausschließen, dass die Erhebungen auf weitere Mitglieder der Patrioten ausgeweitet werden.

Sie trinken französischen Weißwein. David hat einen jungen und fruchtigen aus der Provence ausgewählt. Omas Freund hat ihm gedroht. Wenn er seiner Großmutter erzähle, dass er sich bei der Aktion in die Hose gemacht hat, dann werde er das büßen.

– Ich bin in der Nacht in das Quartier gebracht worden. Meine Kollegen werden das bestätigen.

– Stimmt es, dass Nasouh al-Agha und Muhamed Shbli am ersten Abend nicht anwesend waren?

– Ja. Sie sind erst nach mir gekommen. Meine Kollegen sagen, sie sind am Nachmittag mit zwei der Offiziere weggefahren.

– Können Sie die sogenannten Offiziere identifizieren?

– Mit Sicherheit.

Rami will nur noch schlafen. Er will keine Fragen mehr beantworten, er will nicht darüber nachdenken, dass sie alle in den Tod geschickt werden sollten. Er will nicht einmal wissen, wer dahintersteckt. Rache bringt nichts. Nur neue Gewalt. Er will heim und Sina und Zini in die Arme schließen. Rami streckt sich. Aber genau deswegen muss er Fragen beantworten. Er muss sich an jedes kleine Detail erinnern. Sie haben ihn damals bei der Kundgebung zusammengeschlagen und betäubt. Er ist erst wieder zu sich gekommen, als sie mit dem Auto gefahren sind. Er war gefesselt, sie haben ihm eine Mütze über das Gesicht gezogen. Aber sie haben nicht daran gedacht, dass er sie verstehen könnte. Zumindest zum Teil. Von den Offizieren haben sie geredet, die geheimnisvoll tun. Dass sie nicht verstehen, warum sie ihnen seine Jacke bringen sollen.

– Wann wussten Sie, dass Nasouh al-Agha einen Sprengstoffgürtel trägt?

– Als er aufgestanden ist. Sein Sakko war weit, aber im Aufstehen hat man den Gürtel gesehen.

– Was genau haben Sie zu Nasouh al-Agha im Parlament gesagt? Nachdem er aufgestanden ist?

– Ich habe gesagt: Du hilfst nicht deinen Leuten, du hilfst denen, die sie hassen und vernichten wollen. Du darfst uns nicht zur höheren Ehre der Patrioten in die Luft jagen.

– Wie sind Sie auf die Patrioten gekommen?

– Der Mitarbeiter, der uns hereingebracht hat, war von den Patrioten.

– Hat er unter Zwang gehandelt?

– Es hat nicht so gewirkt.

– Kennen Sie den Parteichef der Patrioten?

– Ich habe ihn auf unserer Flucht getroffen. Er hat viel gewusst. Er muss ein Drahtzieher gewesen sein. In Wien hat er mir versprochen, bei der Jobsuche zu helfen. Da war er noch nicht Parteichef. Er hat von einem mächtigen Gönner gesprochen.

– Wer soll das sein?

– Ich weiß nicht. Vielleicht ...

– Was, vielleicht?

– Nein. Nichts.

– Sie müssen sagen, was Sie wissen.

– Natürlich. Fuhrmann war es. Sonst kenne ich keinen.

– Hat er Geld verlangt?

– Unsere Flucht wurde in Damaskus bezahlt. Zum letzten Mal habe ich ihn auf einer Kundgebung gesehen. Ich bin hingegangen, ich wollte ihn erinnern, dass er versprochen hat, mir zu helfen. Er hatte keine Zeit. Ich sah, dass Sessler in einem Auto sitzt. Wenig später hat man mich zusammengeschlagen und betäubt.

– Sie haben Fuhrmann dann nicht mehr gesehen? Sie wussten, dass er Parteichef wurde?

– Wir hatten am Berg keinen Zugang zu Medien. Nur zu dem, was sie uns übersetzt haben. Ich habe aber gehört, was die Offiziere geredet haben.

– Warum sind Sie nicht geflohen?

– Sie haben uns gesagt, dass es Beweise gibt, dass wir Sessler ans Kreuz geschlagen haben. Sie haben uns gesagt, dass es Haftbefehle gibt, sie haben uns Zeitungsausschnitte mit unseren Namen gezeigt. Da haben sie nicht gelogen. Und dann waren noch die Hunde.

Die Ermittler sind so müde wie er. Sie sitzen vor ihm auf unbequemen Stühlen. Sie hören zu, während der Dolmetscher übersetzt.

19:42
ES
Wieder einmal entpuppten sich sogenannte Flüchtlinge als islamistische Terroristen! In letzter Minute konnte der Führer der Patrioten ein terroristisches Massaker verhindern. Es ist kein Zufall, dass das Blutbad stattfinden sollte, als Fuhrmann im EU-Parlament war. Er ist der Feind Nummer eins. Auch der Islamisten. Dem IS gelang es, einen iranischstämmigen Mitarbeiter einzuschleusen. Inzwischen ist bekannt, dass man in seinem Büro Sprengstoffreste gefunden hat. Verbindungen zum Terrornetzwerk der Kreuziger sind nachgewiesen. Diese EU hat ausgedient.

19:45
Volker Visowsky
Die EU-Bagage wär selbst schuld gewesen, wenn sie in die Luft geflogen wäre!

19:46
Eveline Svoboda
Die verbreiten Lügen im Staatsfernsehen. Die sagen, die Terroristen sind harmlos gewesen. Gleichgeschaltete Medien. Danke ES.

19:47
Volker Visowsky
Das Leugnen der Tatsachen hilft denen nicht. Wir wissen, was die zu uns gebracht haben. War es ein Plan oder ist es passiert???? Wer steckt HINTER den Islamisten????

19:49
Spaßvogel
Schon einmal an die Patrioten gedacht?

19:51
Ausdiemaus
Du verstekst dich hinter einem Pseudonüm. Sonst tät es dir nicht mehr gut gehen!!!!

19:53

Eveline Svoboda

Es sind die LINKEN die HETZEN, weil sie Randale wollen. Ohne Islam wären die LINKEN TOT!!!

19:59

Comandante

Die Patrioten können nicht alles verdrehen. Sie sind aufgeflogen. Aufruf zu Mord und gefährliche Drohungen. Lügen. So wie wir es gewohnt sind. Ein weiteres Scharmützel ist gewonnen. Fuhrmanns Helfer hatte Sprengstoff im Gepäck. Doch noch ist der Krieg nicht vorbei. Der antifaschistische Kampf für Gerechtigkeit geht weiter. Kein Innenminister, kein nationalistischer Hetzer kann uns stoppen.

20:05

Spaßvogel

Es ist fünf nach acht!

20:06

Siegfried

Übergeschnappt? Ja!!!!

20:07

Spaßvogel

Nach fünf vor zwölf kommt irgendwann fünf nach acht, oder? Könnt ihr nicht rechnen?? Jetzt ist es schon sieben nach acht. Und die Welt steht immer noch.

David sitzt mit Annemarie in der netten Bäckerei am Place du Luxembourg. Er hat mit Sina telefoniert. Sie sind wieder zu Hause, im ehemaligen Pfarrhof. Alle drei. Rami will sich bedanken. Er sagt, Österreich kann nichts dafür, dass es Leute wie Fuhrmann gibt.

David ist sich da nicht so sicher. Fuhrmann hat aus Liebe zur patriotischen Bewegung seine Funktionen ruhend gestellt. Und weil er den Ermittlungen gelassen gegenüberstehe. Wie *„Fönix* *aus der Asche*“ werde er auferstehen, haben sie auf Facebook gepostet. Das *„Lügenkartell aus Politik und Medien*“ werde nicht siegen. Es wird ermittelt. Unter anderem wegen Schlepperei. Seine Reisen als Krisenreporter waren perfekt dafür.

– Sie stilisieren ihn zum Opfer. Sie hetzen im Netz. Die glauben die Wahrheit einfach nicht. David schüttelt den Kopf.

– *Die* gibt es nicht. Das wollen sie uns einreden, dass es nur uns und *die* gibt. Es gibt ganz viele unterschiedliche Menschen. In Europa. In Österreich.

– Es gibt sogenannte Patrioten. Und andere Nationalisten, wie immer sie sich nennen. Hättest du dir vorstellen können, dass die Amerikaner Trump wählen?

– Nein.

– Wenn man eine Ahnung hätte, wer ES ist. Der Führer im Hintergrund? Oder bloß sein Sprecher? Ein durchgeknallter Lehrer für Rechts und Ordnung?

Annemarie lächelt ihn an. – Du wolltest doch schreiben. Reportagen. Mit langem Atem statt schneller Schlagzeile. Finde es heraus.

– Vielleicht ist ES gar niemand.

– Du meinst, das Netz hat sich selbstständig gemacht?

– So in etwa.

– Faule Ausrede.

– Wie meinst du das?

– Weil es einfacher ist, als die Wahrheit herauszufinden.

– Ach, was bist du nicht klug. Weil es *die* Wahrheit gibt.

Endlich hat sie den Säulenheiligen kennengelernt. Persönlich. Als er Polizeipräsident war, hat Jakob noch die Nachrichten gesprochen. Damals war alles übersichtlicher.

– Gleich kommt es, sagt er.

Sie sitzen zu dritt in Lottes Wohnung vor dem Fernseher. Er hat einen Tipp bekommen. Aus dem Polizeiapparat. Man solle sich die Nachrichten ansehen. – Jetzt traut sich sein Informant wieder, hat Richard geknurrt, – zumindest bis die Patrioten einen neuen Führer gefunden haben. Die haben einen ganz schönen Führerverschleiß.

Dass es in der Hauptnachrichtensendung um den ersten Führer geht, wissen sie schon. Eine Breaking-News-Meldung vor einer halben Stunde.

Exklusiv! Sesslers Video. Klarheit über seinen Tod.

Signation. Schwenk durch das Fernsehstudio, Journalistinnen und Reporter bei der Arbeit, vor Bildschirmen, am Telefon.

– Da ist Jennifer, sagt Lotte. – Die hübsche dort mit den langen Haaren. Sie war in der Zeit-im-Land-Redaktion, ich wusste nicht, dass die jetzt in der politischen Redaktion ist. Tüchtig. In ihrem Alter.

– Hübsches Mädchen, sagt Richards Freund.

Der Moderator blickt ernst und sehr bestimmt in die Kamera. Präsenz. So hat das schon zu Jakobs Zeiten geheißen, Präsenz ist entscheidend. Und natürlich verbindliches Aussehen.

Exklusiv habe man ein Video überspielt bekommen, das auf dem beschlagnahmten Tablet des ehemaligen Parteichefs der Patriotisch Sozialen gefunden worden sei.

– Beschlagnahmt, dass ich nicht lache. Ich habe es geholt. Aus dem Papierkorb, in dem es Fuhrmann versteckt hat.

Richard tätschelt Lotte den Arm. Zu schade, dass es nicht die ganze Welt weiß, was sie getan haben. Aber man wolle die Sache so klein wie möglich halten, haben die in Brüssel gesagt. Und: Man wolle sie vor dem Rummel schützen. Er hätte gegen ein wenig Rummel gar nichts gehabt. Allerdings. Zu viel wäre auch ärgerlich gewesen. Es passt schon, wie es ist. Und mit Lotte an seiner Seite überhaupt.

Es ist ein Amateurvideo. Man sieht Sessler auf einem Hügel, Nachmittagslicht. Die Schatten sind lang.

Sessler blickt direkt in die Kamera. Sein Gesicht hat einen ungesunden Gelbstich, aber das kann auch mit der Aufnahmequalität zu tun haben.

– Ich stelle hiermit fest, dass ich auf freien Stücken … aus freiem Stück…en mich entschlossen habe, aus dem Leben zu scheiden. Sollte

es notwendig werden, kann der Vorstand der Patriotisch Sozialen Partei entscheiden, das öffentlich zu machen. Man hat mich nicht gezwungen, das zu tun. Ich liebe das Land. Es lebe die patriotische Idee. Das … christliche Vater… Abendland. Wenn man … als man mich Jesus zwei getauft hat, war es, um mich zu verspotten. Für mich war es eine große Ehre. Die größte Ehre. Daher habe ich mich entschlossen, ihm nachzufolgen.

Blick seitlich an der Kamera vorbei, Nicken.

– Ja. Ich folge ihm nach. Ich werfe mein Leben nicht weg. Gott hat es gefallen, mein Leben zu begrenzen. Er hat mir … Bauchspeicheldrüsenkrebs auferlegt. Ich habe mir Jünger gesucht, die mich ans Kreuz binden, so wie Jesus Christus sich für uns geopfert hat. Etwas, das wir nie vergessen sollten. Ich gebe euch einen Auftrag: Haltet unsere Heimat rein im Glauben, verkauft unser Vaterland nicht an eine Weltherrschaft korrupter Mächte, seid stark und wehrsam … wachsam. Der Krieg der Guten gegen das Böse muss erst gewonnen werden. Die Unterdrückten werden aufstehen, das Volk wird …

Flimmern und aus.

– Die Welt ist ein Irrenhaus, sagt Richard.

– Die war immer gleich irre, wir nehmen jetzt nur mehr davon wahr, sagt der Säulenheilige.

– Weniger zu wissen macht vielleicht ruhiger, sagt Lotte.

– Aber nicht klüger, gibt Richard zu bedenken.

– Besser, als man glaubt jeden Unsinn, fügt der Säulenheilige hinzu.

– Willst du mich heiraten?, sagt Richard.

Natürlich sind die handelnden Personen rein fiktiv. Viele der Zitate sind allerdings der Wirklichkeit entnommen. Man kann sie auf Facebook, in Presseaussendungen und Medienberichten finden.

Es gibt sie, die Fakten. Wir dürfen bloß nicht aufhören, sie zu suchen.

DANKE!!!

Meiner Mutter, die eine gute Freundin von Frau Klein sein könnte. Sie hat als Kind den Krieg erlebt. Viele ihrer Erinnerungen sind in das Buch eingeflossen. Die offene Haltung und das christlich-soziale Engagement meiner Eltern sehe ich als großes Glück auch für mein Leben an.

Meinem Mann Ernest, der mir auch bei diesem Projekt von Anfang an zur Seite gestanden ist. Sein Wissen und unsere Gespräche auch über politische Zusammenhänge und Verwerfungen waren ganz wichtig für die Entstehung dieses Romans.

Meinen Freunden Uli und Manfred, die mir zugetraut haben, diesen Roman zu schreiben, und die mich auf vielfältige Weise unterstützt haben.

Meiner Freundin Romana, die sich von Beginn an mit ihrer ganzen Kraft für die Kriegsflüchtlinge eingesetzt hat. Sie hat mir diese Menschen, ihr Schicksal und auch die widersinnigen Schikanen nähergebracht, denen sie immer wieder ausgesetzt sind.

Meinen syrischen und iranischen und staatenlosen Freundinnen und Freunden, dafür, dass sie da sind und unser Leben bereichern. Hussam, der bei uns Koch lernen will, Majd, der Kameramann ist, Ayham, der Fotoreporter ist und Jus studiert hat, Ali, der Dolmetscher ist und an der Sozialakademie studiert, Jihad – dessen Frau Hiba bei Andruck dieses Buches noch immer in einem Flüchtlingslager bei Damaskus ist, weil die Behörden die Familienzusammenführung hintertreiben.

Der grünen Vizepräsidentin des Europaparlaments Ulrike Lunacek und ihrem gesamten Team. Mit solchen Leuten hat Europa Zukunft. Danke auch Felix dafür, dass er mir das Parlamentsgebäude in Brüssel gezeigt und darauf geachtet hat, dass die vielen kleinen Details stimmen.

Meinem Lektor Joe Rabl und dem Team des Folio-Verlags für die hervorragende und freundschaftliche Zusammenarbeit, auch bei diesem doch sehr fordernden Projekt.

EVA ROSSMANN – PATRIOTEN

Dossier

„Die“ gibt es nicht. Das wollen sie uns einreden, dass es nur uns und „die“ gibt. Es gibt ganz viele unterschiedliche Menschen. In Europa. (S. 339)

– Man kann in 140 Zeichen nicht die Wahrheit sagen.
– Nein. Aber man kann in 140 Zeichen lügen. (S. 223)

Da kommen die übers Wasser. Da sauft einer nicht im Meer ab, dann kommt er zu uns, glaubt, er kann schwimmen und geht unter. Ich meine: ein Witz, oder? (S. 94)

Im Weltkrieg war ich auch nicht zu jung. Man ist nie im richtigen Alter. Uns können sie wenigstens nicht mehr schrecken. (S. 196)

Foto: Barbara Pacejka

„Vielfalt ist besser als Einfalt“

Folio: *Nationalismus und Verhetzung sind präsente Themen. Europa oder gar die Europäische Union kommen in der Literatur aber selten vor. Warum?*

Rossmann: Es geht vielen Schreibenden wohl ähnlich wie vielen anderen Menschen: Sie haben nicht viel Zugang zur Union, die meisten verstehen sich einem Land oder einer Region zugehörig, sehen sich aber nicht als Europäerinnen oder Europäer.

Wie ist das bei Ihnen?

Ich hatte Glück, ich konnte früh ein europäisches Bewusstsein entwickeln. Nicht bloß, weil mir zuerst Graz und dann Österreich zu klein waren, sondern auch weil ich beruflich sehr früh mit dem Europarat und dann mit der Europäischen Union zu tun hatte. Als junge Verfassungsjuristin im Bundeskanzleramt durfte ich an Ausschüssen des Europarats in Straßburg teilnehmen. Ich kann mich noch erinnern, wie stolz ich war, dort für Österreich mitreden zu können. Und als ich dann politische Journalistin war, bin ich natürlich regelmäßig nach Brüssel gefahren. Ich hatte immer das Gefühl, ich bin bei einer Idee mit dabei, die wächst und die ein neues Europa erschaffen kann. Trotz aller Kinderkrankheiten und Fehlentwicklungen: Die EU ist erst am Anfang.

Während andere ihren Untergang heraufbeschwören.

Ja. Darum geht es in „Patrioten“ unter anderem. Warum tun sie das? Um selbst so viel Macht wie möglich zu haben. Wir haben es in vielen Ländern, nicht nur in Europa übrigens, mit politischen Mega-Egos zu tun, die über alle drüberfahren, die anderer Meinung sind. Und die allen ein elitäres Wir-Gefühl versprechen, die auf ihrer Seite sind. Das geht am einfachsten, indem man den Menschen Angst einjagt. „Das böse Fremde" werde sie zerstören, was immer das dann gerade im Detail ist. Minderheiten, Geflüchtete, Menschen anderer Religionen, es wird immer enger. Böse sind dann natürlich auch alle, die diese Meinung nicht teilen, denn die stehen dann „auf der anderen Seite". So wird erklärt, warum man die Opposition im eigenen Land mundtot machen muss.

Von der Spaltung der Gesellschaft ist immer wieder die Rede.

Das soll uns eingeredet werden. In Wirklichkeit gibt es in jedem Land, in jeder Region, natürlich auch in ganz Europa sehr viele, sehr unterschiedliche Menschen. Wir machen die Nationalisten stark, wenn wir sie als DEN und den einzigen Gegner sehen. Viel besser wäre es, sich mit den gemeinsamen Interessen und Anliegen der so unterschiedlichen Menschen zu beschäftigen. Und die gibt es. Jobs, von denen man leben kann. Frieden. Die Chance, eigene Lebensentwürfe zu verwirklichen. Vielfalt ist besser als Einfalt.

Sie glauben, die Europäische Union kann dem etwas entgegensetzen?

WIR sind die Europäische Union. WIR können dem etwas entgegensetzen. Indem wir erkennen, dass dichte Handelsbeziehungen sinnvoll sind und Kriege unwahrscheinlicher machen, aber dass das nicht alles sein kann. Wir brauchen die viel stärkere soziale Vernetzung. Superreiche und Supermächtige brauchen kein Sozialgefüge, die können sich alles selbst richten. Aber wir Durchschnittsmenschen und erst recht solche mit schlechteren Startchancen brauchen den Zusammenhalt. Solidarität, übrigens auch über die europäischen Grenzen hinaus, sollte wieder sexy werden. Nicht als Almosen für die „Armen", sondern als Konzept, das uns gemeinsam weiterbringt.

Sollte man über solche Themen nicht eher ein Sachbuch schreiben?

In einem Roman hat der erhobene Zeigefinger nichts verloren und vordergründige moralisch-politische Botschaften auch nicht. Das gefällt mir.

Der Roman startet in Wien, streift Schauplätze in Europa und findet sein Finale im EU-Parlament in Brüssel. Ist Österreich der richtige Ausgangspunkt für einen Europa-Roman?

Jeder Ort in Europa wäre der richtige Ausgangspunkt. Vielleicht ist Österreich sogar ein bisschen richtiger. Immerhin: Es ist schon einmal einer aus Österreich gekommen ... Und mit einer meist recht erfolgreichen rechtsnationalistischen Partei haben wir es leider schon seit mehr als fünfundzwanzig Jahren zu tun.

Ist in Zeiten wie diesen Politik ein literarisch verträgliches Thema? Haben wir nicht schon alle genug davon?

Politik bestimmt die Rahmenbedingungen, in denen wir leben. Ich halte es für sinnvoll, mitzudenken – sonst bekommen wir womöglich europäische *Trumpioten*. Außerdem: Ich erzähle meine Geschichte aus unterschiedlichen Blickwinkeln von ganz unterschiedlichen Menschen. Sie leben in unserer Welt, müssen sich mit den großen Themen, aber auch mit ihrem kleinen Leben auseinandersetzen. Sie begegnen einander, haben Hoffnungen und machen Fehler. Da ist auch Platz für eine gewisse Ironie. Weil wie sonst sollen wir und sie überleben?

ARD – Weltspiegel

Österreich: Wer wird neuer Bundespräsident?

Norbert Hofer mit seinem Parteichef Strache bei der Abschlusskundgebung in einem Wiener Arbeiter-Bezirk. Hier sind vor allem FPÖ-Wähler zu Hause, man kennt sich, man versteht sich, es gibt Altbekanntes. „Ich sage diesen Menschen, das ist nicht eure Heimat, ihr könnt nicht in Österreich bleiben, wir unterscheiden zwischen jenen, die unser Land weiter aufbauen, und jenen, denen daran liegt, unser Land zu zerstören." Norbert Hofer inszeniert sich als moderner Außenseiter, den das bestehende politische System in Österreich ausgrenzt – dafür lieben sie ihn, erwarten viel.

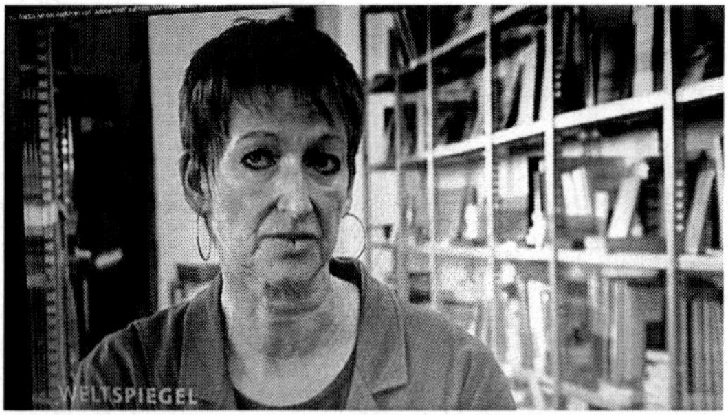

Hofer ist Hoffnungsträger vieler sozial Schwacher. Ihre Angst: Steuergelder, die bisher ihnen zugutekamen, könnten in Integrations-Maßnahmen fließen – für Flüchtlinge oder Invasoren, wie Hofer sie schon mal nennt. „Die Invasoren werden dann um den Zaun herum marschieren und werden dann irgendwo in Österreich sein und Asyl sagen."

Österreichische Intellektuelle – wie die Schriftstellerin Eva Rossmann – sehen ihn hier ganz auf Linie mit anderen Rechtspopulisten in Europa. „Norbert Hofer hat ja gesagt, wir werden uns alle noch wundern, und das Ziel der FPÖ ist es schon, das österreichische System so zu verändern, dass Demokratie dort keine Chance mehr hat, wo sie ihnen nicht passt."

Deutschtümelei, nichts von vorgestern

Obwohl sich Norbert Hofer als österreichischer Patriot gibt, hat auch er eine Vergangenheit: Er ist Ehren-Burschenschafter und war viele Jahre Mitglied einer Gruppierung, die sich ein Europa der Vaterländer wünscht. Österreich als Staat erkennen die Burschenschaften zwar an, sehnen sich aber nach dem deutschen Vaterland aus früheren Zeiten: Das schwarz-rot-goldene Brustbändchen ist für sie Pflicht. Auch Hofer pflegt dieses Ideal – trägt gern Schwarz-Rot-Gold, zum Beispiel beim Akademikerball, dem Treffen Rechtsnationaler und Burschenschafter in der Wiener Hofburg.

Deutschtümelei, für Hofer ist das nichts von vorgestern: „Die Frage, ob etwas zeitgemäß ist, ist immer etwas schwierig. Sind die Lipizzaner zeitgemäß? Die Mozartkugeln? Es ist ein Stück unserer Geschichte." Als Bundespräsident muss er nun zwar überparteilich sein und die FPÖ verlassen. Seine Burschenschaft wird er aber nicht aufgeben – das hat er bereits angekündigt. Vergangene Woche sammelten sich Demonstranten vor dem Amtssitz des Bundespräsidenten. Ihr politischer Blick geht nach gegenüber – ins österreichische Kanzleramt. Denn mit einem Bundespräsidenten Norbert Hofer halten viele in Österreich nun auch einen Kanzler aus der FPÖ für möglich.

Autor: Till Rüger/ARD Studio Wien
Stand: 23.5.2016, 13:23 Uhr

Kommentare

H. Schinkel am 3.6.2016 um 12:49 Uhr
Lügenpresse

Tja. Die ARD macht der „Lügenpresse" alle Ehre. Ich hoffe die ARD weiß, wie dieser Vorwurf entstanden ist.

Tatsächlich hat Hofer nämlich gesagt: „Diese Menschen, die Österreich achten und lieben und hier ihre neue Heimat gefunden haben, die heiße ich herzlich willkommen. Aber jene Menschen – und das muss man auch sagen – jene Menschen, die unser Land nicht schätzen, die für den Islamischen Staat in den Krieg ziehen oder Frauen vergewaltigen – ich sage diesen Menschen: Das ist nicht Eure Heimat! Ihr könnt nicht in Österreich bleiben, denn wir unterscheiden sehr klar zwischen jenen, die Österreich mit uns gemeinsam aufbauen und jenen, denen nur daran liegt, dieses Land zu zerstören."

Alles Argumente die ich mir von Deutschen Lobbyisten ... äähh ... Politikern auch gewünscht hätte. Aber eigentlich muss ich mich auch für dieses verfälschte Zitat bedanken. So habt ihr mich auf den rechten Pfad gebracht.

Mich ärgert nur, das ich für diese Desinformation auch noch GEZ bezahlen MUSS.

Ex-Ossi am 28.5.2016 um 20:40 Uhr
Lügen muß nur, wer in Not ist.

Gerade mal ein viertel Jahrhundert nach Aktueller Kamera und Schwarzer Kanal muß ich feststellen, daß die Medien wieder anfangen zu lügen, zu verdrehen, die öffentliche Meinung zu manipulieren, und die Wahrheit unter den Teppich zu kehren. Traurig.

Michael Lang am 28.5.2016 um 1:06 Uhr
Lügen, Lügen, Lügen

Die ARD fälscht die Aussage Hofers, da die entscheidenden Sätze, die vorausgingen, weggelassen wurden. Ihr braucht Euch nicht über den Vorwurf Lügenpresse wundern!!!

Aus einem Interview mit der Wochenzeitung *profil*, 2013

profil: *In Ihrem neuen Roman Krummvögel pickt die Protagonistin dem Bundeskanzler eine Torte ins Gesicht und flüchtet dann ins Weinviertel. Hatten Sie je das Verlangen, einen Bundeskanzler zu torten?*

Rossmann: Oh ja, mehrere! Es gibt Situationen, wo es keine Argumente mehr gibt, da ist alles gesagt und geschrieben. Für offene Gewalt bin ich nicht, Erschießen ist keine Lösung. Aber zu torten wäre vielleicht ein Weg.

Würden Sie den gegenwärtigen Kanzler auch torten?

Warum fällt mir zu dem nicht einmal ein, warum ich ihn torten könnte?

Sind die Politiker fader geworden, seit Sie sich aus dem innenpolitischen Journalismus zurückzogen haben?

Ich bin 1994 weg. Damals war Vranitzky Bundeskanzler und Schüssel Vizekanzler. Schüssel hat mich einmal bei einem Interview niedergebrüllt. Ich hatte eine unbotmäßige Frage gestellt, ich glaube, sie hatte mit dem Ausländerthema zu tun. Ich war erstaunt. Die heutigen Politiker haben stets wie dressiert die Kontrolle über sich. Ab und zu würde man sich inzwischen freuen, wenn die auszucken würden.

Kolumne Salzburger Nachrichten, 5.12.2015

Mehr Gemeinschaft, nicht weniger

Es gibt genug Gründe, um wütend auf die EU zu sein. Vor kurzem wurden die Griechen für Delogierungen mit Hilfsgeldern belohnt. Es war eine Bedingung: Wenn ihr die „faulen Kredite" der Banken nicht loswerdet, gibt's keine weiteren Zuschüsse. Häuser und Wohnungen von Menschen, die ihre Kreditraten nicht mehr zahlen können, sind zu pfänden. Griechenland hat es versprochen.

Und dann der Umgang der Europäischen Union mit denen, die aus Kriegsgebieten fliehen. Oder besser: ihr nicht vorhandener Umgang. Weder hat es ausreichend Hilfe für die großen Lager in der Nähe der Kriegsgebiete gegeben, noch geordnete legale Zugangswege nach Europa. Obwohl alle die Menschenrechtskonvention kennen. Obwohl seit Jahren klar ist, was passiert. Aber Lampedusa war weit. Wobei: „Krise" gibt's trotz aufgeregter Wortmeldungen ohnehin nur dort, wo wegen der Nicht-Organisation zu viele Menschen auf zu engem Raum sind. Mehrere Tausend an gewissen Grenzen, in gewissen Dörfern. Österreich hat pro Jahr 130 Millionen Tourismus-Nächtigungen. Das lässt sich offenbar gut handhaben.

Das entscheidende Versäumnis der EU ist aber wohl, der grenzüberschreitenden europäischen Wirtschaft keine ebenso grenzüberschreitenden sozialen und ökologischen Regeln gegeben zu haben: Mindeststandards bei Produktionsbedingungen in und außerhalb der Gemeinschaft. Wie entstehen Kriege? Indem es Menschen gelingt, andere aufzuhetzen und zu instrumentalisieren. Wann gelingt das am einfachsten? Wenn sie sich unterdrückt, ausgebeutet, ohne Chance auf eine bessere Zukunft sehen. Was wir tun, wie Europa agiert, hat Auswirkungen. Es ist lächerlich zu glauben, man könne das Unternehmertum globalisieren und brauche sich um die Menschen anderswo nicht zu kümmern. Wir sind EINE Welt.

Das könnte auch etwas Gutes sein.

Damit es in diese Richtung gehen kann, brauchen wir trotz allem ein MEHR an Gemeinschaft. Nicht keine EU oder eine schwächere EU, sondern eine bessere EU. Die Zukunftsthemen sind offenbar sogar für die EU fast zu groß – wie sollen Einzelstaaten damit fertigwerden? Jeder baut einen Zaun und damit ist es getan? Eine lächerliche Vorstellung. Wenn wir die Union nicht stärken, werden die europäischen Länder marginalisiert – auch wirtschaftlich. Die USA und China werden kaum mit Deutschland auf Augenhöhe reden, geschweige denn mit Österreich, Griechenland oder Polen.

In den Institutionen der EU gibt es viele kluge Köpfe. Aber nicht das Parlament trifft die wichtigsten Entscheidungen. Nicht einmal die Kommission. Es ist der EU-Rat. Und dort agieren die wenigsten europäisch, sondern engstirnig nationalistisch. Man fürchtet sich vor der nächsten Wahl und schiebt internationale Herausforderungen so lange weg, wie es geht. Egoismus statt Solidarität ist nicht nur nicht nett, sondern in erster Linie dumm. Deswegen wäre es hoch an der Zeit, dass die Nationalstaaten ähnlich wie in einem Aufsichtsrat die großen Linien vorgeben und ihre Umsetzung überwachen. Das „operative Geschäft" aber sollten wir den Gemeinschaftsinstitutionen überlassen. Wenn wir gut leben wollen, dann geht das nur gemeinsam. In der EU und über sie hinaus.

Stills aus ORF-Sendungen „Heute“ und „Club2“

Wer weiß, welchen Namen sie uns morgen geben? Wenn Muslime *zum Schimpfwort geworden ist, heißen wir vielleicht Menschen mit M-Hintergrund. (S. 279)*

Wenn du ihnen zeigen willst, dass du dich anpasst, dann trink Wein, iss Schwein und setz auf keinen Fall ein Kopftuch auf. (S. 52)

Weißt du, wie wir früher immer gesagt haben? Zu Tode gefürchtet ist auch gestorben. Deswegen will ich wissen, was im Netz steht. Netz. Eigentlich witzig. Früher hat es Einkaufsnetze gegeben. Da hast du alle Waren hineingetan und hast sie heimgetragen. Gibt es nicht mehr. Vielleicht sind sie zu klein für heute. (S. 176)

…fat: Wir haben auch jetzt …tändigen Kontakt mit Krei… …ir können seine starke Un… …zung für unsere Anliegen …vergessen. Er hat uns eine Chance eröffnet. Er ist noch … ein großer Mann, der wei… …ne Prinzipien verkündet. …nd stolz, so gute Beziehun… …it ihm zu haben, wie wir …tolz sind, jetzt auch mit an… Regierungschefs gute Be… …gen zu haben.

…ein Kreisky-Erbe: Kontakte zur PLO

…: *Gibt es einen Unter… zu früher bei Ihrem Kon… …it der jetzigen Regierung …eichs?*

…fat: Mein Besuch hier hat …n Eindruck vermittelt, daß …starke Beziehung aus der …reisky weiterläuft, daß es Kontinuität dieser starken …ung gibt. Wir haben uns …s sehr willkommene Gäste …t.

…: *Sie müssen natürlich …t von freundlichen Gefüh… …echen, haben Sie sie wirk…*

…at: Ich rede nicht nur da… …h habe sie wirklich. Ich spü… …ch bin berührt.

…ll sucht man Frieden, …lb auch in Nahost

…: *Aus welchem Grund …en Sie, hat sich die Hal… …er Vereinigten Staaten zur …m Positiven verändert?*

…at: Es ist sehr schwer, diese …u beantworten.

Lösung zu finden, beispielsweise in Namibia. Vorher gab es Verhandlungen über den Golf-Krieg, dann über Afghanistan. Nun gibt es ein ständiges Komitee für Kambodscha und Zypern. Dasselbe gilt für das zentrale Lateinamerika. Nur über den Fall der Palästinenser wurde nie gesprochen.

OÖN: *Also will sich auch die USA jetzt, nachdem in anderen Konfliktfällen von der UNO Fortschritte erzielt wurden, für den Frieden im Nahen Osten einsetzen?*

Arafat: Ja, ich denke, es ist jetzt die Zeit dafür reif. Die Zeit, in der dem palästinensischen Anliegen sein Platz in der UNO eingeräumt wird.

OÖN: *Wo liegen Ihrer Ansicht nach die Risken, wirklich beweisen zu können, daß Sie und die PLO alles tun, um ein ein gutes Verhandlungsklima zu schaffen?*

Arafat: Nun, das ist jetzt wohl die Sache der anderen Staaten. Ich habe die palästinensische Initiative vor der UNO verkündet. Wir haben uns von allen terroristischen Aktivitäten distanziert und ausdrücklich vom friedlichen Zusammenleben der Palästinenser, Israels und der arabischen Staaten im Nahen Osten gesprochen. Nun müssen wir auf die Antworten warten. Auf die amerikanische Antwort. Sie hat bereits begonnen, als die USA erklärten, daß sie mit uns direkt verhandeln wollen. Aber wir müssen natürlich auch auf die Antwort Israels warten.

OÖN: *Meinen Sie, daß sich die Einstellung Israels ändern könnte? Immerhin gibt es nun eine Koalition zwischen dem Likud-Block und der Arbeiter-Par…*

…beteiligung geeinigt.

OÖN: *Könnte das etwas ändern?*

Arafat: Nein, es tut mir leid, nein. Und das deswegen, weil die Arbeiter-Partei jetzt akzeptiert, wogegen sie sich früher ausgesprochen hat. Es gibt jetzt eine Übereinkunft über die Errichtung von acht Siedlungen im besetzten Gebiet. Das bedeutet, daß sie der Politik des Likud-Blocks zustimmen.

OÖN: *Wie wird das weitergehen, Ihrer Meinung nach?*

Arafat: Die Israelis werden solche Massaker wiederholen, wir wissen das. Das bedeutet eine Eskalation des Konfliktes, noch mehr an gegenseitiger Ablehnung. Außerdem planen die Israelis einen Krieg, setzen Vorbereitungshandlungen zu einem Krieg im Libanon. Sie verlegen mehr Streitkräfte, mehr Militär in den Süden des Libanon, um sich für

OÖN: *Eine persönliche Frage zum Schluß. Sie zählen zu den gefährdetsten Personen der Welt. Sie müssen ständig von einer Reihe Leibwächter gesichert werden und wissen trotzdem, daß es keinen absoluten Schutz geben kann. Wie werden Sie damit fertig?*

Arafat: Ich lebe damit, habe eben meine Aufgabe. Ich lade Sie ein, mit mir einen Tag zu verbringen. Dann werden Sie sehen, wie ich lebe.

PLO-Vorsitzender Arafat mit OÖN-Redakteurin Eva Rossmann. *Telefoto: OÖN/AP*

Ausschnitt aus den Oberösterreichischen Nachrichten

GASTAUTORIN
Eva Rossmann

Gefährder

Ihnen kann man nichts nachweisen. Aber sie haben Potenzial. Es besteht die Vermutung, dass sie es auf uns abgesehen haben. Oder dass wir ihnen grenzenlos egal sind. Ihre Hintermänner bleiben im Dunkeln.

Ich fürchte mich vor ihnen.

Nein. Ich denke nicht an die Menschen, bei denen die Vermutung (wenn auch kein hinreichend beweisbarer Verdacht) besteht, sie planten Angriffe, um das „christliche Abendland" zu vernichten. Auch keine angenehmen Zeitgenossen. Aber über sie wird ohnehin zu viel geredet, wie auch über Fragen der Grenzsicherung (gegen wen oder was? Gegen die Umsetzung der Menschenrechtskonvention?), über verhaltensauffällige Politiker und die Pollenbelastung im Frühling (nett freilich die Schlagzeile eines Boulevard-Blatts: „Pollenplage durch den Frühling!" – sperren wir ihn doch einfach ein).

Ich denke an solche, die unser Leben gefährden. Nicht oder noch nicht Leib und Leben, aber unser halbwegs lebenswertes Leben.

Weitgehend unbesprochen werden die Reichen reicher, die Armen werden zwar nicht noch (oder auch noch nicht) ärmer, aber mehr. Die sogenannte Mittelschicht hat Angst, abzurutschen.

Wem nützt eine extreme Niedrigzinspolitik? Denen, die Aktien haben. Der Dow-Jones-Index ist seit 2009 um rund 100 Prozent gestiegen. Das klassische Sparen ist nur mehr für verschrobene Sicherheitsfetischisten. Oder für die vielen, die es sich nicht leisten können, etwas anderes zu tun.

Wem nützt das angehäufte Geld? Vor allem der Immobilienbranche. Wer reich ist, investiert in Realitäten, wie das so schön heißt. Nicht damit andere Wohnraum bekommen, sondern um damit zu spekulieren. Um dadurch noch mehr Geld zu machen. Finanzschwachen wird gerne gesagt, dass ihnen die Niedrigzinspolitik nützt, weil sie erstens ja eh kein Geld haben, um es zu sparen, und zweitens von den zusätzlichen Jobs profitieren könnten, die die billigen Kredite herbeizaubern sollen. Dieselben Finanzschwachen leiden allerdings am meisten unter dem angeheizten Immobilienmarkt.

Die Nationalbank hat erhoben, dass das untere Viertel der Einkommensbezieher mehr als die Hälfte seines Geldes fürs Wohnen ausgeben muss. Wenn man die Hälfte von wenig schon einmal fix vergeben hat, was bleibt dann? Zu wenig.

Aber geförderte Wohnungen liegen nicht im Trend, Genossenschaftswohnungen oder Gemeindewohnungen auch nicht. Unter Schwarz-Blau wurde die Zweckbindung der Wohnbauförderungsmittel aufgehoben. Gegen den Rat vieler Expertinnen hat man das auch im neuen Finanzausgleich nicht rückgängig gemacht. Dabei wäre es nicht so schwierig: Wir brauchen für alle leistbaren Wohnraum, also könnten wir öffentlich gestützte Wohnungen bauen. Das kurbelt die Branche und damit die Beschäftigung an, und es sichert ein Grundbedürfnis der Menschen.

Es gibt Gefährder, die befolgen sklavisch, was die ihnen befehlen, die sie für ihre Freunde halten. Es gibt auch Gefährder, die sind bedrohlich, gerade weil sie nichts tun. Wohnungsmarkt, Bildungsreform, eine intelligente Verteilung der bezahlten Arbeit – wenn da nicht bald etwas passiert, haben wir wirklich Grund zur Sorge. Zuversicht und Optimismus lassen sich nicht verordnen, man kann bloß das Richtige dafür tun.

Eva Rossmann
ist Schriftstellerin und Köchin.

Man könne auch ohne Religion friedlich sein, war seine Antwort. Aber Krieg ohne vorgeschobene Religion sei verdammt selten. (S. 168)

Islamprediger, Christenprediger – am Ende sind sie alle gleich. Man sollte Koran und Bibel zusammenlegen und nur noch das mit der Nächstenliebe drin lassen. Wär dann auch mal ein verständliches, dünnes Buch: Der Biran … oder die Kobel. Aber ob ihr es kapiert?????? (S. 182)

Auszeichnungen

2000 „Kommunikatorin des Jahres“, gewählt von Public Relations Verband Austria

2009 Buchliebling in der Kategorie Krimi und Thriller für den Krimi „Russen kommen“

2013 Großer Josef-Krainer-Preis der Steiermark für Literatur

2014 Leo-Perutz-Preis für „Männerfallen“

2016 Prix Prato für „Fadenkreuz“

Die Mira-Valensky-Reihe

1_Wahlkampf. Folio 1999 (neu 2006)

2_Ausgejodelt. Folio 2000 – Nominiert für den Frauenkrimipreis der Stadt Wiesbaden

3_Freudsche Verbrechen. Folio 2001

4_Kaltes Fleisch. Folio 2002

5_Ausgekocht. Folio 2003 – Nominiert für den Frauenkrimipreis der Stadt Wiesbaden

6_Karibik all inclusive. Folio 2004

7_Wein & Tod. Folio 2005

8_Verschieden. Folio 2006

9_MillionenKochen. Folio 2007

10_Russen kommen. Folio 2008

11_Leben lassen. Folio 2009

12_Evelyns Fall. Folio 2010 (Evelyns Fall. Das Hörbuch. Folio 2010)

13_Unterm Messer. Folio 2011

14_Unter Strom. Folio 2012 (Unter Strom. Das Hörbuch. Mono-Verlag)

15_Männerfallen. Folio 2013 – Leo-Perutz-Preis

16_Alles rot. Folio 2014

17_Fadenkreuz. Folio 2015

18_Gut, aber tot. Folio 2016

Die Autorin

Eva Rossmann, 1962 geboren, lebt im Weinviertel/Österreich. 1985–1987 als Verfassungsjuristin im österreichischen Bundeskanzleramt tätig, in diesem Zusammenhang auch erste Reisen zum Europarat in Straßburg. Danach freie Mitarbeiterin beim ORF und der Neuen Zürcher Zeitung. Politische Journalistin und jüngste österreichische Ressortleiterin für Innen- und Europa-Politik (Oberösterreichische Nachrichten). Zahlreiche Auslandsaufenthalte mit Regierungsdelegationen, u.a. in Washington, Paris, Brüssel, Rom, Warschau. Regelmäßiger Gast in der ORF-Pressestunde, dabei Konfrontationen mit österreichischen und internationalen Spitzenpolitikern. Ihr Streitgespräch mit Jörg Haider (1999) führte zu einer Kampagne der FPÖ gegen die kritische Journalistin. Seit 1994 freie Autorin und Publizistin. Das erste Sachbuch: „Unter Männern – Frauen im Österreichischen Parlament", weitere folgten. Seit 1999 Kriminalromane zu aktuellen Themen. Angeregt durch die Recherche zu ihrem Krimi „Ausgekocht" absolvierte sie in Buchingers Gasthaus „Zur Alten Schule" eine Lehre als Köchin, die sie 2004 mit Auszeichnung abschloss.

1997 Mitinitiatorin des „FrauenVolksbegehrens". 2000 vom PR-Verband Österreichs zur „Kommunikatorin des Jahres" gekürt. Bis 2012 Moderatorin der legendären gesellschaftspolitischen ORF-Talkshow „Club 2". Drehbuchautorin, aktive Arbeit im Unterstützungskomitee für die Präsidentschaftswahl von Alexander van der Bellen, Ö1-Moderatorin.

www.evarossmann.at